U0933934

ENLIGHTMENT ON BOXING

搏击启示录

郑金堂 著

有 态 度 的 阅 读

小马过河（天津）文化传播有限公司

目录

第一章

鳌愤龙愁

送完深南大道世界之窗酒吧街的啤酒，将轻货车旁边的空酒瓶一箱箱码进货箱后，大汗淋漓的唐龙钻进驾驶室，用脏兮兮的毛巾抹了抹脸上的汗水，打开空调和音乐。血液像蛇一样在血管里回环奔突，躁动不安。他舒展着手、腿和腰肢，舒展着那身结实而酸胀的肌肉，那身肌肉像铁甲一样包裹住躯体。

休息片刻，唐龙发动车子，沿着深南大道回家。白色T恤粘在他的身上，车里弥漫着汗水里的荷尔蒙味道。车行驶到水贝二路时，手机响了，是深圳大学的同学方飞云打来的。

“唐龙，我在猜火车酒吧，来聚聚吧！”方飞云在电话那头喊道。

“下次吧！我正在回家的路上。”

“今晚有白领搏击赛，来吧，我等你！”方飞云提高嗓门拖着音说道。

方飞云家境优越，性格开朗，有一个叫李菲儿的漂亮女朋友。李菲儿和他们俩同级，是深圳大学外国语学院英语系的学生。

猜火车酒吧位于海岸城，离“深大”不远。

这是一个以火车为主题的大型朋克酒吧。酒吧门口的墙上，铺满了装饰性的铁轨，青褐色的枕木和锈迹斑斑的铁轨，刻画出铁栅栏一般简单坚硬的线条，门顶上竖立着三个火车轮，上面镶嵌着用皱巴巴的铁皮切割出的三个大字——猜火车。

酒吧里，最使人震撼的不是那偌大的空间，而是酒吧墙壁上悬挂着的大大小小层层叠叠的齿轮、车轮、朋克蒸汽灯以及各种机械装置，以及静静屹立在四个墙角的不断转动眼珠的机器人。在朋克蒸汽灯那昏黄迷离的灯光的渲染下，整个酒吧犹如一个被机器统治的魔幻世界。

猜火车酒吧出名不仅仅是因为朋克文化，还因为它经常举行白领搏击赛。前来参赛的人都是这个城市里的自由搏击爱好者，什么样的身份都有：有公司高管，有流水线工人，有律师，有警察，有教师，有大学生……当然，也有一些刚开始训练还没能打上比赛的菜鸟拳手。每个人来比赛的心情不同，目的也不一样。有人为了发泄，有人为了体验自由搏击的魅力，有人为了突破自我，有人为了寻求刺激，有人是和别人发生矛盾而来这里约架，有人纯粹是因为有受虐倾向来这里找打……

唐龙开车来到海岸城后，很快在猜火车酒吧里找到了方飞云——他和他的女友李菲儿坐在舞台对面不远的卡座上，

桌子上摆着几罐啤酒，还有果盘、豆腐干、鱼片、羊肉串、日式炸虾、香辣豆皮卷等佐酒小食。

方云飞右手朝座位一指，示意唐龙坐下；又挥手叫来服务员，为唐龙点了一杯果汁。李菲儿朝唐龙礼貌地笑了笑，她五官精致，身材丰满，披着一头柔顺的长发，穿着V领白色T恤，一条玫瑰金镶钻项链滑进双乳的沟壑之中，在酒吧幻动的灯光下闪闪发亮。

酒吧生意火爆，弥漫着烟味酒气，几乎所有散座卡座上都坐着客人，其中不乏高鼻梁的老外。酒吧中间的舞台上，一个穿着黑色深V长裙、身材火辣的歌手，用幽怨空灵的声音唱着艾薇

儿·拉维尼的《爱丽丝》(*Alice*)。

二十多分钟后，蒸汽灯暗了下来，巫师灯、激光灯扫射着整个酒吧，影影绰绰，充满了魔幻神秘的气氛。正在演唱的乐队随着升降台下去后，灯光打在了酒吧另一边的一个红色擂台上，擂台上站着一个穿着黑色西装的男主持人，他个子很高，左手拿着话筒。主持人后面的墙上，有一幅LED电子屏幕，屏幕上弥漫着白色的浓雾，浓雾里有一圈金色的齿轮，齿轮中间写着一行红色大字——猜火车白领搏击赛。红色大字底下写着一行黑色小字：弘扬武术，以武会友。

“先生们，女士们，大家晚上好！”主持人说。

“好！”底下的客人们喊道。

“今天晚上，这里将展开三场精彩的白领搏击赛，拳手们将上演龙争虎斗，博取荣耀，而大家将有幸成为精彩比赛的见证者。”主持人用右手指着台下的客人喊，“你们准备好了吗？”

“好了！”

“大声点，准备好了吗？”

“好了！！！”

主持人笑了笑说：“OK，首先开始的是70公①级的比赛，有请拳手王刚。”

在哒啦——哒啦——哒啦——哒——哒——哒的没有歌词只有快节奏的舞曲中，一个穿着红色拳服、戴着红色拳套的拳手在两个人的陪同下，昂着头快步穿过吧厅的客人，钻进擂台。他脱掉泰拳T恤后，侧着步子，高举拳头，轻快地环擂台跑了一圈，向酒吧的客人致意。底下响起了一阵阵的喝彩声。

“王刚，今年二十岁，身高1.75米，体重70公斤，战绩——

① 1公斤=1千克。

零场，来自鹏强搏击俱乐部。”主持人介绍道。

“鹏强搏击俱乐部非常有名，离深大很近。”方飞云目不转睛地盯着擂台说。

“听说‘战神’金天亚就在那个俱乐部？”唐龙问。

“没错，他是俱乐部的老板兼总教练。”

“你去过？”

“没去过。曾经想去那个俱乐部练搏击，后来想想，要是去练搏击，就没时间陪我可爱的菲儿了，所以放弃了。”

李菲儿白了他一眼：“得了吧，你没去，也没见你拿多少时间来陪我！”

“亲爱的，这不是在陪你吗？”方飞云用手臂勾起她的脖子，侧过脸在她脸颊吮了一口。

“战神”金天亚和“死亡巫师”黄达毅，是中国最有名的搏击巨星，两人都主打80公斤级的比赛，都在深圳创立了搏击俱乐部，广收学员。其中金天亚的成就无疑比黄达毅更高，因为金天亚凭借不败战绩，已经获得竞争异常残酷的80公斤级世界第七的排名，他是第一个在自由搏击领域获得世界排名的中国拳手。

唐龙睁大了眼睛，这是他人生中第一次在现场看搏击比赛。留着板寸头的拳手王刚赤裸着上身，胸肌胀鼓鼓的，八块腹肌，轮廓分明。不一会儿，王刚的对手钻进了擂台，他和王刚的战绩一样，都是零场——这是一场菜鸟对菜鸟的比赛。然而，即便是这样的比赛，也足够让受到酒精刺激的客人们兴奋不已了。

一名举牌女郎，微笑地举着第一回合的回合牌绕场，宣告比赛即将开始。她身材高挑，披着黑色长发，穿着红色的运动胸罩和黑色运动短裤，前凸后翘，看起来像明星似的。

她的出现，在客人中间搅起了一股骚动，人们肆无忌惮地盯着她丰满的身体，有人朝她打着响亮的呼哨。

“这是我们人文学院的白素梅。”

“她就是白素梅？”唐龙有些吃惊。

白素梅的名字在人文学院甚至在深大都传得很响，很多学生可能不知道人文学院的院长是谁，但不知道人文学院“院花”白素梅的却很少。

“对，她还是银桦文学社的社长，文笔很好，才貌双全。”方飞云说。

方飞云是银桦文学社的社员，不过唐龙并没有发现自己这位同学身上有多少文学才华，其唯一跟文学有联系的地方是——他选择的是汉语言文学系，平时喜欢捧着手机看网络小说。

“看看你的小眼神，心动了吧？”李菲儿望着方飞云说。

“哪壶不开提哪壶，人家校花早就有主了。再说，我也有主了，对吧？”方飞云将一只手搭在李菲儿的肩上，笑吟吟地说。

李菲儿故作生气地把头扭向一边。

主裁判站在两位拳手中间，向他们讲述着比赛规则。两位拳手面无表情，互相盯着对方。主裁判朝下挥着两只手掌，高喊一声“Fight（开打）”，然后退到擂台边。王刚伸出左拳，和对手碰拳致意后，后退两步，缩着脖子，弓着腰，摆好格斗架势，两只脚前后轻轻跳动着，伺机进攻。

唐龙仰着头，将剩下的小半杯果汁“咕噜咕噜”地倒进喉咙后，跑到了王刚所在的擂角下，站在王刚教练后面，近距离观看着这场搏击比赛。旁边是边裁台，边裁台的两位边裁旁边，坐着披黑色外套的白素梅。

第一回合，双方打得很小心，在几次试探过后，蓄着力量，开始了简单的进攻。首次比赛，陌生的对手，加上酒吧里客人们的目光像激光灯一样射向他们，让两位菜鸟拳手有些紧张，他们的拳腿有些僵硬。双方的教练在擂台下为他们大声喊着战术。双方你来我往，拳来腿去，但有威胁的击打并不多。

锣声响起，第一回合结束。两个拳手慢慢地走到擂台边角处的休息区。双方的教练马上手脚并用，沿着搭在擂台下的简易阶梯爬上擂台，猫腰钻进擂台内。

王刚的教练拿出一条白毛巾，利索地帮王刚擦去头上和脸上的汗水，将一瓶矿泉水浇在他的头上，然后揉搓着他的肩膀、手臂和大腿，凑在他的耳边大声向他讲解着战术。

第二回合开始了，唐龙掏出手机，站在擂台下拍摄着视频。空气中弥漫的尼古丁钻进拳手们的肺里，让他们更加兴奋和勇猛，似乎忘记了拳头和腿骨撞击在身上的疼痛。

王刚敢打敢拼，气势和斗志都比对手要好，全场压着对手打。而对手只能采取防守反击式的战术，边打边躲。

“加油，KO（击倒）他，尖叫在哪里？”DJ在擂台下怒吼。

在DJ的鼓动下，四周的观众，就像在罗马竞技场上看斯巴达克斯勇士生死决斗般兴奋地喊叫了起来。

比赛进行到一分零八秒时，王刚抓到对手的防守漏洞，左手一个击腹拳，结结实实地敲在对手的右肋上，蓝方拳手砰地扑倒在擂台上——岔气了。酒吧里的掌声、呼喊声、口哨声交织在一起，涌向胜利者。

主裁判一把推开王刚，开始对蓝方拳手读秒：“1，2，3……”蓝方拳手左拳捂肋，右拳撑在擂台上，埋着脑袋，蜷缩着身体跪在擂台上，他想站起来，但肝部疼痛难忍，失败了。十秒时间已过，主裁判摆摆双手，示意比赛结束。

“医护——医护——医护在哪儿？”主持人喊道。

场边的医护人员和蓝方拳手的教练马上冲进擂台，医护不断用手轻搓着那个拳手被打到的肋部，教练蹲在他的身前，关切地盯着他的脸。

王刚兴奋地向着擂台下的观众举起双拳，使劲挥了两下，酒吧里的客人继续为他送上欢呼声和掌声。有一些客人跑到擂台下，举起手机对着王刚狂拍起来。

此时蓝方拳手在医护人员的救护下已无大碍。他站了起来，在主裁判的示意下，走到擂台中间，和王刚并排站在一起。主裁判站在他们中间，握着他们的手腕。

“下面宣布比赛结果。”主持人微笑地看着观众说，“经过一致判定，红方以KO获胜。”

主裁判高高举起王刚的手，酒吧里又响起一阵有些歇斯底里的欢呼声。

王刚走到蓝方拳手身前，和他拥抱致意。

“下面有请猜火车文化传播公司董事长范天雷先生为拳手颁奖。”主持人说。

主持人和主裁判退到擂台边，工作人员压下擂台的围绳，一个身材高大、穿着中山装的中年人和刚才举牌的白素梅跨进了擂台，白素梅手上端着一个盘子，盘子里放着一个镀金奖杯。范天雷依次和两位拳手握过手后，双手举起奖杯，递给王刚，然后和两位拳手、举牌女郎一起合影留念。

王刚自豪地一手握着奖杯，另一手握起拳头摆着姿势，成为整个酒吧的焦点，享受着众人的欢呼。拍完照后，灯光切换，音乐响起，巫师灯旋转着，斑斓的灯光搅荡着迷离的音乐，为刚才的激烈比赛镀上了一层失真的色彩。

看完三场搏击比赛，唐龙他们三人一起走出了猜火车酒吧，之后相互道别。方飞云搂着李菲儿钻进一辆停在门口的出租车，出租车尾灯一闪，驶走了。唐龙望着他们坐的出租车跑远后，怅然地走到停车场，开着自己的轻货车，朝家里奔去。到龙岗区南湾街道水梦花园小区停车场时，已经十一点了，爸妈已经入睡，他轻手轻脚地洗了个澡，躺在了床上。楼顶鸽子的咕咕声和窗外的阵阵蛙鸣，显得特别刺耳，他躺在床上翻来覆去，难以入睡。

他想起了故乡——湖北省咸宁市桂花镇的大屋雷村。

大屋雷村是桂花镇中的一个古村落，以祭月的民俗文化闻名，每到农历八月，村子里的金桂、银桂、丹桂、铁桂、四季桂、月桂等多个品种共几百万树桂花灿然开放，香波浩渺，醉人心魂。

在大屋雷村，有一个很大的池塘，叫月塘。他家就在月塘旁边，正对着巍然耸立的正道山。正道山是湘鄂赣最高山脉幕阜山脉的支脉，站在正道山顶端，能望见同为幕阜支脉的道教名山——九宫山。正道山最引人入胜的是三大自然景观——温泉峡、樱花谷、吴悠湖。

从七岁起，他就离开了村庄里的那套连五瓦房，一直跟着爸爸唐强、妈妈金玉花生活在大屋雷村正道山的温泉峡里。温泉峡在正道山的山脚下，早在20世纪70年代就发现了三个温泉眼，每年二十多万的游客慕名而来。

他家的温泉旅馆——温情时光，就建在温泉峡中。刚开始建这家温泉旅馆时，唐强没少往大屋雷村和镇领导的家里跑。经过他的周旋，温泉旅馆顺利建成营业，生意不错。

进入温泉峡后，能看见温情时光的飞檐吻脊、黑色琉璃瓦以及屋檐下的大红灯笼。旅馆的菜肴以咸宁土菜为主，比如通山包坨、腊肉薯粉条、鄂南石鸡、宝塔肉、土泥鳅炖豆腐渣、鸡蛋麻花、三鲜千张皮、红菜薹炒腊肉、野藕龙骨吊锅……

顺着温泉峡往前走，就到了樱花谷。樱花谷两边的山上长满了野生樱花，每到阳春三月，白色和粉红的樱花竞相开放，如雪片般飞洒。

正道山的半山腰有个吴悠湖，这是一个可以与九宫山的云中湖媲美的高山深湖，面积约一百六十平方千米，深约三十米。湖上时常雾气弥漫，让正道山充满了灵气。

山顶有一座小庙，庙里没有僧人，只住着一个居士。居士在庙旁搭了个羊棚，养了几只羊。

那时，温情时光的生意还不错，唐龙的爸爸唐强便请了村里的林天和石小青夫妇来旅馆帮忙，随着他们一起来的，还有他们的女儿林嘉丽。林天除了负责厨房外，还负责开着那辆老掉牙的面包车去镇里和市中心区采购旅馆日常所需物资，并接送唐龙和林嘉丽上下学。唐龙的妈妈金玉花和石小青负责客房和餐厅。

每天放学后，唐龙和林嘉丽都会跑到厨房帮大人们洗碗、洗菜，或者和妈妈们一起打扫温情时光的卫生。待吃完晚饭，两人便挤在一楼的小书房里做课外作业。

周末及节假日，是温情时光游客较多的时候，尽管如此，除了上午帮帮忙外，吃完中饭后，就是属于唐龙和林嘉丽的自由时光了。他们漫山遍野撒着欢儿，掏蜂窝、摘野果、钓野鱼、浴山溪……

那是6月中旬一个星期天的下午，大约两点，正在午睡的唐龙被林嘉丽的拍门声惊醒了。

“唐龙，唐龙……”林嘉丽边拍门边喊。

“嗯——怎么啦？”唐龙迷迷糊糊地问。

“起来啦，懒猪。”

“干吗？”

“窗外的桑葚熟了，摘桑葚去！”

“真的吗？”唐龙顿时来了精神。

“真的，我又不会骗人。”林嘉丽开心地笑了起来。

“好的，你等我。”

“快点，再不去摘，过几天就被游客摘光啦。”

唐龙一骨碌从床上爬了起来，趿拉着拖鞋打开了房门。门外，留着齐刘海、披着长发的林嘉丽正睁大溢满笑意的眼睛望着他。她头上戴着一个淡蓝色的发箍，发箍上有一只红色蝴蝶结，脖子上戴着一条银项链，项链上挂着一个龙头，龙张牙舞爪，样子凶猛，一袭洁白的连衣裙配着脚上的一双粉红色凉鞋，十分好看。连衣裙是她在前天过九岁生日时，唐强送给她的礼物；而龙项链，则是唐龙花了260元压岁钱在市中心的一家银饰店买来送给她的。也许这条朋克风格的龙项链更适合男生戴，但唐龙觉得好看，再加上林嘉丽和他一样，都喜欢龙，所以就买了。

看到唐龙出来，林嘉丽一把抓住他的手腕，拉着他快步往外走。

当他们走出温情时光的大门，来到院子里时，正在拖地的唐强瞅见了这两个瘦小的身影，随口问道：

“你们干吗去？”

“摘桑葚。”唐龙头也不回地答道。

“桑树很高，小心点儿。”

“知道啦，爸！”

快走出院子时，唐龙回头瞄了一眼，父亲唐强正皱着眉头看着他们俩的身影，唐强身后是林嘉丽的妈妈石小青，石小青扎着围裙，手里端着一盆青翠的藜蒿。她看到唐龙的目光后，朝这两道粘在一起的身影笑了笑。

碧绿的古桑上，星星点点的桑葚红黑交加，个头饱满，汁液欲滴，小鸟在树顶上唱个不停，绿色的树荫在小溪上颤动着，夏风拂过，熟透的桑果掉落在小溪中，引来一群群野鱼的追逐。林嘉丽递给唐龙一个折成正方形的白色塑料袋，唐龙脱下鞋子，在林嘉丽的仰视中，利索地爬上了桑树，从裤兜里摸出塑料袋，将它打开，挂在树枝上，看准黑色的桑葚，边摘边吃。

“唐龙，好吃吗？”林嘉丽用舌头舔了舔嘴唇问。

“有甜的，酸的，也有甜包酸的，好吃。”

“赶紧摘，别光顾着自己吃啊！”林嘉丽看到鲜红的汁液从唐龙嘴角流溢到下巴，有点儿急了。

“好的，别急。”唐龙说。

他说完，双手猛地摇起一桑树枝，桑葚像黑色的冰雹一样砸了下来，劈头盖脸地打在林嘉丽的身上。林嘉丽“啊”地惊叫起来，赶紧抱着头蹲在地上，白色的连衣裙布满了暗红色的印儿。唐龙被自己的恶作剧逗得哈哈大笑起来。

“怎么啦？”有人推开温情时光二楼一间客房的窗户，探出头喊道。

原来是林嘉丽的妈妈石小青。

林嘉丽连忙回道：“没事儿，我们在闹着玩呢！”

“树很高，小心点儿。”

“好的，小青阿姨！”唐龙应道。

石小青的头缩了回去，客房的窗户随之关上。

唐龙吹着口哨从桑树上溜下来时，桑葚已经装了大半袋子。唐龙将桑葚递给满脸欢笑的林嘉丽，两人开心地吃着桑葚，并排着向吴悠湖走去。

山路像长蛇一样没进树丛中，路面上落满了不知名的花瓣，唧蛉子和知了你唱我和，四周的树丛里充满了蓬勃生命的韵律。

他们顺着山路来到吴悠湖畔，坐在草丛中，身前两三米处就是微微荡漾的湖水。成群结队的红蜻蜓在湖面上飞来舞去，煞是动人。不一会儿，大半袋桑葚已被他们吃完了。正是下午四点半左右的光景，吴悠湖像一只深邃的绿眼睛望着天空，闪烁着神秘的光芒，湖边茂密的草丛里，散布着几只啃食的白山羊，一只公羊看到唐龙和林嘉丽走过来，抬起头，朝他们友好地咩咩叫了几声。

林嘉丽迎着凉爽的山风，望着湖面上飞舞的红蜻蜓，用轻柔

的声音唱起了《红蜻蜓》:

“晚霞中的红蜻蜓,
请你告诉我,
童年时代遇到你,
那是哪一天?
拿起小篮来到山上,
桑树绿如荫,
采到桑果放进小篮,
难道是梦影?
十五岁的小姐姐,
嫁到远方,
别了故乡久久不能回,
音信也渺茫。
晚霞中的红蜻蜓,
你在哪里哟,
停歇在那竹竿尖上,
是那红蜻蜓。”

林嘉丽的父亲林天，经常在夕阳西下时坐在温情时光的院子里，教林嘉丽和唐龙唱《红蜻蜓》。林天的嗓音低沉嘶哑，歌声里充满了沧桑，唐龙第一次听林天唱，就记住了这首歌。

唱完一遍，林嘉丽接着唱第二遍，唐龙也跟着唱了起来，两个稚嫩的声音跟着红蜻蜓一起在吴悠湖上飞舞。

夕阳躲在云层里，从云朵的缝隙里射出的光束，愈加明亮耀眼。游客正在下山，森林里人声越来越少，终于变得一片寂静。唐龙拍了拍鼓鼓的肚子，躺在草丛上，微眯双眼，望着蓝色天空和漫游的白云，他的思绪也被云朵缠绕着，带到了遥远的地方。

林嘉丽用手拍了拍唐龙的手掌说："时候不早了，回家吧！"

唐龙回过神来，把手伸起来，微笑着说："好的，走！"

林嘉丽站起来，紧握他的手掌，正要拉他起来的时候，唐龙用力一拽，林嘉丽马上滚倒在柔软的草地上。唐龙一个翻滚，压在林嘉丽的身上，林嘉丽伸出双手，想要推开唐龙，却被唐龙捉住手腕，按在草丛上。从他们第一次成为玩伴到现在，唐龙和性格有些野的林嘉丽不知道玩过多少次类似的在草地上摔跤的游戏，但今天这次，却和以往任何一次都不同。唐龙看着身下的林嘉丽，林嘉丽睁大眼睛，正仰望着他。夕阳钻出云层，将湖水烧得通红，仿佛滚烫的岩浆一样，也顺带将林嘉丽的脸庞染得绯红。唐龙怔怔地看了看林嘉丽的眼睛，她的眼睛分明是两个闪烁着金光的黑色湖泊，倒映着他的脸庞。

他情不自禁地俯下脸，那两个黑色的湖泊消失不见了，他抬起头，在她的额头上留下了一个透明的吻痕。之后，他惊慌失措地爬起来，背对着她，沿着草地上的来路快步跑了起来。

"喂，等等我。"林嘉丽噘起粉嫩的小嘴，有些生气地朝他的背影喊道。

唐龙停下脚步，他的前面出现了三道身影——一个瘦瘦的男孩、一个胖胖的男孩和一个染着金发的男孩，看上去像是十四五岁的初中生。他们甩着双手，大步践踏着草丛，向正在吃草的山羊走去。平整的草丛很快就被他们踏出了一条绿色的道路。蚱蜢和小青蛙在他们的脚下慌忙逃窜。

三人只扫了唐龙和林嘉丽几眼，并没有理会他们，而是捉住三只山羊，各自骑了上去。

"你看看，他们在虐待羊，羊很不开心。"林嘉丽指着那三个男孩说。

“别管他们，我们赶紧回家吧！”唐龙说。

唐龙看了他们一眼，当他意识到他们中有一个人也正在望着他时，连忙将目光收了回来，望向逐渐暗淡的树林。

但林嘉丽没有理会他的话，她朝着那三个男孩大喊：

“你们在干吗？那只母羊怀孕了，难道你们没看到吗？”

“怀孕？哈哈哈……”

林嘉丽的喊声引来了金发男孩放肆的笑声。

林嘉丽气鼓鼓地走向他们，唐龙伸手试图捉住她的手腕，但被她甩了出去。唐龙只得跟在林嘉丽的后面，硬着头皮走向那三个男孩。

“这只母羊已经怀孕四个月了，我爸爸说它至少怀着两只羊崽，你看看，它的肚子鼓鼓的，你们怎么能骑在它身上？”林嘉丽生气地指着胖男孩胯下的母羊说。

那个胖男孩没有理会林嘉丽，继续着他的骑羊游戏。他穿着一件宽大的T恤，T恤上印着一个白色的狼头，狼举头嚎叫着，露出一嘴锋利的牙齿。胖男孩至少有70千克，脸圆得像只脸盆。他胯下的母羊可怜巴巴地望着唐龙和林嘉丽，在他的肥臀下发出阵阵哀鸣。一只强壮的领头公羊望着母羊，想冲到母羊身边来，但是背上的那个金发男孩牢牢地攥紧了它的两只羊角，用脚夹紧了它的肚子，经过一番折腾，它明白斗不过背上的人类，只得站在原地，无奈地朝母羊叫唤着。

“快点下来。”林嘉丽朝胖男孩吼道。

“我们就爱骑母羊，你他妈管得着吗？”胖男孩扬起下巴，睥睨着林嘉丽说。

“你们太可恶了。”林嘉丽愤怒地说道。

“可恶？这也叫可恶？更可恶的还在后面呢。”胖男孩冷冷地说。

胖男孩从羊背上移开他硕大的屁股，半蹲下来，右手搂住母羊的脖子，将母羊紧紧箍住，然后直起身子用臂弯将母羊提起来，腰一扭，右臂一抡，将母羊狠狠摔在地上，还没等它爬起来，又猛一脚踢在它鼓鼓的肚子上。母羊惨叫了两声，然后翻身站起来，甩着肚子朝山顶慢慢跑去。

“厉害，石头，这两年在拳馆真没白练。”瘦男孩在一旁鼓起了掌，然后转头问那个金发男孩，“飞飞，你不去玩玩？”

“哈哈，当然想体验一番，太有趣了。”叫飞飞的男孩说。

“善有善报，恶有恶报。”林嘉丽愤怒地望着石头说。

“善有善报，恶有恶报”是林天喜欢说的一句话，不知道什么时候林嘉丽也学会了。树林深处，猫头鹰在“呜——呜——呜”地叫着，晚风拂过，月亮这柄银色的镰刀在湖水里晃动着，蓝色的血液在吴悠湖里涌动，唐龙感到脚在发抖。

“我不信恶有恶报，我倒是知道好人不得好死。”飞飞扬扬得意地说道。

“你们会得到报应的。”林嘉丽愤愤地说。

飞飞看着走过来的石头说：“石头，她诅咒我们。”

“是吗？看来，我们可以玩新游戏了。”石头走到飞飞和瘦男孩面前，看着唐龙和林嘉丽说。

“什么新游戏？”瘦男孩笑着问，“刺激吗？”

“我们来骑这只母羊好不好？”石头指了指林嘉丽说。

飞飞拍了拍手掌说：“好，这个主意真不赖。”

瘦男孩哈哈笑着，笑声更加刺耳了。

“我们是人，不是畜生，你们才是畜生。”林嘉丽怒不可遏。

唐龙扯了扯林嘉丽的衣服，小声说：“走吧，时候不早了，我们回家。”

“回家，往哪里走？”石头走过来推了唐龙一把说，“我们还没过完瘾，你们就想回家？”

唐龙一个踉跄，差点儿摔在地上。唐龙抬头望着石头，石头比自己高一头，脸晒得黑黑的，虽然天色已暗，但是嘴唇上那圈黑色的绒毛仍清晰可见。石头的两块像乒乓球拍一样的胸肌从T恤里凸显出现，手臂很粗很长。

“看什么看？”石头一巴掌扇过来，“欠揍吗？”

唐龙的左脸火辣辣地燃烧起来，心狂跳不止，呼吸也变得急促起来。他攥紧拳头，想一拳打过去，但是犹豫了：对方有三个人，而且个个比他高大强壮，如果他还击，肯定会被暴揍一顿；而且爸爸唐强曾经多次跟他说过，要做一个好孩子，不要惹是生非，忍一时风平浪静。

“想打我？打呀！你打呀！”石头向前一步逼近唐龙，低下头，用额头顶着唐龙的额头，恶狠狠地说，“废柴，谅你也没这个胆。”

“你想干吗？”林嘉丽快步走过来，奋力将石头推开，挡在唐龙的身前。

“喔！公羊被阉割了，没有一点儿用处，”石头转头看了看他旁边的两个伙伴说，“母羊开始发威了，你们还站在那里干吗？捉住她，我们先来骑骑这只母羊。”

飞飞和瘦男孩马上抢步过来，飞飞一把将林嘉丽推倒在地，唐龙慌忙跑到林嘉丽身旁，弯腰扶林嘉丽，却被石头一脚蹬倒在地。唐龙打了个翻滚后爬起来，看到飞飞用左手揪住林嘉丽的头发，右手掐住她的脖子，将她牢牢地按在地上。林嘉丽挣扎着用双手使劲去掰她脖子上的那只手掌，但怎么也掰不开。

“再动一下老子掐死你。”飞飞腾出左手，连续三巴掌扇在林嘉丽的脸上，朝瘦男孩吼道，“捉住她的手腕，笑笑。”

笑笑赶紧捉住林嘉丽的右手手腕。

林嘉丽哭了，呜呜地哭着，细长的双腿无可奈何地踢着，弹动着。

林嘉丽的哭声像匕首一样狠狠地扎在唐龙的心上，他再次冲上去，但人高马大的石头张开双臂挡在他的身前，不让他靠近林嘉丽。他往左移，石头跟着往左移，他往右移，石头马上右移，不让他突破防线。他用手去推石头，石头纹丝不动，就像山顶小庙里的那口巨钟。徒劳地推了两次后，激起了石头的怒火，石头向前一步，用臂弯勒住他的脖子，顺势一带，再快速松开手臂，唐龙被狠狠地摔在地上，连续几个翻滚，一只脚探进湖水里，差点儿整个人都滚进了吴悠湖中。

唐龙爬起来，垂着双手，背对着他们，默默地望着脚下的吴悠湖，吴悠湖这只幽深的巨大独眼，也在默默地凝视着他。这只独眼像镜子一样倒映着他，将他的身影拉得狭长，他看到另一个自己，奇丑无比，面目可憎，像一只阴森恐怖的怪物。一阵风拂过，他看到怪物张牙舞爪，向他扑过来，似乎要将他拖下吴悠湖。他浑身颤抖，转过身，慌不择路地向着来路跑去，向着温泉旅馆跑去，向着与林嘉丽的哭喊声相反的方向跑去。

一弯银白的月亮，像一把锋利的弯刀似的切割着夜空的心脏，蓝色的血液汩汩流淌着，溢满了整个吴悠湖。山顶上的小庙里溢出了一点金黄色的灯光，公羊正带着羊群朝灯光走去，它们熟悉这里的一草一木，永远也不会成为迷途的羔羊。然而，唐龙却迷失了，永远迷失在正道山的吴悠湖畔。

当唐龙回想起九岁那年发生的这一切时，不禁扯起被子捂住头，呜呜地哭了起来，眼泪一会儿就把床单打湿了。

第二章

龙游浅滩

唐龙喜欢繁华的深圳。高考填报志愿时，深圳大学却并不是他的第一选择，十八岁高考填报志愿时，他本来想考本省的武汉大学，读那里的中文系。

武汉大学的中文系非常出名，人文荟萃，走出了很多著名作家，而他热爱文学，梦想成为作家；再说他家离武汉非常近，去咸宁北站坐高铁，二十多分钟就能到武汉。

但父亲唐强和母亲金玉花反对他去读武汉大学。于是在填报高考志愿时，唐龙只得按照父母的意志，选择了深圳大学文学院的中文系。唐强和金玉花的本意不难理解，他们都在深圳工作，唐龙如果能够考上深圳大学，他们一家三口就可以在深圳团聚了。而对于从小就作为留守儿童和爷爷奶奶生活在穷乡僻壤的唐龙，回到父母的羽翼之下，也是他所渴望的事情。

暑假时，喜报传来，唐龙顺利考上了深圳大学，他的高考分数甚至超过武汉大学录取分数线十五分。录取通知书寄到了桂花镇的邮局后，整个镇子都被这张录取通知书搅动了，此后的两个多月里，唐龙成了镇子里的热门话题，认识唐龙的街坊邻居，看到唐龙后，总会多看他一两眼。唐龙看到录取通知书后，并没有感到多兴奋，他依旧像以前一样低着头，贴着路边，像夜行动物一样敏捷而寂寥地行走在桂花镇的大街上。

他害怕被熟识的人叫住，问东问西，从前是这样，现在依然是这样。每当走在桂花镇的街道上时，他总是渴望快点回到大屋雷村。只有回到宁静的大屋雷村，他才能真正感到心安与愉悦。

按照唐强的安排，唐龙在桂花镇的一个小驾校，用了两个多月的时间考好驾照后，之后买了一张卧铺火车票来到深圳。这是他第一次来到这个很多人非常向往的繁华都市，火车到达罗湖火车站后，当他拎着两大包文学书，背着一背包衣服，被人流裹挟着，推到罗湖火车站广场时，他有些迷茫。眼前这个车水马龙、高楼耸立的繁华都市，和他高中以来每年暑假都要去一次的古城武汉迥然不同，而深圳大学和典雅美丽的武汉大学肯定差异更大。他失魂落魄地站在广场中间，人海茫茫，人影匆匆，没有人在乎他想什么，没有人瞧一瞧他，他第一次感到自己如此渺小。

大一新学期，唐龙入学还没两周，在罗湖区布心福德堡啤酒公司仓储部当主管的唐强就计划让唐龙去他的公司兼职送啤酒，这正是当初唐强刚来深圳时做的工作。经过几年时间的努力，唐强已经不需要亲自去送啤酒了。他当年运送啤酒的轻货车还一直停在小区地下停车场里，虽然有些老旧，但还可以用。

这一天晚上，吃过晚饭后，唐强把自己的计划跟唐龙说了。

唐龙不想走父亲唐强的老路，做一个送酒工，却又不知道如何拒绝，只能用沉默来应对自己的父亲。

“你到底想不想去我们公司打工？怎么像块木头似的？”唐强看儿子沉默不语，只知道坐在沙发上看湖南卫视的《快乐大本营》，于是提高嗓门没好气地问。

唐龙继续沉默着。

刚喝了几瓶啤酒的唐强有些恼火，脸膛泛红的他皱了皱眉头，从嘴里喷出一股酒气：“你到底会不会说话？想去不想去吱个声！”

唐龙的妈妈金玉花适时走了过来，坐在唐龙和唐强两人中间，为两人打圆场。

“孩子长大了，有自己的想法，有什么话好好跟他说。”金玉花轻声对唐强说。

“你看看他，石磙都压不出个屁来，能有什么想法？”唐强伸直右手食指，贴着金玉花的鼻尖伸过去，遥戳唐龙的脑袋。

唐龙将目光从电视屏幕上移开，落在廉价的玻璃茶几上，低着头，依旧沉默不语。他听到一阵风从窗外掠过，从楼顶带来一阵咕咕的鸽子叫声。

“啧！别这样。”金玉花拍了拍唐强的手背，等唐强收回手后，她将脸转向唐龙，微笑着说，“小龙，你有什么想法，都可以跟爸爸说。”

“从小到大，我的想法……我的想法就没得到过你们的支持……说出来又有什么用？”唐龙看了看金玉花说。他眼睛的余光瞥到唐强正紧紧盯着他，于是就又低下了头，躲避着那两道锐利的目光。

“好，你不说，那就按你自己的想法去做好了，我不管你这家伙了。”唐强压着声音向唐龙吼道，嘴里的唾沫星子飞溅到了唐龙的右脸颊上。

“不管就不管，谁稀罕！”唐龙还嘴。

在唐强的记忆里，这是唐龙第一次公然顶撞他。尽管他想和以前那样，一巴掌扇过去，但看到金玉花暗示的眼神后，他克制住了自己，几瓶啤酒还不至于让他失去理性。

唐强拿起桌上的黄鹤楼，抽出一根咬在嘴上，拿起打火机正要点火的时候，大腿被金玉花掐了一下——金玉花示意他去阳台上抽烟。唐强怔了一怔，站起来走向阳台。

还在湖北老家读高中时，唐强和金玉花就帮儿子设计好了这条出路，唐龙又怎能拗过他们的意愿呢？在金玉花的软语相劝和唐强的逼迫下，他最终还是开着唐强的那辆轻货车，在深圳的大街小巷穿梭起来，开始了送酒的工作，自己赚学费和生活费。

除了上学期间不用工作外，节假日唐龙每天工作8小时，一天400块。碰上忙的时候，晚上还要加班，其中有一半时间都是开着车在路上奔跑。深圳很多酒吧街都会闪现他的身影：华侨城酒吧街、世界之窗酒吧街、星河广场酒吧街、第五大街酒吧街、蛇口酒吧街……但没有人在意他。在深圳这个欲望都市，他卑微得如同蝼蚁，他开着那辆破旧的轻货车在深圳市那盘根错节的公路上回环奔突，就像一只在钢筋丛林里不断奔跑的疲惫的骆驼。

来到深圳大学两个多月后，尽管唐龙依然会时不时地把深大和武大放在一起对比，为无缘武大而感到难过，但终究适应了深大的校园文化和学习环境。

11月的深圳，天气渐渐转凉，正是一年最舒适的时节，位于深圳南山区后海湾的深圳大学里弥漫着树木的芳香和野草的气息，小鸟的歌声穿过斑驳的树荫，消失在宽阔干净的道路尽头。秋风拂过，将海潮味和鱼腥味洒在宁静的校园里。文山湖畔、杜鹃山上的勒杜鹃开得正旺，引来了很多游人赏花。唐龙背着黑色背包，踩着斑驳的树荫，快步走向文科楼，今天上午十点有一节现当代文学课。

“唐龙。”有人喊他。

唐龙回过头，看到穿着白色T恤的方飞云正跨在一辆白色山地自行车上望着他。

“嗨！方飞云。”唐龙向他挥了挥手。

“昨晚从猜火车回去睡好了吗？”

“还行，你呢？”

“我俩折腾到凌晨两三点——累，腰疼。对了，”方飞云打了个哈欠说，“《银桦》杂志正在征稿，你可以投投稿。”

“我很少投稿，写诗一般都是取悦自己。”

“不要埋没才华，要多展示一下自己。”

“得了吧，别取笑我了，我有啥才华啊！”唐龙笑着说，

“白素梅也喜欢诗歌，杂志上经常会刊登她的诗歌。”

“是吗？”

“那还有错！喜欢她的人简直从后海排到了前海。有机会我把你拉进文学社微信群，在群里和大家多交流一下。”

“谢谢你。”

唐龙和推着自行车的方飞云边走边聊，很快就来到教学楼下。距上课只有五分钟时间了，他们小跑上楼，教室里面坐满了人，只有最后两排还有几个空位，来的大部分是中文系的同学，也有一些其他系的学生。教室里面的人用齐刷刷的目光望着唐龙和方飞云，唐龙低着头，右手拽住胸前的背包带，紧跟在方飞云背后朝里走。

这节选修课是“新派武侠小说研究”，老教授今天讲的题目是《武侠小说中的“江湖”概念》：

“侠之大者，为国为民，而江湖，是武侠小说中出现频率非常高的一个词语，看过一些武侠小说或是武侠电影的人，应该对这个词语耳熟能详。这个词最早出现在《庄子·大宗师》中：相濡以沫，不如相忘于江湖。在庄子的文章里，江湖指的是自然地理概念上的江河湖泊。后来，江湖的词义发生变化，成了远离朝廷与统治阶层的民间地带和文人士大夫的精神家园，所以司马迁在《史记·货殖列传》中，写到范蠡助勾践完成复仇大业后，急流勇退，‘乘扁舟浮于江湖’。到唐代时，江湖逐渐演变成武侠小说

作家普遍认同的特殊符号、文化概念。最早出现在唐代李公佐的《谢小娥传》中。《谢小娥传》中写道：‘小娥父蓄巨产，隐名商贾间，常与段婿同舟货，往来江湖’……”

下课后，唐龙和方飞云一起走下教学楼，准备去餐厅吃饭，在教学楼门口，他们看见了白素梅。白素梅正和一个瘦高的男生在一起，那个男生身高一米七八，皮肤白皙，穿着黑色皮夹克，黑色窄腿牛仔裤，黑色皮靴，左腕上戴着一条铂金镶钻手链。

白素梅看到方飞云后，撇下那个男生走了过来。她背着一个黑色小背包，穿着一件色彩鲜艳的碎花小短裙，外面罩着一件牛仔外套，脚上穿着一双黑色低跟皮靴。

“嗨，白素梅。”方飞云向她招了招手。

“嗨。”白素梅微微笑道。

“这是我的室友，唐龙。”方飞云向白素梅介绍唐龙。

“很高兴认识你。”白素梅说。

“我也是。”唐龙看了白素梅一眼，当他看到白素梅幽深的眼睛正在注视着他时，马上低下了头。

“唐龙也是文青一枚，喜欢写作，我可以把他拉进银桦文学社微信群吗？”方飞云问白素梅。

“当然可以！欢迎你们多参加文学社的活动，多向《银桦》杂志投稿。”

“好的，我们会的。”方飞云说。

“素梅，我们走吧！”不远处那个瘦高的男生有些不耐烦了。

白素梅回过头，举起右手朝他做了一个OK的手势，然后向方飞云和唐龙道别，走到那个瘦高男生的身边。两人钻进路边的一辆红色保时捷跑车，车子疾驰而过，很快消失不见。

中午，唐龙和方飞云一起在餐厅吃饭的时候，方飞云把唐龙拉进了银桦文学社微信群，微信群里有一百多人。唐龙进群后，向白素梅发送了添加好友的请求。一点钟，他躺在宿舍的铁架子床上午休时，白素梅通过了他的好友请求。

他想起白素梅邀请他投稿的事情，于是点开白素梅的微信，给她发了一个微笑的表情。三秒后，白素梅就回了他。

白素梅：你好。

唐龙：你好，我之前写了一首诗歌，想发给你看看，烦请指正。

白素梅：指正不敢，相互交流学习吧。

唐龙：这是一首关于故乡的诗歌。

白素梅：好的，发给我就好了，欢迎加入文学社。

文字后面是一朵玫瑰花和三个笑脸的表情。

唐龙回了她三朵玫瑰花：昨晚在猜火车看到你了，很有范儿。

白素梅：哦哦，是吗？喜欢看搏击比赛？

唐龙：是的，我和方飞云就是为了看比赛才去猜火车。

白素梅：那里经常有搏击比赛。下次在酒吧看到我，记得不要不打招呼就走了。

唐龙：好的，一定。

聊了一会儿后，唐龙在手机的文件夹上找到那首诗歌，发到白素梅的微信上。

12月底一个星期五的下午，唐龙没课，他想读会儿书就回家，他家离啤酒公司比较近，便于星期六和星期天一大早起床去啤酒公司运啤酒。他来到图书馆，找到切·格瓦拉的《摩托日记》看了起来。

他看得正入神的时候，有人用手指在他的左肩点了一下，他将头扭向左边，没有看到人影，再转向右边，看到了笑吟吟的白素梅。

“嗨！”唐龙笑道。

“有空吗？我想跟你聊聊。”白素梅说。

“在图书馆？”唐龙看了看四周阅读的人群。

“不，我们去文山湖吧！”

“文山湖？好啊！”唐龙欣然而应。

文山湖畔游玩的人很多，小鸟、秋虫的鸣声与游人的脚步声、低语声糅在一起，在湖面上飘荡。他们肩并肩，向前自由漫步。

“还记得你投给我的那首诗吗？”白素梅问。

“记得。”唐龙说。

“已经在杂志上发表了。”

“是吗？”唐龙转过头，睁大眼睛看着白素梅，又惊又喜。

这是他的作品第一次在刊物上发表。

白素梅从背上取下黑色的安踏背包，从里面小心地拿出一本《银桦》杂志，递给唐龙。

唐龙翻开封面，在目录上寻找着自己的名字，在“诗路历程”专栏里，目光落在“唐龙”两个小小的黑色楷字上。他迅速按照页码翻开书页，找到了自己的那首诗歌——《秋天的风》：

在炎热的阳光中，秋天的风，
像金色的燕子一般掠过莲花山，
山路两边的珊瑚树碧波荡漾。
我感到茫然：这就是我深爱的秋天？
为什么黄叶不再像往年一样，
带着诚挚的问候敲响我的心门？
为什么人潮之中的那些年轻身影，
像苍白的幽灵一样孤独而忧伤？
是的，这是南方深圳，不是我的故乡，
我多么想回到故乡的怀抱之中。
在深圳那带着海腥的秋风里，

我闻到了故乡土地散发出的清香，
我看到，在流着金色眼泪的大白杨下，
在滚向天边的黄澄澄的稻浪中，
一个熟悉而陌生的衰老的身影，
戴着大草帽，迈着蹒跚的脚步，
越走越远，被稻香和火焰埋葬。

“谢谢你，白素梅……”唐龙喃喃道，他不知道说什么好，激动得有些语无伦次。

“不客气！诗写得不错，一字没改，文学社的编辑都很喜欢这首诗歌。”

唐龙将这首诗歌发给她时，并没有抱多大希望，这只是灵光一现随手写下的诗歌，他并不知道好坏，也不想发给别人让别人对他的诗歌指指点点。他梦想过自己的诗歌变成铅字躺在报纸杂志上的样子，但没有刻意去寻求这样的结果，他有点儿不太在乎，也不太相信自己的诗歌能得到别人的认可。而现在，他梦想成真了。

“过奖啦！”

“听方飞云说，你的梦想是成为作家？”

唐龙犹豫了一下，把投在白素梅脸上的目光移向文山湖的中央。那儿，蓝色的天空、洁白的云朵、碧绿的树丛，被秋风撕成了碎片。然后转过头看了看白素梅说：“是的，这是我最初的梦想，一直都没变。”

“只要遵从自己的内心写作，你一定会成为大作家的，加油！”

“谢谢，希望如此……”

“喏，特别是这一句，我非常喜欢。”白素梅靠近他，将脸贴了过来，用纤长的食指划着“在流着金色眼泪的大白杨下”的句子说，“色彩绚烂，意象鲜明，散发着淡淡的忧伤。”

“是吗？你喜欢就好……”唐龙说。

趁她还在低头默读诗歌时，他鼓起勇气，抬起头看着她。她就在他的眼前，她的长发，她的眉毛，她的双眼，她高高的鼻子，她红润的嘴唇，她高耸的胸脯，真实地展现在他的面前。她和他之间的距离是那么近，以至于从她头上垂下来的几根乱发，在他的脸上摇晃着，撩拨着他的每一根神经。

“真有趣，你们是在约会吗？”从身后传来一个陌生的声音。

这声音难听得就像一辆快要报废的火车慢悠悠地在砂砾地里穿行一样，里面夹杂着嘲弄、不解和怒火。唐龙和白素梅转过身，看到一个化着妆的瘦高男生站在他们身后。他双手插在裤兜里，微微低着头，犀利的目光自下而上地盯着他们，他左耳垂打着两个钻石耳钉，闪闪发亮。唐龙记起来了，这就是上次在教学楼里和白素梅一起的那个男生。瘦高男生身后跟着三个高大的男生。

“你想多了，他是文学爱好者，我们在讨论他发表在《银桦》杂志上的诗歌。”白素梅说。

“怪我眼睛不好，看走眼了。”瘦高男生走到他们面前说。

“我叫东方洲，白素梅的男朋友。”瘦高男生向唐龙伸来手掌。

“我叫唐龙。”唐龙轻轻握了握他的手。

东方洲说：“我在暗夜酒吧见过你。”

唐龙沉默不语，全身神经像弓弦一样紧绷了起来。暗夜酒吧是福德堡啤酒公司的客户之一，他经常去那里送啤酒。

“那时你正往酒吧里搬送啤酒，在文山湖这么一个浪漫的地方，巧遇深大唯一的送酒工，三生有幸。”东方洲边说边向那三个男生看去。

那三个男生夸张地哈哈大笑起来。

“东方洲，你在说什么？”白素梅提高声调，有些生气地问。

“没说什么，我只是不懂你怎么和一个从乡下来的送酒工聊得这么热乎？”

唐龙不知道该如何回应东方洲，他低着头，感到脸在燃烧。他出生于一个贫穷偏僻的乡村，这是他永远都无法改变的事实，从他离开桂花镇中学，考到咸宁市第一高中——鄂南高中起，他就紧闭心门，羞于在同学们面前提起他的家乡和出生地，也因为他的出生地，他始终无法融入他的同学中去，一直被那些城市里的同学视为一个性格内向、永不合群、埋头苦读的书呆子。

“深圳是一个兼容并包的开放城市，请收回你那香港人的优越感，把偏执狭隘的地域观念丢到一边。”白素梅直视着东方洲说。

“这么护着他，我是不是打扰到你们了？”

“你说呢？”

“可以给我看看他写的诗歌吗？”

“当然，他的诗歌写得很不错。”白素梅说。

白素梅将《银桦》杂志翻开，找到唐龙写的那首诗，递给东方洲。

唐龙紧张不安地看着东方洲，他不知道东方洲会怎样评价他的诗歌。他想早点离开这个是非之地，但他不甘心这段美妙时光就这样结束，而且他认为两人讨论诗歌，并不是什么见不得人的事情，一看到东方洲出现就离开，反而会让东方洲更误会他和白素梅之间有什么暧昧。

“啧啧，好诗，写得真棒。”东方洲赞叹道。

“过奖了。”唐龙说。

只听到“哧”的一声，东方洲将印着唐龙诗歌的书页猛一下撕掉，揉成一团，丢在了路边的草地上。

唐龙吃惊地看着东方洲的举动，白素梅也难以置信地望着东方洲。当东方洲将那首揉成纸团的诗歌踢给站在他身后的那三个男生时，白素梅再也忍不住了，她夺过东方洲手里的杂志，“砰”地扇在东方洲的头上。

“真舒服。”东方洲看了看白素梅，耸耸肩说。

“知道吗，你有时让人真的很失望。”白素梅摇着头说。

“确实是一首好诗，可是又有什么用呢？”东方洲摇摇头自言自语地说，“诗歌写得再好，不还是一个从乡下来的送酒工？”

纸团被踢回给东方洲后，东方洲走上去，一脚将纸团踩扁，用脚尖使劲揉搓着，像揉搓着面团。

“你疯了吗？你能不能正常一点儿？”白素梅瞪着东方洲说。

“我不知道是谁疯了！他的底我摸得一清二楚。几年以前，他爸爸就在为暗夜酒吧送啤酒，几年之后，他子承父业，开着他爸爸的那辆破货车，继续送啤酒，你怎么会和一个送酒工泡在一起？就因为他会写几首烂诗？看来我得向这位大诗人学习一下怎么写诗歌了，因为写诗能泡到妞。”

“东方洲，你给我听好了，我和他是文友，我们在一起交流文学，我觉得很开心。其他的对我来说，根本不重要，送酒工怎么啦？每一个自食其力的人都值得尊重。”

“是吗？只是文友？你不要把所有人当傻子。”

“是你让自己犯傻。”

“好，我愚蠢，我弱智，但无论如何，我都比这只呆头鹅好一千倍。”

唐龙觉得不能再沉默了，他深深吸了一口气，暗中用劲稳了稳颤抖的双腿，望着东方洲说：“大家都是平等的，你不能侮辱我的人格。”

“在这个世界上，除了我爸爸，没人有资格让我不能去做什么。也许你认为你的人格高贵如诗歌，可在我眼里，它卑贱如这团废纸。”东方洲说。

随后，东方洲朝唐龙那首蜷缩在纸团里的诗歌——那像饼干一样的扁薄纸片儿，“呸”地吐了一口痰。

虽然唐龙有意识地用力去控制自己的双腿，但双腿还是不争气地抖动着，不，不只是双腿，他的嘴唇，他的双手，甚至他的心脏都在颤抖。

“我从不认为自己的人格很高贵，正如……正如我从不认为你的人格很低贱一样。”唐龙说。

“你在说什么？你敢讽刺我？”东方洲猛地蹿到唐龙的面前，用手指遥戳他的额头，怒视他的眼睛，“信不信我揍你一顿？”

“我不是这个意思。”唐龙看着东方洲。

“够了，东方洲，我不想看到你，请你走开！”白素梅喊道。

“你给我闭嘴。”东方洲向白素梅吼了过去，然后又瞪着唐龙，向前紧逼了一步，“那你是什么意思？你除了能耍耍笔杆子，耍耍嘴皮子，送送啤酒，还能有什么用，废柴？”

“废柴”这个词像一颗子弹一样射进他的心里，他感到一阵疼痛从身体深处传来，这个词把他带到了正道山吴悠湖畔，带到了那个让人绝望的黄昏，带到了林嘉丽撕心裂肺般的哭喊当中。他想一拳打向东方洲的嘴巴，让他闭上不断嘲讽和折磨他的嘴巴，但是他不敢向他挥拳，愤怒加剧了他紧张的情绪，却并没有给他以勇气。他空有一副高大的骨架，空有一身发达的肌肉，骨架和肌肉中包裹着的却是一颗脆弱胆怯的心。

他清楚地记得，在九岁之前，他调皮捣蛋，经常和村里的小孩子打架扯皮，但是九岁以后，他的人生被那三个恶魔一般的少年改变了，他们打倒了他的身体，也打倒了寄居在他身体里的另一个他。从此，他就像掉了魂儿一般，面对他人的挑衅、嘲讽、谩骂甚至殴打，他唯一能做的就是沉默不语和逆来顺受。

唐龙和东方洲两人站在一起，身高一米七八的东方洲明显比他瘦上很多，矮了不少，估计体重只有70千克左右，而一米八三的唐龙从小跟着父母、爷爷奶奶在乡村劳作，来深圳后，送了几个月啤酒，再加上平时经常跑步锻炼，身体更加强壮结实。但是在气势汹汹的东方洲面前，他完全不觉得强壮的身体能使他在这场对峙中成为胜者，在灵魂深处，他早已经默默承认自己是个失败者了。

唐龙的身体已经无法服从他的意志了，他只知道一个劲儿地簌簌发抖，他的紧张不安一览无余地暴露在东方洲和白素梅的目光里——他自己也明白这一点，所以更加紧张和无地自容。

围观的人慢慢增多，他只盼着东方洲早点离开文山湖，或者白素梅将他劝离文山湖，从而让自己早点解脱出来。一连串的嘲弄侮辱，让他的大脑弥漫着一片白色的茫然，他深深地陷入无奈、自卑、绝望的泥淖之中。

东方洲向他紧逼过来，左脚迈出一步，旋即拖着右脚，紧跟上来。唐龙慌忙向后退去，围观的人越来越多了。

“是不是想打我？动手啊，快点动手打我啊！”东方洲又用手戳向他的额头。

东方洲的手指将一股玫瑰香水味带到了他的鼻腔之中，让他感到恶心得想吐。

这一次，东方洲的食指结结实实地戳到了唐龙的额头上，他默默地摆了一下头，躲开了东方洲的手指。

“东方洲，你太过分了。”白素梅走过来，插进东方洲和唐龙中间，怒视着东方洲。

东方洲一把推开白素梅，摇了摇头冷笑着说道：“废柴，看你牛高马大，一丁点儿用处都没有，让你打都不敢打。”

唐龙看到白素梅被推得退了两步，又一次听到“废柴”这个词，他再也无法忍受了，作为一个成年人，他也实在没法在这么多人面前继续窝囊下去，于是，出于回应或者反抗，他伸出手轻轻推了东方洲一把。

他刚推完东方洲，手还没有收回去，东方洲便用左手捉住他的右手手腕，然后肩膀往右一晃，一个小勾拳击在他的左肋。东方洲出拳的速度很快，精准度很高，出拳的速度越快，爆发出的力量越大，东方洲的拳头穿透了他结实的腹肌，狠狠地震荡着他柔软的肝，他瞬间就岔气了。

他不由自主地弯下腰，东方洲的右手像蛇一样敏捷地绕到他的脖子上，侧过身子，用臀部别住唐龙的胯，右肩向左一转，将他狠狠摔在了草地上。

唐龙晕乎乎地躺在草地上，被击打的左肋刺痛难忍，难以呼吸，背部传来一阵阵钝痛，在着地的那一瞬间，他感到五脏六腑都快被震荡出胸腔了。他望着天空，天空的云朵像花滑运动员一样旋转着。

“你没事吧？”白素梅蹲在唐龙身边，手足无措。

“没事。”他说。

他尽量放松身体，在草地上躺了几十秒后，向左侧起身子，用左手的肘部和右手手掌撑住地面，跪在草地上费力地向前爬了几步，捡起东方洲身后的那团纸片儿，紧紧攥在手里，然后在白素梅的注视下慢慢地爬了起来。

“我……我先回宿舍了……”他看了看白素梅，将那团沾满污泥的薄纸片儿放进裤袋里，低下头说。

“你没事吧？我送你回去。”白素梅走到唐龙身边关切地看着他的脸说。

“给我站住。”东方洲怒吼道。

唐龙停下脚步，没有回头，他不知道等待他的将是什么，但他已经不再全身颤抖了，最紧张恐惧的时刻已经过去了，他已经释然放松了许多。反正最坏的结果无非就是再被打一顿。刚才他已经挨过了，再挨几下，也不会死掉，他只希望东方洲快点结束这一切，快点放他回宿舍。

白素梅听到东方洲的吼声，转身快步走到东方洲的面前，啪的一巴掌扇在他的脸上。

“当你打人的时候，你是否想过被人打是什么感受？”白素梅直视着他的眼睛说。

东方洲怔了怔，他没想到白素梅会扇他一巴掌，他睁大眼睛望着白素梅，眼里泪花闪动，继而偏过头看了看唐龙，眨了眨眼睛，再把目光投向唐龙身后的人群，然后回过头，重新望向白素梅，微微一笑道：“当雄鹰用爪子撕碎兔子的时候，它为什么要顾及兔子的感受？”

“东方洲，不要以为练过搏击就很了不起，兔子急了也会咬人，凡事不要太过了。”

“好，谢谢你的忠告。”

白素梅与唐龙一起钻出人群，慢慢地向图书馆的方向走去，东方洲和那三个男生站在原地，久久地看着他们俩的背影。

在路上，他们看到一辆绿色出租车迎面驶来，于是白素梅挥手拦住了出租车。

“上车吧，唐龙。”白素梅愧疚地望着他说。

“去哪儿？”唐龙问。

“去医院看看。”

“我没事。”唐龙摇摇头说。

“不，去看看吧，这样我才放心。”白素梅说。

在白素梅的一再坚持下，唐龙只得坐上了出租车。

车子穿过树影婆娑的校园，驶出深大北门，向深圳市第六人民医院奔去。来到医院后，一个戴着金边眼镜的老医生简单问了一下情况后，撩起唐龙的衣服，轻轻按压了一下他背部的伤处，并让他拍了一张X射线片。片子显示骨头没什么事儿。医生告诉他们，背肌挫伤而已，擦擦红花油，休息几天就好了。

离开医院后，白素梅叫车把唐龙送到了他的宿舍——风槐斋楼下。

“不好意思，唐龙，今天真不该约你出来聊诗歌……”

“没事……已经过去了。”

白素梅正要说什么，手机响了，她从裤袋拿出手机只看了一眼，便皱着眉头挂断了电话。

肯定是东方洲打来的电话，唐龙不安地想。他那冷嘲热讽的语调一直在他的脑海里回响，锋利的眼神像匕首一样在他的眼前闪动。

“好好休息一下，身体有什么不舒服，及时告诉我。”白素梅轻声说。

“好的。”

“再见，唐龙。”

“再见……”

白素梅转身走了两步，又转过身来，看到唐龙还站在原地望着她后，向唐龙挥了挥手掌，迈开步子，消失在林荫中。

唐龙慢慢地走进风槐斋，坐电梯来到宿舍，宿舍里只有方飞云一个人，其他两个室友——林正东、方承泽因为家离深大比较近，很少回宿舍。他来到床边坐下来，回想着刚才发生的一幕，依然愤愤难平。他也想起了白素梅，她肯定是去见东方洲了，他们之间会谈些什么呢？她用书打了一下东方洲的头，又扇了他一耳光，看上去似乎闹得不可开交，但是谁知道呢，也许他们很快就和好了。

“伙计，你今天……”方飞云盯着唐龙的脸说道。

“嗯？”唐龙看了他一眼，又垂下头。

“今天有点不对劲儿，怎么啦？”

“没什么。”

他脱下被泥巴染透的T恤，走进洗手间冲凉。当他从洗手间出来后，方飞云面色凝重地盯着他。

“你还好吧？”方飞云问。

“好啊……要不然呢？”

“没受伤？”

“受什么伤？”

“你装吧，我刚在一个学长朋友圈的视频里看到了你。”方飞云晃了晃手中的手机说。

唐龙走过去，看到那个短视频上配的文字是——“文山湖畔秒杀大块头，深大惊现武林高手”。点开那个经过变速的视频，能听到背景音乐是《男儿当自强》，他看到自己被东方洲大骂“废柴”，然后是相互推搡，接着他被一拳击倒，像一个稻草人那样被东方洲摔在草地上。镜头切近，他的脸被放得很大，充满了痛苦的表情，双眼迷离，两只手在草地上摊开，双脚在无意识地颤动着。

他很愤怒，他没想到他们居然录下了他被殴打侮辱的视频，而且这么快就上传在社交媒体上，视频通过网络飞速传播，他预感到他的生活要被毁了。

“听说，白素梅的男朋友东方洲在拳新搏击俱乐部练习自由搏击有一年多了，你小心点，不要招惹白素梅。”

拳新搏击俱乐部是世界自由搏击协会（WKA）、泰国泰拳协会在中国的合作伙伴，具有很高的知名度。旗下有很多搏击名将，如“半兽人”张磊、“鬼虎神功”谢天刚、“青面魔兽”张进、“恐怖恶童”方小龙等。当然，这个俱乐部之所以被人熟知，主要是因为有“死亡巫师”黄达毅这个俱乐部的台柱，他也是这个俱乐部的合伙人之一。

唐龙打开微信朋友圈，他认识的很多深大学生都在转载这个视频，唐龙“啪”地将手机摔在床上。

“消消气吧，离白素梅远点，就没事了。”

“我们根本没有什么，就是在谈论我发表在《银桦》杂志上的诗歌而已。”

“可东方洲不这样认为。”

“这家伙是个疯子。”

“听说东方洲是香港人，住在福田区岗厦村，家人在深圳经商，有钱有势，可不好惹。”

唐龙没有回应方飞云，他从衣柜里找出一件白色T恤穿上，拿起手机，离开了宿舍，他不知道自己要去哪儿，他不知道如何面对明天的生活。他像一只受伤的熊一样在校园里独自前行，刚才发生的一幕在他脑海里一遍又一遍地回放，将他囚禁在痛苦之中，让他无法挣脱。

他想起了父亲唐强，来深圳的第五年，他不顾金玉花的吵闹阻拦，取出多年来省吃俭用存在银行里的二十万元钱，又向家乡的亲戚朋友借了八万元，凑足首付二十八万八千元，贷款在龙岗区南湾街道水梦花园小区购买了一套八十平方米两室两厅的房子，算是在深圳站稳了脚跟。从现在看来，这是唐强做得最对的一件事情，因为房子现在升值到了三百多万元，金玉花再也不会像当初刚买房子时那样，在偿还亲戚借款、银行按揭的压力下焦躁不安，一不顺心就与唐强大吵大闹。

然而和东方洲这样的深圳岗厦村住民相比，一套位于市边缘区域的小小房子算什么呢？2009年，深圳岗厦村拆迁，一夜之间造就了十个亿万以上的富翁，作为深圳中央商务区（CBD）内唯一的城中村，全村几乎无人不是千万富翁。

深圳是一座繁华的梦想之城，无数人在这里实现了自己的梦想，成就了精彩的人生，生命如烟花一样在南粤海滨的上空绽放；深圳，是一座失落之城，无数人在这里失落了梦想、希望、爱情、信仰。

每天，有很多人来到这座梦想之城；每天，也有很多人离开这座失落之城。有人在这里洒下辛劳的汗水，有人在这里流下伤心的泪水。有人在这里留下了身体，却再也找不到自己的灵魂；有人在这里留下了青春，却始终无法阻止悄然离去的脚步；人们有一千个理由离开深圳，人们有一万个理由留在深圳！

一对外国留学生情侣夹着香烟，手牵着手从他身边走过，一股淡淡的烟味和他们的欢笑声夹杂在一起，消失在远处的树影中。路两边的榕树默默地注视着他，秋风拂过，不时有金黄的小叶片从浓绿的树冠中滚下来，落在地上。他纷乱的思绪就像老榕树的根须一样，盘根错节地缠扭成一团。他想起了在猜火车酒吧看的那场搏击比赛，他想起了拳手在擂台上酣畅淋漓地打比赛的场景，他想起了他喜欢的搏击巨星——“战神”金天亚，他想起了鹏强搏击俱乐部。

唐龙掏出手机，叫了一辆滴滴快车，直奔鹏强搏击俱乐部。十分钟后，车子在海王科技大厦前停了下来。

他一走下车，就望见了三楼挂着一块巨大的LED广告牌，“鹏强搏击俱乐部”五个红色行楷大字异常醒目。他在旁边的兰州拉面馆里吃了一碗牛肉炒面后，坐上电梯，来到三楼。楼道的墙壁上，贴着写着“鹏强搏击”四个字的指示牌。他按照指示牌，穿过美容院、网络科技公司、小额贷款公司、舞蹈培训班后，来到鹏强搏击俱乐部的门口。

从门口望过去，能看到一个干净整洁的接待区，里面灯光闪烁，接待区里有一张接待台，里面坐着一个女孩子。她扎着马尾辫，穿着黑色的鹏强搏击俱乐部的T恤，正低着头敲打着键盘。

接待台上摆着一沓彩色的宣传单，两盆盛开的蝴蝶兰，旁边放着一台饮水机，对面隔开了三间玻璃房，每间玻璃房里都放着一张茶几和几把木沙发，竖着一个大书架，书架上摆满了书籍。

看到顾客进门，那女孩抬起头向唐龙微微一笑："你好。"

"你好。"

"你是来体验自由搏击的吗？"

"来看看。"

"好的，欢迎。"

"拳手呢？"

"下午的训练结束，拳手们回去吃饭了。晚上八点有业余队的拳手过来训练，你可以跟他们一起体验一下。"

唐龙看了看手机，六点十五分，距离训练还早。于是他问："我可以进去参观一下吗？"

"当然可以。"女孩热情地说。

唐龙用缓慢的脚步拖着身体，走了进去。

里面弥漫着消毒液的气味，天花板上装着几台大空调吹出冷气，非常凉爽。整个俱乐部空间很大，有1500多平方米，分为训练区、健身区、办公区、储藏区、更衣区、冲凉区等几个部分。

训练区一分为二，中间用一排长方形的水泥柱子隔开，两个区域的墙上分别写着"一号训练区"和"二号训练区"几个红色大字。柱子之间挂着圆柱形的大沙袋、VENUM[①]牌的黑色梨球和几个黑色速度球，训练区边上摆着一排木凳。训练区正对着门口的那面墙上贴着一排镜子，地面上铺着黑白相间的防滑海绵垫，打扫得很干净。

二号训练区里有一个红色正方形的擂台，擂台有着一副钢管

① 毒液牌，格斗健身装备品牌，总部位于巴黎。

骨架，擂台的台面上铺着红色的防滑革。四角竖着四根角柱，角柱上拴着四道钢丝围绳，绳子外包裹着红色的橡胶管，有两个角柱下安装着旋转角垫，一个红色，一个蓝色，角垫上的角柱靠背为厚厚的黑色人造革。每个角垫下都铺设着一道小踏梯，以方便拳手登台打比赛。

擂台后的那面墙上，挂着一幅书法作品——“天行健，君子以自强不息”。这幅书法作品的左边贴着“仁义礼智信”五个黑色大字，右边贴着“忠孝廉耻勇”。健身区摆满了各种健身器材，角落里放着两个柜子，柜子上整齐有序地摆着五颜六色的拳套、护腿、缠手布、手靶、脚靶、腰靶……

一个五十多岁模样的大叔，弯着腰在健身区拖地，他头发花白，满脸的络腮胡子也黑白相杂，穿着一件白色的短袖T恤，一条肥大的棉麻灰色长裤。他看到唐龙走过来，直起腰扶着拖把朝他微笑着点了点头，唐龙也礼貌地向他点了点头。这时，有一个人从健身区里面敞开的消防门大步走了进来。他一米七八的个头，穿着一件黑色无袖T恤，黑色运动短裤，肩膀很宽，一身腱子肉。

大叔也对黑衣男点了点头，黑衣男目视前方，没有理会大叔。黑衣男看到训练区除了唐龙外，一个人也没有，转过身问大叔：“喂！拳手们都去哪儿啦？”

“你在跟我说话吗？”大叔问他。

“能不废话吗？当然是跟你说话。”黑衣男一脸的不耐烦。

“请问找他们有什么事？”大叔笑了笑，没有半点生气的样子。

“听说鹏强搏击俱乐部不错，想过来跟这儿的拳手们切磋切磋。”

“他们训练完，回去吃饭了。”

“他是你们俱乐部的拳手吗？”黑衣男指了指唐龙。

唐龙闻言，紧张地看了看黑衣男，然后又望向大叔。

“他是来俱乐部参观的。”

“真扫兴！偌大的馆子，没有一个拳手，白来一趟。”

“如果你愿意，我可以陪你玩一玩。”大叔说。

“我是拳手，只和拳手切磋！我可不想把一个拳馆的清洁工打得躺进医院，然后帮他支付一大笔医药费！老人家，你想碰瓷，应该去找开奔驰宝马的主儿。”黑衣男一脸的鄙夷。

大叔直视着黑衣男的眼睛，缓缓说：“拳手不仅仅是一个称号、一种身份，更代表着一项荣誉。不是任何人都配称为拳手。也许你认为你是拳手，但我不这样认为。如果你不服气，我们可以让拳头来证实一切。”说完他举起右手，指了指擂台。

他的手臂青筋暴凸，半握的右拳头很大，掌指关节上结着一层老茧，看上去就像生了冻疮一样。

“你确定要跟我切磋？”黑衣男轻蔑地看着眼前打扫卫生的大叔。

“我从不说假话。”

“要我让你一只手吗？”黑衣男嘲讽似的哈哈大笑起来。

“你用手护好你的脸就好了，免得出了俱乐部，不敢去见人。”大叔微微一笑。

“好！找个老头练练手也行，总比憋得慌好。”

“小伙子，去教练办公室把刘教练叫过来做裁判。”大叔朝唐龙喊道。

教练办公室的门是开着的，里面摆着一张办公桌，办公桌后面是一张黑色靠背椅。办公桌左边放着一张黑色沙发，一个茶几，几张木椅。茶几上放着一套茶具和两盒茶叶。

沙发上坐着一个年轻人，短发，穿着红色的鹏强搏击俱乐部的训练服，他正在刷抖音视频。

“请问是刘教练吗？”唐龙站在门口敲了敲门说。

“是的。”

“打扫卫生的大叔让你过去做裁判，有人要跟他切磋。”

“打扫卫生的大叔？你叫他大叔？”刘教练咧开嘴，笑着直摇头。

他端起一杯茶，一口气灌了下去，然后放下杯子，和唐龙一起来到擂台边。

擂台上，大叔和他的对手正在戴拳套。黑衣男脱掉T恤，露出满身的肌肉块和胸口的一道刀疤，他时不时用凶狠的目光盯着大叔。

“大叔，这样好像不太好吧！”刘教练笑着说。

“没啥，点到为止。”大叔说。

刘教练来到健身区的柜子前，从里面拿出一个秒表，慢慢地来到擂台上。这时大叔和黑衣男已经戴好了拳套。刘教练问黑衣男有没有牙套，黑衣男告诉他说不需要。

刘教练站在他们两个人中间，跟他们讲述着比赛规则：不许击打后脑，不许用肘，不许踢裆，一方倒在地上的时候，不可以对他进行攻击……

规则讲完后，刘教练拿出秒表，设定好时间，举起手掌，往下一挥，喊了一声“开始”，迅速退到擂台内围边缘。

黑衣男一点儿也不客气，连试探也不做，跳步切进去，一个前直拳加一个凶猛的后摆拳，攻向大叔。他要用最短的时间，击倒眼前这个“冒犯”自己的老头。

大叔驼着背，缩起脖子，抱起双拳，迅速后退两步，灵活地躲过了黑衣男的进攻。

黑衣男紧跟着又跳步逼近大叔，在前脚落地的同时，一个前直拳加一个后直拳攻向大叔的下巴，大叔抱起拳头，拳头紧贴着额头，挡在脸前。黑衣男的拳头砰砰地打在大叔的拳套上，两记拳过后，迅速抡起右腿，扫向大叔的左大腿。大叔抬起膝，格挡住了他的低扫腿。

“大叔，你得进攻了，已经让了三招。”刘教练在一旁说。

“好，我知道。”大叔说。

大叔后退一步，离开黑衣男的攻击范围，扭扭脖子，放下拳头，舒展了下手臂，然后摆好了格斗式，眼睛紧紧盯着黑衣男。黑衣男三次攻击都没有得手，有些恼火，而大叔一味防守退让，也助长了他的气势，他又是一记直拳攻来。这时只见大叔用右手格挡住了黑衣男的拳头，然后肩膀一转，一个快如闪电的前直拳打在了黑衣男的下巴上。

黑衣男向后一仰，踉跄着后退两步，像喝醉了酒一样，整个人开始摇晃起来。

大叔迅速逼近，一右一左两个击腹拳，像锤子一样砸在他的两肋上。黑衣男皱着眉头、张开嘴巴蹲在了地上，左拳捂着肚子，右拳撑住地面。

“1，2，3，4……”刘教练走到黑衣男的身边开始读秒。

数到“6”的时候，黑衣男挣扎着站了起来，比赛再次开始。

黑衣男不敢再轻敌，小心翼翼地向大叔靠近。大叔用前手刺拳快速测试了一下两人间的距离后，突起左脚，脚背像鞭子一样抽在黑衣男的脸颊上，随着“砰”的一声响，黑衣男瘫倒在地上，失去了意识。

刘教练赶紧跑了过去，蹲在他脑袋旁掐他的人中。过了好一会儿，黑衣男终于苏醒过来，半睁着眼睛，只是意识还在“卡壳”。

“小伙子，你没事吧？”大叔脱下右手的拳套，走到黑衣男身边，拍了拍他的肩膀。

黑衣男一脸茫然。

“老了，没有年轻时利索了，好在身板还没生太多锈。下次你有兴趣，可以过来跟刘教练玩一玩，我得去拖地了，这是我今晚的本职工作。”

黑衣男沉默不语。

大叔走下擂台去健身区拖地后，黑衣男慢悠悠地站了起来，脱下拳套，一声不吭地走下擂台，径直走出消防门，消失在夜色中。

“晚上八点这里有训练，欢迎跟我们一起练一练，体验一下。”刘教练走到唐龙面前说。

“好的。”唐龙看了看打扫卫生的大叔说。

“你可以去接待室坐一下，也可以在健身区活动活动。”

“行。”

唐龙的手机振动了，他掏出手机，方飞云给他发了一条微信，是条网文链接，文章以一种调侃的语气，将唐龙描述为一个好色的流氓，因为在文山湖畔调戏东方洲的女友，结果被东方洲发现暴打。文章前面插入了东方洲KO他的那个短视频。不仅如此，文章后面还详细介绍了他的名字、年龄、学校和院系，把他节假日送酒的工作也写了出来。

唐龙看完后，双手簌簌发抖，手机差点儿从手上掉了下去。他感到血液瞬间变得滚烫起来，像岩浆一样灼烧着自己的身体。他脱下鞋子，冲到训练区的沙袋前。黑色的沙袋似乎在望着他、嘲笑他。他咬紧牙齿，一拳打过去，沙袋晃了起来。他加快速度，一拳又一拳地打在沙袋上，沙袋像钟摆一样摇来晃去。很快，他就累了。他停下来，气喘吁吁地跌坐在地板上，背靠着墙，目光锁定训练馆的一角，整个人陷进了不断袭来的痛苦中。

“小伙子，你没事吧？”大叔放下清洗拖把的水桶，站在训练区外望着他。

“没事。”唐龙摇摇头说，然后把脑袋枕在墙上，望着天花板上错综复杂的黑色管道。

“练练拳，回去好好睡一觉，明天又是美好的一天。”

“谢谢你，大叔。”唐龙感激地说。

大叔很快就把俱乐部打扫得干干净净。晚上七点十分，业余队的拳手陆续来到俱乐部，先到的拳手们将拳套放在柜子上后，换上馆服，开始在拳头上缠绷带，缠好绷带的拳手们有的压腿，有的在镜子前空击或者击打沙袋。

七点五十分，业余队的二十多名拳手都到齐了。拳手里有初中生，也有大学生；有六十多岁的老人，也有十几岁的少男少女；有朝九晚五的上班男士，也有在家相夫教子的家庭主妇……形形色色的人汇聚在一起，俱乐部变得热闹起来。

音乐响起来了，是一首快节奏的舞曲。刘教练和一个姓胡的教练走到训练区中间，让拳手们按照高矮顺序站成三排，矮的站在前面，高的站在后面。大家在刘教练的示范下，开始热身，先是两分钟的旋转手腕和脚腕，接着是两分钟的前后左右侧扶头，活动颈部肌肉，然后是两分钟的旋转脖子和腰部，再待依次做完扩胸运动、三角肌拉伸、胯腰肌拉伸和大腿内侧拉伸后，拳手们排成长队绕着训练区跑了起来。

十五分钟后，跑步结束，汗水浸湿了拳手们的上衣。他们面对着镜子开始空击练习，像野鹿一样灵活地跳跃着，打出一套套的组合拳，在拳法里，也交融着腿法和膝法。

唐龙手足无措地站在后面，看着他们空击，既紧张又兴奋。

“你过来一下。”刘教练挥着手喊他。

唐龙走过去，和其他三个新生站在一起。

训练馆里飘荡着一股淡淡的汗味。训练区的入口，那个前台女生正在举着手机拍大家训练的视频。窗外，隐隐有车声传来。

“这次先教大家直拳。”刘教练说。

唐龙忽然想起了东方洲，想起了白素梅，此时此刻，他们在干什么呢？他们会不会前嫌尽释，现在就在一起了呢？不会的，肯定不会的，他在心里喃喃道。

“保持专注，唐龙。”刘教练拍了拍唐龙的肩膀。

直拳是沿着直线运动的一种拳法，直拳出击，直线收回，简单利索。刘教练简单地讲了一下直拳的作用和基本出拳原理后，就开始用慢动作来演示前后直拳给他们看，让他们按照他的出拳方式去练习。

大家摆好格斗式，按照刘教练的讲解和要求，一板一眼地练了起来。

“对着镜子里的自己的头部出击，拳要打直。出拳时，拳头往手腕处扣下去一点，注意转肩转腰，用腰发力。”刘教练大声喊道。

练了十多分钟前后直拳后，刘教练让大家休息五分钟。休息过后，又接着练习，一个小时后，唐龙已经掌握了前后直拳的基本动作和原理，不过他打得还不标准，有时出拳不够直，有时打出后拳，前拳就掉了，忘记了防守，有时忘记转肩，转肩时又会忘记转腰，打出去的拳软绵绵的……所有新人遇到的问题，都无一例外地在他身上显现出来。当他朝镜子里的自己送出拳头时，他觉得打的不是镜子里的自己，而是一个模模糊糊的影像，这个影像似曾相识，又无比陌生。这个影像带着他的思绪回到了过去，让他重新审视着一段不堪回首的画面，让他回到了吴悠湖畔，与林嘉丽以及给予林嘉丽致命伤害的那三个少年重逢，他们三人的音容笑貌与镜子里的影像交织在一起，不住荡漾，影影绰绰。

他用尽力气挥出拳头，将那三个邪恶的影像击得粉碎，当他收回拳头时，那些影子碎片重新弥合在一起，拼凑出东方洲的面容。他咬着牙，不断地挥动着拳头，用尽全身力气击打着东方洲，可是东方洲巍然屹立，依旧在他对面静静地睥睨着他，嘲笑着他……

“停，你在干什么？”刘教练喊道。

唐龙将拳头收回来，慢慢垂到身体两侧，低下头沉默不语。

“刚才跟你说的出拳要领都忘了？这不是乱打一气吗？”

“不好意思，刘教练……”

刘教练又耐心地讲了一遍前后直拳的出拳要领，再三强调出拳的同时要记得防守和转肩转腰。之后又是短暂的休息时间，趁着这个工夫，刘教练在存放训练用具的柜子里找来两根黑色绷带，一副12盎[①]的红色拳套递给唐龙。刘教练教他缠上绷带，帮他戴上拳套。

训练馆的喇叭上正播放着《速度与激情7》的片尾曲*See You Again*，大叔打扫完卫生后，正在健身区里撸铁。

“训练后感觉怎么样？”刘教练对唐龙说。

“还不错，挺有意思的。”唐龙说。

“喜欢的话，以后就过来跟大家一起练！”

“我得回家跟爸爸妈妈商量一下，他们也许会同意的……”唐龙说。

不知道为什么，他突然想起唐强怒吼他时那愤怒的眼神和喷在他脸上的口水。

“没问题。”刘教练说完，拍拍他的肩。

唐龙看着刘教练，点了点头。

音乐停止，喇叭里响起了铛铛铛铛的铃声。拳手们戴起拳套，开始击打沙袋。刘教练拿来一副手靶，让唐龙他们四个新生用刚学的直拳拳法打手靶，绿色的VENUM品牌手靶上面印着黑色的眼镜蛇蛇头，蛇的嘴巴大张着，露出尖锐的毒牙。

戴着拳套的拳头打在手靶上，发出嘭嘭的声响，那种实实在

① 1盎司=28.3495克。

在的击打感觉和向着空气出拳的空击完全不一样，不良的情绪随着挥出去的拳头，传输到手靶上，被唐龙的拳头震得四散飞溅。用力打完三分钟靶后，他盘腿坐在地板上，大口大口喘着粗气，他感觉打靶比搬一箱箱的啤酒还累，但是内心轻松安定了许多，他喜欢这种感觉。

他们四人打完几组手靶后，接着打了几组沙袋。然后，刘教练让所有人都脱下拳套，开始分别做三分钟一组的平板撑、五十个俯卧撑、一百个仰卧起坐，做完后在刘教练的带领下拉伸身体。

一个半小时的训练很快就结束了，唐龙的上衣、裤子、内裤全湿透了。他拖着湿漉漉的衣服来到淋浴间随便用冷水冲了一下双脚，抹了一把脸，去卫生间找来几张纸巾擦干脚，穿上鞋子走到训练区。

训练结束后，俱乐部内的音乐也停了，有的拳手回家了，有的拳手留在俱乐部里，或击打沙袋，或三五成群盘腿坐在地板上小声聊天，或在健身区练力量，还有的拳手脱去上衣，靠在墙上，露出八块腹肌，让人击打他们的腹部，锻炼抗击打能力，看得唐龙心惊肉跳。

“累吗，唐龙？”收拾训练工具的刘教练走过来问。

“不累。”

“今天表现还不错，回去好好休息一下。”刘教练说。

“好的，辛苦刘教练了。”

“不辛苦。”刘教练上下打量了一下他说，“你很年轻，身体条件好，肌肉爆发力强，适合练自由搏击。”

刘教练加了唐龙的微信后，唐龙离开鹏强搏击俱乐部，在海王科技大厦楼下叫了一辆出租车来到了深大风槐斋，走进宿舍后，他发现宿舍里空无一人。他脱下湿衣服，冲完凉后，来到深大北门地铁站，坐上七号线地铁，一个多小时后，他回到了家。他走到家门口时，已经十一点二十分了。以往在这个时候，唐强和金玉花肯定已经睡了，但今天防盗门的猫眼里竟透出了几缕白色的灯光。

唐龙从身上摸出钥匙，轻轻打开房门。唐强和金玉花正坐在沙发上看格斗题材偶像剧《甜蜜暴击》，听到开门声，唐强扭过头望着唐龙，脸色铁青。唐龙换上拖鞋，走进客厅，轻轻带上房门。他正要走向自己的卧室，被唐强叫住了。

"怎么回来得这么晚？"唐强冷冷地看着他说。

"放学后，我……我去搏击俱乐部玩了一会儿……"唐龙低着头说。

"不好好学习，跑去搏击俱乐部干吗？净走歪门邪道。"唐强愤愤地说。

"搏击是一项体育运动，不是歪门邪道。"唐龙皱着眉头说。

电视里，化着浓妆身材瘦削的男主角以违背物理学原理的洪荒之力，在草地上一个旱地拔葱，腾空飞起几十米，稳稳地落在百米外的一扇铁门前，头发纹丝不乱，酷酷地摆着姿势。唇红脸白、涂脂抹粉的男主角让唐龙想起了东方洲。

"你还跟我顶牛！今天在学校惹的好事啊，网络上传疯了，很多人都知道那是我唐强养的好儿子。我这张老脸被你丢尽了。"唐强朝着唐龙吼道，"在老家嫌丢人丢得不够，还非得跑到深圳来丢人！"

两行热泪顺着唐龙的脸流下来，成串地落在地板上。

"事情还没弄清楚，不要一味骂孩子行不行？"金玉花从茶几上的纸巾盒里用力扯出两片纸巾，走过来递给唐龙。

"怎么不清楚？"唐强指了指茶几上的手机说，"微信上的文章写得明明白白的。"

"可那是别人写的文章，我看就是胡编乱造，抹黑咱孩子。"金玉花看唐龙偏过头不肯接纸巾，于是用纸巾轻轻擦着他的眼泪，"唐龙是我们的孩子，他的秉性怎么样，你还不了解吗？"

“不管是不是别人抹黑他，他都已经惹上了是非，我这张老脸也被他丢尽了。去深大之前我跟他一而再，再而三地说过，要用心学习，不要惹是生非，凡事包容，忍一忍、让一让就过去了。否则，就会影响自己的学业。你看看，你看看，这倒好，直接跟别人打上了。”唐强用右手食指点着唐龙的脑袋说。

“明明是别人打他好不好？你能不能歇会儿再说？”金玉花提高嗓音。

唐强不再说什么，他拿起遥控器，盯着屏幕，不停地切换着频道。

“孩子，你能不能把事情的来龙去脉说清楚，我不相信谣言，只有从你嘴里说出来的我才信，因为从小到大，你一直都是个诚实的孩子。”

唐龙抽动着鼻子：“没什么……没什么好说的……”

“我知道你受委屈了，不要憋在心里，越憋越难受，你把委屈说出来，我们再去想办法解决事情。”

“这件事不需要你们管。”唐龙用右手手背抹了一下眼泪。

“你不把事情说清楚，从明天开始就不用去送啤酒了，我开除你。我们公司不需要你这样的员工。”

“这是你说的……”唐龙看了唐强一眼，突然下定了决心，“从明天开始——我再也不去送啤酒了。”

“翅膀长硬了是吧？你已经是成年人了，从今以后，生活费、学费你自己想办法，不要找我们。”

“好。”唐龙说。

唐龙说完，扭过头，快步走进自己的房间，嘭地摔上房门。他关上灯，将枕头垫在背上，靠在床头陷入了沉思。这天晚上，注定又是一个难眠之夜，客厅的白色灯光从门缝渗进卧室，许久后才熄灭。突然，手机振动了一下——白素梅的头像出现在手机屏幕上——她发了一条微信过来。

白素梅：睡了吗？

唐龙想了想，回了她：没！

白素梅：对不起，微信上的文章想必给你带来不小的困扰吧！我为他的这些把戏感到痛心。晚上九点多的时候，我已经通过你们班同学跟你们班主任联系上了，相关情况，我一五一十地告诉了你们班主任，免得班主任以及学院领导误会你。

唐龙：谢谢你。

白素梅：不要说谢谢，你这么说我就更愧疚了，本来这事就是因我而起。

唐龙：不怪你。

白素梅：没有我，东方洲就不会找上你。

唐龙：没关系，这事已经过去了。

白素梅：早点休息，明天我再联系你。

唐龙：好的，晚安。

他点开白素梅的微信头像，白素梅穿着一袭白色长裙，站在金色的沙滩上，手撩迎风飞舞的长发，开心地笑着。海浪滚滚而来，似乎要抓住她、吞噬她。沙滩上落满了凌乱的脚印。

她的照片真美，而他的名声却已经臭了，他不知道回学校去了该如何面对东方洲，如何面对白素梅，如何面对所有认识他的深大的同学和老师。他不敢想象那无穷无尽的嘲笑和鄙视的眼神像海浪一样拍打着他的生活，他有过这样痛彻心扉的经历，曾以为厄运不会反复折磨同一个人，但是他想错了。这个世界多么残酷，而生活又多么邪恶！

想到这里，他点开刘教练的微信，他看了看时间，十二点四十三分，他犹豫了一下，还是给刘教练发了一条微信：

刘教练，这么晚打扰了，我想知道，你们俱乐部怎么收费？

很快，刘教练便回了一条信息给他：

业余班一年六千八百元，专业班一年一万二千元。近期正在搞活动，打八折，错过这次活动就没有优惠了。

唐龙：我报名。

刘教练：欢迎你。

唐龙：我要报专业班，专业班的拳手更强。

刘教练：好的。

唐龙：可以分期付款吗？

刘教练：可以。

唐龙：好，我明天上午去报名。

刘教练：明天上午见。

唐龙：晚安。

刘教练：晚安。

放下手机，他躺在床上翻来覆去，难以入眠。他竖起耳朵，听到了轻轻的低语声和风声，小区外寂寞的流浪猫时不时如婴儿哭般叫几声，尖锐的叫声，将夜幕割开一道道的深口子。

他又想起了多年前那个难忘的夜晚，他又听到了那三股邪恶的笑声，他又看到了那个不断挣扎的瘦小身影，那张对着他的脸庞，在朦胧的夜色中虽然模糊不清，但他至今都能感受到从那张脸庞上向他投来的求救的目光是如何灼热、痛苦、惊惶和绝望。

他不愿去想，但总是不由自主地想起他是如何趁着朦胧夜色逃离吴悠湖，跌跌撞撞地回到温情时光旅馆的。当他失魂落魄地站在温情时光的院子里放声大哭时，吓到了里面所有的人，住在温情时光的旅客都从窗外探出头来观望。

唐强和金玉花从厨房冲了出来，紧跟着，石小青和林天也快步来到院子里。石小青手上戴着一副袖头，将一对手掌举在胸前，厚厚的油污使她这双手在灯光下闪闪发亮。

“怎么啦，小龙？”唐强沉声问。

他依然大哭不止。

“小龙，丽丽呢？”石小青问他。

他不知道该怎么回答这些问题，只是把手举起来指着山顶的方向。但大人们显然不明白他指的是吴悠湖，越发让人焦灼。

“哭什么哭，丽丽呢？她在哪儿？”唐强呵斥道。

“在……在……湖边。”他好半天才憋出这几个字。

听完，林天厉嚎一声“快走”，马上冲出了院子，扎入茫茫夜色中。后面跟着他那面色煞白的妻子。唐强让金玉花去拿手电筒，唐强蹲下来对他泪流满面的儿子说：

“跟妈妈待在一起，我去山上找小丽，马上就回来，再问你一次，小丽在湖边吗？”

唐龙点点头。

唐强接过金玉花递过来的手电筒，走出了院子。唐龙抬起头，看到星星像无数滴泪珠一般从月亮的苍白脸庞上滴落。那棵披着夜之黑纱的古桑，在屋顶上不安地摇头叹息。

唐龙跟着妈妈进屋后，过了一个多小时，他听到一阵急促而凌乱的脚步声，伴随着脚步声而来的还有粗重的喘气声和低沉的哭泣声。他听到金玉花在院子里跟唐强悄声说着什么。他想跑出房间，去看看大人们是不是找回了林嘉丽，去看看林嘉丽现在什么情况，去看看她是不是还在流泪哭泣，他想去安慰她，想去向她道歉，请求她的原谅。

但是，他的勇气已经彻底遗失在吴悠湖畔了，驱使他从吴悠湖畔逃离的那股恐惧，现在将他紧紧地封闭在房间里。尽管已经远离了那三个少年，回到大人们的保护圈之中，再也不会遭受他们的暴力袭击，但他的手和脚在大人们从吴悠湖畔回来后不停地颤抖着，他听到他的上下两排牙齿像一对冤家寻仇一般相互撞打起来，咯咯作响。这股磕齿声，像是悲歌的前奏一样，不一会儿竟然在大脑里引起了一片嗡嗡声，就像一只无形的手敲响了脑鼓。

就因为他在那个他不愿再提起的夜晚不敢走出房门，从那以后，他再也没有见过林嘉丽和她的爸妈了。

时光荏苒，这个世界在不断变化，日新月异。只有他，除了躯体在不断成长，其他的似乎一成不变。是的，石头和东方洲他们也许说得对，他就是废柴、废柴，一个真真正正的废柴。

他早就开始讨厌自己了，这种厌倦延续到现在，已经变成了切肤之痛；他恨自己，恨这个世界，恨故乡，恨往昔的记忆，恨唐强，恨一切给他造成困扰的人。恨，已经变成一口幽暗的深井，他坠落其中，无处可逃。

林嘉丽遭遇不测一个月后，她就和她的爸爸妈妈从村庄里消失了，没有人知道他们一家三口去了哪儿，他们切断了和这个村庄、这个镇子、这个城市的一切联系，再也没有回来。

林嘉丽一家从村庄消失后，村庄里的大人当着唐龙一家人的面从来不说什么，然而却经常在背地里戳着唐龙的脊梁骨嘲笑责骂他，除了唐强和金玉花，没有人想要去怜悯他。他们认为丽丽出事，他应该负主要责任，是他在黄昏将一个小女孩带到寂静的湖畔，遇到不良少年后，抛下人家小女孩，独自一人逃回家，让一个柔弱的小女孩独自去面对三双魔爪，他的懦弱无能，毁灭了一个像桂花一样灿烂的女孩子。

这些风言风语总会从不同的方向吹向他们的家门，影响了村庄里的很多人。他原先的那些小伙伴不再和他玩耍嬉闹，有时还会在他头上撒野，大声笑他，调侃他，骂他，打他，甚至将口水吐到他的脸上。而他只能默默地任由他们欺辱，他在他们眼中是如此不堪，卑贱如尘埃，他早已失去了反抗的勇气、信心和权利。村庄里的女孩子，看到他就会躲得远远的，简直视他为魔鬼。

他只能行走在孤独和悲伤之中，只能将心封闭在没有一丝光的潮湿的阴影之中，只能像推着一块石头一般负重前行，他的心灵随着每一年每一月每一天时光的流逝而倍加沉重。

多年以后，当他长大后，他终于明白，那个夜晚改变了他的人生，也改变了林嘉丽的人生。命运的铁链从那一刻起，就已经套牢在他和林嘉丽的脖颈上。

第三章
卧虎藏龙

自从林嘉丽一家离开温情时光温泉旅馆后，唐龙就再也没有去过吴悠湖。几年后，当他读初一的时候，大屋雷村村委会将正道山承包给武汉一家文旅公司，开发旅游景区，唐强的旅馆也被迫关闭。于是，唐强和金玉花将唐龙托付给唐龙的爷爷奶奶，他们背着大包，到广东深圳打工，并扎下了根。

唐龙来到深圳后，始终没有融入这个城市，尽管唐强在深圳买了房子，但并没有家的感觉。深圳是上演人生百态的人间剧场，人们在这里欢笑，在这里哭泣，在这里得到，在这里失去，在这里实现梦想，在这里泡影破灭。一切的一切，变幻无常。

在白天的艳阳下昏沉入睡的酒吧、夜总会、KTV、会所等夜场，一到夜晚，如同参加假面舞会的舞女一样，花枝招展，用各种妖娆的舞姿吸引着男人的目光，就像燃烧的篝火吸引着飞蛾。鳞次栉比的高楼大厦，像连绵不断的音符一样明目张胆地书写着人们内心深处激荡的欲望，深圳的地标——平安大厦像巨蛇一样昂起头颅，直飞冲天，傲然耸立在云霄之中。在夜色与月光的掩映下，大海暗流汹涌，骚动不安，不断拍击着这座城市的心房，急速紊乱的心跳声，与那阴邪的湿气交织在一起，渗透进每一个在这座城市里奔忙的人的肌肉和筋骨之中。

当他走在大街上，当他置身于闹市里，当他穿行于人潮中，他总是那样焦虑不安，无法平静，就像丢了魂一样。一道若隐若现的阴影紧跟不舍，无法摆脱，有时候让他心跳加剧，透不过气来。只有回到深大校园，或者一个人待在自己的房间，静默深思，从他心灵深处伸出来的猛兽的利爪才肯松开他的身体，让他享受到真正的宁静和安详。

唐龙躺在床上，静静地沉思着，不知道过了多久，他带着某种期待，沉入了暗蓝的梦之深海。他看到自己变成一条孤独的蓝色鲸鱼，漫无目的地遨游着，突然，前方出现了一道朦胧的光，于是他驱动庞大的身躯分开海水，使劲向着光游去。倏地，一条巨大的章鱼挡在他的面前，遮住了那道光，它有七个巨大的头，六只滴溜溜地转动的大眼睛，十条巨大的触角。那十条触角一齐向他伸过来……他吓得浑身一颤——梦醒了，阳光透过蓝色印花窗帘的隙缝射进来，小鸟在楼下的树丛里不住地鸣唱，又是一个天气晴朗的日子。他摸出手机一看，快七点了。

他爬起来，洗漱过后，从衣柜下面的抽屉里拿出一张建设银行卡，他的压岁钱和送酒赚来的钱，基本都存在这张卡里面，如果没有记错的话，这张卡里还有一万三千元，这是他的全部存款了，虽然不多，但也够他交学费了。他背着背包，踩着拖鞋，蹑手蹑脚地穿过客厅，走到门口。他穿上那双半新半旧的安踏篮球鞋，轻轻地关上了房门。

他终于不用在周末的一大早就去面对一箱又一箱的啤酒瓶了，他不知道这么多年来，父亲唐强是如何从一个送酒工一步步熬到公司主管的，他根本不愿去想。刚走到楼下游泳池的时候，背后有人大喊："你这个倔头的家伙，招呼不打一声就跑了，真不去公司上班了？"

唐龙回头一看，窗户上挤着两颗脑袋，金玉花的头发浓密蓬松，垂在胸前。唐强的头发短短的，越来越稀疏了，脑袋又亮又圆，脸上充满怒火。

“是的，晚上见！”唐龙向他们挥挥手，笑着说。

金玉花将头缩回了房间，而唐强继续像雕塑一样僵立在窗前，一直望着唐龙渐行渐远的背影。

唐龙坐公交转地铁到鹏强搏击俱乐部门口时，已经八点半了。唐龙向前台女孩打了声招呼，直接走了进去。训练区里，昨天晚上配合刘教练给业余班的学员上课的胡教练，和几个穿着训练服的小孩子在聊天，有的小孩子七八岁，有的十来岁。刘教练正在健身区的跑步机上跑步。

唐龙来到更衣室，换好训练的衣服后，来到训练区黑色的大沙袋面前，按照刘教练昨天教的拳法，用力击打着沙袋。

“小伙子，早。”有人在过道里扯着嗓子大声喊他。

唐龙回头一看，是昨晚KO黑衣男的那个打扫卫生的大叔，他戴着黑色鸭舌帽，穿着白色中式衬衫和白色休闲长裤，大步走进训练馆。

“早上好，大叔。”唐龙喘着粗气。

“最好去找一对拳套戴上，可不要把手打坏了。”

唐龙在柜子里找到一副蓝色的十二盎司的拳套戴上，继续击打沙袋。打了几分钟后，很多拳手走进俱乐部，一个个全身湿透，大汗淋漓。

“累吗？”跑完步的刘教练走过来问他。

“不累，这不算什么。”

“打拳时要放松，手臂不要太僵硬，昨晚跟你说过，出拳时要转肩转腰。”

唐龙尴尬地笑了笑，不敢出拳了。刚才出拳时的豪气和激情，在一瞬间荡然无存。

“没关系，别急，先到休息室来坐坐吧！”刘教练说。

唐龙脱下拳套，跟着刘教练来到休息室。

“为什么他们一个个大汗淋漓？”唐龙望着不断走进训练区的拳手问道。

“他们今天早上跑万米，锻炼体能。”

唐龙看到那个大叔换上了搏击服，走进了训练区，于是问道：“打扫卫生的大叔，也跟职业拳手一起训练？”

刘教练忍不住笑起来：“那是我们俱乐部的副总教练。他姓张，很厉害，人也很好，我们都叫他张教练。昨天你叫他大叔时，我有些哭笑不得，这是第一次有人在俱乐部里叫他大叔。”

打扫卫生的大叔是俱乐部的副总教练？唐龙惊得下巴都快掉下来了。

“俱乐部总教练从小就跟张教练学习搏击，是张教练的得意弟子。至于我们俱乐部的总教练，你肯定知道他吧？”

“是的，‘战神’的名字在圈内圈外都很响。”唐龙说。

一想到将要成为金天亚门下的学员，可以近距离接触这位只有在电视和网络上才能见到的搏击巨星，唐龙就激动不已。

“只要你真的想学搏击，坚持下去，三个月后就能看到效果。”

“好的，我已经决定好了。”

“欢迎你成为鹏强搏击俱乐部的一员。费用交给前台的小妹就好了，她叫江翠羽，我们都叫她翠翠。”

唐龙走出接待室，来到前台问翠翠，交费可以刷卡吗？

翠翠告诉他可以。

他从口袋里掏出银行卡递给翠翠。他问翠翠，可以先交半年的学费，剩下的学费半年后再交吗？翠翠说没问题，刘教练跟她打过招呼了。

“现在报名八折优惠？”唐龙问道。

“是的。你需要购买拳套、牙套、护腿、缠手绷带吗？这些都是训练时要用到的。还有鹏强搏击俱乐部的训练服，你也可以买一套或者两套。”

“好的。”唐龙点点头。

他随翠翠一路来到仓库，仓库里放着很多高高的柜子，装的都是各个品牌的训练用具。翠翠先用钥匙打开装拳套的柜子，柜子里放着毒液、菲尔泰斯、哈雅不萨、艾华朗、中成王等品牌的拳套，颜色各异，大小不一，把唐龙的眼睛都看花了。

翠翠告诉他，除了中成王是国内品牌，其他都是外国品牌。唐龙犹豫了一会儿，眼前这些搏击明星戴的外国品牌的拳套，对于他来说，实在有点儿贵，因此最终他选择了一副三百八十元的中成王品牌的十二盎司红色拳套、一对红色中成王护腿、一对五米长的黑色棉布绷带、一个白色的牙套，还选了一个可以装拳套、护腿、服装的红黑相间的护具包，最后，又买了两套鹏强搏击俱乐部的训练服，一套四百元。算了算，除了学费外，他又花了将近两千元。

这一下，卡里只剩六千多块了，就算节衣缩食，也仅够他半年的生活费了。

他来到更衣室，换上崭新的训练服，拿着拳套、绷带、牙套、护腿来到训练区，里面放着说唱歌手周延的《万里长城》。

他坐在柱子下的木凳上，缠起了绷带。但是他忘记了昨天刘教练是怎么教他的，绷带缠得松松垮垮，难看极了，不得已，又解了下来。

“小伙子，我来帮你吧！”唐龙抬头一看，是张教练。

“好的，谢谢大叔——不，谢谢张教练。”

张教练笑了笑说：“不客气。”

“绷带保护的是掌指关节，所以这里一定要缠厚、缠紧一点。”张教练扯着绷带，慢慢地在他手上缠绕着，演示给他看。

张教练帮他缠完绷带后，穿起鞋子，走到跑步机上跑起了步。专业队的拳手和业余队的少儿拳手陆续来到训练馆，专业队的拳手有二十多人，少儿队的拳手有三十多人。

八点五十分，学员集中到了两个训练区里，唐龙在人群里看到了那天晚上在猜火车酒吧里KO对手赢得比赛的王刚，他头发理得很短，头上套着一个蓝色的头箍，看上去很精神。胡教练负责训练二号训练区的少儿拳手，一号训练区的专业队的拳手由张教练负责，刘教练负责训练新人。

两个区域的教练开始带领拳手们进行拉伸和热身运动，热过身后，专业队的拳手分成两拨，捉对厮杀，练习防守反击。

刘教练来到唐龙面前，仍然是指导他练习前后直拳。他严肃而耐心地帮他纠正不规范的动作。铛铛铛……铃声响了，大家停了下来，接下来是一分钟的休息时间。

一分钟后，大家又开始新一轮的训练。

“加油！”刘教练拍了拍唐龙的肩膀，望着他说。

“一定的。”唐龙点点头。

“出拳时，要转腰转肩，手臂放松，不要太僵硬，拳头半握，等到手臂快要伸直、拳头上的掌指关节快要接触到攻击目标时，才迸发出力量……”

刘教练讲完后，再用慢动作示范了几遍，让唐龙一拳一拳地对着镜子练习。

“转腰，转腰——对，很好！”刘教练在纠正错误的同时，也在不断地鼓励唐龙。

唐龙心里一暖，他不知道已有多久没得到过鼓励和肯定了，他也渴望像别的孩子一样，得到来自父母的赞美、鼓励和肯定——但在他的成长过程中，有的只是说教、批评和责骂。

十一点半，大家停止了训练，收拾好自己的训练用具去冲凉。空荡荡的训练馆里的音乐也随之停止了，地上的垫子洒满了一团团汗水。

唐龙脱下拳套，解下绷带，将拳套和绷带在柜子里放好后，在鞋柜里找了一双拖鞋慢悠悠地走到更衣室。弥漫着汗臭味的更衣室里放着一个高高的储物柜和一个长而低矮的木鞋柜，有两个刚冲完凉的拳手坐在鞋柜上笑着聊天，他们赤着上身，露出满身的肌肉。一个留着长发，在脑后扎着一条小辫子。一个理着短短的莫西干头，头发染成金黄色，看上去酷酷的。

唐龙进来后，他们转过头友好地望着他，他微笑着向他们点头致意。

他从柜子里找出干净衣服、毛巾，正准备去冲凉房冲凉时，正在聊天的莫西干头拳手叫住了他：

“冲凉房里人满了，得等一会儿。新来的吧？”

“是的。”

“别急，过几分钟就可以洗了。”

“好的。”

“之前来过我们这儿吗？”

“昨晚第一次来体验，但我之前就知道你们俱乐部，也见过你们俱乐部的拳手打比赛。”

“谁的比赛？”莫西干头望着他。

“王刚。”

“哦，‘战警’啊！他上个月在酒吧赢了一场。”莫西干头说。

“是的，猜火车酒吧，‘战警’是他的绰号？”唐龙问。

“对，还是总教练给他起的呢。”留着辫子的拳手接过话茬儿。

“为什么叫‘战警’呢？”唐龙不解。

莫西干头告诉唐龙："因为他是退役武警。"

"原来如此，这个绰号很有意思，你们有绰号吗？"唐龙问。

留辫子的拳手望着留着莫西干头的拳手，露出两个大门牙笑了笑，告诉唐龙："他叫王达龙，绰号'幻影飞龙'。"

"这位型男的绰号是'微笑刺客'，'微笑刺客'石天城。"王达龙向唐龙介绍辫子拳手说。

唐龙吃了一惊，想不到面前这两个热情随和的年轻人，就是让很多拳手畏惧的"幻影飞龙"和"微笑刺客"。"火麒麟"赵开山、"微笑刺客"石天城、"幻影飞龙"王达龙、"轰天雷"孙大雷、"齐鲁少侠"张斌是在鹏强搏击俱乐部打出名气的五名拳手，已经跻身国内一线拳手行列，被称为"鹏强五虎"。

"你叫什么名字？"王达龙问他。

"我叫唐龙。"

"唐朝的飞龙，好名字。"王达龙调皮地说。

"唐龙以后要是打出名头来了，你把'飞龙'的绰号给他，你就叫'幻影'好了。"石天城笑着对王达龙说。

"哎呀妈呀，只要师弟打出来了，啥都行，别说给一半绰号，'幻影飞龙'的绰号全给他都成，够意思吧？"

石天城听完，和王达龙一起哈哈大笑起来。

这时候一个身高约两米、双腿像大树一样粗壮的拳手冲完凉，手拿湿毛巾走了进来。他像巨人一样耸立在更衣室里，头都快顶到天花板了。当他一走进更衣室，更衣室的空间骤然小了很多。

"大雷冲好了，你赶紧去吧！"王达龙对唐龙说。

大雷？难道刚才走进更衣室的巨人就是"轰天雷"孙大雷？一定是了，今天真是开了眼界，唐龙想。唐龙冲完凉回到更衣室，发现孙大雷、石天城、王达龙等人已经走了。

二号训练区里，刘教练和胡教练正在带领第二拨少儿班的学员训练。一号训练区里，王刚训练完后在加练，不断击打着沙袋，每出一拳或者一腿，嘴里都会“嘟”地喊一声。随着拳腿组合的变化，你能听到他嘴里的“嘟”声时高时低、时快时慢。

这喊声和他的拳腿击打在沙袋上发出的低沉的嘭嘭声交织在一起，像是凶悍的食肉动物发出的野性的吼叫。

离王刚不远处，有五个孩子挤在一堆，中间那个手里捧着一个手机，其他四个都把头凑到他的肩膀前，盯着手机屏幕看。

唐龙走进一号训练区，近距离观察王刚如何发力出招，击打沙袋。

打完一组沙袋后，王刚脱下拳套，朝唐龙微笑着点点头：

“刚来俱乐部吗？以前好像没见过你。”

“是的，上午刚上第一节课。”

“好好练，你可以的。”

“谢谢，你练了多久？”唐龙问王刚。

“三个月。”

“我看过你的比赛，练三个月就可以KO获胜，很厉害。”唐龙有些吃惊。

“一般一般，在猜火车酒吧看的比赛？”

“对。”唐龙点点头。

王刚不好意思地笑了：“其实，我打得很差劲，能赢是因为对手很菜，只是你现在看不出来。在这里，‘鹏强五虎’才是除教练外最厉害的拳手。”

“以后的日子里，请多指教。”

“相互学习，谈不上指教。”

“昨晚第一次看到张教练的时候，他正在健身区打扫卫生，一开始我还以为他是俱乐部的清洁工，后来才知道他是我们的副总教练。”唐龙略带尴尬地说。

王刚指了指柱子中间的木凳说："坐坐吧！"

在木凳上坐好后，两个年轻人打开了话匣子。

"张教练以前是中国散打名将，后来去泰国，以外国拳手的身份在泰国本土拿过泰拳冠军，现在的拳手都不知道他的名字，在九十年代，他可是大名鼎鼎！"

"这里真是卧虎藏龙。"

"张教练经常带头打扫俱乐部的卫生，在他的带动下，俱乐部里的脏活累活大家都抢着干。听说张教练和总教练都是湖北武汉人，总教练从小就在张教练的武汉拳馆练习搏击。总教练打出名头后，离开了张教练的拳馆，在深圳创建了自己的搏击俱乐部。"

"张教练后来为什么会来深圳呢？他武汉的拳馆怎么办？"

王刚抬眼望了望四周，确定周围没有人在听他们聊天后，压低声音说："张教练的妻子去世后，他心灰意冷，关闭了拳馆，想要离开武汉那座让他触景伤情的城市，总教练知道后，就把他请到了俱乐部，训练他和这里的职业拳手。"

他们聊得正起劲儿的时候，张教练从更衣区走了出来。他看到唐龙和王刚坐在一起聊天，便喊王刚：

"累吗，王刚？"

"不累，张教练。"王刚回道。

"唐龙，在宿舍给你找个地方休息吧！"

"好的，谢谢张教练。"

"不客气。"张教练说完，朝那五个玩手机的小孩喊道，"阿杰，你们不要玩手机了，早点回宿舍，下午还有训练呢！"

中间那个拿着手机的叫阿杰的小孩抬头看了看张教练，连忙将手机收进短裤的裤袋，向更衣区走去，其他孩子都跟在阿杰的身后。五个孩子从更衣区拿来包后，一行人朝俱乐部的宿舍走去。

宿舍就在俱乐部不远的小区内，十分钟就走到了。小区树木葱茏，整洁安静。宿舍很大，三室一厅，客厅的门后摆着一个鞋架，上面搁满了各种颜色的鞋子。客厅里摆着沙发、茶几、电视柜，电视柜上面放着一台旧电视机，电视柜旁边竖着一台饮水机，水桶里已经滴水不剩。沙发上摆放着几个破手靶和几只旧拳套，茶几上放着几个空酒瓶、一个烟灰缸、一套茶具和三个蒸蛋器。

厨房很小，散发着潮湿的蟑螂屎的味道。灶台上的电饭煲上热气腾腾，中间乱糟糟地摆放着几罐蛋白增肌粉和瓶瓶碗碗，灶台里面摆着五枚鸡蛋，燃气灶上沾满了油污，垃圾桶里的食物残渣涌出一股难闻的气味，残渣上面丢着一层白色的碎鸡蛋壳。

厨房里面有两个赤裸着上身的拳手在忙活，一个正在炒菜，一个打下手，他们看到张教练走了进来，连忙笑着和张教练打招呼。

张教练朝他们点点头："手艺不错，很香嘛！"

"还过得去。"炒菜的那个笑道。

"王刚，要招呼大家做做宿舍的卫生了。"张教练对王刚说。

"嗯，好的，张教练。"王刚应道。

那五个男孩走进主卧后，张教练和王刚带着唐龙来到次卧，次卧里放着三张上下铺的铁架子床和三个衣柜。张教练问王刚哪张床没人睡，王刚指了指靠近窗口的一间铁架子床的下铺，说那张床没有人睡。

张教练对唐龙说，你以后就在这儿休息了。唐龙点点头，将背包放在了床铺上。

张教练安排好唐龙的床位后，来到主卧门口，敲了敲门，喊道："小家伙们，走，上楼吃饭。"

那五个孩子闻声立刻冲出来，跟着张教练去了楼上的教练宿舍。

唐龙把背包锁放进柜子里，跟着王刚来到小区外面的一家兰州拉面馆吃午餐。

两个人狼吞虎咽，将两盘牛肉炒拉面、一盘新疆大盘鸡、一盘凉拌牛肉、一盘爆炒牛杂、一盘番茄炒蛋吃了个精光。从兰州拉面馆回宿舍后，疲惫的唐龙躺在床上很快就睡着了。不知道过了多久，他感到胸闷气急，呼吸困难，从睡梦中惊醒过来，他看到五张模糊的小脸在他眼前晃动。他看了两眼，认出是隔壁的小孩子们后，又闭上了眼睛。这时，他的鼻子被两根手指捏紧了。

“干吗？”他猛地睁开眼睛呵斥道。

他看到阿杰的手臂像蛇一样从他的脸上缩了回去。这个眼睛明亮、脸庞有些黧黑的孩子回头看了其他四个孩子一眼，和他们一起开心地大笑起来，嘴都合不拢了。

“阿杰，又在开别人玩笑了？”王刚从客厅里走进来说。

“我在叫唐龙哥哥起床。”阿杰扑闪着大眼睛说。

王刚皱起眉头故作生气地斜了阿杰一眼，然后对睡眼惺忪的唐龙说：“四点训练，现在三点二十分了，赶紧起来吧！”

唐龙马上爬了起来，到散发着尿骚味的洗手间抹了一把脸，便跟着王刚来到俱乐部。大部分的学员都到了，有的在踢打沙袋，有的在压腿、舒展身体，有的在缠绷带。下午的训练很快开始了，热过身后，除了他继续在刘教练的指导下练习直拳外，其他拳手都在练实战对抗。

一个半小时的高强度训练结束了，拉伸过身体后，唐龙冲完凉，离开了鹏强搏击俱乐部，步行回到了深大。宿舍里空荡荡的，一个人都没有。他将衣服放进洗衣机洗涤后，来到深大食堂吃晚餐。

因为是周末，食堂里的人少了很多。唐龙刚走进食堂，就发现很多人都在用一种异样的目光盯着他，就连食堂里打菜师傅的眼神都怪怪的，让他浑身发毛。他不想坐在这里吃晚餐了，让师傅帮忙打包一份白切鸡饭，逃也似的走出了餐厅。

他拎着白切鸡饭，重新回到宿舍，坐电梯来到天台，天台中间有一床破竹席，他坐在上面狼吞虎咽起来。

吃完后，唐龙躺在竹席上焦虑不安地望着夜晚的天空。天空昏暗不明，看不到一丝儿月色和星光，浓稠的夜影包围着他。不一会儿，手机震了起来。他掏出手机一看，是妈妈金玉花打来的。

“小龙，吃晚饭了吗？”金玉花在电话那端问道。

“刚吃过。”

“今天拳练得怎么样？”

“还好。”

“以后放假不回来，打个电话给老妈吧，这样我们也安心一些。”

“好的，没什么事我挂了。”

“这孩子……”金玉花在电话那端叹息。

金玉花的电话刚挂没一会儿，白素梅的微信就来了。

白素梅：唐龙，你在哪里呢？

唐龙：在深大。

白素梅：深大哪儿？

唐龙：干吗？

白素梅：我想见见你。

唐龙：有什么事你可以在微信上说。

白素梅：我想见面聊。

唐龙：我在风槐斋的天台上。

白素梅：我在家里，马上过来。

三十多分钟后，细碎的脚步声就在风槐斋的天台上响了起来。听到脚步声，唐龙连忙从竹席上坐了起来。

“唐龙，唐龙。”白素梅在天台上轻声喊。

“我在这儿。”唐龙说。

一身白色连身裙的白素梅循声来到唐龙身边，她看到唐龙坐在竹席上，于是脱下鞋子，抱着双腿坐在唐龙身边。

“对不起，唐龙。”白素梅侧过脸看了唐龙一眼说。

她的声音缓慢而沉重，就像天台上的落叶被轻风推动，在地面上不断打滚而摩擦出的声音。

“没事，这不怪你……你没必要总跟我说对不起。”唐龙说。

尽管他对于自己成为深大以及网络上的笑料而忧心忡忡，尽管他仿佛看到了全中国的人都在用鄙夷的眼神看着他被暴揍的视频，听到了全中国人发出的嘲笑声，但是当白素梅来到天台，坐在他的身边时，他那颗承载着痛苦和煎熬的心，一下子好了很多。

“我知道这些歪曲事实的文章，会给你带来怎样的困扰。希望你能够从这些困扰中走出来，不要影响到你的学习和生活。”

“这不是什么天大的事儿，不会一直困扰我的。”

“那就好。”

“普希金有一句名诗写得非常好：‘一切都是瞬息，一切都将会过去；而那过去了的，就会成为亲切的怀恋。’”

“是的，我也读过这首诗——《假如生活欺骗了你》。”唐龙点点头说，“这件事儿终究过去了，没啥的。”

“我和他是今年暑假的时候认识的，那是一个周末的夜晚，我在模特公司的安排下去暗夜酒吧举行的搏击赛举牌，那天他在酒吧看比赛，他告诉我他是深大管理学院2015届工商管理系的学生，他找我要了电话号码，不断给我发信息。那时我刚进深大，有些天真，所以，几个月后我们确定了恋爱关系。一开始相处得很融洽，但不久，他真实的一面渐渐浮现出来，我喜欢自由，而他具有极强的控制欲，多疑成性。我们闹过分手，但是分手后，他又会不断向我道歉，像橡皮糖一样黏上来，我们就这样一直走到现在，我发现，我根本就不了解他。”

唐龙沉默不语，举目遥望汉京集团总部大厦，大厦上面的灯光描绘出“我爱深圳”的醒目标语，白色的英文字母，红色的心形图案，烧穿了黑夜。

“我的闺密告诉我：如果真的觉得不适合，就坚决斩断这段感情。但是男女间的感情真的是一种奇怪复杂的关系……唉……斩不断，理还乱。”白素梅轻叹道。

“我没谈过女朋友，所以没有这样的烦恼。”唐龙说。

白素梅沉默了一会儿后，望着唐龙，用坚定的声音告诉他：“我会要他向你当面道歉的，你放心。”

“不，这不重要。”

“他做错了，必须还你一个公道。”

“事情已经过去了，真没必要，不要因为这事影响你们之间的关系。”

“我们的关系不需要你管……”她拿出手机，翻了两条微信看了看说，“我先走了，有机会再聊。再见，唐龙。”

“再见。”

白素梅站起来，用闪亮的眼睛望了望唐龙，转身走向楼梯口。

第四章

见龙在田

星期一上午有一节中国古代文学课。唐龙一大早跑完步后，来到餐厅买了四个肉包、一瓶酸奶、两个鸡蛋，他本想坐在餐厅里吃完早餐再去教室，但餐厅里人太多了，四面八方好像都有眼睛在盯着他。他赶紧改变了主意，双手抓着早餐，有些慌乱地走出了餐厅，远离人群，边走边吃。吃完早餐后，唐龙轻步走到教室门口，朝里望去，教室里空无一人。他在最后一排找了一个座位坐下，翻开课本埋头看了起来。

半小时后，陆续有同学走进教室。唐龙低着头，一直盯着书本，但一个字也没有看进去。离上课只有十五分钟了，同学们不断涌进教室。唐龙低着的头都快贴到桌面上了，前面的同学坐得笔直，将他挡了起来，但是他仍能感受到同学们的目光像无数道一万瓦的激光束打在自己身上，灼烧着他。

唐龙眼睛的余光瞥到教室中间位置，有几个调皮的同学正转过头来望着他，不怀好意的笑声和不堪入耳的脏话从他们那儿传来，让他的大脑一片茫然，心跳加速，僵硬的身体像弓一样紧绷着，连变换姿势舒展身体的勇气都没有了。

老师走进教室，开始上课，适时拯救了他——那几个望着他的同学不得不将头扭了回去。他看着老师的嘴巴在翕动，却根本不知道老师在讲什么，黑板上白花花地写着很多文字，他几乎什么也没看进去。铃声响了，课间休息十分钟，他不知道第一节课是怎么熬过来的，好在终于下课了。

他站起来，低着头夹杂在人群中走出教室。从洗手间出来后，他看到走廊上的同学都在齐刷刷地望着他，有的同学在望着他笑，有的同学看他一眼后，附在其他同学耳边窃窃私语。他的室友林正东和方承泽也站在一起嘲弄地望着他笑。站在他们旁边的方飞云看到唐龙后，与他交换了一下目光，随即把瞬间变得有些冷淡的目光投向一旁，摆出不屑一顾的样子。没有人跟他打招呼，没有人向他走过来，他感到他和同学们隔了一层厚厚的钢化玻璃墙，所有人都站在玻璃墙的另一边，透过玻璃好奇地窥视着他，就像在窥视一个被囚禁的怪胎。

唐龙低着头走向教室门口，再有一步就迈进教室了，身后传来一个女孩的声音：

“唐龙……唐龙，能过来一下吗？”

他熟悉这声音，回过头，看到白素梅和东方洲向他走来。

东方洲唇角上飞扬着戏谑的笑容，微眯着眼睛望着他。

周围的同学看到东方洲和白素梅过来后，把刚才聚焦在他身上的目光，纷纷投向他们。就连教室里的一些人也挤在窗口，望着他们。

唐龙紧张不安地望着东方洲和周围的同学，他感到自己的手脚在颤抖。但他越是怕同学们注意到他颤抖的手脚，手和脚反而抖得越发厉害了。

“我该怎么说来着？”东方洲把脸转向白素梅，冷冷地笑着说。

“这还要我教你吗？”白素梅反问东方洲，一脸严肃。

“好吧！”

“对不起，唐龙同学。”他笑着说，他看到一些人有意无意地在向他们这边靠近，听他们的对话，于是停了下来。

唐龙低着头，沉默不语，好像做了对不起东方洲的事儿一样。

“还有呢？一句对不起就完了？”白素梅紧盯着东方洲的眼睛。

“我不该恶语相向，不该动手，对于因为我们的冲突而引起的一些不实文章对你造成的攻击，我感到非常抱歉，希望我们忘掉这件事，成为朋友。”

东方洲说完，手向唐龙伸了过来。

唐龙望向白素梅，白素梅向他点点头，于是唐龙也伸出手，和东方洲象征性地握了握。

“好了，你要求我做的我都做到了，现在我可以走了吧！”东方洲说完，扭头就走，将白素梅甩在身后。

东方洲主动找唐龙道歉的事情，很快就在深大人文学院传开了。唐龙内心平静了不少。但是同学们对唐龙的看法并没有改变多少，在课间休息、食堂就餐或者参加大型活动时，他总是能感受到那种异样的目光无处不在地压迫着自己，让他的心被烧灼般火辣辣地痛。越来越多的同学在疏远他，他像一只受伤的狼在校园里踯躅独行。好在方飞云和他之间的友情并没有因为这件事而受到多少影响，在教室、图书馆、食堂等公共场合，方飞云虽然和他保持着一定的距离，但是回到宿舍后，两人依旧无话不谈。

孤独、压抑、焦虑的校园生活，不断将他推出校园，推向鹏强搏击俱乐部。俱乐部逢周一休假，周二到周日的上午、下午、晚上都有训练，白天是专业队的拳手训练，晚上是业余队的拳手训练，这让他可以较灵活地安排时间去练习搏击，除了周二、周三课程比较密集，他只去训练一次外，其余时间，他都会抽出时间去俱乐部训练两次，每次训练完，他都会去健身区加练力量。

为了训练，他开始翘课了，他异常专注努力，就像虐待自己一样，拼了命似的在俱乐部锤炼着自己的躯体，宣泄着好似用之不竭的力量。

鹏强搏击俱乐部的专业队拳手分为钻石、黄金、白银、青铜四个级别的战队：青铜战队是指来俱乐部不到一年的菜鸟拳手，比如王刚等；白银战队是那些技术水平比不上黄金战队的拳手，但也积累了很多B级和C级赛事经验，在搏击界崭露头角的拳手；黄金战队属于那些打出名头的一线或准一线拳手，比如“鹏强五虎”；钻石战队则属于世界顶级拳手的级别，目前只有金天亚一个人。四个级别之间的拳手相互竞争，优胜劣汰。黄金战队的学员如果连续战败三场，将降级到白银战队；白银战队的学员如果连败三场，则会降级到青铜战队。每个级别的学员的出场费也有着很大的差异：黄金战队的出场费一般能够达到三四万元一场，白银战队的则是一万元左右，青铜战队的一千五百元到四五千元不等，至于钻石级别的金天亚，出场费则百万起步。

作为青铜战队的队员，唐龙也非常期望有一天像高级别的拳手一样上场打比赛，这样的话，不仅提升更快，还能拿到出场费，自己养活自己。

他知道，虽然父母接受了他放弃送啤酒、开始练习搏击的事实，但固执的父亲唐强说得出做得到，不会再给他一分钱，除非他低头认错，按照父亲的路线意愿行事。他知道唐强的盘算：等这小子没钱用了，活不下去了，他就知道练拳不能当饭吃，就会放弃玩这项杂耍，重新半工半读，开着货车去深圳的各大酒吧送啤酒来养活自己了。

每过一个星期，他都会在头脑里换算着银行卡上不断变小的那串四位数的数字，生存的本能和欲望驱赶着他不断进步。

在刘教练一对一的指导下，唐龙努力训练一个月后，掌握了基本的拳法、步法、腿法。此后，他正式进入专业队训练，在张教练的指导下，进行拳腿膝组合和防守反击之类的训练。随着训练强度的提高和不断进步，他的心儿变得安宁起来，他的努力和专注也赢得了教练和队友的尊重。

在学习的这段时间里，唐龙从没见过俱乐部的创始人、总教练“战神”金天亚，王刚告诉他，总教练去泰国西提猜的拳馆跟西提猜一起训练了。西提猜被誉为“泰国之子”，威名赫赫，在自由搏击70公斤级世界排名第一，自由搏击P4P世界排名第一，世界拳击理事会（WBC）泰拳和世界泰拳理事会（WMC）泰拳世界第一，2016年1月23日晚，西提猜在中国海南三亚，轻松获得昆仑决70公斤级世界冠军。

王刚打开微信，找出总教练的微信，进入他的朋友圈，点开一张照片，给唐龙看。只见大汗淋漓的金天亚赤着上身，戴着黑色的拳套，和同样赤裸上身、露出八块腹肌、穿着标志性的黑橙两色Venum搏击短裤的西提猜笑吟吟地站在拳馆的擂台中间望着他和王刚。

在鹏强搏击俱乐部不断精进的这个月里，唐龙和专业队的拳手们混得越来越熟，结识了很多新朋友，同时也意外地见到了自己的老朋友——白素梅。

那是一个星期天的下午，他走进俱乐部，居然看到白素梅站在训练区一侧，他吃惊地望着白素梅。白素梅看到他后，同样也很意外。

“你在这里练搏击？”白素梅看着他的训练服问。

“是的。”唐龙回答。

“刚来？”

“有一段时间了，你也报名了？”

“我没有，我是来看他们的。”白素梅指了指正在二号训练区热身的阿杰等五个小孩说。

“看望他们？”

“是的。”

“他们和你是什么关系？”唐龙越发迷糊了。

“说来话长，找机会再聊吧！”白素梅说。

白素梅一直待在俱乐部看着阿杰他们训练，有时帮他们拍拍照片和视频。训练结束后，白素梅叫上唐龙，带着五个孩子来到俱乐部旁边的一家湘菜馆，找到一张十个座位的大圆桌坐了下来。

“女士优先。”唐龙将服务员送过来的菜单递给白素梅。

白素梅推了推，见唐龙执意要将菜单递给她，于是接了过来，问唐龙：“你想吃什么菜？”

“我随便，你点就好了。”唐龙说。

白素梅转过头问那些孩子：

“小家伙们，你们今天累到了吧？想吃点什么，尽管跟姐姐说！”

孩子们你看看我，我看看你，一时也说不上要吃啥。

“阿杰，你要吃啥？”白素梅望着阿杰问道。

“嗯……嗯……农家小炒肉吧！”阿杰说。

其他孩子见阿杰点了菜，也每人报了一个菜名。

五个孩子训练了一整天，身体消耗很大，早就饿了，第一道菜一端上来，很快就被几双筷子夹光了。白素梅在一旁不断叮嘱他们吃慢点，不要急，后面还有很多菜。而她自己，只在碗里盛了半碗饭，慢条斯理地咀嚼着。

唐龙低着头，很快吃完了三碗饭。两个大人五个小孩，十三个菜吃得干干净净。吃完饭，喝了一点茶，跟孩子们聊了一会儿天后，白素梅买过单，大家一起离开了餐馆。在路边，白素梅叫下一辆比亚迪出租车，打开车前门，钻进去后摇下车窗，望着唐龙说：

“上来吧，刚好我也要回深大。”

唐龙依言，钻进了出租车里。白素梅挥手和孩子们告别：

“阿杰，带他们回去好好休息一下，你们是最棒的，要加油喔！”她握起拳头，在车窗前对孩子们晃了晃。

“我们会加油的，姐姐再见。”阿杰说。

其他孩子跟着阿杰的话头，一起向白素梅道别。这顿饭很丰盛，他们吃得饱饱的，满心欢喜。

唐龙看着白素梅披下来的长发、精致的面容、修长的手臂，吸着从白素梅身上逃离的桂花香水味，有些迷乱恍惚，他不由想起了桂花镇，想起了那漫山遍野的桂花树和在桂花林里奔跑的林嘉丽。

“文艺青年去学自由搏击，难不成是想修成文武双全？”白素梅微笑道。

“主要是为了磨砺意志、锻炼身体吧！”

“这是好事儿，支持你。”

“谢谢你的支持！对了，深大那么多学科，你为什么选择历史系？”

“我不喜欢和钱打交道，喜欢世界史和考古，所以最终选择了历史系。没啥急事的话，我们找个咖啡厅坐坐！”白素梅话锋一转。

“好。”

“我们宿舍下有一家咖啡厅，我经常去喝东西。”

唐龙很想从她嘴里知道东方洲的一些信息，但她对于东方洲只字不提，而唐龙一时半会儿不知道该如何挑起这个话题。

出租车很快拐进了深大，来到了白素梅的宿舍乔木阁，乔木阁不远处就是留学生的宿舍楼。白素梅说的这家咖啡厅有两层，每一层的空间都不算大，门口摆着几张桌子，坐着两男两女四个外国人，他们的桌子上摆着几瓶进口啤酒。

白素梅带着唐龙走上楼梯，来到二楼。二楼客人不多，里面有一个大书架，上面摆满了书。落地玻璃窗下摆着几张木桌，一个戴着黑框眼镜的男生，坐在窗边，低头读着恰克·帕拉尼克的小说《搏击俱乐部》。小野丽莎慵懒的歌声在狭小的空间荡漾着，摩挲着耳根。

服务员来了，白素梅点了杯黑珍珠奶茶，为唐龙点了杯鲜榨苹果汁。柔软的夜色悬垂在玻璃窗外，灯光如金色的咖啡泡沫一样在树影上浮涨。三五成群的学生们从咖啡厅旁经过，走向后面的桂庙，此时的桂庙正热闹。

“以前来过这里吗？”白素梅问。

“没有。”唐龙说。

这是他来深大后，第一次单独跟一个女生在一起喝东西聊天。他离她是那么近，他紧张不安，心在加速跳动，当他发现自己放在桌面的手指在抖动时，连忙将双手收到了桌子底下。他不知道如果东方洲碰到他跟白素梅在一块儿，会有什么样的反应，也许会比上次更为激烈。一股恐惧感从他的脊背上沁出，向四周弥漫。

“感觉怎么样？”

“还行。”

“好吧，言归正传，我们聊聊你想知道的事情吧。因为我知道你和俱乐部的其他拳手一样，对我和那几个孩子之间的事儿充满了好奇。”

白素梅吮了一小口奶茶，告诉唐龙，高二暑假的时候，她不顾家人的反对，加入了一个高中生支教联盟，被单独分派到偏远的海拔三千多米高的大凉山地区支教。那是个炎热的下午，她坐着破班车来到镇上，当地一个五十多岁的右腿不太好的女老师早已等候多时，女老师叫娟子。在娟子老师的带领下，她来到被高山层层包围的贫困的南山村。村庄里，有一所破旧的小学校，学校是用泥砖建起来的，校园里有一棵巨大的水杉树，投下一大圈荫凉。屋顶的横梁上盖着黑瓦，年久失修，瓦片碎裂，一到下雨天，雨水就会撒着欢儿流进教室，孩子们只能找出所有的脸盆脚盆、瓶瓶罐罐来接雨。而且横梁被雨水腐蚀，非常脆弱，保不准哪天就会掉下来，砸到学生的头上。

她看到这样的情况后，立刻搭车来到镇子里唯一的一家银行——农村信用社，取出了自己的压岁钱，请当地工人把学校修葺了一番，更换了横梁和屋瓦。

这个学校有三十六个学生，主要是二三年级的，全部都是留守儿童。她和娟子一起教那些孩子语文、数学、外语，她也发挥自己的特长，教孩子们学习唱歌、画画、跳舞。

她很快适应了乡下的生活，融入了这群单纯活泼的孩子们当中，孩子们迅速地喜欢上了她，亲切地叫她梅梅老师，村庄里的人也很尊敬她。

村庄里有三个孩子，那年4月还在这所学校里读书，但是后来，他们的监护人以他们成绩差、读书没有前途为由，不顾老师的反对和孩子想要继续读书的意愿，将他们的孩子带离学校，送到村庄附近一座矿山上挖南红玛瑙去了。他们分别叫阿杰、李默、张帅。阿杰那年十三岁，因为经常辍学留级，还在读五年级。阿杰的爸爸妈妈在他很小的时候就在山西煤矿挖煤，最后双双患上尘肺病，当他们查出得了尘肺，向煤矿老板索赔的时候，煤矿发生了瓦斯爆炸事件，煤老板连夜潜逃，跑到了蒙古国。

没有办法，夫妻俩只能带着一堆破旧的行囊返回乡下的老家。回到乡下后，阿杰的爸爸妈妈在绝望中居然染上了毒瘾，不断用吸毒来麻痹自己，以减轻病痛和对死亡的恐惧。吸毒耗尽了家里的一点积蓄，也加速了他们的死亡。

先是阿杰的妈妈闭上了眼睛，离开了这个世界。不久，阿杰的爸爸也永远离开了他。可怜的阿杰，只能和六十多岁的爷爷相依为命。

而李默和张帅的情况比阿杰好不了多少，他们都在单亲家庭里长大，严格地说，是由爷爷奶奶抚养大的，在他们很小的时候，他们的爸爸和妈妈就离婚了。

李默的爸爸妈妈在广州打工的时候离婚了，妈妈嫁给了当地一个富有的老头，这个老头是个瘾君子，据说李默的妈妈和这个老头结婚之后，也迅速染上了毒瘾，每天过着昏天黑地的生活。李默的爸爸长期在外地打工，只在春节时短暂回家。

张帅的妈妈在一个秋日的黄昏里，毫无预兆地丢下六岁的他离开了村庄，再也没有回去过。李默和张帅，也再没有见过自己的母亲。

她知道这三个孩子的情况后，在村支书和娟子的带领下，沿着弯弯曲曲的山路，找到三个孩子的家。那些用黄土筑成的破房子在山坡上孤独耸立的样子，那松木门框和窗棂上长满绿霉和真菌的画面，让她至今无法忘记。

她跟那三个孩子的监护人——爷爷奶奶们沟通，希望让孩子重返学校读书。她告诉那些听不太懂普通话的老人们：只有这样，他们的孙子才能找到一条真正的出路，走出大山。

一开始，那些老人对她的到来感到吃惊和感动，但是对于让孙子从矿山重返学校读书的事儿却无动于衷，特别是阿杰的爷爷，他认为穷人的孩子根本读不起书，即使成绩好，考上了中学，他也出不起学费和生活费，考上大学后，费用更高。孩子现在能够自己赚钱养活自己有什么不好呢？至少比在家里好吃懒做要好吧！

后来，在她和村支书三番五次的登门劝说下，特别是当她告诉阿杰的爷爷，矿山很危险，不能让阿杰步他爸爸妈妈的后尘，而村支书则很严肃地告诉这些老人，矿山雇用童工是违法的，如果上头查起来，问题就大了。终于，三个孩子的监护人被说动了，带着她和村支书爬了几小时的山路，找到了矿山。

那是她第一次见到矿山。光秃秃的山头上，满目疮痍，钻机打出了一个又一个的矿洞，就像外科医生用柳叶刀在病人身上割开一道又一道的深口子，洞口堆着许多用蛇皮袋装的泥土，每个洞口旁边都矗立着一台吊机，矿山上横七竖八地拉满了电线和绳子，到处能看到双轮车，有些车子是空的，有些车子装满了玛瑙原石。车子旁边，蹲着许多妇女和十多岁的孩子，妇女戴着头巾或者帽子，孩子们穿着厚厚的衣服，双手黑乎乎的，沾着许多泥巴，结满了老茧。有很多孩子的手受伤了，缠着厚厚的胶带，原本白色的胶带，现在变得和他们脚下的泥土一样黑。

这些女人和孩子握着铁钎，不断凿击着一堆刚从矿洞里运出来的玛瑙原石。而一些中年男人和老人，则守在洞口，负责用吊机将装满玛瑙原石的二轮车吊上来，把玛瑙原石倒在洞口附近，让女人和孩子拣选出好的石料。

走近洞口朝下望去，让人倒吸一口凉气。两米宽的矿洞，直线下去有四米多深，地道斜着向地下延伸，地道边上能看到一两台发电的柴油机，柴油机暴怒地吼叫着，让人心烦不安。矿洞几乎没有什么防护措施，也许随时会坍塌，将深入矿洞的矿工埋葬。

阿杰的爷爷气喘吁吁地向前走着，朝人群密集的地方大喊：“阿杰……阿杰……”沙哑急促的声音冲进吊机和铁钎发出的沉闷声浪之中，显得格外刺耳。一个瘦瘦的穿着黑色毛衣和棕色破皮夹克的男孩子随着喊声，手握铁钎站了起来。他脸庞晒得很黑，两道淡淡的眉毛下，眼睛闪闪发亮。这双眼睛充满疑惑地望着他的爷爷以及跟在爷爷后面的人。

老人指了指她，告诉阿杰，这是新来的老师，赶紧跟老师回去念书吧！阿杰望望爷爷，再望望她，一脸的迷茫。

工头看到村支书过来了，赶忙走过来，发了一支烟给村支书和阿杰的爷爷，并给他们点燃。村支书夹着烟，跟他讲起他们来这里的目的，工头表示支持孩子们回去念书。

她问阿杰："我是学校新来的白素梅老师，是专门来看望你的，学校里的同学们都期望你重返学校读书，你愿意跟我们回学校吗？"

阿杰看了看她，犹豫了三秒，眨了眨眼睛，点点头。他松开手，铁钎掉地，钎柄上沾着血迹，那是手掌在劳作中磨出的血泡又被磨破渗出的血。她问阿杰怎么样，是不是很痛？阿杰羞涩地笑了笑，摇了摇头。她看到旁边有一个贴着红十字的箱子，于是打开箱子，从里面找出碘附、棉签、创可贴、云南白药，用碘附给他的伤口消过毒后，撒上云南白药的粉末，贴上创可贴。

阿杰的眼睛湿润了，自从他爸爸、妈妈、奶奶去世以后，关心他的人就少了。爷爷老了，身体不好，体弱多病，连照顾自己都困难，更别说照顾孙子了。爷爷基本上就是以粗犷的放养方式来带他，他之所以来矿山工作，除了不喜欢上学、没有更好的出路外，主要是可以赚点钱补贴家用。爷爷总是生病，需要钱买药治病。

工地上的很多工人——男女老少都在望着眼前这个年轻漂亮的女孩，一看就是城里来的女孩，一来就马上给阿杰处理伤口的女孩。

李默和张帅是阿杰的好朋友，他们看到阿杰要回学校读书了，也想离开折磨他们肉体与心灵的矿山，重返学校。学校对他们来说，不仅仅是学习的摇篮，更是可以助他们逃离这炼狱一般的矿山的乐园。

当她带着阿杰、张帅、李默从矿山离开时，她不经意地回了一下头，看到十几个原本低头敲击玛瑙原石的小孩子默默地站了起来，久久地望着他们。在他们身后，矿山就像躺在天空下的一具伤痕累累的巨尸。

三个孩子回到学校重新学习后，她发现他们基础确实很差，一篇作文写不到三百字，而且字迹潦草，错字连篇，很多数学题都不会做。但他们性格活泼，一下课就能听到他们响亮的笑声，体质和运动能力不错，在体育课上表现出色。她耗费了很多心血和时间，在课后辅导他们的语文和数学。一段时间下来，他们的成绩有所提升。而她也赢得了他们的信任。

天下没有不散的筵席。暑假的支教时间结束了，她拖延了半个月，还是得回深圳。离开的那天中午，坐进村支书那辆洗得干干净净的旧面包车里，当她将头探出车窗，向站在学校门口目送她的娟子老师和学生们挥手作别的时候，很多孩子泪眼婆娑地跑到车窗前，将精心准备的告别礼物送给她，这些礼物大多是一些明信片以及用作文本和笔记本上的纸写的信。她在人群里寻找着阿杰，却始终没有看见阿杰的身影。

车子启动，沿着狭窄的黄土山路很快离开了学校。她将孩子们送的礼物整理整齐，小心地放进身边的背包里，然后满怀眷恋地望着马路两边的田地房舍。忽然，开车的支书看着后视镜叫了起来：小兔崽子，不要命了。

她朝后视镜里望去，一个男孩子骑着一辆破旧的嘉陵125摩托车，以极快的速度紧紧跟在他们车的后面，并且一直在大声喊叫："梅梅老师……梅梅老师……"

稚嫩的声音在山谷里回荡——是阿杰。

村支书将车停在路边。阿杰也停了下来。村支书将头探出车窗，恼火地朝阿杰喊："骑这么快干嘛，不知道很危险吗？也不晓得按喇叭，扯着喉咙鬼吼啥？”

阿杰甩着一只手跑到她的车窗边。她打开车门，跳下面包车。

阿杰递给她一个四方形的木盒子，告诉她：“梅梅老师，这是我送你的礼物，谢谢你教我知识，你还会回南山村来看我们吗？”

她接过木盒，非常感动，对阿杰说：“谢谢你的礼物，我会回来看你，看所有学生的。阿杰，你一定要记住，骑摩托车很危险，千万不要在山路上骑快车，老师希望你平平安安的。”

“我本来要跟同学们一起送你的，但是我在家里想把这个手工盒子做得更好看一些，结果耽误了时间，所以只能借了一辆摩托车来追你们。对不起，梅梅老师。”阿杰说，他低垂目光，有些羞惭。

木盒子是用锯得薄薄的松木板做成的，上面布着咖啡色的木纹，能闻到淡淡的松香味。盒子有一个小抽屉，四个盒角钉着一溜小钉子，使得盒子非常稳固。

当她在返回深圳的火车上轻轻打开盒子里的小抽屉时，她看到了一串精美的南红玛瑙佛珠，做工精细，颜色纯净，红艳如血。佛珠下面是一张小纸条，她打开小纸条，纸条上歪歪扭扭地写着一段话：梅梅老师，这串佛珠是我用矿山上拣到的好石料，请村庄里的老师傅打磨出来的，希望你能喜欢，它会保佑你平安幸福，我们舍不得你离开，会一直等你回来的。

她非常喜欢这串佛珠，一直戴在左手手腕上，但学业紧张，一直没有时间返回大凉山南山村。高三上学期的一个夜晚，一个来自大凉山的电话扰乱了她平静的生活。来电的是阿杰的爷爷，他在电话那端用夹杂着浓重凉山方言的普通话告诉白素梅，自从她离开后，阿杰的状态很糟糕，就像无人能管的野牛一样无法无天，逃学打架、惹是生非成了家常便饭，学习成绩越来越差，后来考试居然拒绝拿起笔，直接交白卷。老人很担忧，恳请她跟阿杰打个电话，和阿杰谈谈心，劝劝他。

晚上，她按照约定，给阿杰打了个电话。听到她的声音，阿杰非常兴奋，问她什么时候回南山村。她告诉阿杰，一时半会儿可能回不了，阿杰，梅梅老师失信了，真对不起。

阿杰沉默了几秒后，告诉她，他不喜欢现在的老师，现在的老师没有她好，他根本没有兴趣学习。他不想读书了，也不想去矿山工作。

她问他，不读书以后有什么打算？

阿杰说，他想成为一名拳手，成为一名像熊朝忠那样从矿山走向世界的著名拳手，这样就会有钱回家盖两层高的小洋楼，让爷爷住得好一点了。

那一瞬间，她沉默了，她不知道熊朝忠是谁，但是为阿杰拥有了自己的梦想而感到欣慰。

自从那天通过电话后，她四处寻找拳馆。后来，她听说深大附近有一家搏击俱乐部很有名，中国最有名的拳手之一的金天亚就在那里训练。于是，她多次到鹏强搏击俱乐部体验，当她了解到这家俱乐部教学专业、训练体系科学、教练严格认真，培养了很多知名的职业拳手时，她径直找到拳馆老板兼总教练——“战神”金天亚。

金天亚了解到她真实的目的后，答应让阿杰免费来俱乐部学习自由搏击，帮他一步步实现梦想，成为职业拳手。

得到金天亚的承诺后，她马上联系阿杰，告诉他这个消息。阿杰很高兴，他知道“战神”金天亚，家里没有电视，他就经常跑到同学家里熬夜看他的搏击比赛，他认为金天亚是中国最厉害的拳手。

但是，阿杰的逐梦计划一开始就遭到了爷爷的坚决反对。爷爷告诉阿杰，打拳不安全，会出人命的，他们家世世代代就没出过一个打拳的。而且阿杰从偏僻的大凉山跑到南方深圳，无论如何都不能让他放心——尽管他年轻时去过一次深圳。更何况，他老了，害怕孤独，他的儿子和儿媳妇已经永远离开了他，他不想孙子也离他远去。

一边是孤独忧虑的老人，一边是怀揣梦想的少年，她夹在中间着实为难。然而，阿杰的心显然早已经从大凉山南山村飞到了深圳的鹏强搏击俱乐部，他做了一个大胆的决定，离开学校，重返矿山挖矿，一个月后，当他从包工头那里领到几千元的工钱后，他背上一个小包，在一个阴沉沉的下午悄悄地离开了矿山，离开了南山村，离开了他的爷爷。他来到县城，住进姑妈家，又买了一个手机，让姑妈帮他买了一张卡，他计划第二天一大早从县城坐车到成都，再从成都坐火车到深圳，到深圳后给她打电话，让她带他去鹏强搏击俱乐部。

没想到的是，阿杰被姑妈出卖了。当天晚上，他的爷爷就赶到了他姑妈家，他的爷爷先扇了他一记耳光，然后用结满老茧的粗糙手指揪着他的左耳往上扯，大声斥骂他、怒吼他。他没有哭泣，没有反抗，没有吭声，他低着头站在爷爷面前，像块大玛瑙石一样沉默。

阿杰跟着爷爷回家的当晚，就用新手机跟她通了话，把发生的一切全盘告诉了她。她知道跟阿杰的爷爷打电话已经没什么用了，于是拨通了南山村村支书的电话求助，她把阿杰的梦想告诉了村支书，也跟他分析了阿杰目前的生活状态和未来的人生方向。

村支书听完后，告诉她，他虽然不懂搏击，也不知道熊朝忠和金天亚是哪一号人物，但是孩子有好的梦想，肯定是好事情，古人崇文尚武，讲究文武双全，而文不成武能成也是人才，这总比在矿山里冒着生命危险挖矿要好很多吧！

后来，村支书找到阿杰的爷爷，苦口婆心地劝了老人家几次后，老人家终于同意阿杰去深圳鹏强搏击俱乐部练拳。老人家拎着大包小袋，带着阿杰费尽周折来到深圳，刚下火车站，就看到了等候多时的她。阿杰激动地扑到她的怀里，拥抱着她。老人看着他们亲热的样子，浑浊的眼睛里噙满了泪花。

她带着阿杰和他爷爷来到鹏强搏击俱乐部，阿杰咧开嘴笑着，兴奋地凝望着拳馆里的一切，然后将目光凝注在认真训练的拳手身上。梦想散发出的荣光，第一次拂去了蒙蔽他双眼的迷雾，从拳手们身上，他看到了自己的人生、自己的未来。

而当阿杰的爷爷看到身强体壮、充满激情与力量的年轻拳手在宽敞明亮、设备先进的训练区里吼叫着击打沙袋，沙袋在他们的拳头下像风中的树叶一样颤抖时，他明白了孙子为什么会有这样的梦想，他知道这一次，这个小家伙的选择或许是正确的。

后来，阿杰来深圳鹏强搏击俱乐部训练的消息在大凉山南山村一传十、十传百，很快，阿杰的四个从小一起玩耍的小伙伴张帅、李默、王小霖、张田田通过她牵线搭桥，也来到鹏强搏击俱乐部训练，阿杰因为他们的到来而欢呼雀跃。有同龄的朋友陪伴，他再也不那么孤独了，他们一起吃一起睡，一起训练一起玩耍。

在教练的精心调教下，零基础的阿杰他们进步飞快，他们平时主要练习自由搏击，传统武术里面的套路和器械也附带着练。俱乐部里的教练和其他学员，也很喜欢这五个小师弟，有什么好吃的好玩的，总会叫上他们。平时，他们和俱乐部的教练员一起在教练宿舍里吃饭，总教练的保姆专门负责为教练员和这五个孩子做饭。他们调皮活泼，简直成了大家的开心果。而她，有空的时候，就会来俱乐部看看他们，陪他们吃顿饭，带点小零食小礼物给他们。

听白素梅讲完她和这五个大凉山孩子的故事后，唐龙望着落地玻璃窗外的夜色，陷入了长久的沉思之中，他想，那么多同门师兄弟来到鹏强搏击俱乐部训练，来到这座城市寻找他们的梦想，也许每个人都像白素梅一样，有一个深藏心底的真实故事吧。他发现，从那一刻起，他才真正开始了解白素梅。

第五章

龙战鱼骇

在鹏强搏击俱乐部训练了三个月后，唐龙终于见到了总教练——“战神”金天亚。那天下午，他正在张教练的指导下，以拳腿膝的组合击打沙袋，突然后面传来了一个陌生的浑厚有力的声音：

“手不要掉，任何时候都不能忽略防守，做好防守，才能后发制人，找到取胜的机会。”

当一组训练结束，在休息的间隙，他回过头，看到一个身高约一米八的大个子和张教练站在一起说话。

他穿着一身火红的训练服，留着板寸头，眉毛很浓，单眼皮的眼睛里，目光像刀子般锐利，手臂、前胸、小腿鼓胀鼓胀的，手掌自然蜷曲成半拳，像大铁锤一样垂在大腿两旁。

唐龙一眼认出了这个人就是“战神”金天亚，刚才就是他在强调防守。此刻，中国搏击的传奇人物，就活生生地站在他面前。

第一次和金天亚面对面近距离接触，唐龙有些惊慌失措，想到以后可以得到他的指点，他又兴奋难捺。他不知道是否要过去跟金天亚打个招呼，他看到大家摘下拳套，安静地走向饮水区或洗手间，只有“鹏强五虎”走了过去，将金天亚围起来。

“天亚哥回来了。”孙大雷笑着在金天亚的肩膀上捶了捶。

“回来了，我不在俱乐部的日子里，你们没偷懒吧？”金天亚问。

“张教练盯着我们，哪敢呢？”张斌笑着说。

“那就好。”金天亚看了看身边的张教练说。

“天亚哥回来了，有没有从泰国带好吃的回来呀？”阿杰看到金天亚后，带着他的四个小伙伴张帅、张田田、王小霖、李默一起跑了过去。

金天亚微微俯下身子，望着他们笑着说：“当然有，我一直都惦记着你们这五个小吃货呢！训练结束后去翠翠姐那儿拿就好了。”

“太好啦！”阿杰挥舞着双手，跳了起来。

当唐龙从洗手间出来后，看到金天亚正站在训练区储物柜边缠绷带，旁边放着一对红色的双胞胎拳套（Twins）。唐龙明显感到，俱乐部的师兄弟一下子子变得严肃起来。平时在拳馆里嘻嘻哈哈的几个拳手，看到金天亚回来后，马上收敛了。

这天下午，训练的流程是热身、空击、双人轮流打沙袋、打反应。前面三个环节已经过去了，只剩下打反应了。大家戴好拳套和护腿，铛铛铛……开始训练的铃声响起了，学员们开始按照各自的水平和身高体重找合适的对手训练。

打反应，就是拳手们按照搏击规则自由对抗，和打沙袋一样，都是三分钟一组，大家只发百分之五十的力量。每个拳手都会找水平和自己相差无几或者水平比自己高一点儿的对手，而不喜欢找跟自己差一大截的对手练习，而唐龙比较喜欢找王刚对练，王刚从来不会因为唐龙是刚来不久的新人而瞧不起他。王刚在和唐龙打反应的时候，总会时不时地提醒唐龙注意动作上的缺陷，当唐龙忘记防守时，他会毫不犹豫地攻击唐龙露出的防守空当。用王刚的话说就是：挨打挨多了，就会变得机灵和强大起来。

三分钟后，休息的铃声响了起来，休息了一分钟后，大家换对手接着练习第二组。这一次，来到唐龙面前的是金天亚。

第一次和金天亚打反应，唐龙紧张不已，大脑一片空白，他摆好格斗式，前后快速晃动，摇闪着上身，但是却不敢出动作。金天亚不断用轻快的直拳刺向他，试探他，右拳蓄势待发。当金天亚看到他不敢出动作时，似乎怒了。

“出拳啊，怎么不进攻？”金天亚皱着眉头向他喊道。

金天亚一喊，唐龙更慌了，于是一个跳步切进来，来了一个前直拳、后直拳加右击腹拳，金天亚摇臂侧闪，躲过他的前直拳和后直拳，左臂贴住肋部。唐龙的击腹拳落在他坚硬如铁的臂肘上，金天亚几乎纹丝不动。

“放松，放松，肩膀和手臂放松，动起来。”金天亚用右拳拍了拍胸脯，示意唐龙继续进攻。

于是，唐龙换了另外一个组合拳进攻：前直、后直、左摆加右击腹拳。金天亚这次没有躲闪，用严密的防守阻挡唐龙的进攻。待唐龙击腹拳击打自己的肋部时，他后发制人，一个快如闪电的右手击腹拳已经击中了唐龙的左肋。虽然金天亚只用了百分之三十的力量，但这是来自一个80公斤级的拳王的一拳，唐龙感到肝随着对方的拳头荡了起来，就像一架秋千一样，刺痛从肝部发散出来，沿着他的神经脉络四处游走，呼吸困难，拳脚变得软绵绵的。他想找个地方坐下来好好歇息，但是一回合训练还未结束，只能抱紧头部，手臂夹紧两肋，严密防守，勉强坚持。紧接着，金天亚用低扫踢砍着他的大腿，同时大声地告诉唐龙：“提膝，防守，动起来。”

三分钟的打反应练习终于结束了，金天亚伸出拳头，和他碰了碰拳说：

“小伙子，放松点，手臂太僵硬了，锁住了你的力量。要把力量释放出来，打出去的拳才有杀伤力。”

唐龙用拳套抹了一下眼睛上的汗，看了金天亚一眼，点点头。他一瘸一拐地走到墙边，一屁股坐了下来，两条大腿的肌肉几乎被金天亚踢烂了，也许不是金天亚的低扫踢使出了多么大的力量，而是他的大腿抗击打能力太差。

一天下午，训练结束后，刘教练走过来告诉唐龙，去一下总教练办公室，总教练找他。这是他第一次来到金天亚的办公室，办公室很大，里面播放着李志辉的《海天一色》，对着门放着一张红木办公桌，金天亚正坐在办公桌后看书。办公桌前放着两把黑色真皮椅子，办公桌后面的墙上，挂着一幅枯笔写就的行书作品——宁静致远。

办公桌左边摆放着一套中式红木沙发，中间放着一个大茶几和一套茶具、几罐凤凰单枞。办公桌右边摆放着一个大大的红木书柜，书柜最顶层放着金天亚获得的金腰带、奖杯、证书，书柜顶层以下，全部摆满了各种类型的书籍，其中以中国儒释道、国外哲学书籍最多，现当代国内外文学、历史学、经济学、管理学、武术等书籍也不少，书架两边各摆着一棵发财树。

“坐，唐龙！”看到唐龙进来后，金天亚合上书，微笑着说。

唐龙坐下来，一眼瞟到金天亚看的书是精装版的《孙子兵法》。

“来俱乐部多久了？”

唐龙想了想说：“三个多月。”

“你练得还行，就是动作有点儿僵硬，如果能放松一点儿就好了。”

“是的，教练们都跟我说过这个问题，我会改正的。”

“想不想打比赛？”

“打比赛？”唐龙愣住了。

“对，练了这么久，去C级赛事的擂台上锻炼一下，进步更快。”

“我可以吗？”

“为什么不可以呢？相信自己，就一定可以。”

“什么比赛？”

“鹏城武林，在福田星河广场比赛，下周日晚上七点半。除了你，阿杰、张帅和李默也会去参加表演赛，孙大雷和王刚带队，出场费嘛，赢者一千五，输者一千，好好训练吧！回头把身份证号码和一张上身照发给我。”

“好的，谢谢总教练。”唐龙说。

没想到才到这里练三个多月，就可以赚出场费了，唐龙惊喜不已。三个多月来，他没有向父母要一分钱。原以为交完学费后剩下的钱够用半年，但现在他微信钱包、支付宝、银行卡加起来，只有八百六十元了，勉强够他一个月的生活费，而且还只能省吃俭用。可是，高强度的训练，身体消耗很大，自然对于营养的需求也很大，如果一味地在饮食上节俭，有可能会拖垮身体。

这段时间他一直对生活费的事忧心忡忡，他不愿低头向唐强和金玉花要钱，因为他知道，他们给他生活费的唯一条件就是要他远离这项运动，但是三个多月来，他已经深深地爱上了自由搏击，不可能屈服于他们。而现在，他终于有希望靠自己解决生活费了，这能不让他兴奋吗？

“不客气，加油！”金天亚向他点点头说。

离开总教练办公室后，唐龙没有去冲凉，而是来到训练区打沙袋，加练拳腿组合。俱乐部里的音乐停了下来，不一会儿，金天亚和疲惫的拳手们冲完凉后都陆续回去休息了，四周变得安静下来，只有唐龙的拳腿击打沙袋发出的嘭嘭声在激荡。

“小伙子，今天怎么这么刻苦？”一个声音从身后传来。

唐龙停下动作，转过身，看到张教练拿着扫帚正准备打扫卫生，后面跟着刘教练、胡教练。

“下周要打比赛了。”他走到张教练面前说。

“什么比赛？”

“鹏城武林。”

“哦，不错，以赛代练，增加实战经验，这是快速提升的好方法。”

“我来帮你打扫吧！”

“如果你不嫌脏的话，当然欢迎。”

唐龙找来一把扫帚，和张教练他们三人打扫起了训练区，清扫一遍后，几个人又拿起拖把，将俱乐部拖得一干二净。清洁完毕，另两名教练向张教练告别，离开了俱乐部，空荡荡的俱乐部只剩下唐龙和张教练两个人。

“小伙子，累吗？”

“拖拖地算什么，没来俱乐部之前，我一直在送啤酒，这比送啤酒不知道轻松到哪里去了。”

“挺好，生活也是一种修行。”

“我第一次来鹏强搏击俱乐部，就看到你在打扫卫生，当时我误以为你是俱乐部请的保洁大叔，当你将一个身材魁梧的黑衣年轻人打得狼狈不堪后，才知道你是俱乐部的副总教练。”

“哈哈，年纪大了，也就能干一些体力活了。”张教练笑道，皱纹在脸上舒展开来。

“我知道总教练是你调教出来的，那你又是从哪儿出师的呢？”

“年轻人好奇心都这么强。”张教练笑着说，“要说这个问题，可就远喽，我可以跟你聊一聊，但你得准备些小酒，买点儿下酒菜过来。”

“没问题。”想到下周就可以打比赛拿出场费，唐龙一口就答应了。

唐龙冲过凉后，来到楼下的便利店买了两瓶劲酒、两瓶青岛啤酒、两双筷子、盐水花生、凤爪、兰花豆、鸭脖子。

张教练看到一袋子吃喝的东西，非常高兴。唐龙关上俱乐部的灯和排风扇，在接待区的休息室和张教练边喝边聊。

“你刚才问我什么来着？我的功夫从哪儿学的？”张教练捏起一粒花生，剥开壳，将花生米丢进嘴里慢慢咀嚼着。

“是的。”唐龙打开一瓶劲酒，递给张教练，给自己开了一瓶啤酒。

“你听说过梅惠志梅老爷子吗？”张教练举起瓶，尝了一口劲酒说。

唐龙摇摇头。他看着面前的张教练，张教练刚理过发，头顶的头发有些稀，眼睛里闪烁着快乐的光芒，胡茬和头发一样，都有些斑白。张教练握着酒瓶的拳头很大，骨节上覆盖着一层厚厚的拳茧，拳背上凸起的血管像蛇一样蜿蜒。

“没听说过很正常，现在的年轻人几乎都不知道他，但几十年前，在整个武林，他可是无人不知无人不晓的风云人物。”

“为什么这样说呢？”唐龙问。

“梅老爷子是中国武术界泰斗，中国传统武术和现代搏击融合发展的拓荒者，中国散打运动创始人之一。没有梅老爷子创建散打体系，就没有柳海龙、宝力高、苑玉宝、张开印等散打王横空出世。”

“当时为什么会创建散打呢？”

“20世纪70年代末80年代初，国家正在大力发展体育事业，倡导体育走出国门，去国外表演交流。在这样的背景下，国家套路队经常受邀去世界各国进行表演，所到之处，好评如潮，影响很大，再加上电影《少林寺》的热播，让很多没有接触过中国传统武术的外国人近距离地了解到中国传统武术的魅力，在世界范围内掀起了一股中国武术的热潮。于是，很多外国武术爱好者来到中国，想和中国传统武术大师们切磋。

“当中国传统武术和现代搏击碰撞时，中国传统武术不适应擂台、缺乏实战性的问题马上显现出来，武术大师纷纷败北，特别是用来表演的传统武术套路，看起来非常精彩，但是经不起现代搏击实战对抗的检验。这引起了很多武术家的反思，发展适应擂台竞赛的现代武术的呼声也越来越高，于是这个任务就交给了北京什刹海体校，体校又把这个任务交给了自幼练习八卦掌、形意拳，后又学习拳击和中国跤的摔跤教练梅惠志。当时在体校担任摔跤教练的梅惠志在摔跤名家李宝如和武术家吴彬的帮助下，组建了北京市散打队，我就是那批队员中的一员。这是中国第一支散打队，也是传统武术和现代搏击的第一次交融，是中国武术发展史上的里程碑事件。”

“原来您是北京散打队出来的。”

“对，北京散打队成立时间较早，兼容并包，广泛吸纳不同国家的搏击技术，有着一套在当时比较科学的训练体系，加上名师坐镇，涌现出很多人才。当时的泰拳凭借恐怖的杀伤力，号称五百年不败和站立最强搏击术，在世界搏击中占有非常高的地位，而北京散打队则开了中国武术跟泰拳交流切磋的先河。”

“播求、雅桑克莱、杀玉狼、潇杀狂等泰拳四大天王在中国名气很大。”

张教练点点头说：“是的，其实泰拳和中国传统武术同源而生。”

唐龙看着张教练，期待着他继续往下说。

“中国传统武术分为将门武术和宗门武术。将门武术是冷兵器时代持器械杀敌所用，比如有名的杨家将、岳家军、戚继光的戚家军等，然而随着冷兵器时代的结束，将门武术已经退出了历史的舞台。宗门武术就是在高山密林里禅修的修行者总结出来的，与佛教和道教紧密相连。在偏远寂静的密林里，除了静心修炼，还得防御野兽的攻击，长期与野兽对抗，观察野兽形态，以练养法、禅定、丹道术，融合出一种阴性的带有仿生学的武术体系，一开始这种武术就是对抗野兽的，所以凶残程度可想而知。

“后来宗门武术随着宗教传向很多国家，泰国人把它用于战场和竞技格斗，一直沿用宗教武术手法训练拳手。而中国人更注重其中的养生和健身性，渐渐淡化了武术的凶残，而玩味其中的理趣。”

“后来呢？”唐龙从包装袋里抓出一把花生放在张教练面前。

“后来？发展到今天，泰拳雄霸拳坛五百年，可是中国传统武术却早已衰落……唉……与泰拳形成了鲜明的对比。”

“北京第一支散打队组建时，肯定很热闹吧？”

“当然了。散打队成立后，在武林掀起了很大的争议声，于是在1980年、1981年连续两年按照武林规矩设擂，举行散打与传统武术的对抗赛，广泛邀请民间高手前来比赛交流。当时民间有上百人来参赛，其中有各大门派各大拳种，民间选手们身着奇装异服。有的穿着道袍，挽着发髻；有的披着袈裟，剃着光头，挂着大串佛珠；有的穿着太极服，摇着折扇；有的戴着斗笠，穿着长袍，拿着铁剑，打扮成古装侠客的模样……热闹极了，比2015年引起轰动的天山武林大会还具有戏剧性。

“在比赛前的预热环节里，一些‘高手’登上擂台进行表演，花哨的招式颇多，虎虎生威，声势吓人，现场很多观众也被震住了。然而一旦在擂台上正式比赛，这些没有经过实战训练的所谓‘民间高手’便不堪一击，很多人挨了一拳就灰溜溜地跳下擂台，受了一脚就停下不打了。记得当时，我跟一个所谓的‘民间高手’比赛，比赛已经开始了，他还在擂台上摆着招式转圈子，让人有些哭笑不得，结果我冲上去一个中扫踢，抽到他的肋部，他马上岔气瘫在地上。这场比赛开始阶段，民间高手很多，进入决赛，就只剩下散打运动员去争夺冠军了。

“1989年，散打被国家体委正式批准为比赛项目。除了和民间高手打擂台外，散打队也开始逐渐和其他国家的搏击运动员进行比赛交流。一年后，也就是1990年，在香港某些爱好武术的商贾的推动下，一场中泰拳手对抗的比赛，正式拉开了中国散打与职业泰拳对决的序幕——这赛事现在知道的人不多，但当时在内地和香港甚至世界华人圈都引起了巨大轰动——这就是分别在香港和北京举行的京港搏击会。京港搏击会是中国武术散打运动诞生以来的大事件，也是中国武术散打第一次和泰拳的正式较量，甚至可以说是中国武术散打运动员第一次和外国拳手进行正式的较量。其实，在这之前，从20世纪20年代起，中国传统武术就已经在泰国华侨的组织下，走出国门开始了和泰拳手交流对抗。但除了1922年，由流亡泰国、本有深厚的武术功底并拜华裔泰拳宗师为师练习泰拳的李德与泰拳手打平之外，其余人都输掉了比赛，甚至还有中国拳手被泰拳手打死在擂台上。没有太多实战对抗训练的中国传统武术，碰上了凌厉刚硬的泰拳，就像鸡蛋碰上了石头，不堪一击。而20世纪50年代至80年代，由香港和台湾组织的数次中国传统武术与泰拳的比赛，也仅有一场平局，其余都以中国传统武术失败告终，而且败得相当惨，最短的一局仅坚持了二十来秒。

“在京港搏击会——这轮中泰对抗赛中，尽管放开了规则，泰拳手可以使用肘膝，中国拳手可以使用摔法，但是中国拳手依然没有讨到便宜。当时，梅老爷子作为北京武术散打队的首任总教练和京港搏击会的秘书长，带去的是中国顶级散打运动员。但这毕竟是中国武术散打自创立以来，散打运动员第一次出境，去面对如狼似虎的泰拳手，所以，这次比赛，中国队惨败。那时的散打运动员们抗击打能力较差，平时的训练也忽略了这一点，与泰拳硬碰硬时，对泰拳手的肘膝攻击很不适应。中国拳手的拳打在泰拳手的身上，对方若无其事，而吃上泰拳手几记杀伤性极强的肘膝，中国拳手就不行了。有两局比赛，中国拳手被打得头破血流，场边的梅老爷子出于对运动员的职业生涯和生命安全的考虑，只能将白毛巾丢进擂台认输。

“此次惨败之后，梅老爷子把泰拳的录像拿回来反复研究，发现泰拳手主要使用远腿和近身的肘膝攻击，非常硬朗和凶悍，泰拳手抗击打能力非常强，所以中国拳手也需要大幅度提升抗击打能力。而在近身面对泰拳手肘膝时，必须使用贴身摔法，才能扬长避短，有取胜的机会。痛定思痛之下，梅老爷子让散打运动员改变平时的训练习惯，脱掉护具，针对泰拳全面提升训练强度。”

“后来呢？”唐龙问。

“此后的京港搏击会，中国和泰国选手互有胜负，不再是全军覆没式的惨败，证明了泰拳并不是不可战胜的，结束了有记录以来的1922年到1990年中国武术对泰拳的连败历史。”

“你在北京散打队的时候，跟泰国人交过几次手？”

“我参加过第二次在北京举行的京港搏击会，那是我第一次和泰拳手打比赛，我记得当时打的是70公斤级的比赛，对手的拳腿真的太硬了，而且还很重，如钢似铁，让我苦不堪言，我输了比赛。赛后，我的左腿被扫得几乎难以迈步，左腿血管在肌肉里爆裂，瘀青一片，左手臂被对手一个中扫砍断了，从医院打着石膏出来后，在家里整整休养了大半年才恢复日常训练，那真是一段惨痛的记忆。”张教练边说边摇头，“对于那时的我，甚至对于现在的中国拳手来说，泰拳手的杀伤力依然是顶级的，如果完全放开规则，按照纯泰拳规则打比赛，大部分中国拳手都很难适应。”

“后来呢？”

“后来，我打了几年比赛后离开了北京散打队，去了泰国，在泰国待了几年后回到江城武汉，在武汉汉阳区钟家村开了一家拳馆。”

“我们是老乡，我是湖北咸宁的，真有缘。”唐龙笑了。

“俱乐部的湖北人有好几个，总教练也是湖北武汉人。”

“太好了。”

“他从小在我的拳馆里面练拳，我看着他长大的。”

“对了，张教练，你之前为什么离开散打队去泰国呢？”

张教练怔了怔，想说什么，终究又忍住了。他从裤袋里摸出那半新半旧的华为手机，看了一眼，说道：“已经十二点半了，小伙子，早点儿回去休息，我的口水都说干了，谢谢你的酒。”

“不客气，张教练，希望以后多指点一下我。”

“必须的，我看好你。”张教练拍了拍唐龙的肩膀说。

迅速清理完茶几上的垃圾，等张教练锁好俱乐部的大门，唐龙背着包和张教练一起走下楼。和张教练道过别，他叫了一辆出租车，打车回深大。街道上虽然有车辆穿行，但人影寥寥。移动警务岗亭在树影中闪烁着耀眼的红色光芒，偶尔能看到外卖小哥骑着电动车，以极快的速度穿过昏黄的灯光，奔向远方。一群地铁工人从地铁站口走出来，他们戴着安全帽，穿着黄色马甲，手上戴着白色手套，拎着工具箱，或许他们刚刚检修完一段轨道。凌晨的深圳疲惫不堪，它已枕着柔软的夜色入眠了，而唐龙却睡意全无，即将上擂台打人生第一场搏击比赛带来的亢奋感，在他的血液里跳舞。

第六章

龙腾凤舞

这周六下午，白素梅打车载着唐龙和阿杰、张帅、李默来星河广场称体重，他们称出的体重都合规。按照规定，称完体重后，穿着搏击短裤、赤裸着上身的唐龙和对手进行对视。对于唐龙这个菜鸟拳手，他的对手充满了必胜的信念，在对视的时候，对手恶狠狠地瞪着唐龙，眼神里充满了挑衅。

对手的资料和比赛视频唐龙早就看过，他叫陈磊，来自深圳拳新搏击俱乐部。这是实力和金天亚相近的拳王——“死亡巫师”黄达毅创建的搏击俱乐部，东方洲就在这个俱乐部业余队学习自由搏击。陈磊身高一米七八，臂展一米八二，打过四场比赛，两胜两负。他看上去比唐龙的块头要大一些，但是和唐龙相比，体脂率显然高了一些，胳膊的肌肉没有成形，柔软的腹部微微鼓起。

而唐龙身高一米八三，臂展一米九一，无疑在身高臂展上他都占有优势，唯一不足就是没有比赛经验。

第二天是比赛日，唐龙挎着一个蓝色健身包，早上八点半就和王刚、孙大雷来到星河广场，广场的很多店面还没有开门，远远能看见擂台孤独地耸立在广场中间，擂台后面搭起了一个很大的展架，展架上面挂着一块电子显示屏。擂台周围摆着几张桌子和许多折叠椅，一圈铁马将桌椅和擂台围得紧紧的，只留了一条通道容拳手进出场，通道上面铺着红地毯，一个胖保安看守着擂台。

他们在擂台边转悠着。虽然是周日，还是有很多面色凝重的上班族提着早餐，从他们身边匆匆而过。不一会儿，白素梅带着阿杰、张帅、李默、王小霖、张田田也赶了过来。这五个小男孩都穿着俱乐部的黑色搏击服，手里提着牛肉粉。阿杰、张帅和李默背上各背着一个相同款式的小背包。

“师兄，早上好。”阿杰第一个向他们打招呼问好。

平时在俱乐部，阿杰是嘴巴最甜的一个，脑筋转得很快，特别活泼，和刚来到俱乐部时的沉默寡言、不善交流相比，性情改变了很多。阿杰他们也给大家带来了很多乐趣，调剂着单调艰苦的练拳生活。

白素梅跟王刚和孙大雷打过招呼后，走到唐龙面前。她化着淡妆，穿着黑色吊带连衣裙、黑色高跟鞋，头顶挽了一个发髻，戴着水滴形玫瑰金耳环和金色海珠项链，挎着一个黑色船形皮包。

“早上好，吃早餐了吗？”白素梅问。

“早上好。”唐龙深深地看了她一眼说，“吃过了。”

“听说这是你第一次打比赛，紧张吗？”

“哈哈，比赛还有十几小时，不紧张。”

“加油，旗开得胜。”

“谢谢。”

“昨天称体重的时候，为什么你不装得凶狠一点儿？”

“实在装不来。”唐龙摇摇头，笑道。

“他不是装不来，他是故意要在对手面前表现得娘点儿，弄成一副武人文相的样子，麻痹对手，这样才能出奇制胜。对吧，兄弟？”王刚走过来拍了拍唐龙的肩膀说。

唐龙微笑不语。

白素梅看到对面的一家咖啡厅开了门，邀请大家进去喝咖啡。大家找座位坐下后，孩子们开始吃起了牛肉粉，白素梅帮五个孩子每人点了一杯奶茶，帮唐龙、王刚、孙大雷各点了一杯咖啡。喝完咖啡后，赛事负责人、裁判、拳手陆续来到了星河广场，广场上的人越来越多，很多武术爱好者跑到擂台边拍照。大家走出咖啡厅，走到擂台边。

赛事负责人是一个四十多岁的中年男人，戴着一顶黑色棒球帽，穿着一件红色马球衫和一条黑色休闲裤。他站在擂台上，手拿一份名单开始点名。点完名后，一个裁判带着拳手们来到位于广场对面大楼三楼的一间大休息室，休息室里摆着几张连体快餐桌，裁判给每个参赛的拳手发了一张比赛排序表后就离开了。过了半个小时，开始出场仪式的彩排，拳手们按照红蓝方分开，排成两队，走到星河广场，顺着铁马中的通道走到擂台，二十个拳手在擂台上排成四排，每排五人。过场走完后，前排的先退场，后排的跟上，整齐有序地返回休息室，在休息室，有很多拳手和拳手的教练认出了“轰天雷”孙大雷，纷纷走过来和他打招呼、合影。

唐龙的对手——拳新搏击俱乐部的陈磊一回到休息室，就脱下搏击服，从包里拿出手靶，在教练的指导下嘭嘭嘭地打起了靶。阿杰他们几个小孩子找到座位坐下来，将包放在了桌面上。李默拿出手机，问在一边陪伴他们的白素梅，可以打一下游戏吗？白素梅点点头，于是其他四个孩子都拿出了手机。

“唐龙，你要不要活络一下身体？”王刚看了看打靶的陈磊，对唐龙说。

唐龙摇摇头：“暂时不要了。”

“下午我帮你拉伸一下身体，然后让大雷为你喂几组靶。”

“好。”唐龙点点头。

“不，我不回去，我就爱待在这儿。”

愤怒的声音像一记充满穿透力的直拳一样刺过来。

唐龙转过头，看到阿杰拿着手机吼叫着，嘴巴高高地噘起来。白素梅走过去问阿杰，谁打来的电话，阿杰垂头丧气地告诉她，是爷爷打来的。白素梅接过手机，跟阿杰的爷爷聊了起来。

“阿杰，阿杰，过来。”王刚向阿杰招招手。

阿杰气鼓鼓地走到王刚身边。

“怎么回事？”王刚搂着他的头，微微弯下腰问。

“我爷爷想我，他说让我二伯来深圳带我回大凉山。”阿杰泪水涟涟地说。

“那你就回去看看他老人家啊！”孙大雷说。

“回去了，我就再也没法出来了。”阿杰说。

“他们不同意你学搏击？”

“之前是同意的，现在又改主意了，怕我受伤。”

王刚问阿杰：“那你是怎么想的？”

“我想留在俱乐部，在这里我不仅可以学到功夫，每天还能吃到肉。”

唐龙问：“你父母怎么说？”

唐龙刚问完，就看到王刚对他使了个眼色。唐龙马上意识到自己犯了个错误：白素梅跟他说过，阿杰的父母早已去世了。

“我妈妈临终前说……答应我……阿杰……不要学我们吸毒，要……要好好活下去……”阿杰突然抱着王刚的腰大声哭了起来。

“没事，阿杰，你喜欢俱乐部就留在这儿，白素梅和总教练会跟你爷爷沟通的。放心啊！别哭，男子汉流血不流泪。”王刚摸着他的脑袋说。

听到哭声，其他四个正在玩游戏的孩子收起手机，走了过来，围在阿杰身边。

“每次一打电话，就跟我唠叨这个事儿，非要我回大凉山，我烦透了，回去后除了当矿工，我什么也做不了。”阿杰将头从王刚的腰间挪出来，吸了一下鼻子说。

他的眼睛红通通的，泛着泪光，像两颗圆滚滚的南红玛瑙石。

阿杰和李默的感情最好，看到阿杰哭了，李默也很难过，他有些悲愤地对阿杰说：“阿杰，我们不会让人把你带走的，我们要一起留在深圳，留在鹏强搏击俱乐部。”

张帅、王小霖、张田田也在一边安慰阿杰。不一会儿，白素梅走了过来，她从包里拿出一包纸巾，抽出一张，俯下身子帮阿杰擦泪。

“阿杰，姐姐已经跟你爷爷沟通过了，放心吧，只要你愿意，尽管留在俱乐部，他不会带你回大凉山的。”白素梅柔声说。

“真的吗？”阿杰舒开眉头，望着白素梅问。

“当然是真的，姐姐什么时候骗过你？”白素梅拍了拍他的头说，“已经没事了，安心打好这场比赛好不好？”

阿杰抹了一下眼睛，嘴角露出了一丝微笑。

过了一会儿，李默搭着阿杰的肩膀，五个孩子嘻嘻哈哈地跑到星河广场擂台那边玩去了。

傍晚时分，距比赛只有一个多小时了，白素梅为大家叫了一份外卖，大家在休息室里简单地喂了一下肚子。

离开赛时间越来越近了，很多人从四面八方涌过来，擂台被围得水泄不通。站在拳手休息室的窗口望下去，铁马内座无虚席，铁马外，里三层，外三层，黑压压的全是攒动的人头。

比赛规则为：

一场比赛共三个回合，每回合三分钟，每个回合打完休息一分钟；

拳法、腿法、膝法都可以使用；

禁止使用肘法、抱摔、绊摔；

每回合被击倒三次将判输，终止比赛；

医务和场裁有权利终止比赛。

判分依据（重要性主次如下）：

1. 击倒对方的次数；

2. 给对方造成的累计伤害；

3. 高难度动作击中对方的次数；

4. 有效击中对方的次数；

5. 竞争的积极性。

公开判分：

5位边裁同时判分；

10分制记分规则，每回合的胜者将得10分，败者最高得9分；

被击倒或者犯规将追加扣分；

裁判的评分于比赛结束即时公布。

唐龙和阿杰、李默、张帅换好俱乐部的搏击服后，王刚和孙大雷开始帮他们缠绷带。先给三个孩子缠，缠完了之后，王刚来到唐龙面前帮他缠。白色的绷带像千层饼一样紧紧裹在唐龙的拳头上，虽然不像骨节一样坚硬如铁，但也非常扎实紧致，透过拳套打在身上，依然具有很强大的杀伤力。

这轮比赛一共十场，最开始是三场少儿表演赛，阿杰第一个出场，然后是张帅和李默。张默打完后，按照顺序，是综合格斗

（MMA）比赛、60公斤、65公斤、67公斤、70公斤、75公斤和80公斤的自由搏击比赛。

王刚从包里拿出三副手靶，给孙大雷和唐龙各一副，等参赛的三个孩子戴好拳套后，开始为他们喂靶热身，张田田和王小霖站在一边观看。这五个孩子来到俱乐部以后，进步飞快，短短几个月，动作已经比较标准了，四肢力量和爆发力远超同龄的孩子。

比赛即将开始，拳手们在赛事工作人员的带领下，坐电梯下楼，来到广场，刚到广场，就在人群里引起了一阵骚动。工作人员分开人群，走进由四个保安把守的用铁马围起来的通道，引导着拳手走向擂台。拳手们分成两队，穿过人群和层层叠叠的目光，走向擂台亮相。等拳手站好以后，国歌响起，全场起立，悲壮激昂的旋律在星河广场上空激荡。这是唐龙第一次以拳手的身份站在擂台上聆听国歌，他像其他拳手一样，右手轻轻握拳，放在自己的左胸口，感受着心脏的跳动。国歌唱完后，擂台四周发出了欢呼声，人们迫不及待地想要看比赛了。

拳手们从擂台退场，回到休息室后。外国举牌女郎举着第一回合的回合牌绕行擂台一周后，裁判宣告比赛开始。戴着红色拳套的阿杰和对手礼貌性地碰过拳后，开始了对攻。孙大雷、王刚和唐龙站在红方的擂台角垫下，密切地注视着场上的战斗。孙大雷声音比较浑厚，而且比赛经验比王刚更丰富，所以由孙大雷喊战术。白素梅和张田田、王小霖挤到铁马边，不断地为阿杰加油。

在第二局的时候，阿杰切进对手的内围，抢到位后，用双拳箍住对手的脖子，像螃蟹的夹子一样夹紧后，猛地向右一扯，与此同时，踮起左脚，脚尖踩地，右脚扣得紧紧的，像一柄针形匕首一样刺向对手的左肋，对手的肝部受创，马上丧失了战斗能力，瘫倒在地。阿杰以干净利索的顶膝KO获胜。

随后，张帅也取得了胜利。第三场是李默和来自华武决俱乐部的小拳手对决，李默发挥得并不好，整场被动，打得太保守了，不敢出动作，失去了往日的自信，三局打满，在点数上输掉了比赛。

比赛进行很快，转眼之间，65公斤级的比赛已经结束了，还有三场比赛，就轮到唐龙上场了。唐龙既紧张又兴奋，虽然这只是深圳本土的一场C级搏击赛事，但毕竟也是正规的职业赛事，从他站上擂台聆听国歌的那一刻起，他就已正式成为真正的职业拳手了。

时光的尘埃在眼前飞舞，回忆又把他带到了那不堪的过往。丽丽一家离开大屋雷村后，他除了在村里受到大人小孩的歧视，在学校里也同样遭受各种欺凌。学校里来自其他村镇的孩子们很快就听说了他是一个什么样的人，他们有样学样，大屋雷村的孩子怎么样对待他，他们也怎么来。

他们怎么会不喜欢在一个几乎打不还手骂不还口的沉默寡言的学生身上作恶取乐呢？

他默默地忍受着，从不跟唐强和金玉花讲他在学校里遭受的一切，他知道说了也没用，除了增加大人的烦恼外，毫无用处。他总是低着头在校园里穿行，低着头进出教室。他在大屋雷村没有朋友，在学校里依然没有朋友，在大屋雷村没有女孩子靠近他，在学校依然没有女孩子对他这样一个备受欺辱、懦弱无能的男生有好感，尽管他非常用功，学习成绩很好，可这并不能改变同学们对他的固有印象。是的，他简直是被钉在了罪与罚的耻辱柱上，永远无法从柱子上下来。

记得有一天下午，最后一节课是体育课，同学们在体育老师的带领下，在操场上进行接力赛跑。他在跑的过程中，不小心摔倒了，膝盖破了皮，鲜血直流，反倒引来全班同学一阵哄堂大笑。体育老师让班长扶他到校医室里治疗，校医给他消毒包扎好，他一瘸一拐地回到教室，教室里空无一人，他趴在桌面上很快就睡着了。放学的铃声惊醒了他，他在学校餐厅吃完饭回到了宿舍，发现宿舍里挤满了人，除了室友外，还有班上其他平时几乎从不来宿舍的走读同学，他们都用怪异的目光盯着他。

他在门口愣了几秒，以为他们聚在一起要讨论什么事情，转身准备离开宿舍。但有人叫住了他，“唐龙，过来一下”——是体育委员雷洪明，桂花镇镇长的儿子。

他挪到雷洪明的身前，紧张不安地看着对方，一股不祥的预感紧紧包围着他，除了他的室友外，其他人马上将他围了起来。从过往的经历来判断，他知道要发生什么了，这种事情，小小年纪的他，已经经历得太多了。他瞥到他的床铺一片凌乱，叠好的被子被揉成一团，衣柜门敞开着，柜子里原先码得整整齐齐的课外书，乱七八糟地堆在一起，像一个小小的坟冢。

“我的苹果手机不见了，前几天我过生日时我老爸给我买的，你看到了吗？”

“没看到。”唐龙摇摇头，小声说道，感觉全身开始发抖。

“上体育课时，我将手机放在课桌里，等我上完课回来就不见了。当时教室里只有你一个人，对吧？”

“我的腿受伤了，回到教室后就睡着了，什么都不知道。”

“你他妈别装傻了。”雷洪明用粗大的食指戳向他的鼻子说，“你要是不说实话，就打死你，给老子搜。”

雷洪明的一个好朋友走过来，用手捏遍了他的所有衣袋，一无所获。

“说，你把我的苹果手机放哪儿啦？”

“我没拿你的手机，真的没拿。”唐龙说。

话音刚落，他的左脑门挨了一拳，人被打得倒退了一步，耳朵嗡嗡作响，有些眩晕。他用模糊涣散的目光望着雷洪明，但雷洪明并没有要停手的意思，紧接着又一脚踹在他的胸口，他的身体向后弹了出去，撞在雷洪明带来的两个小伙伴身上。被撞的那两个人将他一推，雷洪明挥出的右拳又到了，他被打到雷洪明左边的人身上，之后有人将他推倒在地上。

“还等什么？给我打。”雷洪明大喊一声。

他感到无数只脚不断落在身上，就像这些人在他身上跳踢踏舞一样。他用双手抱起头，任由他们蹂躏。他没有哭，似乎也没有感受到疼痛，他已经麻木了，早已学会了在暴力攻击中保护自己的要害部位，也早已明白泪水并不能改变什么。

这只是他之前遭受的欺辱的一种延续罢了。他已经不知道去反抗了，似乎已丧失了反抗的本能和信心，又或者，他觉得可以用承受这种伤害的方式来惩罚自己，减轻内心的痛苦和愧疚。谁知道呢？

而今天，他打心里明白，他不能再做待宰的羔羊了，是时候反击了，是时候和过去割裂了，是时候改变自己并用另一种方式证明自己了——他是拳手，是一个真正的上擂台打职业比赛的拳手，这场赛事赋予了他进攻和防守后反击的权利。他的对手，不再是一群人，而和他一样是一个人，这是一对一的单挑，不是群殴，这是一场公平的比赛。在那方小小的擂台上，在赛事规则之中，他要么击倒对手，要么被对手击倒。他心中的另一个自己一把撕碎了囚禁他的枷锁，呐喊狂呼，跃跃欲试。

70公斤级的比赛正在进行中，唐龙在休息室打靶热身，孙大雷拿着的靶子被他打得嘭嘭响。白素梅和五个孩子坐在一边的椅子上看着他打靶。其他四个孩子边看边笑着聊天，只有坐在白素梅身边的李默闷闷不乐，白素梅知道他心情不好，一直在柔声安慰。

“唐龙，放松点儿，别太硬。”孙大雷说。

唐龙点点头，松了松肩膀和胳膊的肌肉。打了三回合靶后，他们停下来休息。

“对方知道你没有打过比赛，一开始可能会对你发动猛攻，给你个下马威，所以你要做好防守，顶住他，找到机会坚决进行反击。我看过他的几个比赛视频，他的肋部和头部防守不够严密，你用拳法去探探路，找机会用扫踢攻击他的肋部和头部。”王刚递给唐龙一瓶矿泉水。

“好的。”

“加油，唐龙！”白素梅凝望着他的眼睛说。

唐龙点了下头说：“必须的。”

“只是一场比赛而已，淡定点儿，就像平时跟我们打反应一样就好了。在赛场上镇静点儿，脑子多转转，找到对方的破绽攻击，不要一阵头脑发热，抡起拳头狂轰乱打，那样一分钟就把体力抡完了。”孙大雷说。

“好的，我记住了。”唐龙说。

“加油，唐龙哥哥，你会赢的。”阿杰说。

“谢谢。”他感到声音有些打战。

他们的声音击中了他内心最柔软的地方。

一个赛事工作人员来到休息室，左手拿着一副红色十盎司的拳套，右手捏着一张名单。他大声喊着：

“唐龙——唐龙——”

唐龙应了一声，走到他的面前，工作人员仰起头看了看他，再看看名单上的黑白半身像，问道：

“你就是唐龙？”

“是的。”

“准备一下，你的比赛快了。”工作人员将臭烘烘的旧拳套递给他说。

唐龙戴上拳套，王刚用胶带帮他扎好拳套口，在他脸上抹过凡士林后（增加面部皮肤的润滑，以免轻易被拳套蹭破皮），从休息室角落的箱子里拿来两瓶怡宝矿泉水放进唐龙的背包里，将包背在了自己身上。大家一起来到广场，站在铁马后面观看比赛。75公斤级的比赛进入了第二个回合，激战正酣。红方拳手勒住蓝方拳手的脖子，一个跳膝，膝盖顶在蓝方拳手的下巴上，立刻将蓝方拳手KO了。

嘉宾为获奖拳手颁过奖后，80公斤级的拳赛即将开始。首先出场的是蓝方拳手——拳新搏击俱乐部的陈磊。陈磊小跑着来到擂台边，擂台下搭着一架小踏梯，他沿着踏梯走到擂台外围，按下围绳，跳进擂台，举起双拳侧步小跑，绕擂台一周向台下的观众致意，然后来到擂角，背靠围绳，等待唐龙上场。

电子屏幕上展现出陈磊的半身像和所属俱乐部、年龄、身高、战绩等基本资料。

该唐龙出场了。

“有请来自深圳鹏强搏击俱乐部的拳手——唐龙……”主持人把“唐龙”这两个字的声音拖得又长又高。

当听到“拳手唐龙”这四个字时，心潮澎湃，他还记得自己第一次去鹏强搏击俱乐部的时候，张教练对那个被KO的黑衣男说的一句话：拳手不仅仅是一个称号、一种身份，更代表着一项荣誉；不是任何人都配称为拳手。而现在，这场赛事的主持人当着几百个观众的面，公开宣称他是拳手，这意味着他终于成为一个公认的拳手，拥有了他以前想都不敢想的一种身份。他兴奋而自豪。

他回过头，看了看身后。王刚、孙大雷、白素梅和五个孩子都在望着他，他们的眼睛充满期盼。

“加油，唐龙，看你啦！”孙大雷大喝一声。

他用力地点点头，然后走进用铁马围出来的通道，踏着红毯，不紧不慢地走进擂台。他脱掉上衣，露出满身肌肉，故作镇定地站在擂角上伸展着身体。但是在全场人目光的直视下，他的心还是因为紧张而加速跳动。王刚和孙大雷跟在他的身后，来到红方拳手的擂台角垫下，密切注视着擂台上的动态。

当主持人介绍唐龙的战绩为零时，擂台下面隐隐传来嘘声。敏感的他从这嘘声里嗅出了嘲讽的味道，更加紧张了。

“放松，兄弟，放松点儿。”王刚在擂台下说。

他走向擂台中心，向四方行完抱拳礼后，退回到擂角，深吸一口气，缓缓吐出来，垂下双臂，在原地轻轻地跳动着，放松身体。

主持人介绍完拳手后，裁判走到擂台中间，示意两位拳手过来。唐龙和陈磊从擂角走了过去，在裁判身边对视。

这时，举牌女郎举着第一回合的回合牌开始绕场。

裁判大声讲了一下击打禁区，然后拍了两下手掌，平着摊开，示意他们碰拳致意。陈磊将双拳摊开，唐龙用双拳碰了碰他的拳套。裁判举起手掌，用力抡了下来，大喊一声“Fight”，比赛正式开始。

他们举起双拳，逼向对方。他听到擂台外传来白素梅、阿杰、李默、张帅、王小霖、张田田整齐一致的呼喊声：“加油，唐龙，加油……”

这阵加油声激励着他的心，甚至赶跑了刚开始登场时擂台下传来的嘘声在他心里投下的阴影。是的，尽管他是没有任何比赛经验的菜鸟拳手，尽管这是人生中打的第一场职业比赛，那又怎么样，还是有人为他呐喊助威，还是有人对他充满了期待。能有人关注他、相信他、支持他，这是人生中多么美妙的事情啊！他再也不是孤苦伶仃地与生活之恶抗争了。

果不其然，正如王刚所料，陈磊一开始便展开了猛攻，试图速战速决，三下五除二KO唐龙。唐龙尽管做好了心理准备，但在经验不足、防守做得不好的情况下，还是被陈磊雨点一般密集的拳腿组合打蒙了，两边脸颊和肋部挨了几下重拳，好在对手也只是个打了四场比赛的新手，意识、力量和拳法还没有很好地融为一体，使攻击力打了折扣，否则他可能已经被KO了。

唐龙被打得不断后退，一直被逼到红方角垫那儿，已经退无可退。他勾着头，双手抱住脑袋，背靠着围绳，对方的拳脚一连串地落在他的身上，他成了个人肉沙包，形势不妙。

“抱住他。”角垫下的孙大雷急了，在唐龙身后大喊。

唐龙听到孙大雷的提醒，一把抱住了陈磊的脖子。陈磊抬起右膝，用膝盖内侧顶在他左肋，他差点儿岔气了。他用力一把推开陈磊，离开了这个危险区域，退回到擂台中心。

陈磊马上开始了追击。

“动起来，控制距离，做好反击。”王刚在一边向他喊。

“加油，唐龙，加油……”白素梅和孩子们依然在不断地为他呐喊。

听到王刚的提示后，他后退了两步，有意识地放松身体，轻轻地前后跳动起来，当陈磊快速逼近他的进攻区域时，他弓起右腿，将右腿收缩到胸前，猛地笔直蹬出去，脚掌撞在陈磊的胸膛上，撞击着他的胃。陈磊被唐龙的正蹬腿蹬出一米多远，差点儿摔倒在地上。

“对——漂亮！”孙大雷喊道。

“红方选手虽然经验不足，但是在顶住蓝方选手的进攻后，他开始反击了。”擂台下的主持人说道。

“往前压，出动作，别犹豫。”王刚喊道。

唐龙摇闪着上肢，小心地向陈磊靠近，化被动为主动。陈磊一个跳步切进来，前后直拳向他的嘴部打过来。他后退一步，躲过陈磊的前手直拳，用左手拍开陈磊的后手直拳，与此同时，他挥动长长的手臂，右手一个迎击摆拳，击打在陈磊的脸颊上。陈磊的身体晃了晃，后退了两步。

他趁势追击，一个低扫腿，重重扫在陈磊的大腿上。陈磊马上反击，还了他一个低扫腿。他以拳换腿，向前一步，一记前直拳和后直拳打向陈磊的脸部，前直拳鼓足了力量，后直拳只是虚点了一下陈磊防护在头部的拳头，然后马上变换路线，后直拳变成击腹拳，拳锋重重地勾在陈磊的左腰腹处，陈磊一下子被他击倒在地上。

裁判赶紧过来推开他，对陈磊进行读秒。读秒是要扣分的，一旦被读秒，将会对选手的信心和斗志产生很大的打击。

唐龙毕竟还是紧张了一点儿，手臂有些僵硬，锁住了部分力量，否则陈磊将无法在短时间内爬起，裁判也会直接终止这场比赛，宣布唐龙以KO获胜。白素梅、王刚、孙大雷和孩子们看到他由开场的被动挨打转变为现在的有利局面，都为他欢呼，特别是五个孩子，他们尖叫的声音分外响亮。这些声音传到他的耳中，给了他很大的信心和力量。

他恍惚看到那个紧咬牙关的唐龙在默默忍受着暴力的蹂躏，他想起了落在身上的嘲讽、谩骂、拳头和脚掌，他听到在过去的时日里，心儿在潮湿阴暗的角落里独自抽泣的声音。他无比渴望挥出拳头击碎这一切，击碎那些不堪的记忆、痛苦的时光、屈辱的往事。

他用目光扫视了一下场下的观众，观众正在用齐刷刷的目光注视着他。那目光里不再有任何嘲弄、鄙夷、傲慢，那目光里充满了尊崇，充满了对健美强壮的雄性的敬畏，夹杂着对摧毁肉体的力量的恐惧！

原来，和别人用拳头对抗，是痛并快乐着的感觉；原来，不断地抗争反击，将对手打倒在地，并没有他想象的那么艰难；原来，要想得到认可、尊重和敬畏，是那么简单，只需要将拳头挥出去打到对手的肉体上就好。

千真万确，眼前的一切和内心的感受真切地告诉他，他从前一味地沉默隐忍是错误的，他应该反击、反击、反击！就像刚才那样坚决反击，直到将对手打倒在地。他为什么没有那样做呢？别人打你的左脸，再将右脸转给他打？直到别人摧毁你的尊严和人格，让你像尘埃一样粘在地上再也无法随风飞扬？

当两个拳手站上擂台时，两个人中必须要有一个人输，甚至是倒下。而人们永远只崇拜、敬畏胜者。一个人站在擂台中央接受鲜花、掌声和欢呼，另一个人将带着失败的痛苦黯然离去，没有人会怜悯失败者，胜者更不会把冠军奖杯和金腰带拱手让给失败者。

唐龙看着他的对手陈磊慢慢地爬了起来，他想猛扑过去三下五除二击倒陈磊，但是理智告诉他要冷静点儿，不要求胜心切，在形势对他有利的情况下，稳扎稳打最妥当，欲速则不达。

“5……6……7……”裁判还在对陈磊读秒。

陈磊举起拳头，示意自己没问题，可以打。裁判数到十，示意比赛继续。

陈磊吃了一次亏，变得小心多了，脚步不像之前那样迈得那么快、那么大，他那死死盯着唐龙的眼睛里弥漫着紧张。是的，陈磊没有之前那么放松、自信和冒进了，这对于唐龙来说是件好事。

唐龙利用自己身高臂长的优势，不断用拳腿组合压制陈磊，当唐龙的攻势加强时，陈磊防守薄弱的缺点就渐渐地暴露出来了。唐龙在用拳法牵制了他的注意力后，时不时地用扫踢分三路攻击他的头部、腰部和大腿，陈磊成功防住了头部，但是腰部和大腿结结实实地挨了几下。唐龙利用快进快出的打法，攻击得手后，马上退出陈磊的攻击范围，重新调整、试探，继续寻找陈磊的防守漏洞，展开攻击。

第一回合很快就结束了，王刚和孙大雷马上从擂台下爬了上来，拉出角垫，将矿泉水拧开盖子，等待着唐龙。唐龙慢慢地走回擂角，坐在角垫上，将牙套吐了出来。王刚接过他的牙套，将半瓶矿泉水浇灌在他的头上，剩下的半瓶递给唐龙，唐龙用双拳捧起矿泉水，咕嘟咕嘟地喝完了。

孙大雷帮他揉搓着肩膀和胳膊，为他讲解战术。

“打得非常好，超出我们的想象，他的气势已经被你打没了，保持侵略性，大胆进攻，谨慎防守，你一定会赢的。”孙大雷在他身后说道。

“非常棒，唐龙，他已经开始畏惧你了。”王刚箍住他的脖子，在他耳边喊道。

第二回合开始了，唐龙不敢轻敌，加强了防守，紧紧护住头部，双方你来我往，展开对攻。唐龙的肌肉比陈磊的更加结实，所以抗击打能力更强。在唐龙不断使用扫踢攻击下，陈磊的左大腿频频中招，红肿一片，脚步开始变得缓慢起来。

“往前压，往前压。”孙大雷在擂台下喊。

唐龙听到孙大雷的喊声后，加快进攻节奏，像坦克一样向前推进，拳腿组合非常有节奏地攻向陈磊的身体。陈磊拖着左腿，边反击边退，在退无可退的时候，一把抱住他的脖子，把整个身体压向他，以此来消耗他的体力。

第二回合结束了，唐龙基本上占据了上风，打出了气势，得到的有效点数比陈磊更多。

“唐龙，按照这样的节奏打下去，你就赢定了。但是你要注意，只有最后一个回合了，对手肯定会放手一搏，你要顶住他，他的体能已经消耗得差不多了，顶住他后进行有效反击，冠军杯就属于你了。”休息的时候，孙大雷叮嘱他。

“好的。”唐龙喘着粗气说道。

其实不光是陈磊的体力快消耗殆尽，唐龙的消耗也很大，但比起第一局疯狂出击的陈磊来说，他的体能要占据很大的优势，加上前面两局他发挥很好，占尽上风，因而信心饱满、斗志昂扬。在双方已经摸清了彼此的打法、技术相差不算很大而体力都消耗很大的时候，真正对胜负起决定性作用的，是信心、意志和对胜利的渴望。

第三回合开始的时候，唐龙暗暗告诫自己一定要打赢这场比赛，为了拳馆，为了拳手的尊严，更为了他九岁以来承受的那些苦难与疼痛。在学校里，在学校外，作为一个失败者，他已经被打倒了无数次，被折磨了无数次，被蹂躏了无数次，不仅仅是身体，不仅仅是心灵，全身每一个细胞都伤痕累累。

够了，去他的！

是时候粉碎这一切了，是时候打破宿命了，是时候给他们一点儿颜色看看了，是时候向那些伤害他的人复仇了。

唐龙咬着牙齿，将仅剩的力气调集起来，向对方猛烈进攻，争抢胜利。挨了唐龙几拳后，陈磊依然像第二回合一样，边反击边后退，采取游走迂回的战术。当唐龙将陈磊逼到擂角时，突起一个飞膝，顶向陈磊的下巴，与此同时，唐龙的双拳兜住陈磊的头，将陈磊的头使劲往下压。可惜的是，他的膝盖顶偏了，膝盖从陈磊的左脸颊擦过。

陈磊一个左直拳打在唐龙的右胸膛上。唐龙抱住陈磊，用右膝盖撞击了一下他的左腰，再推开他。唐龙调整了一下距离，用左直拳点了一下陈磊，然后向前一步切进去，前后直拳攻向他的下巴。陈磊抱紧双拳，护住脸部，防住了唐龙的直拳。此时，唐龙看准了陈磊脸颊的防守空当，调动起全身力气，一个右摆拳结结实实地凿进陈磊的腮帮，顿时陈磊像个不倒翁一样被打得摇摇晃晃，已经快支撑不住了。唐龙紧接着连续输出一左一右两个勾拳，像炸弹一样轰在陈磊的左腰和右腰上。陈磊的肝部经受重击，岔气了，满脸痛苦地跪在地上，彻底失去了战斗力。

裁判迅速跑过来将唐龙推开，蹲下来看了看陈磊，和他小声交流了几句，然后双手交叉挥动，示意比赛结束。擂台下响起一阵阵的欢呼声。

唐龙看着被他KO的陈磊，他确实做到了，战胜了一个对他来说很强大的职业拳手，平生第一次真正体验到抗争和战斗所带来的强烈的胜利快感，这种快感一下子俘虏了他的心。

唐龙转过身，拖着沉重的步伐，冲向擂角，跳上第二根粗大的红色围绳，将双拳高高举起，昂起头望着擂台下的人群吼叫着。他要所有人都看到他的拳头，所有人都听到他的吼叫，所有人都看清他的脸，所有人都知道他是谁。

擂台周围的人群紧紧地盯着他，目光里有惊讶，有敬意，有恐惧，有崇拜……唯一没有的是嘲笑和鄙视。自从在文山湖被东方洲打过后，他在校园里承受最多的就是嘲笑和鄙视的目光。

那些嘲笑和鄙视的目光，和九岁时林嘉丽全家离开桂花镇大屋雷村后，他遭受的目光何其相似。那些目光像锋利的剪刀一样剪着他的每一根神经末梢，让他痛不欲生。曾经他以为这些阴影会像癌细胞一样越来越多，像宿命一样无法驱除，直至将他吞噬；他认为不堪的记忆将像阴暗的幽谷一样，死死地囚禁住他……而今天，擂台下观众的目光像阳光一样照进他的躯体，使他那被囚禁在幽谷里的心灵得到了真正的解脱。

今天，他用拳头、用双腿、用膝盖、用肌肉里蕴含的力量，打碎了这一切，这所有的一切。他的眼泪流了下来。

他跳下围绳，退回擂台中间，裁判握住他的手腕，高高举起他的拳头，赛事负责人将冠军杯递给他，他们站在一起合过影、握过手后，他抱着象征着荣誉的奖杯向孙大雷和王刚走去，他们站在擂角前，笑着望着他。他张开手臂，和他们拥抱。

唐龙将奖杯递给王刚，走下擂台沿着通道走出来。人们注视着他，用手机拍着他，还有很多人找他合影，他微笑着满足了他们的要求。

人群散了，通道口处，白素梅和那五个孩子正等着他们。唐龙走过去，也和白素梅来了个拥抱。

“谢谢你为我加油，这对我来说真的很重要。”他附在白素梅耳边低声说。

白素梅没有说什么，她贴住他满是汗水的躯体，用双臂紧紧抱了他一下。

王刚将奖杯递给阿杰，阿杰抱得紧紧的，乐开了花。

“谢谢你们的支持。”唐龙伸出拳头，依次和五个孩子碰了一下拳头。

一行人以擂台为背景拍了张合影。拍完之后，白素梅告诉唐龙、王刚和孙大雷，今天是阿杰的生日，希望他们陪他一起过生日，她已经在K-BOX订了房间。K-BOX在购物公园北园A区三楼，唐龙在当送酒工的时候，曾经为这家KTV送过啤酒。

于是唐龙、阿杰、张帅、李默去休息室的洗手间换过衣服后，跟着白素梅来到K-BOX，白素梅来到前台订购了一些酒水、小吃，带着大家来到包房。阿杰把奖杯放在茶几上，立刻和其他孩子一起跑到点歌机上点歌。等阿杰点完歌后，白素梅从包里拿出一个咖啡色的方形小首饰盒，走到阿杰身边。

“生日快乐，阿杰！希望你永远自由快乐、平安幸福，也希望你好好练拳，未来成为拳王。”白素梅将盒子递给阿杰。

“谢谢梅姐姐。”阿杰乐开了花。

其他四个孩子凑到阿杰身边，羡慕地看着阿杰手里的盒子。

“不客气，以后你们几个过生日，姐姐都会给你们准备一份礼物。”

“好嘞。”张帅高兴得跳了起来，“再过两个月，就是我的生日。”

“打开看看吧，阿杰。”白素梅说。

阿杰打开盒子，里面装着一条银色项链，链子下挂着一个制作精美的小拳套。白素梅拈出项链，打开链扣，帮阿杰挂在脖子上。

“生日快乐，阿杰。项链非常漂亮。”孙大雷走过来对阿杰说。

唐龙和王刚也走到阿杰面前，为阿杰送上了祝福。

服务生将一件青岛啤酒、两个果盘、几份小吃、五瓶王老吉送了进来，帮他们开了几瓶啤酒。阿杰拿着麦克风，唱起了《听妈妈的话》，唐龙端起酒杯，站起来率先敬大家。

“坐下，兄弟，你干啥呀？赶紧坐下。”孙大雷举起右掌朝下拍了拍。

“感谢大家的帮助和鼓励，没有你们，这场比赛我赢不了。”

“坐下，你先坐下再说，不然这酒我不喝。”王刚说。

唐龙看了看白素梅，白素梅朝他点点头，唐龙坐了下来。

“李默、张帅……”白素梅朝正挤在点歌机前点歌的四个孩子挥了挥手，“过来吧！一起喝庆功酒和生日酒。”

阿杰听到后，放下麦克风，和其他四个孩子走过来，将王老吉打开，倒在酒杯里。

唐龙举起酒杯，跟所有人碰了下杯，一饮而尽。

孩子们唱完一轮后，其他人捉对干了几杯酒，也开始唱了起来。王刚点了《军中绿花》《我的老班长》，孙大雷点了《我们不一样》《兄弟》，唐龙点的是《斑马》《平凡之路》《故乡》。

王刚招手叫坐在白素梅身边吃水果的阿杰过来，跟阿杰耳语了几句，阿杰点点头，来到白素梅的面前，拉着白素梅的手说：

“梅姐姐，我们都唱了，你一首都没唱，去点歌吧！我们都想听你唱歌。”

白素梅望了望王刚，王刚笑着朝她点点头。白素梅来到点歌机，点了一首歌后回到沙发上。李默唱完《大王叫我来巡山》后，白素梅拿起桌面上的麦克风，站着唱了起来：

“晚霞中的红蜻蜓，
请你告诉我，
童年时代遇到你，
那是哪一天？
提起小篮来到山上，
……”

她的声音沉缓而忧伤，富有感情，一下子就把唐龙的思绪带到了童年时代。他想起了大屋雷村，想起了遍地开放的桂花，想起了正道山，想起了吴悠湖，想起了他和林嘉丽一起坐在湖畔唱《红蜻蜓》的场景，他拿起另一个麦克风，和白素梅一起唱了起来。

他望向举着麦克风唱歌的白素梅，第一次发现她的侧面轮廓和林嘉丽的侧面重合在了一起。她的鼻形、嘴唇、下巴的线条都如此具有那种熟悉的美感。

白素梅回过头来，看了他一眼，她也许在示意他不要停下来，继续合唱《红蜻蜓》。他透过她的面容，看到的是往昔的另一个影像。这个影像是如此熟悉，又如此陌生，如此光明，又如此黑暗，饱含了他所有美好的愿望，又成为他挥之不去的梦魇。他感到嘴唇在颤抖，心在胸腔里乱撞，几乎就要脱口喊出那个一直珍藏在心底、被记忆反复摩挲的名字了。

但他知道，这只是一厢情愿的臆想罢了，白素梅只是碰巧长得和林嘉丽有点儿像而已！林嘉丽早已远离了他的生活，也许今生再也无法相见。一想到这儿，他的心就像酒瓶里的啤酒一样，顺着瓶口一泻而下，撞击着杯子，在溢出杯口的泡沫中嗞嗞作响。

白素梅的《红蜻蜓》唱完了，她把麦克风递给唐龙。他站起来接过她的麦克风，但是没有唱歌，而是坐在了她的身边，把麦克风递给王刚，王刚又唱了一首军歌。

“你的声音很洪亮，唱得不错，多点几首唱啊！”白素梅对唐龙说。

“是吗？第一次有女孩说我唱歌不错。”唐龙笑道。

“这是实话实说。”

“你老家湖北吗？”唐龙充满期待地问。

“不，我老家在广东。”

“从小就在广东长大？”

“是的，在我十二岁读初一时，家人把我从老家带到了深圳，从此，一直和家人在深圳生活，只在节假日才会回老家看看。”

唐龙有些失望，心有不甘地说：“希望有机会去你家玩，尝一尝你妈妈的厨艺。”

白素梅听了后，扑哧一笑说：“我从没带过男孩子回家，不过如果想尝一尝我妈的手艺，这倒没什么关系。”

他点了点头，端起酒杯和白素梅碰了个杯，咕嘟一声喝干了。

到后面，五个孩子轮流唱着歌，他们四个成人一杯接一杯地痛饮啤酒。唐龙喝高了，他迷迷糊糊地靠在白素梅的肩膀上。服务生推来一个大蛋糕，给每人切了一份，王刚将唐龙拍醒，大家随便吃了点儿后，白素梅叫上依依不舍的几个孩子一起坐电梯下楼，楼下不远就是购物公园酒吧街。

每当夜色像黑舞裙一样在这里旋舞时，这儿的各大酒吧总会涌现出很多性感的中国美女，衣着光鲜，双眼妩媚，红唇如血。从她们头顶流泻下来的浓密柔顺的长发，无时无刻不在向痴迷于泡吧猎艳的外国男人们展示独特迷人的东方风情。凌晨一两点，正是觥筹交错的时候，人们或舞动，或静坐，或欢呼，或哭泣，或小酌，或狂饮……在热闹欢腾的酒吧外面，铺满金色灯光的马路上，车流滚滚，一排排商店上面，炫目的广告像一只只巨大的萤火虫，在迷离的夜色中闪闪发光。

当他们从一家酒吧经过时，传来一阵愤怒的争吵声。他们循声望过去，看到酒吧的露天卡座上坐着一个黑人和三个白人，三个白人里有一个姑娘，她身材高挑，披着金黄色的卷发，穿着黑色V领紧身T恤、运动紧身裤，腰上系着一件苏格兰红格衬衫。她指着其中一个满脸络腮胡的外国男子的鼻子，大声用英语斥责着他，情绪非常激动。旁边的两个外国男人坐在椅子上轻声聊天，对他们的争吵视若不见。

“是刚才你们打比赛时的那个举牌女郎。”白素梅说。

“你怎么知道？”王刚问。

“她是我的同行，所以对她印象深刻。”

“这是老外之间的事情，我们不掺和，走吧！”孙大雷说。

“我现在才知道，你们是专门欺骗女孩感情的骗子。你们既没有文化，也没有道德。”那个举牌女郎逼视着那个络腮胡外国男子，挥动手掌大声说。

“去你的，这是我和一个中国姑娘之间的事儿，关你什么事儿。”

“她是我的朋友，现在非常难过，已经两天不吃饭不喝水了，你想让她死吗？”

“收起你那傲慢与粗鲁吧。拜托，只是一个女孩而已，谁在乎呢。对吗，皮特？”他看了看坐在旁边理着球形头的外国黑人男子说道。

本已从他们身边走过的白素梅听到这句话后，马上转身朝那群外国人走去。

“我不想知道你和那个女孩是什么关系，但你不可以侮辱她。

这里是中国！”白素梅走到那个外国络腮男身边怒视着他说。

“你说什么？我听不懂。”外国络腮男皱着眉头用英语对白素梅说。

白素梅改用英语，将刚才说的流利而大声地重复了一遍。

外国络腮男马上站了起来，对着白素梅愤怒地吼道：“你敢骂我？小心我杀了你。”

外国络腮男站起来后，唐龙他们才发现这是一个身高一米九多的大个子，他低着头紧紧地盯着白素梅，凶神恶煞。啪，白素梅扬起右掌，狠狠扇在他的腮帮子上，他的脑袋随着白素梅的手掌晃了晃。外国络腮男没想到白素梅敢动手打他，怔了怔。其他两个外国男人也霍地站了起来。

挨打的外国络腮男醒过神来，右手一记摆拳扫向白素梅的脑袋。白素梅虽然没有学过搏击，但是经常去鹏强搏击俱乐部观摩拳手训练，举完牌后经常坐在擂台下看搏击比赛，遇到攻击倒也不惊慌，迅速后退两步，躲开了这记危险的摆拳。

唐龙一个箭步蹿上去，高大的身躯挡在白素梅的身前，对外国络腮男怒目而视。孙大雷拍了拍白素梅的肩膀，示意她退到一边。白素梅于是后退几大步，牵着阿杰和李默的手，和那五个孩子站在一起。那个举牌的外国女郎也和他们站在一起。

“要不要去帮帮唐龙？”白素梅问孙大雷和王刚。

“没啥的，身材高大，里面空心，唐龙能摆平。”孙大雷说。

“先看看形势。”王刚紧紧地盯着外国络腮男说。

五个孩子可能是被那个身材高大的外国络腮男凶神恶煞的样子吓到了，一个个眼睛睁得大大的，非常紧张。周围一下子围了很多人，他们默默看着，有人拿手机拍起了视频。

不知道是不是因为喝了几瓶啤酒的缘故，此时的唐龙，非常镇定，几个月前在文山湖畔和东方洲冲突时的那种紧张不安不再像毒蛇一样缠绕着他，那条毒蛇似乎已经远离他而去。

“给我滚开，我要揍的是那个婊子养的，不是你。”外国络腮男恶狠狠地对着唐龙咆哮。

唐龙一听到“婊子养的”四个字，血顿时往头上翻涌。

“不，约翰，冷静点儿。”站在一边的膀大腰圆的黑人说。

“这事不要你管，皮特。”约翰回了皮特一句，然后看着唐龙说，“让开，否则我要将你的屎揍出来。”

约翰的唾沫星子喷了唐龙一脸。他用手抹了抹脸，望着比他高出一头的约翰，用英语慢条斯理地说：“不，这里是中国，要滚的是你。”

约翰从桌子上抡起一个啤酒瓶，朝唐龙头上砸过去，围观的人发出一阵惊呼。唐龙没有躲闪，他用左手格挡在头顶，啤酒瓶砰地砸在唐龙的手腕上，裂成碎片。与此同时，唐龙一个右勾拳砸过去，拳头像投石机投出的石块一样砸在约翰的左腰上，震荡着那层皮肉里包裹着的肝。约翰皱着眉，像下锅的龙虾一样弓起背，晃着身体后退了两步，差点儿摔倒在地。这一拳显然并没有让他学乖，他忍着疼痛，又直起身子，小心地向唐龙进逼。唐龙见他并不死心，于是左脚上前一步，迅速提起右膝，将小腿勾起来，向内侧收提至腰部，左拧腰，右转胯，右脚猛地踹出去——这个侧踹正中约翰胸口，只听“嘭”的一声，约翰的庞大身躯撞开了两张桌子，飞出两米远，仰面朝天摔在地上。

“噢，天哪！”皮特大声叫喊了起来。

皮特冲到约翰身边，将约翰扶了起来，另一个白人男子吓得不知所措。

约翰从地上起来后，推开皮特，举起那截碎酒瓶向唐龙逼近，嘴里大吼：“我要杀了你，杀了你这中国佬。”

那个举牌女郎用中文对唐龙大声喊叫道：“离开他，他已经疯了。”

但是唐龙知道自己不能离开，九岁那年，他将林嘉丽抛在吴悠湖畔独自离去，从此，他永远失去了林嘉丽，失去了童年，失去了快乐，失去了勇气，失去了自我……失去了太多原本属于他的东西，以致每次想起那个不堪回首的黄昏，他都像罪孽深重的犯人一样痛苦不堪。他常常想，如果时光倒流，他会拼尽一切力量去保护林嘉丽，与那三个家伙抗争。不管能不能阻止悲剧的发生，但是至少他拼命过、抗争过、战斗过，不会直到今天仍陷在泥沼里挣扎。

唐龙想起有一次跟王刚闲聊时，聊到街斗的话题，王刚告诉他："遇到街斗不要紧张，尽量把对方引到开阔而便于施展身手的地方，就像平时训练一样镇定放松，做好攻防，灵活移动。如果对方不是练家子，你只需要把你学到的拳腿组合打出去、打准就赢了。"

于是，唐龙后退几步，和咖啡桌、白素梅他们以及约翰的朋友保持一定的距离，摆好格斗式，握紧双拳，手臂放松，做好了继续迎战的准备。

约翰看到唐龙后退，立刻跟着他，逼进了几步。

"我并不想打死你，不要逼我。"唐龙用手指遥点了点约翰说。

王刚和孙大雷一看约翰操起了凶器，马上走过去，和唐龙站在一起，怒视着约翰。

"住手，约翰，你打不过他，他是拳手。"举牌女郎走到王刚身边说。

"我要像捅死一条狗一样捅死他。"约翰歇斯底里地说。

"约翰，我今天晚上就是来这儿为他们的搏击比赛举牌的，你打不过他们。杀人是要偿命的。"举牌女郎厉声说道。

"约翰，看在上帝的分儿上，赶紧放下那该死的瓶子，冷静，冷静点儿。”皮特和约翰的另一个朋友赶紧走过来劝约翰。

约翰看了看对面那三个身强体壮的大汉，胆怯了，刚才唐龙当胸那一脚，几乎蹬得他快闭气了，他的目光变得犹疑不定。

皮特夺过约翰手中的碎酒瓶，随手丢进路边的花坛，然后和另一个伙伴半推半架，将约翰带进了酒吧。围观拍照的人群一看老外钻进酒吧，一下就散了。

“谢谢你。”举牌女郎对唐龙说。

“你说我是一个拳手，那么，这是一个拳手应该做的，不客气。”

“我记得你的比赛，你很厉害。”她竖起了大拇指。

“你错了，厉害的是我面前的两位哥们儿。”唐龙看了看孙大雷和王刚说。

他们看了唐龙一眼，又将目光投在举牌女郎的身上。

“唐龙，我们赶紧回去吧！”白素梅在一边喊他。

“好的。”唐龙回应道。

“我叫伊莲娜，来自俄罗斯，可以加你微信吗？”举牌女郎用绿色的大眼睛望着唐龙说道。

“我叫唐龙，当然可以加。”唐龙拿出手机，打开微信，点出二维码。

“你的手流血了！”伊莲娜惊叫。

唐龙看了看，轻描淡写地说：“没事，皮外伤而已。”

孙大雷、王刚、白素梅和孩子们围了过来，白素梅捉住唐龙的手腕一看，小臂果然被约翰手中的啤酒瓶割出了几道口子，鲜血直流。她慌忙从包里掏出一包纸巾，几张纸巾全部抽出来，展开叠在一起，按住唐龙的伤口。

加完唐龙的微信后，伊莲娜挥手说了声“再见”，消失在夜色中。唐龙将奖杯和包交给王刚，让王刚帮他带回宿舍。他不想端着奖杯走进深圳大学，让很多人知道他在打拳。

孙大雷和王刚拦了两辆出租车，王刚带着阿杰、李默坐一辆车，剩下的三个孩子由孙大雷带着，分两批打车回去。唐龙伤口涌出来的血很快浸透了纸巾，白素梅打了一辆车，陪着唐龙向深圳友谊医院赶去。

车子像一只黑色的鲨鱼一般钻入夜之深海中，透过车窗望去，暗蓝的天空上，一轮苍白的月亮静静地看着灯火辉煌的星河广场，星河广场已经进入狂欢时刻，名牌服装店、珠宝店、配饰店、餐厅、美容SPA会所、咖啡厅、超市、酒吧、KTV……就像一个个打扮得花枝招展的橱窗女郎，吸引着往来的人。

酒吧街里，酒气弥漫，歌舞迷醉，肾上腺素的气味随着音乐溢出酒吧门口，冲击着街两边随处可见的流光溢彩的巨幅广告牌。广告牌下，偶尔能看到一两个衣衫褴褛的流浪汉顶着一头脏辫，摇摇晃晃地走过，墙角边的绿色垃圾桶里，堆满了鼓起来的黑色塑料袋。

“因为我，害得你受伤……对不起……”白素梅向坐在旁边的唐龙说。

唐龙用手摸了摸白素梅的脑袋说：“不，不要说对不起。教训他，不仅仅是因为你，更是为了被他侮辱的女性。”

车子将他们送到医院，白素梅陪唐龙在医院里进行了简单的治疗后，又叫出租车把唐龙送到他的宿舍——风槐斋。唐龙和白素梅挥手告别。宿舍里开着灯，他打开门，只有方飞云在。

“今天回来得这么晚？”

“嗯，是啊，在外面闲逛了一会儿。”唐龙说。

他坐到电脑桌前的椅子上，将包着纱布的手腕往桌下缩了进去。

“最近很少看到你，都在忙什么呢？”

“没干啥，就是去健身房健健身，去图书馆看看书而已。”

“今晚一个视频突然在深大火了起来，估计很快就会火遍深圳。”

"什么视频？"唐龙笑着问。

"一个老外在星河广场被中国人给揍了，厉害呀，我的个神。"

"是吗？"

"是的。"

"我发给你看看吧！"

"打架斗殴有什么好看的，你自个慢慢欣赏吧！"唐龙朝他摇摇头。

"这个老外在酒吧外面侮辱中国女性，先是一个女孩冲过去给了他一个嘴巴子，接着那个女孩的男朋友冲过来给了他一脚。一个身材高大的老外，就这样像玩具熊一样被那个人一脚踹飞了，真刺激，我接连看了好几遍。"

"看你吹得神乎其神的，哪有那么厉害。"唐龙不以为意地说。

"没有吹，确实很厉害，一看就知道是练家子，可惜光线太暗了，看不清楚这个人的脸。"

"是练家子很正常，现在练武的人越来越多了。"

"我也想练成武林高手，这样就可以像他一样去替天行道了。"方飞云用右手拍了一下左胸，朝唐龙挤挤眉，摆了个格斗式说。

"武林高手可不是那么好做的，但愿你早日实现梦想。"唐龙调侃他说。

"你的手怎么回事？"方飞云看着他手腕上的纱布问道。

"骑共享单车时摔了一跤。"

"没事吧？"

"没事，破了点儿皮而已。"

"那就好，注意点儿，一个大男人，一定得照顾好自己。"

方飞云的微信响了起来——他的女朋友李菲儿给他发了微信视频，方飞云点开视频，手机里传来李菲儿娇嗲嗲的声音。李菲儿问方飞云在哪儿，方飞云告诉她在宿舍。然后用手机将宿舍扫了一圈，扫到唐龙时，特意停了下来，给唐龙来了一个特写。

唐龙看到化着浓妆的李菲儿戴着一顶蓝色的洛杉矶道奇队棒球帽，穿着牛仔外套加碎花吊带裙，正坐在一间咖啡厅的落地玻璃窗下。咖啡厅里放着爵士乐，坐着几个老外。她嘟起嘴唇向唐龙挥了挥手，唐龙也微笑着向她挥了挥手。

“亲爱的，两天不见，你想我吗？”方飞云问。

“想，非常想，今晚有空出来吗？”

“当然有。”

“那你先亲我一个。”李菲儿撒着娇说。

李菲儿话音刚落，方飞云就不停咂巴着嘴唇。窗外，隐隐传来人声和虫语，月亮从云中探出半张脸，几点星光忽明忽灭，凉风送来了文山湖淡淡的潮味。

第七章
云起龙骧

星期一的一大早，唐龙在体育场跑完万米，背着背包去餐厅吃早餐。金色的阳光从蓝天白云间泻下来，树丛微微颤动，流光溢彩，几片落叶拖着秋风的脚步，在路面上欢快地打着滚儿。唐龙停在餐厅门口，朝里望去，餐厅里依旧人流汹涌。

在他被东方洲在文山湖畔打倒之后的很多个早晨里，他都像今天一样站在餐厅门口朝里眺望人流，每次都在犹豫要不要低着头走进去。他渴望融进汹涌的人流，但是又怕被人流吞没；他渴望与餐厅里遇见的每个人相互凝望，但是又怕被他们的目光刺痛；他渴望听到呼唤他名字的声音响起，但是又怕听见这声音里夹杂的笑声；他渴望看清里面每一个女生的美丽面容，但当那一张张面庞与自己相对时，却觉得它们像光洁无瑕的镜子一样，照出了他内心的残缺和阴影。他像含羞草一样敏感胆怯，一点小小的刺激，都能让他紧张不已。

然而，今天是不同的一天，全新的一天。

同样的时间，同样的地点，同样的人群，他的脚步却不再犹豫，他昂着头大步走了进去。他的目光与碰巧遇见的每一双眼睛碰撞着，他从没像今天这样仔细地看过他们的眼睛，这些眼睛里面微光粼粼，纷繁复杂……当他曾经在这些眼睛面前低下头时，他以为落在身上的是不怀好意的目光，而当今天抬起头，坦然面对这些眼睛时，他却发现，其实没有一双眼睛在意他、关注他、熟识他，没有一双眼睛迸射出的是不怀好意的光芒。

唐龙要了一碗稀饭、两个鸡蛋、一瓶酸奶、一碗牛腩粉，找了个位置坐下来。邻桌几个男生在边吃边讨论昨晚福田星河广场酒吧街的斗殴事件，唐龙笑了笑，低头吃了起来。

在深大吃过早餐后，唐龙来到了鹏强搏击俱乐部训练。昨晚的比赛一结束，王刚就将比赛视频发到俱乐部的几个微信群里，俱乐部的师兄弟们第一时间就知道了唐龙的处子赛获得胜利，今天一见到唐龙，纷纷送上祝贺。

不久，金天亚来到俱乐部，他换上训练服后，带领大家在九点准时开始了训练。

训练结束后，一男一女两个中年人走进了俱乐部，正在健身区踱步听音乐放松的唐龙抬头一看，竟然是父亲和母亲。唐强穿着黑色马球衫、棉布黑裤和一双黑色休闲皮鞋，金玉花穿着一条绿色长裙。唐龙连忙走到鞋架边找出自己的人字拖，趿拉着拖鞋，来到他们身前。

“爸，妈，你们怎么来了？”唐龙问道

“你现在不要家了，都不回家看我们一眼。”金玉花说。

“最近学习和训练太忙了。”

“学习？你还敢把学习拿来做挡箭牌？你的辅导员说你经常逃课。我看你是挂科挂定了。”唐强呵斥道。

唐强的声音一下子就将拳手们的目光吸引过来，金玉花用手掌轻轻碰了碰唐强，示意他小声点儿。

“我会对我自己的人生负责，有些事情不需要你管。”

“我是你爸爸，我不管谁管？我看你练武都快走火入魔了。”

唐龙沉默不语。

“你昨晚瞒着我们去星河广场打擂台，以为我们不知道吗？那儿到处都是我的客户，人家早就把视频发到我的手机上了。从小到大，你妈从来都舍不得动你一下，而你却把自己白白送给别人打，你妈看到你被人拳打脚踢，心疼得眼泪直流，昨晚一晚都没睡好。”

“我没事，这不是好好的吗？有什么好担心的？”唐龙紧皱眉头，望着父母说。

金玉花的眼睛红了，她扶着唐龙的肩膀说道：“等到有事就晚了，孩子！打拳是一项危险的运动。擂台上，拳手被打死的例子非常多。你要是有事，我们俩怎么办？”

“唐龙，带家人去休息室里坐坐吧！”前台的翠翠走过来说。

唐龙点了点头，径直走向休息室，等唐强和金玉花跟过来后，他关上休息室的门，一屁股坐在椅子上，把头扭向一边，盯着地板。

“唐龙，跟我们回家吧，不要学打拳了。”金玉花柔声劝道。

“爸，妈，从小你们就教育我，做事要坚持不懈、有始有终，我不会轻易放弃的。”

“你不要像头驴一样倔好不好？我们是你的父母，我们不会害你。”唐强瞪着眼睛说。

“我已经喜欢上了打拳，希望你们尊重我的选择和爱好。”

“不，孩子，你应该考虑一下我们的感受。”金玉花喃喃道。

“我们好不容易将你拉扯大，你就是这样忤逆父母的吗？”唐强厉声说道。

“爸，这项运动改变了我，让我成为一个和以前截然不同的人……”

“改变了什么？学会打拳你就飞黄腾达了？以后就能挣大钱买豪宅了？狗屁的改变！”唐强不等唐龙说完，一下子就掐灭了唐龙的话头，“打拳不能当饭吃，也不能打一辈子，有个屁用！”

“我的事不要你管，难道我不可以做自己喜欢的事情吗？我学拳用的是自己的钱。而你，”唐龙直视着唐强的眼睛说，“除了吃饭和赚钱，还有什么追求？打牌、喝酒、抽烟？我永远不会成为像你一样的人。”

“阿龙，怎么跟爸爸说话的？”金玉花看着唐龙，痛心地说。

“老子一巴掌扇死你信不信？”唐强站起来用手指着唐龙的额头。

“你扇！”唐龙霍地站了起来，愤怒地盯着唐强说。

唐强右手手掌叉开，抽向唐龙。唐龙左手握拳挡在脸前，唐强的手掌噼啪一声抽在唐龙的手背上。与此同时，唐龙右手紧攥拳头，像一枚炮弹一样向唐强的脸射去。在拳头快要击打在唐强脸上时，唐龙意识到眼前的人是父亲，不是赛场上的对手，于是拳头往左一偏，带着拳风擦着唐强的腮帮而过，停留在空气中。他的拳头颤抖了一下，再笔直缩回到肩膀前，贴着胸前的衣服慢慢垂下来，松开了卷起来的五指。

唐龙惊慌失措地看着唐强。

唐强铁青着脸，微微偏头瞪着他，胸脯急剧地起伏着，像要吃人一样。唐强的眼睛射出愤怒与恐惧交织的光芒。站在更加强壮高大的儿子面前，唐强终于意识到，从前的那个听话顺从的小孩子长大了，性格变了，而自己已经老了。

金玉花赶紧站了起来，走到唐强面前，轻声说：“阿强，走，回去。随这孩子怎么样！”

唐强微微张了张嘴巴，想说什么，终究欲言又止。他转过身，打开门，垂着双手快步走出休息室，金玉花深深地看了唐龙一眼，低下头，跟着丈夫走了出去。

唐龙站在原地，呆若木鸡。从小到大，他很少顶撞父母，尽管唐强脾气不好，有时候怒气一来，会对他进行体罚，但他从没还过手，从没像今天一样向唐强挥过拳头。这一拳或许更多是出于拳手的一种本能，尽管只是擦着唐强的脸而过，但却像打在了父亲的脸上一样让他愤怒和难过。

唐龙感到愧疚和痛心。他快步走出休息室，来到俱乐部门口的电梯旁时，发现父母刚好走进电梯，他们转过身，默默不语地看着他。他和他们离得这么近，却又相隔那么远。

他睁大眼睛定定地看着他们，电梯门嚓的一声合上，将他们那有些发胖的身体紧紧封闭在一个铁盒子里。电梯将他们带走了。

唐强和金玉花走后，金天亚将他叫到办公室。

“昨晚的比赛发挥得不错，超出大家的预期，后面还有很多比赛在等着你。听翠翠说，你的家人看你来了？”

“对。”

“不和他们一起吃顿饭？”

“聊得不开心，他们刚回去了。”

“怎么啦？”

“他们不同意我学搏击。”

“我这里很多学员都曾遭遇过家庭的阻力，如何抉择，就看你自己了。做任何事情，要听从内心的呼唤，你的心永远不会欺骗你。”

“是的，我会坚持下去。”

“走，我老婆多烧了一点菜，去我家吃午饭吧！”

金天亚的房子和俱乐部的宿舍在同一个小区，这是一套三室两厅两卫的大房子，约莫有一百三十平方米，中式古典装修风格，市价在八百多万元。

金天亚打开房门带着唐龙走进去的时候，他五岁的儿子正坐在一张中式红木沙发上看动画片，沙发上堆着一大堆漫画书。看到金天亚进房后，他的儿子转动着乌溜溜的大眼睛，喊道："爸爸回来了！"

"嗯，又在看《熊出没》？"

"很有趣。"

"这位是唐龙哥哥。"金天亚指了指身边的唐龙说。

"唐龙哥哥好。"

"小朋友好。"

"然后怎么说啊？"金天亚问。

"哥哥请坐。"小孩子将目光从电视屏幕移到唐龙脸上，大声说。

客厅里放着一张黑皮沙发，两边各有两张单人红木沙发，每张沙发边上，都放着一个翘头条案，条案上面放着一盏宫灯和一盆花草。沙发中间放着一个红木茶几，上面摆着一套茶具、一盘水果、一个青花瓷，瓷瓶上，绽放的玫瑰与百合交相辉映。红木沙发后面的墙上，悬挂着价格不菲的书法和中国山水画作品。茶几上的天花板上，悬挂着一个龙头红木宫灯，每个龙头上挂着一条红色的中国结。

窗户上挂着中式复古风窗帘，一扇镂花圆月拱门将客厅与餐厅隔开，餐桌上已经摆好了碗筷。

唐龙坐下后，金天亚的妻子从厨房里走了出来。她身材高挑，皮肤白皙，穿着一件黑色小皮衣，红色碎花吊带连衣裙，系着一条围裙，扎着马尾辫，脸庞瘦长，双眼皮的眼睛很深邃，看上去有些像混血儿。

"回来啦？"她向金天亚打招呼说。

"回来了，这是俱乐部的学员唐龙。"金天亚指了指唐龙说，然后对唐龙说，"这是晴姐。"

"欢迎来我们家做客。"

“谢谢晴姐。”

“不客气，你们先坐一会儿，马上开饭。”

晴姐在餐桌上摆了好几个菜，香味从餐厅溢到客厅，分别是豆皮鸡、大闸蟹、清蒸鳜鱼、羊骨萝卜汤、韭黄炒鸡蛋、清炒红菜薹。

唐龙自从很少回家后，就再也没有吃过这么丰盛的美食了。金天亚夹了一只螃蟹放在他的盘子里，又往他的碗上放了一块鸡腿：“多吃菜，光埋头吃白饭干吗？放开点儿。”

“好的，我自己来就好。”唐龙说。

金天亚慢条斯理地咀嚼了两口，吞了一口羊骨汤，用纸巾抹了一下嘴唇说：“吃饭和睡觉是人生大事，就像生和死一样重要。”

金天亚的妻子抬头看了他一眼，再瞥了唐龙一眼。她夹起一块鱼肉，细心地剔除鱼刺，放在身旁孩子的碗里。

“作为拳手，一定要保养好身体。健康之道，主要在于三点：一是新鲜的空气，二是洁净的饮水，三是食材。我们的饮食文化讲究五谷为养，五果为助，五蔬为充，五畜为益。有机粮食是骨髓造血、增加能量和气血的最好食材。”金天亚扫了一眼桌上的食物，看了看他的妻子说，“小晴每天都会去超市精心挑选新鲜的有机食材，她掌勺的第一天，我就告别了很多转基因食品，而空气、饮水、食材对身体的滋养，都要建立在睡眠的基础上。人的睡眠好了，身体里的气血才会旺盛，精气神才会充足，所以我很少熬夜，一般十一点不到，就上床休息了。”

“记得仓央嘉措说过：世间事，除了生死，哪一桩不是闲事？现在看来，吃饭睡觉，也不是闲事啊！”唐龙说。

“对，自律才能让拳手一直保持良好的竞技状态，很多拳手的职业生涯，不是毁于年龄，而是毁于放纵。”

“是的，确实要节制。”

"现在社会，诱惑太多，人们很容易在都市丛林中迷失自我，一定要遵循大道。"

吃完饭后，金天亚通过微信将唐龙昨晚那场比赛的一千五百元出场费转给了他，并告诉他，这周三来俱乐部把合同签了，以后打比赛的出场费和奖金，拳手和俱乐部五五分成。在离开之前，唐龙向金天亚请了半天假，他想在下午好好休息一下，不仅仅是昨晚的比赛神经绷得太紧，需要放松，更重要的是他训练的心情全被父亲唐强破坏了，他要好好地静一静。

周三训练完后，唐龙来到金天亚的办公室，签下了合同，合同的期限为两年。他不知道两年后的他能达到什么水平，但是这两年只要有比赛打，自己养活自己是不成问题了，他再也不需要扛着一箱一箱的啤酒跑酒吧了。

在金天亚、张教练的严格要求和精心指导下，唐龙进步很快，各种比赛也接踵而来，每个月都会打两到三场搏击比赛，他开始在一些C级赛事上崭露头角，比如鹏城武林、昆仑决－城市英雄、武林风－百姓擂台、MMC战神录、真武英雄功夫王等搏击赛事。他以硬打硬、狂风暴雨般的打法杀向擂台，一路摧枯拉朽、过关斩将。到2018年6月，他已经在所打的十五场比赛中，获得了十三胜二负的优异战绩，更让人惊叹的是，十三胜的比赛里，全部KO对手。很多对手在他的永动机般不断输出的重拳重腿下，在第一个回合就倒在了擂台上。

他喜欢看着对手被他的拳头击碎斗志和信念，软绵绵地倒在他的脚下，那种快感简直无以言表，比感官所能感知的一切快感都要强烈和持久。

他恨曾经的自己，恨曾经带给他苦难的那些人，那些人在时光的调和下，拼构重叠成了他的每一个对手——不，不是对手，而是结怨很深的仇敌。不堪的过去和刻骨铭心的伤痛日积月累，在他身上爆发出了巨大的能量，他像火山一样爆发起来，走上擂台只有一个目的，尽一切力量将对手摧毁，打倒他们的身体，摧毁他们的意志。对手的每一次倒下，都意味着他的一次重生。

在这些赛事的锻炼中，他获得了很多比赛经验，成长也更快了。他从俱乐部的青铜级别打入了白银级别，这是他通往更高级别赛事的必经之路。

在不断取得胜利的那段时间里，他继续坚持着高强度的训练，不断提升力量和技巧，根据比赛录像来自我调整，打磨自己的技术。有时候，张教练也会教他一些散打中的技术，比如转身鞭拳、转身后蹬、侧踹、劈挂腿、贴身摔法。散打比赛中，摔倒对手算分，自由搏击比赛中，使用摔法虽然可以震慑对手，破坏对手的重心，但却不算分，拳手们使用摔法的频率并不高。所以，平日里俱乐部基本不练摔法。但是在拳手跨界的风潮席卷全世界的当下，唐龙对摔法也非常感兴趣，他就像闯进搏击密室的孩子一样，对里面的一切都充满了好奇，想要了解它们的全部奥秘。

他担心的挂科问题并没有出现。他利用训练和比赛余下的时间拼命钻研功课，加上成绩本来就好，底子深厚，即便经常旷课去鹏强搏击俱乐部训练，学期结束时，尽管考试分数不是很高，但谢天谢地，门门功课都通过了。

7月中旬，他在昆仑决–昆仑之路的B级赛事上击败了一名德国拳手，这是他第一次参加B级搏击比赛，也是第一次跟外国拳手对决，很多卫视和网络媒体现场直播。赛后，媒体挖出了他的深大大一学生的身份，并给他做了一篇专访，配上他暴打德国拳手的视频，立刻爆红网络。视频在深大也引起了轰动，之前那篇污蔑他的文章给他带来的负面影响，也被这次比赛获得的荣誉冲淡了很多，很多深大学生认识到了他全新的一面。

班上很多同学开始邀请他参加一些从来都不叫他的社交活动，然而都被他拒绝了。他讨厌无聊的人、无聊的聚会和无聊的话题。

比赛赚来的出场费，不仅够他日常的开支，也慢慢攒起了下学期的学费。自从父亲唐强去年跟他在俱乐部发生冲突后，他就再也没有回过家了，一整个暑假都泡在俱乐部里训练。唐强和金玉花再也没来俱乐部看望过他。虽然金玉花还是像以前一样发微信或者打电话向他问寒问暖，但是唐强对他不闻不问，似乎将他彻底遗忘了。

这周末下午的训练结束后，他穿着一件白色T恤、蓝色沙滩裤、蓝色球鞋来到猜火车酒吧。猜火车的生意一如既往地火爆，浓浓的烟味里散发着淡淡的酒味，酒吧里放着简单计划[①]的歌曲，主唱皮埃尔·布鲁威尔（Pierre Bouvier）那疯狂的声音在暴风疾雨般的电子音乐的伴奏下，响彻整个酒吧，仿佛瞬间就能将人的大脑掏空，让人在他的音乐中沉沦。

白素梅穿着一件斜肩黑色紧身T恤和一条白色迷你裙坐在酒吧中间，在昏暗的灯光下，雪白的肌肤泛着柔光，像一朵百合花。他们点了几罐啤酒，一些下酒小菜，边喝边聊。和白素梅在一起，唐龙感到舒服放松，他们之间总能轻易找到各种话题聊。即使是什么也不说，就那样静静地坐在她面前，偶尔微笑着交换一下眼神，他也觉得非常愉悦。

啤酒喝完后，唐龙点了两份意面、一份蔬菜沙拉、一份水果沙拉，白素梅已经订好了票，吃完晚餐后，他们一起去附近的电影院看《复仇者联盟3》。唐龙来深圳快一年了，这是他第一次单独跟女生一起吃饭、去看电影。他有些兴奋难捺。

他们刚吃到一半的时候，身后传来一阵争吵声，唐龙看了看

① Simple Plan，一支流行朋克乐队名。

白素梅，白素梅抿着嘴唇，眼睛睁得大大的，目光从他肩膀射向后面。

“有人吵架。”白素梅微皱眉头说。

唐龙用纸巾轻轻抹了抹嘴巴，将纸巾折成方形，放在碟子旁，转过头去看。

不远处的走道中，一个背对着他的高个子和三个矮个子男人争吵着什么，唐龙立刻认出了高个子就是方飞云。酒吧里音乐太吵，听不清他们在吵什么。吵到激动处，那三人中穿绿色T恤的人用食指戳着方飞云的脸，方飞云抡起右掌将他的手指打到一边，绿色T恤男快速侧步上前绕到方飞云身后，箍住方飞云的脖子，一下子将方飞云放倒在地。另两个人对着方飞云就是一顿狂踩乱踢，邻近的客人乱作一团，女生大声尖叫，纷纷让到一边，生怕殃及自己。

“方飞云挨揍了。”唐龙点点头，往自己的酒杯缓缓倒了一杯啤酒。

“方飞云？天哪！”白素梅睁大双眼，唰一下站了起来。

“不，你坐下吧。”唐龙站起来，轻拍了拍白素梅的肩膀说，“这种事我来就好了。”

唐龙挤开人群，走近打架的这几个人，看到方飞云仰面倒在地上，背下的绿色T恤男用双脚夹住他的大腿，右手臂弯成四十五度角，勒住方飞云的脖子，左手伸到方飞云的脑后，紧紧地抵住方飞云的后脑，右手手掌紧扣住左手手腕。唐龙一看就知道这是巴西柔术中的裸绞，可以轻易将人绞死。绿色T恤男的两个同伴并未停手，依旧时不时朝方飞云的肚子或者肋部踢上一脚。

方飞云用双手使劲去掰控制住他脖子的那双手，但怎么也掰不开，他面红耳赤，双眼像网兜里牛蛙的眼睛一样鼓得圆圆的，惊恐无助地望着酒吧天花板上的巫师灯，大口大口地喘着粗气。

他已经接近休克的边缘。

唐龙不再迟疑，一个足球踢，踢在用裸绞控制方飞云的绿色T恤男的肋骨上，虽然酒吧里很嘈杂，但是唐龙还是听到肋骨断裂的脆响。绿色T恤男大叫一声，松开了方飞云，用手捂着肋部，像被踩伤的蚯蚓一样弓着腰痛苦地蠕动着。

方飞云快失去意识了，全身软塌塌的，无法立刻从地上爬起来，唐龙将他扶了起来。此时，白素梅也赶了过来，唐龙将方飞云交给白素梅，白素梅扶着方飞云坐在旁边的座位上。方飞云还没从刚才的恐惧中完全回过神来，他眼神慌乱，张着嘴巴，胸脯急剧起伏。绿色T恤男的两个同伴也将肋骨断裂的绿色T恤男扶了起来，安置在旁边的椅子上，然后一前一后大步向唐龙逼了过来。

还没等他们出手，唐龙右脚向前跨上一步，左脚像鞭子一样高高扬起，一个迎击劈挂腿砸了下来，鞋后跟正中前面那个人的脸颊，他马上被劈倒在地，痛苦地挣扎着，鼻子被鞋后跟砸破了，鲜血直流，躺在地上半天爬不起来。后面那个人被吓到了，张大嘴巴望着唐龙，怔了怔，看唐龙没有继续上前揍他的意思，于是蹲下来察看同伴的伤情。

三个酒吧服务员和一个领班赶了过来，舞曲也变成了节奏舒缓的轻音乐，声音小了很多。

“怎么啦，发生什么事了？”领班看了看他们，目光打到唐龙脸上。

“三个练家子欺负一个人，不嫌丢人吗？”唐龙盯着他们大声喝道，没理会领班。

“你是谁，有种报出你的姓名？”那个鼻子流血的年轻人说。

坐在椅子上的绿色T恤男捂着肋部，大声呻吟着，举着手机，正在给谁打电话。

“我是谁不重要，重要的是你们不该仗着自己练过格斗，随便欺负人，你师父没有告诉你们，学武先学德吗？”

“有种你不要走，会给你好戏看的。”绿色T恤男挂断电话后说。

“我不走，就在这里。”唐龙说。

不一会儿，有人从贵宾房里走了过来。让唐龙和白素梅都没想到的是，来者居然是东方洲。

“厉害啊，一个送酒的屌丝，一个可笑的废柴，跑到这里来打人，而且专打拳新搏击俱乐部的菜鸟，是不是想去医院度假？”东方洲从围观的人群中挤到唐龙的面前。

东方洲描眉画眼，红唇如血，一张脸被粉涂得惨白，穿着黑色裙裤和黑色V领紧身T恤。东方洲身后紧跟着一个漂亮的女孩子，唐龙过了五六秒才想起来，她是方飞云的女朋友李菲儿。

“以多欺少，用搏击术攻击不懂搏击的人，不该教训一下吗？”唐龙反唇相讥。

“先生，麻烦你们不要在这里吵架好吗？不要影响其他客人消费，损坏酒吧的物品是要赔偿的。”酒吧领班对唐龙说。

“给我滚到一边去！损坏多少老子会赔。”东方洲指着领班声色俱厉地骂起来。

“请不要骂人好吗？你不能侮辱我的人格。”酒吧领班对东方洲说。

“没有天哥罩着，这烂酒吧早他妈关门了，老子骂你怎么样？你的人格对我来说就是个屁，是不是想挨揍？别给脸不要脸。”

领班和其他三个服务员被东方洲吓呆了。

“废柴，这次我不会像上次一样轻易放过你。”东方洲看了看白素梅，咬牙切齿地对唐龙说。

唐龙沉默不语，继续盯着东方洲的眼睛。

“听说你对我曾经的女友白素梅很感兴趣？你也不用大脑想

想，她怎么会喜欢一个乡下来的送酒工？不是所有的癞蛤蟆都能吃到天鹅肉的。”

“你说够了吗？东方洲，你太无耻了。”白素梅冲到东方洲面前。

东方洲满不在乎地笑了起来：“无耻又怎么样？别以为有你护着他，我就不敢揍他，他除了送啤酒，还能有什么狗屁用？你怎么会跟这废柴在一起？”

东方洲握紧右拳，夸张地捶了捶自己的左胸，然后转过身对身后的李菲儿说，“亲爱的，往后靠着点儿，一场好戏就要上演了。”

唐龙握住白素梅的手腕，轻轻扯了扯白素梅。白素梅回头看着他，她的眼神里有恐惧、担忧，也有愤怒和信任。他朝白素梅点点头，白素梅明白了他的心声，走到他身后。

东方洲摆好格斗式，伸直左掌，朝唐龙勾了勾，大声喊道：“打我啊，废柴，有种就来打我！”

唐龙握紧拳头，猛然发力，前手拳像弹簧一样弹出去，在东方洲的眼前虚晃一下，几乎与此同时，腰部和肩膀向右一转，后手重拳以迅雷之势刺向东方洲的下巴。东方洲毕竟在业余班练过自由搏击，当唐龙出前手拳时，他急忙撤步后退，同时举起双拳，防守自己的脸。但是唐龙的拳快如闪电，当东方洲在后退之际，唐龙的后手拳已经像子弹一样刺穿了东方洲防守的双拳，坚硬如铁的掌指关节像铁锤一样，“嘭”地撞击在东方洲的下巴上。唐龙只用了五成的力气，但那满身鼓壮的肌肉蕴藏着超强的爆发力，东方洲上半身向后晃了晃，踉踉跄跄地连退了几步，差点儿摔倒在地，脑袋被拳头震荡起来后，与头盖骨激烈碰撞，让他重心不稳，意识昏蒙。

唐龙右脚向前跨上一步，双手像蛇一样绕到东方洲的后面，双掌紧紧叠扣在他的后脑上，把他的脑袋往下压，两手手腕像剪刀一样紧紧夹住他的脖颈，用力向自己的右臂方向拉扯。东方洲无法挣脱唐龙的手臂，就像一头绵羊一样被唐龙牢牢牵在手中。当东方洲的上身在唐龙双手的按压拉扯中弯下来时，唐龙踮起右脚尖，左小腿紧紧扣在大腿下面，脚掌绷得直直的，膝盖斜成四十五度角，腰部和屁股向前一送，膝盖像建筑工人用来凿石的钢钎一样，结结实实地凿在东方洲右肋内的肝上，刚才还如一尊石像一样傲立在唐龙面前的东方洲，瞬间坍塌了、碎裂了，如同一堆烂泥块。东方洲一下子扑倒在地上，然后翻了一下身子，侧躺在地上，双手抱着肋部，缩起来的双脚在不由自主地抖动着。随即他又翻身仰卧在地上，脸色苍白，双眉拧在一起，嘴巴无意识地张开着，发出痛苦的呻吟声。

他的同伴和李菲儿赶紧围过去，蹲在他身边，进行救护。

在唐龙脑海里，东方洲去年在文山湖攻击他的场景一闪而过，今天，他终于在这么多人面前如数奉还了。

想到这里，唐龙转过身，拉着白素梅的手，拍了拍愤怒的方飞云的肩膀，一起来到刚才用餐的桌子旁，他端起那杯刚倒的啤酒一饮而尽，然后三人一起来到前台买单。酒吧经理带着十几个酒吧保安从门口走进来，走向刚才打架的地方，他们并没有注意到吧台前的唐龙他们。

在酒吧门口，唐龙叫了一辆比亚迪电动出租车，告诉司机去深圳大学。路两边的高楼就像巨大的山崖，车流恰如滚烫的火山岩浆穿过山崖中间的峡谷，穿过灯光与夜色，带着炙热的欲望不停奔涌，永不止息。

白素梅将唐龙的右手举起来，放在眼前看了看，然后望着唐龙说：“你的手受伤了。”

“没事。”唐龙轻轻摇头。

右拳中指关节处，破了点儿皮，渗出了鲜血。白素梅从包里摸出一袋纸巾，捉住唐龙的右手，帮唐龙擦去血迹。

“疼吗？”白素梅问。

打倒东方洲的快感和豪情还在唐龙体内燃烧，像酒精一样刺激着他的感官，他根本就感觉不到疼痛。唐龙将左手从她的后背伸过去，搂住她的左肩，说：“不疼，这有啥！”

白素梅看了看副驾驶座上沉默不语的方飞云，问道：“方飞云，你没事吧？”

“我很好，谢谢你们。”方飞云低着头沉声回道。

唐龙的手臂将白素梅搂得更紧了。白素梅的眼睛在昏黄的灯光下，忽明忽灭地闪烁着，她的鼻子很长很高，鼻尖已经快顶到他的嘴唇了。她微微抬起头，望着也正凝视着她的唐龙，她鼻子里呼出的气息混合着她身上的香水味，轻轻打在他的脸颊上。

白素梅突然斜着将脸凑过来，她的嘴唇印在他的脸颊上，留下一个湿热的吻。

唐龙一下子蒙了，他看了方飞云一眼，然后转过头呆呆地望着她的眼睛，感到她深沉的目光吞噬了他，他的心灵在她的红唇中煎烤，躁动不安，吱吱作响。

除了童年时代的林嘉丽，唐龙从未与任何女孩子有过如此亲密的身体接触。他渴望异性那充满爱意的吻，幻想过在很多美妙的场景里和女孩子接吻，但是仅仅限于幻想罢了，在生活中几乎从来没有真正实现过。

他至今清楚地记得，在班里男生的嘲笑讥讽下，他是如何成为班里甚至是全校的笑料的，没有一个女生敢靠近一个除了成绩还可以，其他方面几乎可以说一无是处的男生。和他接近是危险的，因为那将意味着沾上一身腥，成为共同的被嘲笑讥讽的对象。所以很快大部分的女生由冷眼旁观，变成了和班里的男生一起快乐地享受从他身上不断挖掘创造出的笑料和负面新闻。

上初中以后，班里很多男生开始谈起了半公开的恋爱，唐龙当然也有喜欢的女生，但是不敢和对方接触，更不敢表白，只能默默地把喜欢的女生埋在心底。记得读初一时，在一个春日的下午，放学后，班长雷小玲在放学路上一不小心和独来独往的他走在一起，讨论起下午刚发下来的语文试卷，雷小玲考砸了。而他那次发挥出色，作文只扣了一分，总分九十七点五分，全班第三名。他的写作才华在那个时候就已经开始展露了。

没想到第二天，几乎整个初一的学生都在传扬唐龙爱上了雷小玲，他们在拍拖。下午课间休息时，班上几个特别调皮的男生捉住唐龙的手脚，将他抬了起来，一下子扔在雷小玲的课桌上，十几个男生在教室后排整齐有序地大喊："雷小玲，我是唐龙，我爱你……"其他男生女生在一边哈哈大笑，包括他暗恋的那个女生。雷小玲哭着跑出了教室，而唐龙只能默默地爬起来，低头回到自己的座位上，胡乱翻开书本看了起来，他已经连跑出教室的勇气都没有了。那一瞬间，埋在他心底的那个女生，像微弱的烛光一样在心底一直闪烁的那个女生，彻底湮灭在了无边无际的黑暗之中。

每当他痛苦得想流泪时，他都会想起出现在吴悠湖畔的那三个邪恶的少年，是的，是他们，是他们毁掉了他的生活。他也会想起远方的林嘉丽，不知道她过得怎么样，是不是像他现在一样痛苦不堪？他知道，她绝对不会比他的日子好过。命运让他们分离，然而痛苦的无形纽带，却将他们捆绑在一起，永远无法分离。

从那以后，他几乎患上了社交恐惧症，害怕出现在人多的地方，一接近人群，就紧张不安，心跳加速。他变得更加敏感怯懦，更加自卑了。他把头垂得更低，在镇子里抬不起头，在学校里抬不起头，在班里依然抬不起头，在女生面前抬不起头，在男生面前抬不起头，在老师面前也抬不起头。他被歧视所隔离禁闭了，被禁闭在一座透明的孤岛中。

而现在，他居然搂着深大人文学院的院花，院花还主动给他送上了一吻，这一切如梦如幻，他几乎不敢相信这是真的。他试探一般地将嘴唇轻轻送上去，实实在在地触到了她温热柔软的红唇。当他意识到这一切是现实的一部分时，马上将嘴唇移开，紧张、兴奋而胆怯地望着白素梅的眼睛。白素梅微闭双眼，看不到她的眼神。她的嘴唇半张半合，带着某种暗示凑近了些许，停在他的下巴前。唐龙不管前面的司机和方飞云，用手托起她的下巴，与她的嘴唇交织在一起。

司机贴心地放起了英文情歌。不知道吻了有多久，直到车子快到深大时，他们才分开。

“唐龙，他们肯定还会找你麻烦，你要小心点儿。”方飞云回过头望着唐龙和白素梅说道。

“让他们放马过来吧，我一直都在。”唐龙毫不在意地说。

“这本来是我的私事，没想到连累了你。”

“没关系，飞云，我们是朋友，朋友有难，我不能袖手旁观。”

车子很快驶到了深大乔木阁。唐龙和白素梅在宿舍楼下告别后，和方飞云一起回到风槐斋。

回宿舍后，方飞云低头坐在椅子上一动不动。唐龙不知道该说些什么，从洗手间冲完凉出来，方飞云的姿势依然一成不变，死死地盯着自己的脚尖。当唐龙爬上床铺准备休息的时候，方飞云终于站了起来，从衣柜里找出衣服，快步走进洗手间冲凉，椅子下散布着泪水。

第二天上午十点半，俱乐部突然涌进了一群人，为首的正是“死亡巫师”黄达毅和一个胖子。黄达毅穿着白色V领T恤，T恤外面套着一件蓝色牛仔长袖衬衣，袖子卷到臂弯处，左手戴着一只镶钻腕表，下身穿着一条蓝色破洞牛仔裤，穿着一双棕色短靴。

胖子穿着一身黑色西装。他们身后跟着四个人，陈磊和东方洲就在其中，两人一人拎着一盒礼品。

黄达毅和胖子他们脱掉鞋子，径直走进训练区。

金天亚看到他们，示意正在为他拿靶的张教练停下来，并让刘教练去前台关掉音乐。其他人也都停下训练，齐刷刷地望着走进来的不速之客。

黄达毅站在金天亚面前，鼻子几乎快顶到金天亚的嘴唇了，逼视着金天亚，眼神锐利而坚硬。俱乐部的拳手们一看黄达毅这架势，以“鹏强五虎”为首，马上向黄达毅围拢了过来。金天亚挥挥手，示意他们散开。

俱乐部里一片静寂，几乎只能听到黄达毅和金天亚的呼吸声，以及窗外隐隐传来的车声。

黄达毅和金天亚对视了十几秒钟后，和胖子走到在一边喝水的张教练面前，笑吟吟地说：

“师父，您还好吧？我们看您来了！这是我在马来西亚特意为您带回来的哥曼东洞的燕窝，东革阿里是笑笑送给您的。”黄达毅从东方洲手中接过一盒燕窝和一盒东革阿里，递给张教练。

“是的，这些是我们在马来西亚精挑细选带的，都是上品，请师父笑纳。”胖子说。

“我很好，谢谢你们来看我。礼物我就不收了，年纪大了，无福消受。”张教练说。

“师父，您收下吧！一日为师，终生为师。没有你，我和飞飞、石头也不会走到今天。”胖子说。

唐龙刚开始听到“笑笑”这个名字时，并没有在意，但当“飞飞”“石头”这两个名字从胖子口中说出来时，不禁惊呆了——他曾经以为再也不会听到那烙在记忆里的三个名字，没想到竟然在鹏强搏击俱乐部里又听到了。

“礼物你们带回去吧，心意到了就好了，你们师兄弟三人，有啥好好说。”张教练说完，向冲凉区走去。

胖子将两盒礼物重新交给东方洲，然后和黄达毅又走到金天亚面前。金天亚脱掉了拳套，正在解缠手掌的绷带。

“石头……”黄达毅说。

“你跟谁说话？”金天亚打断黄达毅的话，冷眼看着黄达毅，顿了顿说，“我叫金天亚。”

“还没成为80公斤级的王者，就忘记自己的小名了？再赢几场，你可能连祖宗都得忘了。”黄达毅冷冷一笑说，“对我来说，小名虽然有些土气，但是这小名装着我们三个少年时代的美好回忆。”

“不要跟我提以前，我活在当下，只专注当下。”金天亚不耐烦地说。

“好的，活在当下，那我们就谈谈当下的事情。你的拳手昨晚在猜火车酒吧对我俱乐部里业余队的学员大打出手，一个学员的肋骨被踢断了两根，另一个鼻子骨折，真厉害。”黄达毅走到金天亚面前说。

胖子站在一边，就像面瘫一样面无表情，目光却异常阴郁，让人压抑。现在唐龙知道他的名字了，他就是笑笑。

“你确定是鹏强俱乐部的拳手？”金天亚冷冷地问。

“如果不是他跟我的学员之前在鹏城武林的擂台上打过比赛，”黄达毅指了指身边的陈磊说，“我都不知道这个叫‘唐龙’的家伙是哪根葱，看在你的面子上，我没有报警，也没有对外吱声，我并不希望，鹏强搏击俱乐部的负面新闻满天飞。”

“唐龙，过来。”金天亚望向唐龙说。

唐龙走到金天亚面前，呆呆地看着金天亚。他不知道黄达毅和金天亚说了些什么，他满脑子都是十年前吴悠湖畔的一些影像和声音。他竭尽全力将十年前那三个少年的面容与现在这三个人去对照，但是十年前的那个黄昏模糊了他们的面容，十年的时间早已改变了他们的样貌和声音，他无法从眼前的金天亚、黄达毅和胖子身上找出那三个作恶少年的痕迹。

唯一将他们跨越时空联系在一起的就是那三个小名——石头、飞飞、笑笑。现在他终于知道了，石头是金天亚，飞飞是黄达毅，笑笑是那个大胖子。

“你昨晚去了猜火车酒吧？”金天亚望着唐龙的眼睛。

唐龙怔了怔，望着金天亚点了点头。

“在酒吧里跟别人发生了冲突？”

唐龙点点头，他的眼睛仍然望着金天亚。金天亚的面庞在他的眼睛里变得模糊起来，像蒙上了一层雾霭而失真。他想起金天亚指导他训练、在办公室里安排他去打比赛以及带他回家吃饭聊天时的情景，不愿将金天亚与那个叫石头的少年联系在一起，但他的意识不受控制，不得不去猜度和联想。他感到一阵阵疼痛从心底传来，灵魂被撕裂。

金天亚瞟了黄达毅一眼，然后看着唐龙说：“他说的都是真的？”

“是的。”唐龙低下了头。

“到底怎么回事，告诉我？”

唐龙抬起头，有些激动地说：“他们一帮人在酒吧里殴打我的同学，我的同学被其中一个人裸绞，快窒息了，我不能视若无睹。”

“你听到了吗？”金天亚将脸转向黄达毅说。

“不管事情因谁而起，我的学员现在还躺在医院里，医药费一分都不能少。”

“这钱我会出的。”唐龙说。

“给我闭嘴，你是什么货色？我们师兄弟叙旧，什么时候轮到你来插嘴！”黄达毅怒视着唐龙，大吼道。

“有话好好说，不要跟学员斗气。”一边的胖子向黄达毅使眼色。

整个俱乐部都在回荡黄达毅的吼声。唐龙转过头时，看到东方洲和陈磊正在注视着他，脸上漾开嘲讽的笑容。

“你今天就是来闹场子的，对吗？”金天亚问黄达毅。

“我业余班的学员打不过你的拳手，说明你这个总教练很厉害，所以我们来打一场，看看谁才是80公斤级的强者。”

“我们之间谁强谁弱，拳迷心中自有答案。”

“不要以为你拿到世界第七的排名就很了不起，那纯粹是靠碰运气，你马上就会跌出排名。”

“是吗？我并不在乎我的名字在排名榜上能待多久，不管怎么样，在国内自由搏击界，我好歹是第一个进入世界排名的拳手，至少拥有过这样的纪录。而你呢？你至今只能满怀嫉妒地仰望排名榜上的那些名字。”金天亚微微一笑道。

“我来这里不是朝拜和仰望你的，而是要来戳破你身上那些闪耀的泡沫。所有拳迷都在期待我们的对决，我也约战过很多次，但你一直都在回避我。如果你不害怕被我终结你的不败神话，我们在擂台上见，我会打爆你的脑袋。”

“大言不惭的家伙见多了，我很忙，没空陪你扯淡，如果你要参观俱乐部，请随便。”金天亚说完，扭头就走。

“石头，你给我站住。”黄达毅大喝一声，“没想到你还是像以前一样又臭又硬。”

金天亚闻声停住了脚步。

“听说你老婆漂亮又丰满，让我们带回去解解馋怎么样？”黄达毅笑着看了看他带来的那些人，慢条斯理地说道，“我们都喜欢大胸脯。”

黄达毅话音刚落，金天亚已经冲到黄达毅面前，一个快如闪电的右直拳直捣黄达毅的面门。黄达毅站立在原地一动不动，格斗式都没有摆起来，拳头结结实实地打在他的脸上。

黄达毅一下就被打翻在地，像一截被风撞断的朽木，东方洲和陈磊连忙上去扶他。黄达毅抖臂甩开二人的手，哈哈大笑，站了起来。血从他的鼻子和破裂的嘴唇里涌了出来，滴落在垫子上。

“混蛋，还手啊，你不是想打一场吗？”金天亚咬着牙怒视着黄达毅。

“我不跟你在这里野战，是个男人的话我们上擂台打，让所有人见证，看谁才是强者，谁才是草包。”

“我奉陪到底。”金天亚连连点头说。

“好，爽快，这次我终于没有白来！我们走了，麻烦你跟师父打个招呼。”

“不送。”金天亚将头扭向一边。

黄达毅带着他的四个学员向门口走去，胖子走到金天亚身边，拍了拍金天亚的肩膀，见金天亚没有理会他，摇摇头，转身离开。拳手们看到他们走后，也都开始散开了，只有唐龙还呆立在原地。

“唐龙。”金天亚喊他。

唐龙走到金天亚的面前。

“把人打伤了，钱还是要赔的。”

“嗯，我会赔的。”

“在外面尽量低调点儿，职业拳手一出手，非死即伤，后果严重。如果手头紧，就跟我说。”金天亚说完，走向自己的办公室。

大家自由练了一阵子力量，上午的训练就结束了。冲完凉的张教练敲了敲总教练办公室的门，走了进去。

唐龙摊开双腿，靠墙坐在地板上，一直在痛苦的记忆里彷徨。过了一会儿，翠翠拎着黄达毅留在前台的两盒礼品，敲开教练办公室，将礼品交给了刘教练。

张教练从总教练办公室出来后，唐龙还一动不动地坐在训练区。张教练喊了一下他，说时间不早了，赶紧去冲凉。唐龙应了声，慢腾腾地站了起来。冲完凉后，他背起背包回家，走过教练办公室时，张教练在身后叫住了他：

“小伙子，等一等。”

“张教练，有事？”唐龙转过身来，看到张教练倚在教练办公室的门框上。

“要乐观点儿，没有什么是过不去的。我听说了你昨晚的事，你没做错，很像年轻时的我。”

“即使对方不是我的同学，我也会出手，因为我是一个拳手！”唐龙走到张教练面前说道。

“是的，我为你骄傲，注意休息，放松一下身心。”

“我会的。”

“搏击，考验的不仅是拳手的体能、技术、意志，更考验拳手的智商。有空多看看书，这本书送给你。”张教练说完，走到办公室的书架前，抽出一本书，走过来递给唐龙——那是一本精装版的《道德经》。

“谢谢张教练。”

“不客气，《道德经》是本好书，认真读一下。”

“好的。”

唐龙在回宿舍的路上给唐强打了个电话，唐强很快就接了。

“爸！”唐龙沉默了几秒，喊道。

“嗯。”

“昨天晚上我去酒吧玩，遇到了我的室友方飞云，我之前在家里跟你提起过这个人。”

“我知道，你最好的朋友，他怎么啦？”

“我看到他在酒吧里被人围殴……”

“什么，被围殴？我早跟你说过，酒吧是个是非之地，没事少往那儿扎。”

“我知道。”

“后来呢？”

“后来我去帮了他，将那伙人打跑了。”

“厉害啊，打跑了，也打伤了吧？”唐强喘着气问道。

唐龙沉默不语。

“你小子现在了不得啊！”他顿了顿，突然怒吼道，“要赔医药费对不对？”

唐龙的耳朵嗡的一声响，感到手机屏幕都快被唐强的声音给震裂了。

“是……是的……”唐龙沮丧地说。

“你这杀千刀的，是不是要把这个家整垮？没事学什么狗屁拳？出手就伤人，有轻没重的，有本事打架，就该有本事赔钱。你上次面对面跟我说过，让我不要管你的事，所以这事你自己解决吧。我吃中饭去了，别来烦我。”唐强把电话挂了。

在外面胡乱吃过午餐后，唐龙躺在铁架子床上，怎么也无法入睡，一想到要赔偿一笔他无法负担的医药费，他就心急火燎。他想起张教练送给他的那本《道德经》，从小书架上找出来，躺在床上随手翻开一页，上面写着：

> 天下莫柔弱于水，
> 而攻坚强者莫之能胜，
> 以其无以易之，
> 弱之胜强，
> 柔之胜刚，
> 天下莫不知，
> 莫能行。
> ……

他喜欢读书，但现在心乱如麻，实在无法看下去，翻了几页后，就将《道德经》丢在一边。下午有一节英语课，他没有训练，返回了深大。上完课后，他和方飞云一起走下教学楼，发现白素梅就在楼下等着。白素梅穿着一件过膝的驼色风衣、一双土黄色平底皮鞋，耳朵里塞着黑色耳麦，正在听音乐，风儿时不时地拨弄着她那一头披散的浓密的长发，身材挺拔的她，在人群中格外惹眼。

唐龙和方飞云道别，走向白素梅，刚走了两步，又被方飞云叫住了，方飞云大步走到他的身边，告诉他不要担心医药费的事情，方爸爸去医院看望伤者时已经给过了。

“你爸没骂你吧？”

“骂我？从小到大，我爸妈他们几乎没有过。”

“你真幸福，医药费应该出得不少，你爸妈心疼吗？”

“我爸说过：只要是钱能解决的事情，都不是个事儿。我不知道赔了多少，老实说，我并不在意这些。”

“好吧。”

“只要我平安快乐，家人就很开心。我爸妈知道你帮我脱险，说让我代他们谢谢你。”

“别这样，又来了。”唐龙拍拍方飞云的肩膀说，“素梅在那边等我，回头见。”

校园里的树丛绿意盎然，在阳光下闪烁着光芒，春风舔舐着人们的脸，空气变得清爽起来，树木的芳香更加浓郁了。

他们并肩走过深大图书馆，沿着文山湖向前漫步。湖畔人不多，四周很安静，湖面波纹叠起，催动着蓝天、白云、绿树和草地。远处传来建设工程的机器的嘶鸣声。

“你的腿真的很直，也很漂亮。”唐龙瞟了一下她裸露的光洁小腿说。

“只是腿漂亮？”白素梅问。

“当然不是，你全身都让人着迷。”

“好吧，有些受宠若惊。”白素梅笑着说，“手上的伤口怎么样了？”

“已经愈合了。”

“那就好，他们伤得怎么样？”白素梅问。

“有人鼻子骨折，还有一个人肋骨断了两根。”

“他们有去找你吗？”

“有，找到俱乐部了。不过，方飞云的爸爸已经去医院摆平了。”

“好了，不谈这些了。”白素梅看了看沉着脸的唐龙说，“你现在超厉害，教我几招防身术吧！”

“没问题。”

“好，那你以后就是我师父了。”

“好徒弟，要多孝敬师父哦。”唐龙摸了摸白素梅的脑袋，笑着说。

白素梅将手掌举到脸前，笑望着唐龙。唐龙扬起手掌，轻拍了一下她滑嫩的手掌。

击过掌后，两人走到湖畔的一处比较平坦的草地上，唐龙教起了白素梅基本的拳法，先从前后直拳教起。白素梅热爱运动，体质不错，肌肉紧致，打出去的拳头也有些力道。

练了几个回合后，休息了五分钟，唐龙又教了几招比较有攻击性的防身术，如插眼、击喉、踢裆、箍颈顶膝等。后来唐龙看到白素梅有些累了，停了下来，和她肩并肩坐在草地上，欣赏着文山湖的景色。

他又想起了第一次和白素梅一起来湖畔谈诗时，被东方洲击倒的场景，那时的他对自己失望透顶。而现在，搏击拯救了他的人生，给他带来了很多快乐和成就感，但他不知道继续练下去的理由是什么，他的梦想不是成为拳王，而是成为作家，再练下去，只会与自己的梦想越来越远。

与梦想渐行渐远相比，更大的痛苦是他必须得面对金天亚，去面对一个曾将他的人生击碎的人，那些锋利的碎片至今仍插在心中，只要记忆在心里蠢动，伤口就鲜血直流。是的，虽然现在还不能百分之百证明金天亚、黄达毅和胖子就是十年前出现在吴悠湖畔的那三个少年，但他已经深信不疑。

“对了，你不是说要去尝一尝我妈的手艺吗？”白素梅问。

“今天？”

“对，非常欢迎。”白素梅粲然一笑。

他们叫了一辆滴滴快车，很快就到了南山村。这是深圳最古老的城中村，有着八百年的历史，村里人大多姓陈，又叫陈屋村。村子的入口竖立着一块高大的牌坊，上面写着“南山村”三个大字，牌坊的顶上铺着金色的琉璃瓦。

白素梅带唐龙顺着牌坊右侧的人行道走进去，来到一栋老旧的灰白色的村委统建楼下，楼下面横七竖八地停满了车，各种小店鳞次栉比，虽然有些喧嚣吵闹，但也充满了生活气息。

电梯在六楼停了下来，白素梅和唐龙走出电梯，来到602房的门口，按了按门铃。门很快打开了，从里面露出一张笑盈盈的满是皱纹的脸庞。

“梅梅回来啦！”

“是的，妈，这是我同学，他叫唐龙。”白素梅向妈妈介绍道。

“阿姨好。”唐龙连忙喊道。

“你好，欢迎来我们家玩，进来吧！”白素梅妈妈说完，拿了一双干爽的亚麻拖鞋递给唐龙。

两室一厅一卫的房子，客厅有些小，家具过时了，但房间打扫得很干净。沙发后面有一块照片墙，上面没有一张儿童照，都是成年的白素梅和家人的照片。白素梅妈妈招呼唐龙在沙发上坐好后，给唐龙倒了一杯菊花茶。此时，唐龙才发现，这个瘦瘦的衣着朴实的中年女人，右腿一瘸一拐的。

她给唐龙倒完茶后，马上拖着右腿进了厨房。白素梅打开电视，把遥控器递给唐龙。

嗒嗒嗒嗒……厨房传来菜刀在砧板上碰撞发出的声音。唐龙看到白素梅妈妈在忙，于是走到厨房门口，对白素梅妈妈说道：“阿姨，给您添麻烦了，我来帮您吧！”

“不用不用，你坐在那里，和梅梅一起看电视就好了，一点儿都不麻烦。梅梅从来没有带过男同学回家，你能来，我们很高兴！”

唐龙朝白素梅看了看，白素梅向他点了点头。唐龙只好重新回到沙发上。

菜切好后，白素梅妈妈开始点火炒菜，四十分钟后，菜就做好了。白素梅走进厨房，帮妈妈把菜端到了餐桌上，唐龙朝餐桌瞧了瞧，上面摆着清蒸鲈鱼、油焖大虾、番茄炒蛋、清炒红菜薹、清炒莴笋、小鸡蘑菇汤，五菜一汤，有荤有素，快把小餐桌摆满了。

“梅梅，你和你的同学肚子饿了吗？饿了的话，你们先吃吧！”白素梅妈妈说。

“怎么样，肚子饿了吗？”白素梅问唐龙。

唐龙摇摇头。

“不，阿姨，等叔叔回来一起吃吧！我们还不饿。”唐龙说。

“那好吧，那就等她爸爸一起。他在附近一家珠宝厂上班，是抛光师傅。如果要加班，他一般会早早发信息给我，今天还没收到信息，应该是快回来了。”

白素梅妈妈说完，拿来一个盘子，盖住了装满鸡汤的大碗。

十五分钟后，门铃响起，白素梅赶紧过去开门，唐龙也跟了过去。一个四十来岁的男人走进来，他穿着一件灰色的工衣，短平头，鬓角有些斑白，一双眼睛又红又肿，布满血丝，好像三天三夜没有睡觉一样。

白素梅爸爸看到家里来了个男孩子，先是一愣，但马上露出了笑容。吃饭的时候，白素梅妈妈一个劲儿地往唐龙碗里夹菜，白素梅爸爸则边吃边和唐龙闲聊。

白素梅爸爸问唐龙在深大读什么专业，哪里人，家人在不在深圳，唐龙一一告诉了他。当唐龙告诉白素梅爸爸，他和家人一起住在龙岗区南湾街道的水梦花园小区时，他爸爸称赞道："那个小区我知道，绿化不错，环境比我们这里好多了。"

"南山村也不错。"唐龙说道。

白素梅爸爸告诉唐龙："这个城中村的房子已经老化了，但就是这样的老村落，居然也住了三四万人。这里当地人不多，大部分的当地人都搬到市中心的大型花园小区去了。这房子就是当时我们从一个陈姓当地人手里买过来的，当时买得早，八十多平方米的房子，只花了二十来万元，现在价格已经翻了十倍。"

"在深圳，房子买得早的，都赚了。"

白素梅爸爸端起汤碗，喝了一口汤说："对于炒房子的人来说，或许是这样吧！对于我们这些老老实实过日子的老百姓来说，买房不是为了投资，而是居住。这里快拆迁了，作为统建楼，拆迁后不知道有关部门如何赔偿，而补偿的钱，如果要在南山村附近的小区买房，绝对只够付一个首付，再加上装修费什么的，够呛。"

白素梅抬起头看了爸爸一眼，又低下头吃了起来。

"是的，这是个很大的问题。"唐龙说。

"拆迁使一部分人一夜暴富，也将使很多人沦为房奴。"

"爸，您就尽管吃饭吧！能不能不要聊这些沉重的话题？"白素梅忍不住说道。

"吃饭吧！吃饭吧！"白素梅妈妈望着丈夫说道，然后转过脸，对唐龙说道，“小伙子，多吃点儿菜。”

白素梅妈妈的手艺果然不错，唐龙顾不得吃相是否不雅，狼吞虎咽起来，一连吃了三碗饭。

吃完饭后，他陪白素梅的爸爸妈妈聊了一会儿天，就向他们告辞回深大。白素梅一直将他送到南山村的牌坊外。

几天后，唐龙在微信朋友圈看到一条爆炸性的新闻，标题是《“死亡巫师”对决不败“战神”，“美丽恶魔”掀起搏击风暴》。唐龙点开新闻，上面写着：

> 据悉，两大搏击巨星“死亡巫师”黄达毅和“战神”金天亚将于2019年4月1日，在“英雄传奇”世界搏击大赛的舞台上展开巅峰对决。黄达毅和金天亚是国内自由搏击80公斤级的领军人物，关于他们俩到底谁更强，一直都是拳迷争执不休的话题，虽然之前有很多赛事方希望促成他们的王者之战，亦有诸多他们将展开大战的传闻，但都不了了之。而这一次，多方证实他们均已确认出战“英雄传奇”，目前双方已进入紧张备战状态。
>
> 有意思的是，他们都来自湖北武汉，师出同门，从小跟着国内金牌搏击教练张远锋练习散打和泰拳，后来转型自由搏击，这场80公斤级的王者之战，备受广大拳迷的关注。
>
> 与此同时，自由搏击80公斤级世界排名第一的美国拳王——“美丽恶魔”西蒙，也将参加当天的比赛。他虽然是美国人，但从小在泰国学习泰拳，赢得多个泰拳冠军头衔，代表了当今世界自由搏击80公斤级最高水平，众多泰国本土拳手都倒在他的重拳铁腿之下，他几乎在被他统治的80公斤级难逢对手。本次对手暂未确定，但是无论西蒙和谁较量，他都将是这次赛事里最耀眼的明星。

据悉，西蒙虽然没有见过黄达毅和金天亚，但曾经通过社交媒体约战过他们，而无论黄达毅还是金天亚，都没有做出过回应。4月1日的英雄荣耀之夜，巨星大战，巅峰对决，星光璀璨，注定是所有拳迷们的视觉盛宴。

看到这则新闻后，唐龙心潮澎湃。自从黄达毅去鹏强搏击俱乐部后，唐龙就再也没有去过俱乐部练拳，以身体不适为由向金天亚请了假。他知道不应该撒谎，但不想面对金天亚，不愿一看到金天亚就去猜度他是不是十年前的石头，不想在看到金天亚时一遍又一遍地回想十年前发生在吴悠湖畔的惨剧。他不想让林嘉丽悲惨的哭喊声穿越时空，在耳畔绵绵不绝地回响，他在俱乐部已经无法保持专注，无法全身心投入到训练之中。

他知道，去鹏强搏击俱乐部，品尝到的将是和汗水一样咸涩的痛苦和怨恨，而不是对搏击的热爱，不是力量、技巧和对抗带来的快感。

当远离俱乐部后，他总是感觉到心里空落落的。他一头扎进书堆，也开始在周六、周日回到家中，与唐强和金玉花团聚。然而亲情和爱，并不能填充他内心的空洞。

他心里有一头困兽在狂躁地嘶吼着，它想要撞开牢笼，冲出黑暗的迷宫，跃进森林，肆意地奔跑、冲撞、漫游。

第八章
龙屈蛇伸

7月23日，一场毫无征兆的风暴袭向来自凉山的那五个男孩和鹏强搏击俱乐部。那天晚上，阿杰按照安排，来到深圳体育馆参加一场名为“无界真武堂”的搏击比赛。因为当晚会有国内的一些明星拳手来打比赛，有多家电视台和网络媒体现场直播采访，所以鹏强搏击俱乐部非常重视这场比赛，派刘教练、孙大雷带队，担任阿杰的场边教练。作为暖场表演赛，第一场比赛就是阿杰和一名十四岁的拳手PK。第一局双方节奏缓慢，势均力敌。第二局开始后，已经摸清对手底子的阿杰猛冲猛打，他的对手很快就招架不住了，边打边退，结果被阿杰一记高鞭腿扫在太阳穴处，摇摇欲坠，意识昏蒙，但场裁并没有叫停比赛，对他进行读秒。紧接着阿杰一记直拳击中对方的鼻子，左右两记摆拳击打在对方的腮帮上，对手鼻孔流血，瘫倒在地，昏迷不醒，被紧急送往了医院。

本以为这个被阿杰KO的少年拳手送到医院，在医生的救治下会很快苏醒，结果这个拳手昏迷了十多个小时，直到第二天下午五点才苏醒过来，还不停呕吐。伤者的父母非常愤怒，认为赛事方请来的场裁不够专业，导致孩子在鬼门关走了一趟，他们觉得在阿杰高鞭腿扫中自己儿子的头部时，他儿子就已没有能力继续进行比赛了，那时就该暂停比赛对他儿子进行读秒，或者结束比赛。

伤者的父母将这件事情爆料给了媒体。媒体经过深挖线索，发现当晚将十四岁拳手打成脑震荡的另一名拳手是来自大凉山的孤儿，于是以此为题，对鹏强搏击俱乐部招收大凉山孤儿学习搏击的事情进行了曝光，声称俱乐部老板金天亚招募大凉山孤儿练习搏击，打商业比赛是为了牟利赚钱，并对孤儿缺失义务教育和打比赛带来的健康风险进行质疑。其实这五个大凉山男孩并不都是孤儿，但媒体有些失真和夸张的报道，一石激起千层浪，热心的网友一边倒地批判鹏强搏击俱乐部，抨击俱乐部老板金天亚为“黑心商人”……金天亚承受着巨大的舆论压力。“格斗孤儿”事件迅速引起了警方和阿坝州教育部门的注意，警察马上到鹏强搏击俱乐部来调查招收未成年孩子练习搏击和打比赛的合法性。大凉山的教育部门责令当地教育部门联系孩子的亲人，将孩子接回当地学校读书，并为他们每月发放几百元的助学金。

而孩子们所在的大凉山南山村的村支书，因为当初支持孩子们来深圳练习搏击，被上级免职。8月1日，这五个孩子的亲人就要来深圳接他们回大凉山了。

7月31日晚，俱乐部为阿杰等五个孩子在一家海鲜酒楼里举行了送别晚宴。金天亚发微信给唐龙，邀请他来和孩子聚一聚，唐龙犹豫了一下，最终没去。

第二天早上九点半，他坐地铁来到鹏强搏击俱乐部，在俱乐部的楼下，他看到了一辆警车。走进俱乐部的时候，他看到一号、二号训练区里，拳手们正像往常一样，在张教练和刘教练的带领下进行激烈的对抗训练，但没有看到阿杰他们的身影。除了这些他熟识的拳手，他还发现额外多了很多人。健身区和训练区外围着很多陌生人，他们有的在观看拳手训练，有的举着手机拍来拍去。

教练办公室和总教练办公室的门都是开着的，里面坐满了人，总教练办公室的沙发上坐着五个孩子，每个孩子都挨着一个大人，有的四十多岁，有的六七十岁，一个个面色凝重。办公室里还坐着两个警察，警察旁边坐着白素梅和金天亚。金天亚正在跟警察们聊着什么。

俱乐部今天没有播放音乐，里面的气氛有点儿沉闷怪异，唐龙来到健身区，找到一个凳子坐在上面，看着拳手们训练。一轮训练结束，铃声响起，张教练示意大家休息一会儿。

张教练和一些拳手转过身来，看到了人群后面的他，孙大雷朝他点点头，他向孙大雷报以微笑。王刚向他使了个眼色，示意他过来训练。

张教练分开人群，向他走了过来。

“小伙子，你好久没来了，三天不练手生，记得要勤学苦练。”

“谢谢张教练提点，最近身体不适，需要休息一下，基本上天天宅在家里静养身体。”

“希望你早日回归俱乐部，大家都念着你！”

“好的，身体康复后，我就回来训练。”

几十分钟后，翠翠拿着一沓文件来到总教练办公室门前，敲了敲门，走了进去。不一会儿，阿杰、李默哭着从总教练办公室里跑了出来。

阿杰和李默看到唐龙坐在健身区这里，朝他大步走了过来。唐龙马上站起来，迎了过去。两个孩子都穿着干净的休闲服和球鞋，苦着一张脸。唐龙张开双臂，一左一右揽住他们的肩膀。他们的脸上挂着泪珠，眼睫毛湿漉漉的。

“阿杰，李默，快过来。”一个老人从总教练办公室里走出来，用浓重的四川话大喊。

他的头上缠着厚厚的白头巾，黧黑的脸庞刻满了皱纹，穿着一件黑色的棉布外套，一条黑色的裤子。他的话音刚落，又有一个四十多岁的中年人从办公室里走了出来，望着阿杰和李默。

“爷爷，我不回大凉山，不回南山村，我要留在俱乐部。”阿杰拖着哭腔转过身，对着老人大喊。

“这事由不了你，今天必须得回老家。”阿杰爷爷跺了跺脚说。

“李默，快点儿跟阿杰过来按手印。”中年人朝李默不耐烦地喊道，“都在等你们两个。”

“就不。”李默说。

唐龙挽着阿杰和李默，不知道如何是好。这时，阿杰爷爷和中年人走了过来，拽着两个孩子的手臂，把他们从唐龙的怀抱里拉出来，拖着往总教练办公室走去。唐龙怔了怔，垂下双臂，跟着他们走进办公室。

金天亚看到唐龙，点了点头。白素梅看了他一眼，摇了摇头，无奈地苦笑着。办公室的窗户下摆放着几个拉杆箱，拉杆箱上放着几个鼓起来的背包，那是五个孩子的行李。茶几上摆着三份解约书，张帅、王小霖、张田田已经按了手印，只剩阿杰和李默了。

“快按手印，按完我们就可以回家了。”中年人拍拍李默的右手腕说。

李默一言不发，低着头直抹着泪珠子。阿杰爷爷和中年人两手捉起阿杰和李默的拳头，用手掰开，强行戳向印泥。李默和阿杰的食指、中指、无名指、小指都染上了印泥，鲜红如血。

他们继续按压着孩子的手掌，向解约书戳下去，阿杰手腕发力，使劲和爷爷的手掌抗争，不让爷爷将他的手指按下去。那边的李默胳膊拧过不过大腿，已经被中年人捉着手掌强行按下了一个指印。

阿杰爷爷扫了大家一眼，看到大家都在看着他和阿杰时，有些恼羞成怒，两手加力，压着阿杰的手掌。阿杰毕竟年幼，僵持了几秒，手掌慢慢地向解约书落下去。在阿杰的中指快要落在解约书上的时候，他使出全身的力气甩了一下，左掌挣脱了爷爷手掌的控制。

阿杰爷爷气得脸色铁青，他抖动着解约书，怒声说："阿杰，爷爷大老远跑过来接你回家读书，你不要拧巴了好不好？"

"我不是读书的料，你早就知道……我现在去读书……能跟得上吗？"

"跟不上就不读书，在家待着。"阿杰爷爷说道。

"我不回南山村，我不想在家里待着，我不想和爸爸妈妈一样，我要留在这里练搏击。"阿杰声泪俱下地说。

"不行，今天不走也得走。"阿杰爷爷不耐烦地说道。

"就不走。"

"我一巴掌打死你信不信？"阿杰爷爷愤怒地举起了手掌。

"不要这样，老人家，有话好好说。"坐在沙发上的一名警察说道。

金天亚向白素梅使了个眼色，示意白素梅劝一下孩子。白素梅站起来走到阿杰的身旁，从口袋里摸出一包纸巾，从中抽出两张纸巾把阿杰眼外和脸上的泪水擦干，然后蹲在阿杰的身前，握起阿杰的左手，望着他那经过泪水浸洗而异常明亮的大眼睛。

"阿杰，我们曾经给你们带来希望，现在却只能让你们带着失望回去，梅梅姐对不起你！等你长大了，你就知道，很多事情都不能只考虑自己，也要顾及其他人的感受。没关系，你什么时候来深圳，都是梅梅姐的好弟弟，你就不要跟爷爷怄气了，听爷爷的话吧！"

白素梅将拳头伸出来，阿杰也伸出他的拳头，两个拳头轻轻地碰在一起。唐龙走到阿杰身边，也伸出他硕大的拳头，和阿杰碰了碰。

碰完拳后，阿杰吸了一下鼻子，从他爷爷手里接过解约书，用手指在上面重重戳了一下。按完手印之后，阿杰爷爷和其他四个孩子的监护人，站起来向金天亚、白素梅以及两位民警道谢，道过谢之后，他们拉着箱子，背起背包，带着五个孩子走出总教练办公室。两位警察、金天亚、白素梅和唐龙跟在后面送他们离开。

大家走出总教练办公室，发现张教练和刘教练带着拳手，在过道上为五个孩子送别，站在队伍最前面的张教练弯下腰，伸出拳头，依次和阿杰、李默、张帅、张田田、王小霖碰拳致意。其他拳手也都举起了自己的拳头，凝望着曾经一起并肩战斗的小兄弟们慢慢走过。

大家分两批坐着电梯下楼，金天亚、白素梅和唐龙帮他们把行李放进三辆出租车的后座上，警察也坐进了他们的警车。四辆车子都发动了，慢慢地向前驶动，孩子们将头从车窗里钻出来，一直望着白素梅、金天亚和唐龙。但很快，他们就被急速前进的车子带到奔涌的车流之中，消失不见了。

金天亚和唐龙聊了几句，回到俱乐部去后，白素梅再也无法克制，扑在唐龙的肩膀上，双臂紧紧抱住唐龙的脖子，无声地哭泣着，两股热乎乎的液体顺着白素梅的脸颊落入唐龙的臂膀。

“他们曾经的梦想是走出大山，成为一名拳手，来到鹏强搏击俱乐部后，他们的梦想清晰可见，不再是模糊不清，而现在……现在，却要毁灭他们的梦想，为什么……这个世界这么残酷？”白素梅哭诉着。

唐龙默默地轻抚她的脑袋和肩膀，过了好一会儿，白素梅的情绪才平复。随后他们两人没有回俱乐部，而是打车回到了深大。唐龙将白素梅带到了他的风槐斋宿舍。唐龙的宿舍平时人少，暑假期间，除了唐龙，其他三个同学并没有申请登记居住。

为了缓解白素梅的情绪，转移她的注意力，唐龙打开台式电脑，在上面找出他们上次想去看但没看成的《复仇者联盟3》电影。

白素梅依然伤心，无法静下心来看电影。唐龙将声音放低，用手轻抚着她柔顺的长发。

“第一次感到自己是如此渺小，什么也改变不了。”白素梅的声音很低沉，有气无力，仿佛大病一场刚刚复苏。

“他们没有白来深圳，他们会把拳手的精神带回去的。”唐龙安慰她说。

“贫瘠的土壤长不出茁壮的树苗，这几个孩子的未来被毁了。”

“素梅，你已经尽力了。但是造化弄人，也许这就是他们的命。”

“家里就我一个独生女，我把他们当作我的弟弟来看待，我曾以为我可以帮助他们走出大凉山，融入这个社会，他们也曾如此相信我，没有想到结果却是这样。”

“你已经做得很棒了，这一切不能怪你。他们已经离开了深圳，你的生活还得继续，你有你的学业、你的梦想、你的家人、你的朋友，这些都值得你去珍惜。”

“听说你好久没去俱乐部训练了？”

“是的。”

“为什么？”

“我向总教练请了假，最近状态不太好，还在调整中。”

“希望你快点儿调整好状态回到俱乐部，我喜欢看到戴着拳套站上擂台的唐龙。”

过了一会儿，他们脱掉衣服，爬上床。

四周安静，只能听到空调吹出嗞嗞嗞的声音，窗外偶尔传来一两声鸟叫。唐龙搂着白素梅，看着第一个和他紧密相连的女人慢慢进入睡乡，他感到非常奇妙，小心翼翼地将嘴唇凑过去，试探性地吻了一下她的耳垂，他的嘴唇惊扰了她的睡梦，她微微皱起眉头，略带孩子气的“嗯”了一声，对唐龙的做法提出了抗议。

唐龙笑了笑，不再打扰她。过了一会儿，他自己也带着浓郁的幸福感和满足感，沉沉入睡。

孩子们回到大凉山后，白素梅经常跟唐龙聊阿杰他们回去后的生活。他从白素梅口里得知，他们暑假回家后，马上回到学校，开始补习功课，老师是来自湖南的支教志愿者。可是和白素梅所担心的一样，这几个孩子回去后，根本在教室里坐不住，他们以前就不喜欢读书，现在有了深圳的经历，加上是被迫回家，更加无心读书了。暑假还没过完，他们就不断地逃课，有时候还成群结队地去打架。

他们一个个都是练家子，村子里同龄的孩子根本打不过他们，初中的孩子也都忌惮他们，有时候一出手就把别的孩子打得鼻青脸肿，流血破相。而他们的监护人怕他们再度跑回深圳，不敢严厉管束他们，可是这样下去，也不是个办法，既不喜欢读书，也不老老实实地待在家里，成天晃来晃去，惹是生非。于是几个孩子的监护人经过商量后，一咬牙，又把他们送到了矿山挖玛瑙。

经过一段时间的休整，唐龙重回鹏强搏击俱乐部开始训练，在训练中，他总是刻意躲避着金天亚，主要找张教练和其他拳手打靶对练。在职业拳手里，他还是喜欢和王刚、孙大雷对练，王刚是一个充满激情、意志坚强的拳手，他的精神力量总是激励着唐龙，而和孙大雷这样的重量级拳手一起对练，以小博大，可以更好地提升他的攻击和对抗能力。而金天亚为了备战和黄达毅的大战，大幅度提升了训练强度，一天两练，周一、三、五早晨跑万米，周二、四、六晚上练习力量，除前台翠翠外，每天他都第一个来到俱乐部训练。

不久，在俱乐部的安排下，唐龙参加了在广州天河体育馆举行的“英雄录·王者会盟”环球拳王争霸赛，这是准A级赛事，在珠三角知名度较高。这次比赛共邀请了五位中国拳手和五位外国拳王对决。五位中国拳手分别是唐龙、FF勇武东方金腰带获得者万晓东、峨眉传奇新人王林立国、昆仑决战将“暗夜飙风”岳少山、英雄传说金腰带获得者“怒火先锋”付文东。而五位国际拳王则是荷兰全国拳击冠军穆达里奥、Max Muay Thai（MAX泰拳）冠军马蒂猜、加拿大全国自由搏击冠军加列农、乌克兰搏击名将萨达、日本前K-1冠军山本加藤。

唐龙的对手是马蒂猜，这是唐龙第一次参加准A级赛事，也是第一次与实力强劲的泰拳王对决。这次比赛由张教练亲自带队，除了唐龙，随行的还有俱乐部里和他关系最好的“轰天雷”孙大雷、“战警”王刚。

当晚，能容纳六万人的天河体育馆，上座率达到了百分之九十。然而，这轮中外搏击对抗赛却让人大跌眼镜，在唐龙上场前，四名中国拳手悉数战败：万晓东第一轮就被KO了；岳少山勉强支撑到第二个回合，却在第二个回合最后一分钟，被对方一记右上勾拳重击下巴，倒地不起；其他两个中国选手——林立国和付文东皆以点数战败。所有的压力都转移到唐龙的身上，他是这轮比赛里中国拳手最后的希望。

快上场前，在更衣室里，张教练拍着唐龙的肩膀说：“小伙子，中国人的图腾是龙，龙勇武高贵，生活在天汉银河之中，是无所畏惧的战神。我们是龙的传人、英雄的后裔，不要紧张，不要畏惧老外，狭路相逢勇者胜，加油！”

第五场比赛即将开始，唐龙举起拳头，和张教练、孙大雷、王刚依次碰拳，走到通道口，在主持人大声喊到他的名字时，他慢慢向擂台走去，挥起拳头，空击了几个组合拳。身后的张教练双手举着一面五星红旗，跟在他身后，走到擂台边。

底下的观众不断为他欢呼，紧紧盯着他，他们把对前面四个拳手的失望转化为对他的殷切期望。唐龙用双拳抚摸了一下五星红旗，登上擂台，在擂角上舒展着自己的身体。

擂角下的张教练告诉唐龙不要心急，不要急于进攻、猛冲猛打，要合理分配好体力，第一局做好防守，虚着点儿打，摸清对方的路数，找出对方的破绽后进行精确打击。

马蒂猜上台了，开始在泰国的音乐下行拜师礼，行过礼以后，双方听裁判讲完规则，开始了战斗。

第一回合，唐龙主动进攻试探，马蒂猜防守反击为主。马蒂猜和大多数泰拳手一样，节奏比较缓慢，但是拳腿很硬，势大力沉。简单地试探后，唐龙展开了快速的进攻，他一下子就把张教练的叮嘱忘得精光。这主要是他之前打的几十场比赛太顺利，全部都是以干净利落的快速KO获胜，很少有对手在他的拳下撑过第二回合。所以，他把这场比赛想得太简单了，以为将像以前的比赛一样，轻松KO取胜。他忘记了这场比赛的对手是一位经过几百场残酷泰拳比赛淬炼出来的真正的泰拳王，实力强悍，老练狡猾，他之前的对手与马蒂猜比，实力完全不在一个等级。再加上这轮比赛里，前面四位中国拳手失败后，维护中国武术尊严的压力像巨石一样压在他的头顶上，他迫不及待地想取得这场比赛的胜利。

唐龙狂风暴雨般的拳腿组合袭向马蒂猜，几乎都被他从容不迫地化解了，唐龙则不住地吃到马蒂猜的低扫腿。马蒂猜的坚硬如铁的胫骨砍在他的大腿上发出啪啪的声响。他的左腿受到重击，脚步明显慢了下来，拳法的威力也减弱了。

马蒂猜敏锐地察觉到了这一点，马上加强进攻，用组合拳吸引唐龙的防守，右腿继续砍在唐龙左大腿同一个位置，那儿已经淤青，皮肉下的血管也已爆裂，虽然他的注意力都集中在对手身上，运动神经中枢高度兴奋，但他还是能感觉到钝痛从大腿伤处传来，他的脚步有些踉跄，已经无法灵活地移动。马蒂猜的教练在擂角用泰语向马蒂猜哇哇大叫着，兴奋地为他喊战术，在安静的体育馆里显得特别刺耳。

“提膝，要提膝……”张教练在擂角大喊。

当他提膝防守马蒂猜的低扫踢时，防守意识薄弱的缺点显露了出来，这些弱点在和一般的对手对决时，不会带来什么威胁，可是在和高手对决时，会被无限放大，轻易就能被对方捕捉到，带来很大的危害。他的双手总是不知不觉地往下掉，露出头部。第一回合进行到最后36秒时，马蒂猜抬腿佯装低扫，突然一个变线踢，右腿画着一条弧线抡向他的头部。他赶忙举拳去防守头部，但是为时已晚，他的意识无法跟上对方的动作，马蒂猜充满力量的脚擦着他的拳套扫过来，胫骨正中他的太阳穴。

他的脑袋“嗡”的一声响，就像里面装的炸弹突然引爆了开来，身体晃了晃，差点儿倒在地上。他的大脑一片混沌，视线变得模糊起来，他看到擂台后面用两只手掌捂着脸的白素梅在摇晃着，就像醉汉一样。观众席上鸦雀无声，一片寂静。他明白，这场比赛彻底完蛋了，他输了，已经不行了。

马蒂猜趁机展开攻击。唐龙在张教练的提示下，赶紧缩起身体，用拳头抱住脑袋防守。他的意志几乎被瓦解了。马蒂猜左右两个摆拳攻向他的脑袋，撞开了他的抱架，然后左右开弓，连续三拳，一记左勾拳和右勾拳击打在他的下巴上，一记左摆拳击中他的脸颊，他眼睛一黑，栽倒在擂台上。

当醒来的时候，他听到冲凉房的水在哗哗地响，有人“嘭”的一声关上储物柜的柜门，趿拉着拖鞋从他身旁走过。一股刺鼻的消毒水味道涌进他的鼻子，他的头有点儿昏，缓缓睁开眼睛，看到自己盖着柔软的白毛巾躺在更衣室的长椅上，王刚、孙大雷正守在他身边，一边的张教练正在跟赛事方的工作人员聊天。

看到他醒过来后，张教练和赛事方的工作人员走了过来。

“年轻人，怎么样？没事吧？”赛事方的工作人员问。

“没事，就感觉脑袋有点儿沉。”唐龙沉声说。

“回去好好休养一下，很快就好了。”张教练说。

王刚掀起盖在他身上的白毛巾，将他扶了起来。他舒展了一下双腿，站了起来，当迈出右腿、抬起左腿时，左腿传来一阵剧痛，他连忙停下脚步，左腿被马蒂猜扫中的地方又红又肿。

张教练让孙大雷拿来一瓶农夫山泉和一袋冰块，唐龙接过矿泉水喝了起来，张教练将冰袋用绷带缠在他的伤腿上。缠好以后，唐龙站了起来。王刚连忙双手搀扶着他的手臂。

唐龙示意王刚放开他的手臂，他没什么事情，自己能行。

他独自一瘸一拐地走出休息室，挪到体育馆外面，发现里面空荡荡的，拳手、观众都已经离开了，只有一些搬运工人正在拆卸擂台，几个赛事主办方的工作人员聚在一起，边抽烟边聊着刚才的比赛，意犹未尽。四个保洁阿姨挥动着扫帚，嗖嗖地清扫着地面的垃圾。抬眼望去，在暗蓝的夜空中，星群闪烁，恰像他刚上擂台时，擂台四周那几万双盯着他的眼睛。想到这轮比赛中国拳手全军覆灭，他就悲从中来，太耻辱了。

过了一会儿，有人走到他的身边，拍了拍他的肩膀——是张教练。

“别难过了，只是一次比赛而已。每个拳手都会遭遇滑铁卢，强者都是从失败中站起来的，淡定点儿。”张教练说。

“失败没什么，我只是在想，观众一定很失望。”

“在这个城市里，大家都很忙，虽然一时失望，但过后也就淡忘了。”

“我无法忘记。”

“没有人是完人，你的对手虽然厉害，但是他的职业生涯已经进入尾声，而你才刚刚开始，你的未来会更好。”

“你在安慰我罢了。”

“不，我一直就是这样认为的，年轻人，就把这次经历当作人生的磨炼吧！你会越来越强大的。”

“是的，这场比赛让我学到了很多东西。”

“没关系，回去好好看视频，自己总结反省。总教练刚才打电话给我，问你的情况，我告诉他，比赛输了，人没什么事儿。”

“那天在俱乐部听到黄达毅喊他‘石头’，‘石头’是总教练的小名？”唐龙问张教练。

“是的，总教练、黄达毅和张笑天都是我在武汉带过的学生，他们从初中开始就跟我学拳。”

“张笑天是谁？”

“那个胖胖的。”

“小名叫‘笑笑’的人？”

“是的，现在大家都叫他‘天哥’。”

他想起了在猜火车酒吧时，东方洲怒骂酒吧领班时提到“天哥”这个名字，想起了张笑天来鹏强搏击俱乐部时面瘫般的表情和阴郁的眼神，还有飞飞——那个小名叫“飞飞”的黄达毅，以及金天亚，他们是罪犯，是三个不可饶恕的罪犯。

孙大雷开着张教练的大众途观，载着大家走广深高速返回深圳。张教练坐在副驾驶座上，唐龙和王刚坐在后排。窗外夜色迷蒙，一些村庄一掠而过。唐龙软绵绵地歪在座位上闭目养神，放松着神经和身体，车里一片静默，车窗外，风声嗡嗡作响。

“张教练，大家知道总教练和黄达毅都是你一手培养出来的，你觉得明年4月1日的大战中，他们谁赢的概率更大？”过了一会儿，孙大雷挑起了话题。

“这没什么好预测的，等待结果就行。”

“总教练赢得一些比赛含金量很高，对手实力很强，都是实打实的，可听说黄达毅曾经战胜的对手里有一些不知名的小怪和留学生。”孙大雷说。

“那是黄达毅刚出道时的事情了，最近几年，他也战胜了很多实力很强的外籍拳手。但是他有一点比不上总教练，那就是总教练在搏击这个领域非常专注，而黄达毅经常跨出本行，过多地去涉足一些商业上的东西，这势必会让他分心，弱化他取胜的欲望，其实他的天赋并不比总教练低……”张教练叹了口气，摇摇头说，“得了，不要聊他们俩了，让比赛来宣告结果吧！”

“听说‘美丽恶魔’西蒙的对手已经敲定了，就是被誉为‘中国最硬的男人’、中国泰拳国家队队长——‘铁血旋风’的李达。”孙大雷说。

“李达实力很强，2016年曾经和总教练打过一场比赛，最后战满三局，李达在点数上以一分落败。”王刚说。

“对，李达实力出众，他对决西蒙，还是很有看点。”张教练说。

“李达要取胜，只怕有点儿难。”王刚说。

“西蒙虽然是美国人，但出生在泰国，父亲是美国驻泰国的外交官，母亲在泰国经营一家英语学校，从六岁起，父亲就将他送到曼谷的帕提姆拳馆，跟随仑披尼泰拳冠军肯育练习泰拳，后来不断成长，终于成为世界搏击之王，拿到了多条世界金腰带，分量最重的就是泰国迦南隆拳场金腰带、‘泰王杯’世界职业泰拳联盟赛（WPMF）金腰带、荣耀格斗（GLORY）轻重级金腰带。

“他是北美第一个拿到迦南隆拳场金腰带和WPMF金腰带的拳手，在轻重量级，至今还没有人能撼动他的位置，就看李达这一次能不能创造奇迹了。”张教练说。

“这对李达来说是个强大的挑战。”王刚说。

“实际上，1998年我曾在泰国见过西蒙的师傅肯育。那年，我就和肯育在仑披尼拳场上打过冠军赛，争夺仑披尼冠军金腰带，但是……造物弄人啊……”张教练微微低下头，感慨道。

“仑披尼拳场？”孙大雷吃惊地问道。

“当然！”

了解泰拳的人都知道，“泰王杯”世界职业泰拳联盟赛，是为了纪念已故泰国国王，比赛固定在泰国皇家田广场举行，是泰国最高规格的泰拳赛事。代表泰拳最高荣誉同时也是含金量最高的泰拳金腰带，则是仑披尼和迦南隆两大拳场的泰拳金腰带，这两大拳场有着辉煌的历史和至高的声誉，是世界泰拳迷朝拜的圣地，仑披尼和迦南隆泰拳冠军相当于泰拳锦标赛全国冠军。而仑披尼金腰带含金量比迦南隆金腰带更高，这两条金腰带非常难拿，拿到两大拳场中任何一个拳场的金腰带，都是所有泰拳手一生所求的事情，强如世界闻名的泰拳大师播求，也只拿到了迦南隆金腰带，至今与仑披尼金腰带无缘。

“造物弄人？这话怎么说，张教练！麻烦跟我们说说这场比赛呗！”孙大雷从杯托里拿出红牛喝了一口说。

张教练抬起头，看着前方。雪亮的车灯割开黑夜的肚子，汩汩涌流着白色的血液，连绵的山影在远处窥视着他们。

张教练沉吟了五六秒，缓缓地讲起了他的一段被时间尘封的无法忘怀的经历：

1996年，全国散打比赛拉开了序幕，然而继1994年、1995年后，张教练再一次在和其他省散打选手的角逐中被淘汰，心灰意冷之余，重新审视起了自己的人生——迷恋泰拳的他决定去泰国学习泰拳，全面提升自己，圆自己的泰拳梦。

在1997年年初，他毅然选择了退役，办好签证，来到了泰国曼谷勇士泰拳馆学习泰拳。勇士泰拳馆在仑披尼拳场附近，非常简陋，就像一个铁结构的大铁棚子，夏天太阳直射而下，里面热得发烫。

勇士泰拳馆条件不好，不过在泰国很有名，打出了几位仑披尼和迦南隆冠军，而拳馆的总教练颂猜，也是一位四十来岁的已经退役的仑披尼冠军拳手。

来到勇士泰拳馆后，他像每一个初学者一样，从最基本的泰拳招式学起。泰国生活节奏缓慢，民众乐观安逸，除了社会精英外，很多泰国人抱着“今朝有酒今朝醉，莫管明天是与非”的生活态度，及时行乐。泰拳是世界最知名的格斗运动之一，而以泰拳为生的拳手却处在社会的最底层，职业风险比较大，长期像苦行僧一样艰苦训练、锤炼身体，依靠比赛出场费和奖金讨生活。

因为不懂泰语，他除了练拳外，很少和其他人交流，本地的泰拳手没事也不会搭理他。那个年代，来泰国学习泰拳的中国人不多，在勇士泰拳馆他是孤独的，每天在拳馆苦练六个小时后，一回到小宿舍就倒头大睡。小宿舍环境很差，五张铁架子床将房间塞得满满的，里面蚊虫很多，臭气熏天。小宿舍采光不好，就算白天也是昏天黑地的，而且总是湿漉漉的，就像坐水牢。

虽然学泰拳的日子很苦，不过好在他本就是专业散打运动员，加上善于学习钻研，所以进步非常快，很快就把泰拳的基本拳法学会了。来到泰国三个月后，他便开始打泰拳比赛。那时候打比赛除了用实战全面提升自己外，更主要的是为了生存。在北京散打队的时候，不愁吃不愁穿，来到泰国后，打比赛拿出场费和奖金，成了他唯一的收入来源。

尽管现在中上等水平的泰拳手在泰国打一场比赛，出场费在三千到七千泰铢，但在20世纪90年代末，一场比赛的出场费只有三五十泰铢，而且出场费和奖金还要和拳馆四六分成，拳馆六，拳手四。只有和知名的拳手打关注度比较高的比赛，胜者才会有奖金。像张教练这样刚出道接触泰拳的外国拳手，打一般的赛事，即使获胜，也没有奖金。

在泰国最困难的时候，他有时一两天都吃不上饭，只能不断地喝水填肚子。没有饭吃，就没有力气去练拳，有时候他只能躺在床上闭目养神，节省体力。为了生存，他不断地打比赛，一个月至少要打两场比赛，才能保证自己不挨饿，不仅打泰拳比赛，也打拳击比赛，只要有出场费就上；实在没有比赛打，他只能打电话向国内的亲戚朋友借钱。

作为80公斤级的拳手，他既降体重打70公斤级的比赛，也和90公斤甚至100公斤重量级的拳手打。以小博大，和重量级拳手打泰拳比赛有很大的风险，但为了在泰国生存下去，他已经豁出去了。刚开始打的比赛，主要是为主赛垫场的赛事，经常输，随着经验的积累，他开始赢比赛了。

外国拳手在泰国和泰国拳手打比赛，要想获胜难度很大，必须尽可能地KO对手，如果没有KO，即使点数上占优，裁判基本上也会通过打分判定外国拳手输，将胜利判给泰国本土拳手，这早已是泰拳界众所周知的潜规则。

泰拳的肘膝杀伤性强，受伤是家常便饭。记得有一场比赛，他遇上了一位强劲的对手，在苦战中，对方肘过如刀，他的颧骨处被割开了一道长长的口子，鲜血直流，牙齿被对方的后直拳打断了两颗。他的教练劝他放弃，但他不肯，觉得自己不仅仅是代表勇士泰拳馆，更代表着中国人，不能轻易向泰拳手认输。

经过医护的简单处理，他在全场泰国拳迷的瞩目下，又回到了赛场，并最终在第三局的时候以KO获胜。比赛结束回到拳馆宿舍，膀胱受伤的他在上厕所时，发现尿出的居然是血水。朋友劝他休息十天半个月，但是他没有听劝告，三天后就又带着伤痛到拳馆投入高强度的训练中。

在这种炼狱般的环境中坚持了一年，他在泰国有了一定的名气，出场费也在上涨，加上获胜比赛的奖金，在泰国基本上生活无忧了。

有一次，他和WMC洲际拳王金腰带得主善巴卡打175磅（80公斤）的泰拳比赛，这场比赛比之前他打过的拳赛的出场费要高上一倍。善巴卡实力很强，是他来泰国打比赛以后遇到的最有名气的泰拳手。不过当时的善巴卡的竞技状态已经开始走下坡路了。

赛前的称体重环节，他遭到了善巴卡的挑衅，善巴卡盯着他的眼睛，用泰语说："中国佬，我要把你的头拧下来，当足球踢到中国去。"那时他已经多少懂得一点儿泰语了，被善巴卡的话彻底激怒了，强行压制着心头怒火，决心在擂台上好好教训这个狂妄的家伙。上了擂台，当裁判喊比赛开始时，他连试探进攻都放弃了，猛冲猛打，不断进逼，将善巴卡打得节节后退。

两个回合结束，善巴卡被年轻力壮的他打得狼狈不堪，眼角被打破了，血糊住了眼睛。眼看善巴卡要输掉比赛，在场边帮他喊战术的教练在第二回合休息的时候，命令张教练放弃比赛。

张教练明白，很多赌拳的人买了善巴卡，自己拳馆的老板想必也收到了不少好处。之前有几场比赛，他在处于绝对优势下，在教练的安排下，故意输给了对手，但这一次，他不想这样做，他的耳朵里不断回荡着善巴卡挑衅他的那句话，他要全力捍卫中国武术和中国拳手的尊严。

他知道，如果不KO善巴卡，胜利还是会属于善巴卡，而这样的结果，也是拳场里坐得满满的泰国拳迷们所乐于见到的。在体能快耗尽的第三局，他不顾教练的一次次暗示，用仅剩的力气向善巴卡继续猛攻。善巴卡被他的几记重拳打得摇摇欲坠，只能一次次地通过缠抱来尽量拖延时间。

他并没有让善巴卡的拖延策略得逞，他将善巴卡逼到擂角，在善巴卡又一次缠抱的时候，用手推开善巴卡，左手点着他的额头，右臂弯起，一肘砸向善巴卡的脑袋。善巴卡勾着头，双手抱住脑袋，挡住了这凌厉的一攻。

他如法炮制，紧接着右臂横扫，又是一肘，然后是第三肘。善巴卡左手的抱架终于被打开了，张教练的右肘重重地击打在善巴卡的太阳穴上，善巴卡的脑袋一抖，身体向后一仰，瘫倒在擂台上，一动不动。

拳场里买他赢和被他的拳术折服的泰拳迷们鼓起了掌。当赛事负责人将冠军奖杯递给他，他举起奖杯振臂高呼的时候，注意到裁判的表情非常僵硬，擂台边他的教练脸色铁青，看不到一丝喜悦。这些对他来说并不重要，重要的是他打破了中国拳手对决泰拳高手总是以失败告终的历史，维护了中国武术的尊严，他创造了一个新纪录——成为第一个在泰国本土KO泰拳王获胜的中国人，比宝力高2003年在泰国曼谷KO泰拳王“膝王”西提戳·陆帕巴还要早几年。

回到勇士泰拳馆后，拳馆老板大发雷霆，将张教练骂得狗血淋头，老板不仅收了赌拳者的黑钱，自己也在善巴卡身上押了大注，最终却竹篮打水一场空，输了赌注不说，还得退回赌徒们的贿赂，并且承受着赌徒们的威胁。

经历过此事，勇士泰拳馆待不下去了，他不想成为赌拳的牺牲品，不想在异国他乡丢中国人和中国武术的脸，于是卷起铺盖离开了勇士泰拳馆。

和善巴卡一战，让很多泰国人记住了他的名字，所以很快就找到了下家，离开曼谷，来到芭堤雅波桑玛泰拳馆。这家拳馆有三个股东，其中大股东是一位华裔，叫桑尼，祖籍广东潮汕，桑尼娶了一个中国女孩为妻，因为有这层关系，他很快融入波桑玛泰拳馆，成了被力捧的拳手。

波桑玛泰拳馆给他安排了很多比赛，大多数比赛他都赢了，刻苦的训练和大量的实战比赛让他的泰拳水平越来越高，名气越来越大，征服了很多泰国拳迷。

在桑尼的积极推动下，1999年春季，在来泰国的第三个年头，他获得了参加仑披尼拳场泰拳赛的邀请。而他不负众望，在高手如林的仑披尼拳场的擂台上，层层突围，杀出一条血路，获得了仑披尼泰拳赛80公斤级的第一名，成了当年这个级别的种子选手，拥有了挑战80公斤级仑披尼冠军肯育的资格。这是自仑披尼拳场成立后，第一个向仑披尼冠军发起冲击的中国人，一时之间，震惊了泰国拳坛。战绩和排名的快速上升，引起了泰国一些拳场对他的不满。

赌拳的人在张教练身上所下的赌注越来越大，有人找到波桑玛拳馆的老板桑尼，希望张教练输掉仑披尼的金腰带比赛。桑尼将张教练叫到办公室，讲明了情况，只要他输掉金腰带的比赛，将获得一万泰铢的报酬。在20世纪90年代，一万泰铢可是一笔大钱，得打很多场比赛才能赚到。

但张教练断然拒绝了，他想用仑披尼冠军金腰带来打破泰国人对中国武术和中国拳手的轻视与偏见，证明中国武术不输泰拳，他想让五星红旗在泰国最古老神圣的拳场上飘扬，这是他来到泰国后立下的心愿。桑尼见他心意已决，摇头叹气，脸色铁青。

1999年12月6日，仑披尼年度冠军争夺战在仑披尼拳场如期举行，张教练第一次走进仑披尼拳场。这座兴建于1956年的著名拳场，在拳手们四十三年的汗水与鲜血的洗礼下，散发着一种特别的味道。拳场类似一个小型体育馆，看台的座位很多，没有一个座位是空着的，除了看台前面坐着几个老外，大部分都是泰国本地人，看台后面见缝插针地站着很多没有买到座位票的拳迷。整个拳场，看不到一个女性。

前面几轮比赛打完了，轮到80公斤级的张教练和肯育登场了。

当主持人念到张教练的名字时，张教练沿着赛道走向拳场中央的擂台。赛道两边的墙壁上，挂着拳手们精彩的比赛画面，其中也有一些风景图片，这些风景图片对于泰拳比赛的残酷和血腥，多少起到了一些稀释作用。他听到有人在大声讥讽他，也有拳迷伸出手掌，和他击掌致意。

这场比赛对于拳馆和个人，都非常重要，不过老板桑尼并没有随他来参赛，而是由拳馆的泰国教练阿信担任场边的教练。阿信提着一个塑料桶，跟在张教练的后面，桶里装着矿泉水、牙套、毛巾、凡士林等物品。

先出场的肯育已经行完了拜师礼，他戴着红色头箍、红色拳套，手臂上套着红色臂带，背靠围绳，像一条潜伏在水中捕猎的鳄鱼一样阴沉地盯着他走上擂台。

第一回合开始了，喊肯育加油的声浪很快就将张教练淹没了，很多人从座位上站起来，挥动拳头，为肯育加油。来拳馆的拳迷几乎都下注了，绝大部分的拳迷买的是肯育，没什么人看好一个中国拳手，他们不相信张教练能赢得这场冠军赛。在泰拳史里，除了张教练，还没有中国人在仑披尼拳场的擂台上打过比赛，更别谈中国人获得仑披尼冠军金腰带了。哪怕他在仑披尼拳场一路过关斩将，获得冠军赛的资格，但在这些泰国拳迷眼里，这只不过是张教练幸运罢了，中国武术和中国拳手是不入流的，肯定无法战胜五百年不败的泰拳。

然而让所有人大跌眼镜的是，在第一个回合开场两分多钟后，张教练就抓住因为轻敌而防守不严的肯育的破绽，利用灵活的步法快速切入，前手摆拳重重地砸在肯育的右腮上，肯育立即像一棵被锯断的大树一样倒在了地上。场裁马上推开张教练，对肯育读秒。读秒的节奏非常慢，就像蜗牛迈步一样。几乎所有拳迷都在屏息凝神等待肯育从擂台上爬起来，场裁甚至在读秒到“8”的时候，用手推了肯育的肩膀一把，肯育才借力爬了起来，场馆内响起了喧天的喊声。

肯育爬起来后，张教练对他发起了疯狂的进攻，肯育被逼到擂角，抱紧脑袋，被打得摇摇欲坠。眼看肯育将再次被张教练的重拳击倒，铃声却及时响起，让肯育暂时逃过了一劫。

肯育喘着粗气望了望看台上紧张的拳迷，脸色凝重，赛前的嚣张气焰被失败的阴影扑灭了，虽然比赛还没结束，但是胜利的天平已经倒向了张教练。张教练回到擂角，他的场边教练阿信虽然刚才一直一声不吭，没有帮他喊过战术，但已经为他在擂台内摆好了椅子。张教练一屁股坐在椅子上，蓄养体能，站在张教练右手边的阿信递给他一瓶矿泉水，他打开盖子，一口气喝了两大口，当他盖好瓶盖放下矿泉水瓶的时候，右大腿传来一阵钻心的疼痛，血冒了出来，他连忙按住出血的地方。

有人开枪射中了他的大腿，他不知道是谁开的枪，在哪儿开的枪，只知道这场比赛已经结束了，他与仑披尼金腰带无缘了。

裁判赶忙跑过来，蹲在张教练的身前察看他的大腿，然后扭头向擂台下大喊：医护——医护——他受伤了……阿信教练也钻进擂台，弯着腰关切地望着他。

裁判的喊声在仑披尼拳场引起了一阵骚动，买肯育的拳迷们不怀好意地起着哄，兴奋不已。买张教练的一小部分拳迷，难过地看着擂角上的张教练。拳场的保安赶紧冲向拳场外围和各通道去巡查，试图寻找凶手。医护上来后，给张教练的伤口消毒、止血，绑上绷带。张教练的对手肯育坐在擂角的角垫上休息了两分钟后，也和他的教练一起走到张教练面前来，查看情况，并慰问张教练。随后，张教练被仑披尼拳场的工作人员以及阿信用担架抬到更衣室。因为张教练无法继续比赛，所以裁判宣判那场比赛肯育胜，他蝉联仑披尼80公斤级年度泰拳冠军。

比赛结束后，医院的救护车也来到拳场门口。很快，张教练被抬到了救护车里。在医院做了手术，取掉子弹后，因为医药费太贵，张教练在医院休养一周后，便回到波桑玛泰拳馆，在宿舍里养伤，在此期间，拳馆老板桑尼从来没有来看望过他。闲暇时，他会一瘸一拐地来到波桑玛泰拳馆，默默地看着大家练拳。但是拳馆的气氛已经变了，非常怪异，桑尼对他爱答不理，教练和其他拳手也视他为空气。在身体的伤痛之外，他感到心灵又一次被子弹射穿了，归国的心念越来越急切了。养了一个月伤后，他和桑尼协商解除了合同，收拾行李回到中国，回到了武汉——他的故乡。在他拎着行李走出波桑玛泰拳馆的宿舍时，桑尼出人意料地开着车等在宿舍门口。桑尼亲自开车将张教练送到曼谷机场。

在候机室里，桑尼对张教练说：小张，回去也许是好事儿，他们已经盯上你了，你知道吗？在泰国，一万泰铢可以雇枪手杀掉很多人。泰国的司法系统很腐败，犯罪分子非常猖狂，泰国警察是不会竭尽全力保护一个外国人的。对不起，我没有好好保护到你，我老婆也在不断地责怪我，可是……可是我只是一个小小拳馆的老板，有些事，我真的无能为力。你能理解我吗？

张教练说：桑尼，我从来没有怪过你，谢谢你和你的拳馆为我所做的一切，这也是我能够登上仑披尼拳场争夺冠军金腰带的原因，这场比赛虽然充满遗憾，但是我已经很满足和自豪。

桑尼说：小张，你是我们拳馆的骄傲，是一个真正的勇士，改变了泰国人对中国武术的看法，欢迎你在有空的时候，回波桑玛泰拳馆看一看，我们会一直记得你的。

“张教练，后来你回过泰国，回过波桑玛泰拳馆吗？”王刚问。

张教练沉吟了一下，说道：“回国后，因为腿伤的影响，再也不能上台打比赛，我选择了退役，在武汉开了一家拳馆，每天忙着教学，既没有时间，也不是特别想回泰国。在泰国的那些时光、那些记忆，对我来说是苦涩的，我不想再重温那一切。”

此后，大家又陷入沉默之中。到达深大时，已经快凌晨一点了，车子在一个小卖部前停了下来，孙大雷跑到小卖部买了几瓶冰冻矿泉水。车子进入深大，将唐龙送到了风槐斋宿舍楼下，张教练跟值班的门卫讲明情况后，让王刚和孙大雷扶着唐龙坐电梯来到他的宿舍。等唐龙在椅子上坐好后，孙大雷将唐龙的背包轻轻地放在他的桌子上，然后将包里的四瓶冰冻矿泉水拿出来，搁在桌子上。

“唐龙，我们先回去了，用冰敷一下伤口，过几天就好了，早点儿休息！”孙大雷指了指矿泉水。

“加油，唐龙，伤好后又是一条好汉。”王刚对唐龙说。

“谢谢，有你们真好。”唐龙感动地说。

第二天，白素梅发微信问他昨晚比赛的情况，唐龙告诉她比赛输了，但没有告诉她伤情，怕她担心。在此后的一周时间里，他基本没有去俱乐部训练，也没有和白素梅见面，而是埋头学习，在宿舍里做作业，反复观看那场比赛的视频，寻找自己失利的原因和技术弱点。一周以后，腿伤痊愈，他回到俱乐部重新开始了训练。

然而没过多久，最令他和白素梅担心的事情还是发生了。

那天，白素梅的手机收到两条彩信，彩信是阿杰爷爷发来的，彩信里，阿杰躺在阿坝州人民医院的病床上，面部伤痕累累，结满黑色的血壳，两只手臂到处是划开的口子，双掌上缠着厚厚的白绷带。紧接着，阿杰的爷爷用颤抖的声音给白素梅打了个电话。

阿杰的爷爷哽咽地告诉她，玛瑙矿塌陷，阿杰被石头压住，困在矿洞里一整夜，直到武警部队赶来，才将他救了出来，他的肋骨断了两根，划破了肺，非常严重，最迟后天上午必须做手术，不然就会危及生命，但是至少要三十万元医疗费用，目前勉强凑齐了三万元，还有二十七万元的缺口。阿杰的爷爷央求白素梅帮他想想办法。

阿杰的爷爷把手机贴到阿杰的脸颊上，阿杰用虚弱的声音喊白素梅："梅梅姐……我很想你……肚子很痛……你什么时候……来看我？"

白素梅的泪水唰地流了下来，她说："阿杰，我会来看你的，你什么也不要想，安心养伤。"

阿杰将手机递给他的爷爷后，白素梅问阿杰爷爷，其他几个孩子现在什么情况？阿杰爷爷告诉白素梅，除了李默那天重感冒请假，其他三个孩子……都遇难了。

白素梅的手机从手掌滑落，"啪"地摔在地上，屏幕裂了。

她愣了一会儿，擦干泪水，赶紧捡起手机，给唐龙打了个电话。不一会儿，他们在深大杜鹃山的林间小路上见面了。

天气非常燥热，正是黄昏时分，夕阳像血浆一样糊在天空，有些刺眼。几声尖锐的鸟叫像锋利的刀子一样划破了阳光的皮肤，虫子在草丛里窃窃私语，嗜血的蚊子向唐龙和白素梅扑了过来，四周一片寂静，空无一人。

白素梅的头发有些乱，眼睛和鼻子红红的，眼神惊惶不定。她把阿杰的事情简单跟他说了。

"你的卡里还有多少钱？"白素梅问唐龙。

唐龙告诉她："七万五。"

"借我六万元吧，剩下的你留着用。"白素梅望着唐龙的眼睛说道。

“不，七万元你都拿走，零头给我就好了，我可以打比赛赚钱。”唐龙对白素梅说。

他理解白素梅对这几个孩子的感情。他马上将打了一年多比赛赚来的七万块钱转到白素梅的银行卡上。

白素梅通过业余时间进入模特圈走秀，存下了十五万元。两个人的钱一凑，有二十二万元，还差五万元。时间紧急，这五万元怎么办？从哪里来呢？白素梅心急火燎。

唐龙想到了唐强，抱着一丝希望，打通了唐强的电话。

“爸……”

“嗯！”

“能不能借我五万块钱？”

白素梅紧张地望着唐龙。

“五万块钱？你要五万块钱干吗？”

“我的一个师弟意外受伤，肺破裂了，生命垂危，躺在手术台上等着钱做手术，还差五万块的手术费。”

“你让我借钱给你师弟做手术？”唐强冷冷地问。

“可以吗，爸？我会打比赛还你的。”唐龙央求道。

“你是不是疯了？每次一打我电话就找我要钱？你能不能说点儿其他的？你就是个灾星！”唐强在电话那端暴怒地吼着。

唐龙的耳膜被震得嗡嗡响。

“帮别人借钱治病？真把自己当活雷锋啊！我把你养大花了多少钱，你知道吗？现在又跟我借五万元，我什么时候成开银行的了？我只是个苦逼的打工佬！”

“爸，不是万不得已，我不会找你借钱。不救他，他会死的。”

白素梅看着唐龙，急切地点了两下头。

“他死了跟我有什么狗屁关系？我见过他哪怕一次吗？他只是你的师弟而已，跟你跟我一点儿血缘关系都没有。再说了，这个世界死的人还少吗？非洲和中东哪天不死人？你有博爱之心，你去救吧！你小子救得过来吗？”

“爸……”

“别说了。”唐强打断他的话，“其他好说，要钱没门。”

唐强说完，挂断了电话。

唐龙沉默。几秒钟后，他猛地抬起头来，对白素梅说：“我去跟总教练借！阿杰怎么说也是总教练的学员，相信他不会见死不救的。”

“算了，求人不如求己，还是自己想办法吧！”白素梅摇了摇头说。

他们默默不语地走出了不见人踪的杜鹃山，回到各自的宿舍。

两天后，虽然唐龙不知道白素梅从哪儿弄到了五万元钱，但是他知道阿杰的手术如期进行了，非常成功。就在阿杰做手术的那天晚上，白素梅买了一张卧铺火车票，去了成都，然后从成都转车到阿坝州。当她到达阿坝州人民医院，阿杰已经成功做完了手术。

她给唐龙发了很多照片，大部分是她和阿杰、李默的合影，在照片中，她坐在病床边，一左一右地搂着阿杰和来看望阿杰的李默，笑得像花儿一样灿烂。

阿杰刚刚做完手术没几天，脸色煞白，非常疲软，但也露出了开心的笑容。李默估计还陷在失去朋友的悲痛之中，板着脸，看不到一丝儿喜色。还有一张照片，唐龙看到阴霾的天空下是一片枯黄的墓地，墓地里有三座新坟，每座坟的墓碑前，都放着一捧鲜花，花是白素梅买的，唐龙知道那是张田田、王小霖、张帅的坟墓。

白素梅返回深圳后，唐龙发现原先那个乐观开朗的白素梅，随着那三个不幸的孩子远去了，出现在他眼前的是一个郁郁寡欢、满脸隐忧的女孩。唐龙知道白素梅需要安抚，他尽量抽出更多的时间陪伴她，但她颓靡忧郁的状态，像病毒一样感染着他的生活。

第九章
龙潭虎穴

一天上午训练完，王刚和“鹏强五虎”坐在休息室里侃大山。唐龙冲完凉后，正准备回深大吃午饭，从休息室外经过时，王刚叫住了他。

唐龙走进休息室，王刚和孙大雷往一边挪了挪，在他们中间腾出一个位置给唐龙。唐龙坐下后，王刚问唐龙最近怎么闷闷不乐，不大说话。

“不会失恋了吧？”孙大雷在一边打趣说。

唐龙低下头，微微一笑：“失恋？雷哥你真会想象，最近有点儿累。”

“阿杰出院了吗？”王刚问唐龙。

“伤势较重，可能没那么快。”唐龙答道。

“希望他平平安安的。”王达龙说。

“是的，都是这样想的。”石天城说道，“当听到他出事的消息后，大家都很揪心，如果他们留在俱乐部，不回大凉山，悲剧就不会发生了。”

唐龙叹息道：“如果这就是他们的命运，那上天对他们太不公了。”

“哦，天啊！那个大女生自杀了！”张斌说道。

“哪个？”石天城问。

“前天被老外在国外社交网站上亮出裸照和不雅视频的那个。”张斌说道。

“什么情况？”唐龙不解地问张斌。

“这么火爆的新闻，你还不知道？”石天城对唐龙说。

唐龙摇摇头，这两天他心不在焉，开始封闭自己，很少浏览网络新闻。

“一个香港男孩带着他的女友在香港兰桂坊玩，当他们从兰桂坊出来时，碰见两个老外，一个老外上前和男孩的女友搭讪，并很快就把他的女友带去酒店开房了。”石天城说道。

“就这样当着女孩的男朋友的面？”唐龙惊讶地问。

“对。”孙大雷点点头，“而另外一个老外用手机把这个过程都录了下来，当成猎艳战利品发在国外社交网站上炫耀。”

“那女孩的男朋友没有任何反应吗？”唐龙问。

王刚告诉唐龙：“我们都看了那个视频，她的男朋友试图将那个女孩从老外的怀里拉走，但是女孩并不愿跟她的男朋友走。结果第二天，那个老外和女孩刚开完房，老外的同伴——拍视频的那个洋垃圾，就将女孩的裸照、不雅视频发在了国外的社交媒体上，后来，国内媒体也进行了报道，估计那个女孩看到这个视频了，刚才看到新闻，女孩在昨天下午从平安大厦上跳了下来。”

“这个世界充满了悲剧。”唐龙用双掌蒙住自己的眼睛，轻轻滑下来说道。

“如果当时那个男的勇敢一点儿，或者那个女的不那么迷恋老外，这起悲剧就不会发生。”张斌说道。

“兰桂坊那个视频还能打开吗？”唐龙问道。

赵开山拿出他的华为手机，打开浏览器，打上“兰桂坊事件”五个字，马上出来了一串视频。随便点开了一个，晃动的视频里充满了杂音，昏蒙的灯光下，两个熟悉的人影出现了——是东方洲和李菲儿？是的，就是他们俩。东方洲搂着李菲儿的肩膀坐在兰桂坊门口的石阶上，东方洲穿着一件圆领T恤，李菲儿披着长发，穿着黑色V领T恤，挎着一个黑色小包。石阶前面的街道上，人影绰动，一辆辆汽车乘着夜色飞驰而过。

镜头一切，李菲儿左边坐着两个老外和一个中国女孩，一头金发、皮肤白皙、满脸络腮胡的老外，居然——居然是被唐龙揍过的洋外教约翰。他紧挨着李菲儿，眉飞色舞，侃侃而谈。约翰身边的那个老外留着板寸头，长着一个胡萝卜般的大鼻子，皮肤有些黑，他的大腿上坐着一个穿着碎花吊带裙的中国女孩，他一只手紧搂着那个女孩的腰，和这个满脸甜笑的女孩窃窃私语，一只手腾出来拍他们五人的聊天视频。约翰时不时地回过头去，和李菲儿说几句什么，而李菲儿也非常兴奋地扭过头去回应着约翰。

坐在李菲儿右边的东方洲竭力想让自己保持淡定，但他脸上的神情却无法掩盖内心的焦虑和不安，他的左手捏着李菲儿的手掌，紧紧盯着她的脸庞，不断向她嘀咕着什么。可李菲儿的注意力已经被约翰吸引走了，她并没有看东方洲，而是心不在焉地望着正前方，有一搭没一搭地回应着东方洲，目光时不时地移过来，在约翰的脸庞上游移。

视频突然中断，出现了黑屏，两秒钟后，镜头一切，胡萝卜鼻老外和坐在他膝盖上的女孩已经不在视频之中了，只听到他和那个女孩调情的声音从视频里传出来。

镜头最前面的是东方洲，东方洲面对着镜头，背对着李菲儿和约翰。他尴尬又难过地拉着李菲儿的手，想要拉着身后的李菲儿离开这里。但坐在石阶上的约翰双手抱紧了李菲儿的腰，李菲儿面对着约翰，站在约翰的双腿间打着电话，时不时看一眼被东方洲拉住的手掌。

约翰做了一个手势，示意李菲儿将手机移开一点儿。打电话的李菲儿将握住手机的手往耳边一移，将脸微微下垂，约翰将嘴唇凑过去，吻起了李菲儿。

视频晃动着，扫向一边，旁边墙角下站着几个外籍女子，她们望着东方洲、李菲儿和约翰，哈哈大笑。东方洲半张着嘴巴，皱起眉头，痛苦而又无奈地回过头去看了李菲儿一眼。约翰看到东方洲回过头望向他们，有所收敛，将勾住李菲儿脖子的双手放下来，重新紧抱住李菲儿的腰。

不一会儿，穿着吊带碎花裙子的女孩走进镜头，来到李菲儿身边，两只手握着李菲儿的手臂，一只手掌顺着李菲儿的手臂滑下来，拨开了东方洲握住李菲儿手腕的那只手掌，示意李菲儿跟她一起离开这儿。约翰见状，站了起来，俯身捧住李菲儿的脸庞，狂吻了起来。东方洲双手抱头，茫然无助地望着正在接吻的约翰和李菲儿。约翰吻了李菲儿一会儿后，抱起李菲儿，从东方洲身边走过，与胡萝卜鼻老外、碎花裙女孩一起说说笑笑地来到马路边。视频到此戛然而止。

唐龙离开鹏强搏击俱乐部回到深大，走在校园的林荫道上，方飞云那双溢满泪水的眼睛不断在他面前晃动，他想起了在猜火车酒吧第一次见到方飞云和李菲儿在一起的情景。回到宿舍，方飞云不在，给他打电话，电话关机。方飞云不再来上课，也不再出现在校园里，给他电话、微信、短信，无一例外，都不回复。

一个晚上，唐龙去世界之窗接白素梅，白素梅在世界之窗举办的昆仑决－城市英雄搏击比赛中举牌，和她一起的还有俄罗斯留学生伊莲娜。广场上游人很多，很多人在喷泉前合影，埃菲尔铁塔在夜色中傲然耸立，金光闪闪。唐龙没有进世界之窗去看比赛，他在广场旁边的咖啡厅喝着百香果水果茶等待她们收工。

晚上十点半左右，昆仑决的比赛结束后，白素梅和伊莲娜挎着包来到了咖啡厅，白素梅扎着马尾辫，穿着一件黑色吊带背心、一条海蓝色牛仔短裤和一双迷彩人字拖。伊莲娜披着金发，穿着黑色深V的T恤、一条黑色超短裙，白色的肌肤像牛奶一样鲜嫩。

“好久不见你了，你过得怎么样，朋友？”伊莲娜问唐龙。

“我很好，像以前一样，生活平静而简单。”唐龙看着伊莲娜的笑脸问道，“你呢？”

“我也很好，不过有些无聊。我以为你会约我出来喝酒，但是一直没有收到你的邀请。”伊莲娜挑挑眉毛，转了一下眼睛，用有些夸张的语气看着唐龙说。

“是吗？其实我不太能喝酒。”唐龙看了看白素梅，笑着说。

白素梅与唐龙对望了一眼，默默不语地望向一边，她的脸依旧像最近一段时间一样，波澜不惊，就像凝固的乳胶一样。

伊莲娜拍着白素梅的肩膀，哈哈大笑：“梅，你别生气，我在跟你的男朋友开玩笑啦！”

“我知道，没关系。”白素梅抿抿嘴唇道。

他们一起来到附近的一家酒吧。酒吧里人很多，灯光明灭之间，各种面孔闪耀晃动，光怪陆离。他们点了几瓶啤酒、一个果盘、一些小菜，边喝边聊。酒吧里人很多，大家看到两个身材高挑的女孩进来了——特别是其中还有一个金发的外国女孩，都有意无意地把目光投向他们这边。

“伊莲娜，一个深大女生，最近从深圳平安大厦自杀，你知道这件事吗？”唐龙问伊莲娜。

白素梅看了看唐龙，然后望向伊莲娜。

“是的，这件事很多人都知道了。”伊莲娜说。

“听说这件事与约翰有关？”

“或许吧，媒体上有很多这件事的新闻。”

“为什么今天要谈这样一件事？”白素梅端起面前的鸡尾酒，抿了一小口，酒液将她的嘴唇润得发亮。

“这个女孩是方飞云的前女友。”

“方飞云的前女友？”

“没错，方飞云已经好久没来学校了，怎么也联系不上，就像失踪了一样。”唐龙摇摇头说道。

“怪不得他在群里一言不发，以前他很活跃的。”白素梅说。

“方飞云是谁？”伊莲娜问他们。

“我的同班同学，我的朋友，我们住一个宿舍。”唐龙告诉伊莲娜。

“这真是一件很不好的事情。”

唐龙问伊莲娜：“你是怎么认识约翰的？”

“他的朋友皮特，是我的同班同学，有一次皮特邀请我去参加聚会，然后遇到了约翰，他加了我的微信和（Instagram照片墙）。之后，我们有时候会和其他朋友一起聚会或者运动，但是我有些反感他，很多时候，他没有礼貌，更没有脑子。”

“你现在和他还有联系吗？”唐龙问伊莲娜。

唐龙看了看旁边的白素梅，白素梅低着头在玩微信。

“没有，自从上次我们和他发生冲突之后，我就再也没和他联系了。不过，我们有一个群，我大概知道他现在还是和以前一样，过得比较肖——肖——用中国话怎么说来着？”

“潇洒？”唐龙说。

“对，潇洒。外教在中国总是过得比较潇洒的。”

“阿龙，能不能谈点儿其他的？”白素梅皱着眉头说。

唐龙看了看白素梅微微张开的嘴唇，欲言又止。他低下头，将杯中的啤酒喝掉一半，沉默不语。

酒吧里舞曲响起，一些人来到舞池，随着音乐扭动着身体。伊莲娜也离开座位，加入了跳舞的人群，她举起长长的手臂，摇摆着身体，金色的头发随着音乐的节奏激荡着，散发出万种风情。

唐龙转过头望向白素梅，发现白素梅正盯着他。她的眼睛闪烁着不安之光，失去了欢乐，失去了温柔，失去了爱意。她的眼睛让他感到陌生。

“伊莲娜很漂亮，身材无可挑剔。”白素梅看向伊莲娜说。

“是吗？”

舞池里，越来越多的男生像萤火虫追逐灯光一样围着伊莲娜晃动着身体。

“明知故问，你太有趣了。”白素梅冷冷一笑。

“怎么啦，梅梅？”唐龙问白素梅，“如果你累了，我们就回去吧！”

“我很好，没什么，只是不希望你卷入是非之中。”

“除了你之外，方飞云就是我在深大唯一的朋友，我很担心他，希望他早日回到学校。”

“相信学校和他的父母会为此努力的。”

“阿杰现在怎么样？”

“他恢复得不错。”

“祝他早日康复。”唐龙举起酒杯说。

白素梅和唐龙碰了碰杯子，喝了一小口酒。唐龙仰起脖子，将杯子里的酒一饮而尽。喝完酒后，两人低着头玩起了手机，沉默像舞池里弥散出的肾上腺素一样笼罩着他们。唐龙不时抬头看白素梅，白素梅的眼睛则一直盯着手机，并没有回应他，这让唐龙有些沮丧。

正在这时，伊莲娜跑了过来，拉着白素梅的手，让白素梅和她一起去跳舞。白素梅委婉地拒绝了。伊莲娜问白素梅，你的男朋友可以和我跳一会儿舞吗？白素梅笑了笑，告诉伊莲娜，这是他的自由。

于是伊莲娜拉着唐龙的手，将他拽向舞池。看到伊莲娜带来一个男舞伴，刚才围着她的那些男生，给他们腾出了一些空间。音乐的节奏，就像唐龙打比赛出拳的节奏一样，迅疾而猛烈，伊莲娜微笑着，舞姿狂放而自由，她充满诱惑力的身体里，深居着充满激情的灵魂，她的发梢打在他的脸上，痒痒的、香香的，让他在舞池里恍惚迷离。

跳了十几分钟舞后，唐龙扭头看向座位，发现白素梅已经不见了，他赶忙从舞池里出来，问服务员。服务员告诉唐龙，白素梅已经结过账，独自回去了。唐龙怔了怔，索性又走回舞池，来到伊莲娜的身边挽住她的腰。

“你在找你的女朋友？”伊莲娜凑到唐龙的耳边，大声喊道。

“没错。”唐龙贴着伊莲娜的脸颊告诉她。

“她生气啦？”

“谁知道呢。”

“你要继续跳舞吗？”

“为什么不呢？”唐龙耸耸眉毛说。

伊莲娜哈哈笑着，用双手勾起他的脖子，随着音乐带动着他一起摇摆起来。跳了一会儿后，裤袋里的手机一振动，唐龙赶紧停下来，掏出手机，以为是白素梅给他发来了微信，结果不过是一条垃圾短信而已。他将手机放进裤袋，一边的伊莲娜拍了拍他的肩膀，从舞池里走了出来。

“白素梅回去了，也把你的心带走了，我感觉你已经没有心思跳舞了，我们回深大吧！”伊莲娜瞥了一眼舞池后，望向唐龙说。

唐龙点点头，他们走出酒吧，叫了一辆出租车。伊莲娜打开车窗，出神地望着窗外的夜景，凉风灌进车厢来，捎来了树木的气息、青草的气息、花朵的气息、夜的气息、洗发香波的气息。

“伊莲娜，你知道在哪里可以找到约翰吗？”

“你确定要见他？”

“当然，有些事，我必须跟他谈一谈。”

“他经常泡在猜火车酒吧，在那里，很容易碰到他。不过根据微信群上看到的消息，9月11日晚上八点，他们组织了一场篮球比赛，约翰和皮特都会去参加。”

“在什么地方比赛？”

“别急，我翻翻微信就知道了。”伊莲娜拿出手机看了一会儿，告诉唐龙，“紫妍花园。”

“深南大道的紫妍花园？”

“是的。”

“好的。”

“唐龙，不要跟他发生冲突。”

“我知道。”

唐龙将伊莲娜送到留学生宿舍楼下后，回到自己的宿舍，宿舍里依然空无一人，方飞云的桌子上蒙着一层灰尘。他掏出手机，给方飞云发了一条微信：

飞云，最近怎么样？好久没看到你了，我一直惴惴不安，为你担心。你可以抽时间来聚一聚吗？我还约了美国人约翰。如果你想见我，或者见他，9月11日晚八点，来紫妍花园篮球场。

9月11日晚七点五十分，唐龙来到紫妍花园篮球场。几个篮球场上都有人在打比赛，有半场比赛，也有全场比赛，有大人，有青年，也有小孩，拍球声、吆喝声此起彼伏。其中一个篮球场的围栏上挂着一条红色横幅，上面写着“南山区悦然篮球俱乐部国际友谊赛”。横幅前面摆着一个长长的记分台，记分台上坐着活动主办方的工作人员和裁判，记分台两边摆放着几排折叠椅和几箱矿泉水。除了给球员预留出来的椅子，其他椅子上都坐着人。椅子后面，站着密密麻麻的观众。比赛还没有正式开始，两拨球员正在篮球场上热身，一拨球员是中国人，另外一拨是外国人。老远，唐龙就看到穿着黄色球衣的约翰和皮特的身影。他拿出手机，给方飞云打了个电话，电话依然无法接通。也许方飞云不会来了，于是唐龙径直向约翰走去。正在运球的皮特转头看到唐龙，怔了怔，抱着篮球走到约翰身边，拍了拍约翰的肩膀，又指了指走过来的唐龙。

约翰夺过皮特手上的篮球，运球冲到篮下，高高跃起，来了一记大力扣篮。围观的人群发出一阵欢呼，几个中国女生站起来发出一阵尖叫，为约翰疯狂鼓掌。

约翰炫耀地扣完篮，仰着下巴，眯着眼睛，微笑着走向唐龙。两人在四十五度角三分线外一步的地方相遇。唐龙逼视着约翰，约翰冷视着唐龙，二人目光隔空撞击在一起，火星四溅。

“你应该知道我为什么来找你。”唐龙用英语对约翰说。

“我不知道，谁在乎！”约翰笑着说。

“你很开心吗？”

“我每天都很开心，一直如此。你嫉妒我开心吗？”

“你是个杀人凶手，你杀死了一个叫李菲儿的中国女孩。”

“你个蠢货，不能这样指控我。这事儿与我无关，没有谁将她推下去，是她自己选择跳进地狱。”

“如果不是你玩弄她，不是你们将她的照片、视频传到网络上，她会自杀吗？”

“不。第一，我没有玩弄她，是她自愿和我在一起，她乐于享受；第二，上传照片和视频的不是我。别人的意志，我无法控制。”

“不要把一切责任推给其他人，你们都是一伙的。”

“我不赞同你的说法，他已经被关在了公安局，而我在这里自由地打篮球，这就是我和他的区别。”

“总有一天，你也会进去的，你也会坐牢，知道吗？”

“你在说什么？赶紧从这个篮球场上滚出去。”约翰彻底被激怒了，他吼叫着，用手指着唐龙的额头。

“你不会有好运，这就是我给你的‘祝福’。”唐龙平静地盯着约翰的眼睛。

约翰的队友听到吼声，都望向这边，皮特和另外一个黑人朝他们走过来。

“上次就该把你的屎揍出来。”约翰恶狠狠地说。

他猛地推了唐龙一把，唐龙连退了四步。

约翰不依不饶，提着大拳头快步向唐龙冲过来，其他外国球员也向唐龙围拢过来。见要打架，活动主办方的工作人员和裁判慌忙向他们走来。

唐龙看到外国球员都在向他快速靠近，摆好格斗式，向着球场的铁门处后退了三步。一瞬之间，冲在人群最前面的约翰已经逼近了他，不待约翰再次出手，唐龙朝着约翰一个跳步，左手在他面前虚晃了一下，右手一个摆拳，击中约翰的腮帮。约翰翻在地上，滚了一滚。一击得手，唐龙继续快速后退，将战线拉长，不让这些外籍球员将自己包围，避免腹背受敌。

场边的观众都惊呼起来，一部分观众幸灾乐祸地喊叫着，吹着口哨，或者冲进球场看热闹、拍视频。别的球场上打篮球的运动员和观众们也都把目光投向事发处，他们在一时之间还没弄清发生了什么事，当他们明白球场上有人打架之后，都涌向了这个球场。

这时，约翰的好友皮特冲已经冲到离唐龙只有两步的距离，唐龙看准时机，向前跨出半步，一个直拳迎击，敲在皮特的下巴上。皮特仰面倒在地上，在地上翻滚着，像一条被踩伤的蚯蚓。

唐龙边退边迎击，一会儿工夫，这些外籍球员就被唐龙打倒了一半。没有被击倒的外籍球员胆怯了，虚张声势地半围着唐龙不肯退却，却也不敢再靠近。这时冲上来的球赛组织者、中国球员和裁判赶紧劝架，拉住外籍球员。

“别打了，别打了，快去看看他们伤得怎么样了。”一个穿着白色短袖衬衣、剃着平头貌似主办方负责人的中国中年男子扶起皮特，对外籍球员大喊道。

“李总，有人昏迷了。”一个裁判对刚才大喊的中年男子说。

“快掐人中，帮他按摩，打120。”李总惊慌失措地说，“大伙赶紧去帮帮他。”

人群涌向了昏迷的外籍球员，其他人也停止了攻击唐龙。唐龙正准备转身走出篮球场，一只粗壮的手臂从背后勒住了他的脖子，唐龙侧过头，认出偷袭自己的正是从地上爬起来的约翰。好在约翰的手臂并没有形成裸绞，或者说，他不懂得使用巴西柔术中的裸绞，他的绞圈给唐龙留下了太多的反击空隙。只见唐龙用右手钻进绞圈，右手手腕别住约翰的臂弯，使他无法锁死自己的脖子，左手抓住他的左手腕，猛地使劲用右手一别，撑开他的绞圈，头往下一缩，逃脱了控制，然后迅速转身，下潜身体，紧紧地箍住他的双腿往上撬，用后背顶住他的腹部，将他整个人扛起来，往身体左侧抛下去。只听“嘭”的一声，约翰一个倒栽葱，头戳在地上后，长长的身体像一条巨大的鞭子一样，嘭地摔在地上，痛苦地扭动呻吟着。

这一切发生得太快，从约翰由背后偷袭唐龙，到唐龙将约翰摔在地上，也不过两三秒钟。在其他人还没有完全反应过来的时候，唐龙已转身大步走出铁门。这时，五六个外国球员再次向唐龙跑来，愤怒地大喊："不要跑，站住……"

"快上车，唐龙。"球场铁门边有人大喊。

唐龙循声望去，方飞云正骑着一辆大地鹰王迪特娜DD350紧张地望着他。他迅速跨上摩托车后座，车子嘶吼一声，向小区门口冲去。那些外籍球员一看追赶无望，停住了脚步，在背后大声咒骂着。唐龙举起右拳，向他们竖起了中指。

摩托车驶到小区大门，保安打开路障，车子加速驶了出去。

"在街上骑摩托车，你不怕交警吗？"

"避开就是。"

"我还以为你不会来了呢。"唐龙说。

"我很早就来了。"方飞云扭过头，看了看唐龙说，"谢谢你，唐龙。"

"有什么好谢的。"

"谢谢你教训约翰。"

"这不仅仅是为了你，更是为了那些被他们侮辱的中国女性。我希望明天能够在深大看到你。"

"你会看到我的。"

唐龙沉吟半晌，对方飞云说道："不，明天，我可能看不到你。"

"为什么？"

"把我送去派出所吧！"唐龙告诉方飞云。

摩托车怒吼一声，穿过黄色灯光和小叶榕的树影，像一只黑色的鲨鱼一样刺穿夜之深海，急速前行。此时的深圳，人们的夜生活才刚刚开始，街边的大排档里坐满了食客，啤酒在酒杯里嗞嗞地冒着泡沫，觥筹交错，洋溢着欢乐。烧烤摊上焦香的烟雾袅袅升腾，与各种广告牌的彩色灯光交织在一起，难舍难分。高高的楼群就像章鱼伸下来的触手，想要牢牢地抓住这些街道、这些人群、这些树木，这片流动着欲望、躁动不安的土地。

第十章
龙跃在渊

早上八点，唐龙坐在床板上，望着白色的墙壁和被封死的小铁窗，铁门外的摄像头紧紧地盯着他。这间三十平方米左右的房子里弥漫着霉味、尿骚味和臭味，臭味是脏兮兮的被褥散发出来的，不知道这些被褥有多久没洗了。房子里面住着十一个人。这十一个人中的十个都出去活动了，他们中有三个是抢劫犯，四个是小偷，其他两个因为醉驾关在这里，另外一个涉嫌家暴。抢劫犯和小偷不日将移送监狱，醉驾和家暴的三人很快将释放，而唐龙，因为斗殴已经被拘留了三十天，今天是他离开拘留所的日子。

在拘留所挤大通铺的三十天里，白素梅每个星期都会来看他两次，金玉花和唐强则是每周日来一次，每次都会给他带来几本书，大部分都是文学名著和哲学著作。方飞云和伊莲娜也来探望过他几次。

一阵熟悉的脚步声从走廊传来，唐龙已能从脚步声分辨出是管教。管教走到铁门前，打开铁门，喊他的编号，让他出来。唐龙将牙膏、牙刷、杯子、毛巾等生活用品丢进垃圾桶，用一个环保袋装起衣服和书籍，趿拉着拖鞋，跟着管教走出了牢房。

楼下是一个操场，操场上划出两个篮球场，竖立着两组篮球架，休息的民警穿着运动服在打篮球赛。唐龙穿过篮球场，跟着管教来到了管教室。管教将一张解除拘留证明书给他签字，唐龙签过字，管教将拘留书复印了两份，将复印件给唐龙，然后又将装在袋子里的手机、钥匙、腰带等物品交给唐龙。

唐龙走出拘留所的大铁门。白素梅正站在不远处望着他，她披着一头长发，穿着黑色夹克和红格短裙，长发和短裙在风中翻飞。他走到白素梅的面前，白素梅接过他手里的两个袋子，帮他拎在手中。他抱起白素梅的脸，低下头吻了下去，但是白素梅扭头躲开了。

“车子在那边，我们赶紧回去吧！”白素梅小声说。

白素梅带着唐龙钻进了一辆白色朗逸滴滴快车，他们坐在后座上，一路上默默无语。车子将唐龙送到风槐斋下，白素梅和唐龙一人拎着一个袋子，坐着电梯来到宿舍。

唐龙打开门，发现方飞云戴着耳麦坐在电脑桌前，在看美国电影《百万美元宝贝》。看到他和白素梅进来，方飞云吓了一跳，连忙摘下耳麦，站了起来。

“阿龙，你回来了？太好啦，欢迎归位，欢迎梅大美女。”方飞云笑吟吟地说。

“也欢迎你回宿舍，上一次在这儿看到你都不知道是什么时候了。”唐龙将白素梅拉进房间。

“以后，这儿就是咱们坚守的阵地了。”

“好，这个可以有。”

唐龙接过白素梅手里的袋子，放在电脑桌上，用纸巾将木椅上的灰尘抹干净，让白素梅坐下来。

“唐龙，你可能不知道，这一个月没来上课，你的名字又在社交媒体爆红了一阵，现在你是咱们深大真正的超级明星了。”

“是吗？我父亲为此赔了二十五万元，都快倾家荡产了，爆红的代价真够大的。”唐龙苦笑着摇摇头。

“听说约翰已经回美国治疗去了，他的脖子被摔断了，我不能说这是恶报，但我庆幸他终于滚回了美国。”

“恶魔游荡人间，好人常常没有好报——这个世界有些荒谬。但无论如何，这次教训会让他刻骨铭心的。”

“唐龙，你要冲个凉吗？等下我们仨一起去吃午餐。过去的事就让它过去吧！”白素梅望着唐龙说。

“不，素梅，你们久别重聚，你们去吧，我就不掺和了。”方飞云摆摆手说道。

唐龙换下鞋子，拿着衣服毛巾走进卫生间。一刻钟后，唐龙和白素梅告别方飞云，坐电梯下楼，在校园里漫步。

唐龙深呼吸着深大的空气，感受着校园里的独特气息，那不仅仅是树木的气息、青草的气息、湖水的气息、昆虫的气息、泥土的气息……更是自由的气息。

“一个月没见，想我吗？”唐龙问白素梅。

“你说呢？”白素梅扑哧一笑。

唐龙挽住她的肩膀，向她的嘴唇吻了过去。白素梅赶紧转过脸，微微低着头，羞涩地看着路过的人群，唐龙轻轻地在她红润的脸颊印上一吻。

两人在深大校园里走了一会儿，来到了校外的一家海鲜酒家，白素梅为唐龙点了大龙虾、澳门烧肉、海鲜大咖、红焖大闸蟹、清炒菜心。一开始，唐龙觉得白素梅点得太多了，可是菜上来后，不一会儿工夫，两个人居然将五个菜吃得干干净净，当然主要归功于唐龙。

吃完后，他们去附近的酒店开了房。门刚关上，白素梅拿着遥控器还没来得及开空调，就被唐龙整个儿抱起，一下子抛到了大床上。随着白素梅一声惊叫，唐龙扑到了她的身上。白素梅摁开空调后，笑着用遥控器轻轻敲了唐龙的头，唐龙滚到一边。白素梅起身走到卫生间冲凉，冲完凉后，白素梅裹着白浴巾走到唐龙身前。

唐龙一点点褪去她的浴巾，她整个儿地呈现在他的面前，像白海豚一样闪着银色光泽。

唐龙一手托起她的下巴，吻着她的双唇，就像啜饮一杯红酒……他感觉拥有了整个世界。

当他醒来的时候，已近黄昏，白素梅正坐在床沿穿黑色胸罩，他隐约看到她的右臂膀上有一圈红色的伤痕，就像凋落的玫瑰花瓣。唐龙伸出长臂，用手指摸向那圈伤痕，刚触到那儿，白素梅马上站起来转过身面对着他，迅速套上白色T恤，穿上红格短裙和黑色水晶丝袜。

“梦到我了吗？”白素梅用右掌抚摸着唐龙的脸。

“如果答案是否定的，你会失望吗？”唐龙温情地说。

“我永远不会对你失望。”

“虽然没有做梦，但如果不是你在我的身边，我绝对不会睡得这么好。白素梅，你是我的守护天使。”

是的，在散发着各种异味的拘留所，和一帮五大三粗的大男人睡了一个月用硬板搭成的大通铺后，他终于睡了一个安稳香甜的好觉。

“你是第一个说我是天使的男人。”

“如果你喜欢，我会一直说下去，素梅，你不知道在拘留所的那三十天，我有多想你！”唐龙凝视着白素梅的眼睛说。

“我也想你。”白素梅突然哽咽着俯在唐龙身上，紧抱唐龙的脖子，脸贴着唐龙的脸。

湿热的泪水顺着白素梅的脸颊滑下来，流到唐龙的颈窝上，又从颈窝滚到了被单上。

唐龙一手搂着白素梅的腰，一手抚摸着白素梅的背。良久，白素梅直起身来，转过脸用手抹着脸上的泪水，快步走进卫生间。

唐龙穿好衣服后，白素梅也已化好了淡妆。她放在茶几上的手机振动了，有人给她打来了电话。她看了看，挂掉了电话。不到三秒钟，那个电话又打来了，白素梅索性关掉手机，将手机装进了挎包里。

从酒店出来后，唐龙带着白素梅坐地铁回到家中。金玉花开门后，看到唐龙身后的白素梅，着实吃了一惊，随即露出了满面笑容。

“来来，进——请进——快进来……”金玉花因为激动而有些语言混乱，“唐强，孩子回来了，还带来了一个朋友。”

“妈，这是我的女朋友——白素梅。”唐龙将手掌搭在白素梅的肩膀上，向金玉花介绍。

“伯母好。”白素梅微笑道。

“素梅好，快请进来，这里有拖鞋。”金玉花弯下腰，迅速从鞋架里拿出一双干净的帆布拖鞋放在白素梅的脚下。

“哟，终于回家了。”唐强从书房里走出来。

“这是唐龙的女朋友，叫素梅。”金玉花向唐强介绍。

“你好，伯父。”白素梅对唐强说道。

“欢迎来做客。”唐强向白素梅点点头说。

白素梅和唐龙坐下来后，唐强到厨房洗了一下手，坐到唐龙的对面，开始煮水泡茶。唐强几次抬头看着唐龙，想跟他聊几句，无奈唐龙一直盯着电视，看着拳击比赛。唐强给白素梅和唐龙每人倒了一杯茶，来到厨房，帮金玉花准备晚餐。

听到厨房里发出嘭嘭的声音，白素梅轻声问唐龙，需不需要她去厨房帮忙，唐龙摇摇头，告诉白素梅不用，他妈妈是做饭高手，爸爸手艺也不错，再说了，三个人在厨房里挤不开。

金玉花做了五菜一汤，有鱼有肉，荤素相搭。吃饭的时候，金玉花用公筷不断把鱼肉往白素梅的碗上堆，白素梅见无法拒绝，只得往唐龙碗里转移。

“阿龙，回来后，好好学习，少去拳馆啊！”唐强放下碗筷，望着唐龙说道。

唐龙低头咀嚼着饭菜，不予以回应。

“吃饭时，能不能不要说这个话题？”金玉花向唐强使了个眼色。

“一场架，硬是把我二十五万元打没了。我还不能说句话吗？”唐强斜着眼睛，微张着嘴巴望着金玉花说。

金玉花从桌底伸过脚，有些生气地踢了唐强的小腿一脚，唐强只得端起饭碗，大口扒拉着米饭。

吃完饭后，唐龙顾不得喝口茶，赶紧带着白素梅走出了家门。金玉花追了过来，问唐龙卡里还有没有钱。唐龙停住脚步，站在楼梯间里告诉她，有的，够用。

“不要问他有没有钱用，要告诉他别再惹是生非了，我已经没钱赔了。”唐强那怒气冲冲的声音从门口传来。

“你爸爸说的话你听到了吗？他都是为你好。”金玉花扶着唐龙的肩膀，轻声告诉唐龙。

唐龙抬头看了金玉花一眼，点了点头，转过头与白素梅一起咚咚咚地走楼梯下了楼。

星期一上午第一节课是英语课，唐龙四个星期没来上课了，已经落下了很多课程。当他来到教室时，大部分同学已经到了。很多人的眼睛都在有意无意地望着他，就连提前来到教室的英语老师也在用目光注视着他。

我做错什么了吗？唐龙想，是的，我没有做错，我跟随的是自己的内心。于是，唐龙用目光迎向他们的目光，与他们的目光激烈碰撞。他发现，他们的目光涣散了、软化了、胆怯了、惊惶了，他们的目光里弥漫着恐惧之光，逃避着他的迎击。

虽然唐龙摔伤了约翰，但警方经过调查，认定为斗殴事件，并对外发布了调查公告，警方认为约翰动手在先，而且与众多外籍人员一起攻击唐龙。在斗殴停止后，约翰突然对唐龙进行危险袭击，用格斗术锁绞唐龙的脖子，而唐龙将约翰摔在地上，是正当防卫和本能反应，不构成故意伤害罪。

深大并没有因为这次事件开除唐龙，但给了他留校察看的处分。对此，唐龙非常感恩。在拘留所里，最担心的就是被深大开除，他永远难忘他寒窗苦读和拎着大包小包来到深圳的情景，不想就这样离开好不容易考进的大学。

过去的两起斗殴事件，让很多深大学生认识了他，但却近乎毁了他的大学生活。文山湖斗殴事件，让同学们认为他是个变态色情狂，一个道德败坏的家伙！而篮球场斗殴事件，让人以为他是个惹是生非、崇尚暴力的流氓。

下课的时候，当他高大的身躯在走廊里移动时，同学们总是自发地为他让出一条路，把目光移向远处，不让目光碰触到他，他们从内心深处对他感到恐惧。没有人再明目张胆地对他指指点点，调侃他，嘲笑他。约翰戴着白色塑料颈箍，像个木偶一样坐着轮椅的照片，在照片墙、推特、脸书和国内媒体上很容易找到，没有人希望像约翰一样坐在轮椅上享受痛苦的假期。

不说院里的同学，甚至深大的留学生，也都认识唐龙了。有一天，唐龙、方飞云、白素梅、伊莲娜一起去桂庙吃夜宵。正在和伊莲娜碰杯的时候，一个满脸胡茬的伊朗留学生走过来，对唐龙竖起大拇指说："我认识你，你是唐龙，你将美国佬约翰的脖子摔断了，了不起，我支持你。"说完，还跟唐龙合了个影，让唐龙有些哭笑不得。伊朗留学生走后，白素梅、伊莲娜和方飞云哈哈笑了起来。

回到学校不久，唐龙就回到鹏强搏击俱乐部开始训练。在俱乐部的走道上，唐龙碰到了张教练，张教练拍拍他的肩膀，点了点头。师兄弟们用笑容和碰拳来迎接他，都是习武之人，他们理解唐龙在篮球场上的一切举动，没有人质疑他，相反他得到了大家的赞赏和支持。

总教练金天亚在张教练的指导下，紧锣密鼓地训练，备战2019年4月1日的大战，“死亡巫师”黄达毅是一个不能不让他非常重视的对手。而俱乐部职业拳手们的训练量也跟着金天亚加大了很多，汗酸味在俱乐部里四处弥漫。

唐龙的生活就像安放在铁轨上的火车一样，快速而平稳地向前奔跑，他大部分精力都放在搏击训练和学习上，和白素梅见得没有以前那么多了，但一个星期也至少约会三次。有时候，伊莲娜或方飞云也会叫他出来喝酒、跳舞，他喜欢跳舞，但对于喝酒，则是浅尝辄止。他是一个职业拳手，知道酒精对身体的伤害。

除了白素梅，唐龙没有太多的异性朋友，伊莲娜算是一个。伊莲娜的性感奔放和身上散发出的欧洲风情吸引着他。伊莲娜约唐龙的时候，有时候也会叫上白素梅，当他们三人坐在一起的时候，唐龙总会有些尴尬。而伊莲娜对于唐龙的感受，仿佛心知肚明，眼睛闪烁着愉悦的光芒，里面还夹带着些许嘲弄的意味。当她越是直直地盯着他时，他越感到不安。

时间飞逝，转眼之间，离金天亚和黄达毅的巅峰之战只有一个多月的时间了。2019年2月底的一天晚上，唐龙正在俱乐部里独自加练，前台翠翠走来告诉他，有人找他。他脱下拳套，踩着拖鞋，来到接待区。最左边接待室的桌子旁坐着一个吸着烟、扎着脏辫的男孩，瘦瘦的，穿着黑色牛仔上衣、黑色紧身裤，脖子上有一个吐信的眼镜蛇的蛇头文身。

唐龙走进去，关上门，问他："请问你找我？"

"你就是唐龙？"脏辫男对着唐龙吐出一串白色的烟雾问道。

"对。"

"给你欣赏一样东西。"脏辫男的嘴唇向左边一咧，拿出手机，在手机相册里翻出一张照片对准唐龙的脸。

唐龙清楚地看到，照片中的女孩披头散发，扑倒在沙发上，只能看到四分之一的侧脸，她皱着眉头，嘴里绑着一条黑色布带，上身只戴着黑色胸罩，一只硕大的手掌掐住她的脖子，另一只大手夹着一根点燃的烟，红色的烟头烙在她的背上。他清楚地看到她背上腾起的烟雾和三块椭圆形的红色伤痕。

是的，只需要一秒钟，唐龙就认出了照片女孩是白素梅。她的发型、她的侧脸、她的鼻形，特别是她右背上的那玫瑰花瓣般的伤痕，那道她曾经在酒店里触摸过的伤痕——尽管这道伤痕现在淡了一些，但是一直无法忘记。

这张照片终于印证了他不祥的预感。他感到心脏快要爆裂了，手脚在发抖，他从没像现在这样紧张、这样愤怒、这样思维混乱。就算在擂台面对再强大的对手，他也从不会像现在这样紧张不安，难以自控。

他左手揪住脏辫男的脏辫，用粗大的右掌掐住他的脖子，将他提起来顶在墙上，眼睛紧紧地盯着他，他想捏死他、撕碎他，就像撕碎一只烤得烂熟的窑鸡一样。脏辫男的手机啪地摔在地上，他试图用双掌去掰开掐住他脖子的那只手，但是那只巨大的手掌坚硬有力，就像一只机器人的手掌，他无论如何也掰不动。脏辫男呼吸困难，知道只要这只手掌加大力量，用不了多久，他就会窒息而死。他的双腿无力地弹动着，嘴巴茫然地张着，眼神里弥漫着恐惧和痛苦。

"你们对她做了些什么？她在哪儿，在哪儿？快告诉我，不然我就扯下你的脑袋。”唐龙拉了一下脏辫男的脏辫问。

“你——先——放我——放下我——”脏辫男用右手轻轻地拍打着掐住他脖子的那只手的手背，无力地说。

唐龙猛然松开手掌，脏辫男跌坐在地上，半晌才从地上爬起来。

“我只是奉命行事，有什么事情你问天哥好了，他想见你。”他一只手抚着脖子，另一只手示意唐龙跟他走。

唐龙不再说什么，跟着脏辫男走出俱乐部。翠翠站在前台，紧张地望着他们。

来到马路边，脏辫男走进路边的一辆七成新的白色宝马X3，唐龙拉开车门，坐进副驾驶座。一路上，两人默默不语，脏辫男时不时瞄他一眼，宝马带着他们来到华侨城创意园的暗夜酒吧前。唐龙很熟悉这个酒吧。

这家酒吧有三层，第一层是舞池，第二层是贵宾席和KTV包房，第三层是私人休息区。他们走进酒吧一侧的电梯，乘坐玻璃厢壁的电梯去往三楼。酒吧第一层安设着五个M-F3A PRO和四个S12低音音响系统，舞曲奔涌而出，仿佛随时都要拍碎电梯玻璃一样。舞池里，拥挤的人群在迷幻的灯光下疯狂扭动着身体，如同一场末日狂欢。

二楼楼栏边的贵宾席上坐满了客人，衣着性感的酒吧小姐捧着酒杯，与客人们欢语豪饮。电梯很快就到了三楼，脏辫男走出电梯，回头看了唐龙一眼，眼神不再畏缩惊惶，而是像刚到鹏强搏击俱乐部时那样得意倨傲。

走廊里铺着厚厚的地毯，两边的房间紧紧关闭，金色的灯光中弥漫着胭脂水粉的味道，还有一股爆米花般的香甜味。脏辫男带着唐龙左拐右拐，来到一个房间前，门口站着四个穿着黑色西装的高大保安。

脏辫男敲了敲门，门轻轻地打开了，脏辫男站到门框边，朝里面的人打了个招呼，转身朝唐龙摆了摆头，示意唐龙进来。唐龙慢慢走进去，脏辫男跟在他身后。

这是一间宽阔的洛可可风格的复式客房，房间呈现深褐色系，大大的落地窗上悬垂着印花窗帘，窗帘过来是三张黑色真皮沙发，沙发中间摆放着一张方形茶几，茶几上放着果盘、小吃、啤酒和两瓶轩尼诗XO。沙发上坐着七个人，中间那张沙发上坐着张笑天，两边沙发上坐着另外六个人，有三个他见过——曾经在猜火车酒吧里被他揍过的那三个人。巨大的水晶吊灯将他们的脸照得煞白，他们的眼睛齐刷刷地盯着走进房间的唐龙。

这时有什么东西在唐龙的眼睛左侧动了一下，唐龙微扭头，看到身体打战的白素梅踮着脚尖，站在一个高高的胡桃木花几上，她的嘴上绑着白色餐巾布，双手被反绑着，脖子上套着一条银色钢丝，钢丝的另一头系在二楼的护栏上。她看到唐龙走了进来，激动地摇晃着身体，通红的眼睛满溢着泪水。

"嗨，小妞，小心点儿，别晃倒了。"张笑天咧嘴一笑，将眼睛挤进了鼓起的横肉里。

"把她放下来。"唐龙怒视着张笑天，低声吼道。

"你在命令我吗？"张笑天抖抖眉毛说，"你就不问问，为什么将她绑在这里吗？"

"为什么？"

"她欠了我们三十四万元人民币，欠账不还，总该受点儿教训吧！我可不是做慈善的。"

"胡说八道。"

"唉！"张笑天叹了一口气说，"人与人之间总是很难建立信任，是不是胡说八道，问问你的女朋友就好了，相信她不会骗你。"

"我来这里，不是听你瞎扯淡，我是来带她回家的。"

"我知道你很能打。"张笑天用小眼睛看了看唐龙身上湿漉漉的鹏强搏击俱乐部的训练服，再瞪着唐龙的眼睛道，“但这是我的地盘，得由我做主，否则别想和你的女朋友安然无恙地离开暗夜。”

唐龙紧紧盯着张笑天的肥脸和眼睛，他的耳旁回响起了张笑天那刺耳的笑声，尽管那是十多年前的声音，但是依然记忆犹新。实际上这声音一直就封存在他的记忆里，从未随着时光流逝。他想起了张笑天和黄达毅是如何紧紧地按住痛苦挣扎的林嘉丽的，金天亚如何一次又一次地挡在他的面前，不让他试图靠近无助的林嘉丽；他想起了林嘉丽那无助痛苦的眼神；他想起了他被金天亚一把推倒在吴悠湖中的情景……而现在，他的女朋友又被张笑天绑在这儿。他就像一只被金天亚、张笑天和黄达毅三人操控的人形风筝一样，无论飞得多远，命运都在他们的手中掌控，被他们尽情把玩，肆意凌辱。

痛苦的记忆和新仇旧恨点燃的怒火，驱使他走向这个坐在沙发上的三百多斤的胖子，他想一个后直拳打过去，将他那西红柿一样浑圆的脸打得稀巴烂。

但他突然被一股强大的电流击中，不由得跪倒在地上，巨大的刺痛像一根钢针猛地刺进他的神经中枢，挤压着他的每一个细胞，身后的白素梅发出呜呜呜的哭声。

终于他跪都跪不稳了，于是滚在地上，缩成一团，四肢抽搐着——之前在猜火车酒吧被他踢断肋骨的那个家伙，趁他不注意，突然用高压电棒戳中了他的左肋。坐在张笑天两边的人都站了起来，恶狠狠地盯着他。

对方举起电棒，又一次戳在了唐龙的身上，当他想第三次戳下去的时候，被张笑天喝止了。张笑天站起来，走到唐龙面前，抬起右脚，踩住他的脸，用坚硬粗粝的鞋底在他的脸颊上来回摩擦，然后抬起右脚使劲践踏着唐龙的肚子。

电击的疼痛过后，唐龙身上产生的麻痹感，使他已经感受不到肚子上的痛苦，只模模糊糊地听到白素梅的哭声越来越凄惨，看到张笑天那庞大的身躯在他脸上有节奏地耸动着。不知道踢了多久，也许是因为累了，气喘吁吁的张笑天终于停脚了。

唐龙用手撑着地面，努力想站起来，但是麻木酸软的身体无法服从他的意志。一股汹涌而至的沮丧吞没了他。张笑天移开踩在唐龙脸上的脚掌，俯身从茶几上拿起一盒雪茄，抽出一支，点燃后吸一口，然后蹲了下来，朝着唐龙的脸吐出一串浓浓的烟雾说："你曾经将我的三个小兄弟打伤，这次算扯平了。欠账还钱，天经地义，你不是想带她离开这里吗？可以，废柴！只要你替她把这笔账还上，我们保证再也不碰她一根毫毛。"

烟雾带着空调凉风钻入唐龙的嘴巴和鼻子，呛进他的胃之中。他望着张笑天的脸，张笑天的脸很大，但是脸上的眼睛、鼻子和嘴巴都很小，显得十分不协调。

这是张笑天第二次骂他废柴。第一次骂他的时候，林嘉丽惨遭厄运，他希望悲剧不要重演。他的眼睛越过张笑天的大脸望向白素梅，白素梅睁大眼睛也正在凝望着他，他和她相距咫尺，却无力帮她脱身，练就一身搏击术，根本起不了什么作用，他痛苦又愧疚。

张笑天站起来说："不管怎么样，2019年4月1日之前必须将钱还给我，不然就让你的女朋友来酒吧出台，酒吧里很多客人都会喜欢她的大胸。今天到此为止，给我滚出去！"

两个人随即抓起唐龙的头发，将他从地上提了起来，一左一右反剪唐龙的手臂，另一只手搭在唐龙的肩膀上，将唐龙拖出了房间，还有三个人紧紧跟在他们身后。剩下的人解开钢丝绳，放下白素梅，将白素梅带了出来。

在电梯口，白素梅将架住唐龙的人推开，扶着唐龙走进了电梯。唐龙挽着白素梅的肩膀，靠着电梯壁，身体虽然酸软发麻，但是身体上的疼痛感越来越强烈，神经上的知觉又开始变得敏锐起来。

在白素梅的搀扶下，他们走出暗夜酒吧，离开那个欲望乐园，来到街边拦了一辆出租车。

一路无言，车子在文山湖畔停了下来，下车后，白素梅想要扶着唐龙，被唐龙推开了。唐龙微微弯着腰，默默向前迈步。凌晨的文山湖，寂无人影，金色的灯光在树影中不安地闪动，月亮像病人一样满脸苍白。

两个人并肩坐在草地上，望着远方发呆。不久，唐龙转过头，定定地望着白素梅。在凌乱头发的遮掩下，白素梅的眼睛又湿又亮，他们对视了一会儿，白素梅把游离不定的目光投向湖面。

"你没有什么要问的吗？"白素梅呆呆地望着文山湖。

"你真欠他三十四万元？"

"是的。"

"为什么？"唐龙掰了掰她的肩膀，使她转过身面对自己。

"为什么？"白素梅无奈地笑了笑，"你想知道为什么？"

"我当然想。"

"从你的眼神里，我看到的是怀疑和难以亲近的陌生感。也许，你更想知道的是他们有没有玩弄我！"白素梅冷冷地说。

"胡说八道！"唐龙怒视着她的眼睛，厉声低吼道，"白素梅，我想带你远离这些人渣，但我必须知道事情的真相。"

白素梅的眼泪扑簌簌地流下来，唐龙帮她擦去眼泪后，她慢慢地说起了这件一直隐瞒着唐龙的事情：

阿杰在家乡的矿山出事后，尽管她和唐龙为阿杰凑了一大笔钱，还是有五万元的缺口。时间紧急，她想起了前男友东方洲之前说过，他家在深圳开了一家网络借贷金融服务公司。跟唐龙在一起后，她就再也没有跟东方洲联系过，但是为了阿杰，她在情急之下还是给他发了一条微信，咨询网贷的事情。

东方洲很快就给她回微信了，告诉她：他家的金融公司因为他爸爸雇佣的总经理管理不善，出现风险，已经倒闭了，但是有一家叫梅申的金融公司还不错，如果数额不大，可以去那里贷款应急。

她在网上查到那家公司的地址和电话后，打电话咨询了一下，接电话的是个女生，白素梅向对方说明了自己的情况，对方告诉她，五万元很好贷，带齐证件就好了，当她进一步咨询流程、利息等细节时，对方让她来公司面谈。

于是她带齐了身份证、学生证，马上坐滴滴快车来到位于罗湖区华强路一栋不起眼的大楼——梅申金融服务有限公司。公司的前台将她领进一个办公室，办公室很大，里面弥漫着烟味，放着名贵的黄花梨办公桌、鳄鱼皮沙发、红木茶几。办公桌前坐着一个穿花衬衫的胖子，他的衬衫开了两个扣子，露出肩膀上的龙文身。后来她才知道他叫张笑天。

张笑天看着她点点头。

沙发上坐着两个穿着黑色T恤的青年，脖子上挂着粗大的金项链。这两个男人看到白素梅进来，眼睛一下子就亮了起来。

张笑天微微仰着头，问她有什么事。白素梅告诉他，她想贷五万块钱。

张笑天说，只要证件齐全，五万元没问题。

白素梅问张笑天，利息是多少?

张笑天告诉白素梅等一下，然后让坐在沙发上的一个人去拿了一份借款协议过来给白素梅。白素梅仔细看了一遍，在她关心的利息问题上，是这样规定的：借款周期为一个月，每个月利息为百分之十，逾期一次，在原来的利息基础上增递百分之二十，逾期的利息纳入本金之中。

张笑天告诉她，除了签下这份协议，还需要相关证件和资料，包括身份证、学生证、手机通讯录等。

白素梅拿着借款协议，感到手指在颤抖，年利息百分之一百二十，超过国家规定的百分之三十六，她明白这就是高利贷，一旦借了这笔钱，就会掉入深渊，万劫不复。她来时的希望破灭了，痛苦紧紧地扼住她的喉咙，半天说不出话来。

她放下合同，想迅速离开这家高利贷公司，但是她想起了阿杰那双闪闪发亮的眼睛，那双眼睛里充满渴望和他这个年龄段不该有的忧郁——除了她和唐龙，他还可以依赖谁？而她自己呢，又可以依赖谁？

张笑天盯着她的脸，问她怎么样，考虑好了没有。

她摇了摇头，站起来默默地走出梅申公司，来到这栋楼的消防通道中，有气无力地坐在楼梯上。

过了许久，她拿起手机，想给唐龙打个电话，问问唐龙的意见，但是又忍住了，她不想让唐龙知道这件事，他为了给阿杰筹集医药费，马上又要打比赛了。可是，阿杰还能再等吗？

就在今天上午，医生在电话里明确告诉她：阿杰的病情很严重，必须马上动手术，最迟不能超过明天晚上十二点，否则将危及生命。她知道医生不是危言耸听，医生给出的手术期限马上就要到了，去其他利息低的借贷平台很难借到五万元额度的款项，而且时间也来不及了。这五万块钱压得她喘不过气来。她拨通了阿杰爷爷的电话，阿杰爷爷的声音充满了焦躁与不安，她问阿杰现在怎么样，阿杰爷爷说马上将电话给阿杰。

阿杰说："梅姐姐，我会死吗？我对面床上的一个大叔昨天晚上死了，脸惨白惨白的，非常吓人，我会像他一样吗？"

她沉默了几秒说："傻孩子，别乱想，你会好好地走出医院，回到自己家中，如果你想来深圳练搏击，你爷爷也会非常乐意的。不信，你问问你爷爷……”

挂断电话后，她又在楼梯上坐了半天，然后牙齿一咬，站起来走进梅申，签下了那份借贷协议，把身份证、学生证交给他们复印，把手机上的通讯录传输到他们的电脑中保存。

做完这一切后，张笑天加了她的微信，并要求她手持身份证，拍一张裸露上身的照片发给他。

她没有质疑和拒绝，签下那张协议，就已经丧失了拒绝的勇气。她来到公司的洗手间，洗手间的便池里堆积着污物，垃圾桶里嗡嗡地飞舞着苍蝇，强忍弥漫的恶臭，她脱去上衣和胸罩，一只手横在胸口挡住双乳的中间部分，一只手用手机在这狭窄的空间里拍下了一张半身照。当她拍完照片、快步走出洗手间的时候，感到胃在翻腾，她来到过道旁的垃圾桶边，低头呕吐，但是什么也没有吐出来。照片发给张笑天后，张笑天马上让人给她的支付宝里转了五万块钱。

回到家后，她走进浴室，使劲搓洗着身体，似乎只有这样，才能把熏在身上的臭味完全清除。

签下借款合同后，还高利贷的巨大压力，使她不得不花比以前更多的时间去走秀、为网店拍平面广告、在搏击比赛中举牌，回到学校后顾不上休息，赶紧跟同学借笔记，恶补因为请假而落下的课程。每天疲于奔命。

在还款截止日的前一周，她自己挣的加上找朋友东借西借的钱，已经凑够了要还的高利贷。然而就在这时候，飞来横祸，她的父亲上班时身体不适，小腹剧痛，去医院检查，结果显示得了尿毒症。

她不敢相信这个结果，带着父亲去深圳市第二人民医院做复查，复查结果显示是尿毒症无疑。当时，她没有在父亲面前流露出绝望的情绪，她必须在父亲面前展现乐观的一面，给他活下去的希望。但是回到家后，走进卫生间的那一刻，她再也无法遏制，坐在地上，扶着马桶无声哭泣。

父亲不想拖累家庭，想放弃治疗，被她和母亲劝住了，哪怕只有一丝希望，她们也要紧紧地抓住。

随之而来的是各种检查、用药、治疗……父亲的病情见好了，钱像水一样流进社保卡，又像水一样流进医院的缴费处，家里不多的积蓄很快就用完了。妈妈在那段时间请了长假来陪伴自己的丈夫，家庭的重担基本上落在她的肩膀上了。她不得不把原本打算还高利贷的钱用来支付源源不断的医药费，就这样，她的高利贷逾期了，一个月接着一个月逾期，利息不断递增，高利贷像海啸一样把她柔弱的身子卷进深海。

“你就这样把自己搭进去了？”唐龙看着白素梅，一字一字缓缓地说道。

“我能怎么办？我出生在这样的家庭，无法指望家人，我只能依靠自己去解决问题。我不能这样放弃阿杰，他是我的学生，是我的朋友，更是我的亲人。我不能就这样放弃一个和我联系紧密的鲜活生命，我做不到。”白素梅双手掩面，捂着脸呜呜哭了起来。

唐龙抱住了白素梅，说：“亲爱的，对不起，真的对不起，如果我帮你筹集到那五万块钱，就不会发生这样的事情了！阿杰是你的亲人，也是我的亲人，你为他所做的一切让我感到骄傲，我永远支持你，但是我真的很害怕，你知道吗？我在擂台上面对每一个对手，不管他们多么强大，我从未感到一丝害怕，但是现在，我真的真的很害怕。”

他们在黑夜里紧紧相拥，仿佛就要失去对方一样，泪水的咸味交织在他们的热吻之中。夜晚的一切都在沉睡，除了两个无法安眠的灵魂。漫漫长夜，就像浩瀚的暗网一样包裹着一切发霉腐烂的物质，而白昼是如此失真虚假，阳光为万物镀上的明艳色彩，似乎在刻意迷惑世人的眼睛。

当张笑天的人找上唐龙，唐龙明白了一切之后，白素梅并未因为有人帮她分担压力而轻松一些，相反她更加悲伤消沉了。

一周后一个周末的晚上，唐龙接到白素梅的电话，电话那头的白素梅惊慌失措，说她在酒吧里走秀，张笑天的人一直在跟踪她。当时，唐龙从鹏强搏击俱乐部训练完，正挎着包走在回深大的路上，听到这个消息，马上拦了一辆出租车，赶向白素梅工作的酒吧。

当他在酒吧一个隐蔽的休息室找到白素梅时，她正缩在沙发旁边的角落中，她的面前挡着一把大木椅，轻轻的推门声和开灯的声音将她手中的手机吓得掉到了地上。白素梅睁大惊恐通红的眼睛，双手交叉抱着双肩，浑身颤抖，看到是唐龙后，她的眼泪簌簌地流了下来。

唐龙搬开椅子，白素梅赶紧将头埋进双膝间。但是唐龙还是看到了她的脸高高肿起，嘴边挂着血迹，脸上交叉着像红蛇一样的指印，她的头发湿漉漉的，身上的蓝色运动背心和运动短裤也被淋湿了，浑身散发着一股强烈的尿骚味，地上凝滞着一大团的黄色尿液。

“走，素梅，我们回家。”唐龙蹲在她身边，捡起她的手机，挽着她的脖子说。

“不，你离我远点儿，我很脏。”白素梅尖叫起来，然后号哭着说，“我的工作还没结束……”

唐龙双手紧紧地抱住白素梅的肩膀，脸贴着她的脑袋，抽了一下鼻子说：“没关系，素梅，无论怎么样，你都是我最爱的那个人。”

“我以为再也见不到你了，我真的很害怕。”

“这帮畜生，他们在哪儿？”

“已经走了。”

“他们不会有好报的。”唐龙咬牙切齿地说，“素梅，换下衣服，我们一起离开这里。”

白素梅点了点头。她缓缓地站起来，打开放在沙发上的粉色小背包，背包里有洗漱、化妆用品和一套换穿的衣服。她脱掉湿透的衣服，用毛巾拼命擦着身体，穿上干净衣服后，把湿漉漉的头发盘在头顶上，再用毛巾紧紧裹住。

她把背包交给唐龙，接过唐龙递给她的手机，猛地推开门走了出去，她的身影被走廊上的灯光拉得瘦长，昏黄而寥无人影的走廊就像长蛇张开的大口一样吞没了她，酒吧喧嚣的舞曲灌过来，迷失在这迷宫一般的通道中。白素梅给她的工作伙伴发了条微信后，和唐龙一起离开了酒吧。

当晚，他们没有回深大，而是在酒店找了个房间。房门刚关上，白素梅快步走进洗手间，打开花洒，站在水流下，使劲揉搓着头发。

唐龙也脱下衣服，从背后搂住白素梅，紧紧贴住她的身体，将头埋在她的颈窝上。一会儿，唐龙松开白素梅，将洗发露涂抹在白素梅的头上，帮她抓揉长发。又将沐浴露均匀地抹遍她全身，从上到下，轻轻地搓洗着她的身体。当唐龙用花洒冲掉她身上的泡沫时，白素梅转过了身体，唐龙看到她的眼睛红红的，水从她头顶流下来，分不清哪些是水，哪些是泪。

此后，白素梅基本上是躲躲藏藏过日子，但躲得过初一，躲不过十五。讨债的人神出鬼没、若隐若现。他们想尽了一切办法来扰乱白素梅的正常生活，让她生活在担忧和恐惧之中。他们不断给她发恐吓短信，打骚扰电话。她不得不在手机上设置拦截，但这又有什么用呢？他们像幽灵一样出现在她的宿舍楼下、教室外、校门口、居住的楼房下……他们简直无处不在，如影随形。

这足以摧毁她的生活！

她无法安心地学习、吃饭、睡觉，失眠的痛苦也像收高利贷的人一样，无情地撕裂着她的神经。她面容憔悴，脸色阴郁，眼神不安，头发大把大把地掉下来——如果不是唐龙放弃了去俱乐部训练，花大量时间守护在她身边，医院里的父亲求生的欲望在激励着她，她简直不知道如何去面对每一天的生活。

金天亚和黄达毅的大战越来越近了，鹏强搏击俱乐部里，金天亚带着拳手们拼命地训练，唯独少了唐龙。金天亚和张教练不止一次地催促他赶紧回来训练，他只能谎称爸爸病重，需要照顾家人来推托。

有一天，当唐龙陪着白素梅去医院看她爸爸时，推开门，发现病床前坐着一个胖子，正在陪白素梅的爸妈聊天，从背影看过去，竟是张笑天。白素梅哆嗦着嘴唇，慢慢地走了进去。

“梅梅，你的朋友来了，买了很多水果，太客气了。”白素梅妈妈从床头站起来，笑着指着床头柜的一个大果篮说。

白素梅默不作声，走到张笑天的面前望着他。唐龙在背后拍了拍她的肩膀，示意她冷静。

“好久不见，素梅。”张笑天站起来说。

白素梅冷着脸，没有搭理他。张笑天笑了笑，坐了下来。白素梅坐在床边，望向病床上的爸爸，问他今天感觉怎么样？

“不错，蛮舒服的。”白素梅爸爸说，然后看向唐龙，“小龙，辛苦你了，这些日子，你一直跟着素梅往医院里跑。”

“不客气，伯父，这没啥的，希望您尽快好起来。”

“伯母，素梅爸爸生病应该花了一些钱吧？”张笑天问白素梅妈妈说。

白素梅一听到张笑天的话，马上站了起来，转过身愤怒地望着张笑天。

白素梅妈妈点了点头，有些无奈地说："是的，我们积蓄不多，全靠素梅这孩子支撑这个家，她一边学习，一边打工赚钱，苦了这孩子啦！"

"我想和我的爸妈聊点儿家事。"白素梅冷冷地望着张笑天说。

"好的，伯父，伯母，那我就告辞了！"张笑天扫了白素梅的爸妈一眼后，目光从白素梅、唐龙脸上滑过，再回到白素梅的脸上说，"父母在，人生尚有来处，好好照顾你爸爸。"

张笑天走出病房，白素梅紧追了出来，唐龙也紧跟在白素梅的身后。

走廊不远处，不知道什么时候多了七八个年轻人，对唐龙和白素梅虎视眈眈，大部分都是上次在暗夜酒吧里出现过的人。张笑天走到这些人面前，转过身望着白素梅和唐龙。

"有什么朝我来，不要去骚扰一个病人，如果你连基本的道德都没有，我就跟你拼了。"白素梅瞪着张笑天，一个字一个字地说。

"你误会了，我是来看望你爸爸的。"

"猫哭耗子——假慈悲，我们家不欢迎你。"

"好，咱废话少说，如果你们帮我们俱乐部赢得4月1日的拳赛，这账一笔勾销。否则4月1日过后，还不起钱，要么肉偿，要么我把你的裸照发在你同学、朋友、家人的手机和网络上，再天天让他们去病房催账。"张笑天指了指身后的那些爪牙说，"他们可不像我这样温和，我想过不了一个月，你爸爸就会去见阎王老子了。"

"你们这些畜生不如的东西！"唐龙指着张笑天的鼻子喝道。

"对，我们畜生不如，你们是正人君子，那又怎么样？看看你们活成什么样了？在我眼里，连一条狗都不如。"张笑天神经质地冷笑道。

唐龙挥起拳头，但被脸色苍白的白素梅拽住了。

张笑天挥动双手，挺着肚腩，带着一帮人走向电梯，很快就不见了。

4月1日的搏击大赛越来越近，离张笑天规定的还款日也越来越近，那三十四万元高利贷的大雪球，连本带利，像在永动机的驱动下一样不断向前滚动，唐龙和白素梅已经不愿去回想和计算那串不断膨胀的数字了，那串数字就像凝视他们的深渊，让人不寒而栗。

虽然他花更多的时间陪伴白素梅，有时候更和她一起没日没夜地守在医院，照顾她的爸爸，但是捆在白素梅身上的绳子也越来越紧，唐龙也陷入痛苦的挣扎之中。

且不说愿不愿意帮助黄达毅赢得比赛，假使他愿意帮助黄达毅，又该怎么去做呢？他不是裁判。就算是裁判，也不能无缘无故地压制金天亚，判黄达毅赢，一切都要靠拳手自己的实力说话。这些事情在脑海里不断发酵、膨胀，他感到脑袋快要爆炸了。

对于这一切，白素梅是明白的，她从没有给唐龙施加压力，劝说唐龙去帮张笑天和黄达毅达到他们的目的。白素梅越是这样，唐龙看着她消瘦憔悴的面孔，越是感到痛心。

一天晚上，伊莲娜约唐龙去购物公园的星巴克喝咖啡，他欣然答应了，这段时间，他的神经绷得很紧，实在需要放松。当他走进星巴克时，伊莲娜已经等候多时。她帮他点了一杯拿铁，自己要了一杯卡布奇诺，伊莲娜扎着马尾辫，红唇如血，她穿着一件黑色吊带背心、一条白色迷你裙、一双黑色人字拖，一个玫瑰金的十字架滑进她的乳沟之中，随着她的身体摇颤。

“你最近怎么样？”伊莲娜问唐龙。

“还行。”唐龙尝了口咖啡说。

“最近有比赛吗？”

“这个月没有，下个月有一场。”

“为什么不理我了，这么讨厌我？”伊莲娜微微偏着头，直勾勾地望着唐龙问。

“没有不理你。”

“可是你从不主动约我。”

“伊莲娜，我一直陪着我的女朋友。”

“白素梅？”

“当然。”唐龙点点头道。

“你是我遇到的最男人的一个中国男生，在这以前，我从没对一个中国男生产生过莫名其妙的好感，但是你给我带来了完全不一样的感觉。”

“谢谢你的赞美！”

“有一件事你可能还不知道，我得告诉你。”伊莲娜把脸向唐龙伸了过来，然后向唐龙招招手。唐龙不明就里，见她神秘兮兮，于是也将脸凑了过来。

“你可以吻我吗？”伊莲娜半闭着眼睛，望着唐龙的眼睛说。

唐龙望着伊莲娜那半闭半开的红唇，她的红唇像一只红苹果一样饱满鲜艳，一股香甜的香水味打在他的鼻尖上，他看了看四周，再将目光投注在她的脸、她的眼、她的唇上，想狠狠地一口咬在她的唇上，就像咬一个红苹果。但是他又想到了白素梅苍白的脸孔、忧郁的眼神，他慢慢低下头，将前倾的身体收了回来。

伊莲娜看着他的嘴唇离她的脸而去，越来越远，脸上的微笑一下子凝固了。她望着落地玻璃外的夜空，对着那钩淡淡的月亮叹了口气。

“很抱歉，伊莲娜。”

“你让我有一种失败感，唐龙。”伊莲娜失落地说。

"伊莲娜，你是个非常好的姑娘，漂亮性感，善良单纯。但是，在遇见你之前我遇见了白素梅。"

"她真的有这么好？"

"没有人是完美的，但我很爱她。"

"我最近看到她，感觉她并不是那么开心。"

"我知道，每个人都有开心和不开心的时候。"

"好吧，换个话题，不谈她。"伊莲娜竖起右手食指摇了摇说道，"你在外国爆红了，你知道吗？"

唐龙不解地摇摇头说："什么意思？"

"你听说过'美丽恶魔'西蒙吗？"

"我知道他。"

"他昨天在脸书上向你发出了挑战。"

"向我发出了挑战？"唐龙越发迷糊了。

"是的，给你看视频。"伊莲娜将手机横着放在桌子中间，在脸书上找出一个视频。

一张硕大的胡子拉碴的脸，占据了视频的五分之四的空间，尖锐的胡子似乎要戳破手机屏幕，脸有些扭曲狰狞，脸的后面是一排黑色的沙袋。这张脸在唐龙的面前晃动，眼睛恶狠狠地盯着他，仿佛要将他生吞活剥一样。一根手指伸到唐龙面前，指着唐龙说："嗨，唐龙，我是约翰·西蒙，你还记得被你摔断脖子的美国人约翰吗？他是我的亲弟弟，一个职业拳手攻击一个不懂格斗术的人，这是可耻的行为。我不会放过你，我很快就会来中国找你。如果你是个真正的中国男人，我们就来打一场，任何时间、任何地点，我等你。我会用我的拳头来向世界证明，中国功夫是花拳绣腿，不堪一击。"

这条视频目前已经有一千多万点击率、十万点赞和三万多的转发量。唐龙看完，半晌无语，默默地喝着咖啡。

“唐龙，你怎么想？”伊莲娜问。

“我会和俱乐部商量一下，然后决定怎么应对这件事。不管怎么样，我不后悔将约翰赶回美国。”唐龙说。

“他很傲慢，我不太喜欢他说话的方式。”

“我不会理会他。”

正在这时，唐龙的手机响了起来，白素梅给他发来了微信视频。他抓起手机，迟疑了一下，点开视频。

“这是在哪儿？”白素梅站在医院的楼梯口问道。

“星巴克。”

“哪儿的星巴克？”白素梅冷冷地问。

“购物公园。”

“一个人？”

“嗯——不是。”唐龙看了微笑的伊莲娜一眼说，“和朋友一起。”

“谁？”

“你认识的——”唐龙说。

“谁？是谁？”白素梅激动地问。

唐龙无奈地将手机镜头缓缓扫向伊莲娜。伊莲娜甜蜜一笑，对着屏幕上的白素梅挥了挥手，说道：“嗨，梅，你好吗？”

“我很好。”白素梅漠然回应道。

相机在星巴克扫完一圈，再对着唐龙的时候，唐龙看到白素梅泪流满面。唐龙一下子慌了，他看了看伊莲娜，赶忙走出星巴克。

“怎么啦，素梅？别哭好不好？”

“你为什么把我丢在一边，跑去星巴克见别的女人？你经常无缘无故地消失不见，是不是都去见她了？”

“不不，素梅，你别误会，我和她好久不见了，这次只是聊会儿天。别哭，我马上回来。”

“是的，她比我漂亮、比我性感，她不像我欠着一屁股债，喜欢她你明说就好了，不要遮遮掩掩。”

“素梅，那个回国疗伤的老外约翰，是世界拳王‘美丽恶魔’西蒙的亲弟弟，他在脸书上发视频向我挑战，伊莲娜见我就是为了告诉我这件事情。”

“编吧，你继续编下去……呜……”哭得眼睛和鼻子通红的白素梅猛然关掉了视频。

唐龙走进咖啡厅，告诉伊莲娜，他得回去了，让伊莲娜将西蒙约战的视频发给他。

伊莲娜站起来和他拥抱，伊莲娜挽住他的脖子，脸颊紧贴他的脸颊，尖下巴搁在他的肩膀上。唐龙能感受到她柔软高耸的乳房在他的胸膛上起伏，他沉醉于这种感受，但是白素梅的泪水让他心急火燎，在他试图与她的身体分开的那一瞬间，伊莲娜在他的脸颊上吮了一下。他带着她双唇的温热和湿润走出咖啡厅，扎进喧嚣的夜色中。

在医院电梯里，他看到脸颊上印着一个饱满的红色唇印，赶忙用手掌心使劲搓了一阵才擦净，脸颊都红了。

病房里灯光暗淡，散发着药水的气味，床头柜上摆放着水果、汤碗和一堆药盒，白素梅的爸爸微闭着眼睛在休息，她的妈妈握着他的手，一动不动地坐在床头。唐龙转身离开病房，来到病房尽头的楼梯间，果然看到白素梅坐在楼梯上，呆呆地望着向下旋转的楼梯。

他向她走过去，和她并肩而坐，她脸上的泪痕未干。

“你来干什么？”白素梅抽了一下鼻子，冷冷地说，“是来看我爸死了没有吗？医生说他还有些日子。”

“不不，别这么说，你是知道我的。”唐龙连忙摇头。

他伸出手掌，搭在白素梅的肩膀上，但马上被她抖肩甩肘地打开了，她怒吼道：“滚，滚去找你的俄罗斯情人！”

吼声在楼梯间回荡着，唐龙望着白素梅，她平素苍白的脸已变得铁青，一边脸颊上印着三道指痕。

“你不相信我？”唐龙沉声问道。

“你值得我相信吗？”

“你太敏感了。”唐龙摇头叹道。

“不是我太敏感，而是我太了解伊莲娜了，我早就察觉她喜欢上了你。”

“打住，不谈她了，你的脸是怎么回事？”

白素梅摸了摸脸上的指痕，然后放下手掌，目光空洞地望着夜空，缓缓说道：“他们把裸照发到了我的班主任和我妈的手机上，我妈已经快崩溃了，她把我叫到洗手间，我一五一十地把借钱的事跟她说了，当她听说我为一个山区的小孩去借高利贷时，一巴掌抽在我的脸上——从小到大，这是她第一次打我，她哭了，我也哭了。这几天，我不会进病房，因为我不能让我爸爸看到我脸上的伤痕。”

“他们那边怎么说？”

“他们说下一步要把照片发给我通讯录上所有的人，还要发到网络上去。”

“这帮人渣！”唐龙狠狠地说。

“难道高中时支教是我人生中最大的错误吗？”

“不，素梅，你没错。”唐龙注视着她的双眼说，“是这个世界错了。”

“坐在这里于事无补，先回去吧！”

唐龙跟着白素梅向电梯走过去，走过她爸爸的病房时，白素梅没有停留，甚至没有向病房里瞧上一眼。她的脚步声引来了她妈妈那阴郁哀愁的目光，让人心寒。她的爸爸依旧闭着眼睛沉睡。唐龙站在门口，向白素梅妈妈挥了挥手，她妈妈点了点头。

他跟上白素梅，和她一起坐电梯下楼。自从张笑天的人跟上白素梅后，白素梅就再没有回过她的家了。相对于家来说，住在有保安巡逻和宿管看管的深大宿舍里更安全。出租车在深大乔木阁的门口停下后，唐龙将白素梅送到电梯口，在宿管的注视下，拥抱了一下白素梅，然后离开乔木阁，一个人向风槐斋走去。

晚上，他翻来覆去难以入睡，无法想象白素梅的裸照发到她的老师、同学的手机上和网络上的情景。他知道，如果这样的事情发生了，不仅会毁了白素梅，而且会毁了她的整个家庭。是的，她救护她的学生错了吗？她和她的家人有什么罪呢？他们为什么会遭受这样的惩罚？苍天真的有眼吗？

他知道自己必须要做点什么，而且刻不容缓，但是他能够为白素梅和她的家庭做什么呢？他什么也不能做，如果当初他的银行卡里有那五万块钱，或者说他找父亲唐强借到了那笔钱，一切就不会发生。他实实在在感受到自己是那么孤独、渺小、无能，真的就是个废柴。

一股负罪感撕扯着他，这种负罪感如此熟悉！曾经在童年时期的吴悠湖畔，它就是这样嘲笑着他，撕扯着他，蹂躏着他，直到击溃他，深深控制着他，使他陷进它的阴影之中无法逃离。

实在无法入睡，他爬下床，拿起手机，看了看，十一点三十六分，他点开滴滴出行，在目的地上输入暗夜酒吧，迅速换上黑色T恤、绿色沙滩裤和运动鞋，轻轻地打开了宿舍门。

“这么晚去哪儿啊？”一直躺在床上一动不动的方飞云冷不丁地来了一句。

“睡不着，去外面逛一逛。”唐龙告诉他。

“深更半夜有什么好逛的？”方飞云趴在床上，借着射进窗里的路灯光望着他，“你最近总神神道道的，是赶着去约会吧？”

“或许吧，晚安，兄弟！”

“晚安。”方飞云躺倒在床上。

唐龙带上宿舍门，坐电梯下楼，走出风槐斋，被黑暗吞没。

第十一章

潜龙勿用

唐龙敲开鹏强搏击俱乐部总教练金天亚的办公室门，办公室里除了金天亚外，还坐着张教练。他找出伊莲娜转发给他的“美丽恶魔”西蒙挑战他的那条视频，给金天亚和张教练看。

看完后，金天亚看了张教练一眼，问唐龙：“你回应他了吗？”

“没有。”

“应战就算了，先别理他，静观其变！”金天亚说。

“小龙，估计他不会善罢甘休，要做好继续应对挑衅的准备。”张教练说。

唐龙点点头。

此后的日子，对于唐龙和白素梅来说，相对平静了一些，张笑天的人不再整天来骚扰白素梅，那些马仔仿佛一夜之间消失了。少了骚扰和威胁，白素梅宽心了不少，精神状态也好了很多，但她依然战战兢兢，她不知道那颗定时炸弹什么时候会爆炸。她父亲经过几轮透析治疗后，病情有所好转，一家人高兴不已。世界拳王“美丽恶魔”西蒙约战唐龙的新闻在国内疯传，很多媒体记者来到深大找上唐龙，要采访他，都被拒绝了。

3月15日，“美丽恶魔”西蒙从美国来到深圳，备战4月1日的比赛，他带着他的团队入驻知名的老虎泰拳馆训练。曾经被唐龙拒访的那些记者知道这个消息后，蜂拥而至，几乎将老虎泰拳馆挤得水泄不通。

唐龙从视频上看到，接受媒体采访那天，西蒙穿着印有自己头像的黑色T恤，戴着红色的哈雅布萨拳套，穿着一条黑色泰拳裤，裤子上印着白色大骷髅头。和西蒙一起来的，除了他的教练团队，还有他的弟弟约翰，约翰被摔断的脖子似乎已经好了，脸上又恢复了昔日傲慢桀骜的神情。

“西蒙先生，这是你第几次来中国？”一个记者问道。

“第一次。”西蒙面对着一堆话筒用英文答道，约翰在一边帮他翻译成汉语。

“觉得中国怎么样？”

“我这几天都在训练，没有出去玩过，不了解这个国家。”

“你研究过你的对手‘铁血旋风’李达吗？”

“我没有研究过他，我想他会研究我。在他成为我这场比赛的对手之前，我甚至没有听说过他的名字，只听说过黄达毅和金天亚，他们是中国80公斤级最好的拳手，我曾经约战过金天亚和黄达毅，但是他们没有回应我。不管我的对手是李达、唐龙，还是黄达毅、金天亚，我都不在乎，因为他们遇上我，都会被我摧毁。”

“你约战唐龙是因为私人恩怨吗？”

“他将我弟弟的脖子摔伤了，但这不仅仅是私人恩怨，也是一个中国拳手和美国拳手之间的较量。”

“有人说唐龙弄伤你弟弟的脖子，是因为他侮辱中国女性。”

“我不知道。我知道的是，他很受中国女孩的欢迎，很多中国女孩想和他约会，我想很多中国男生会嫉妒他，但这不应该成为一个不懂搏击的老外被一个中国职业拳手摔断脖子的理由。”

“唐龙接受你的挑战了吗？”

“他一直没有回应我，他是个胆小鬼，我甚至怀疑他是不是一个男人！他怕了，因为他知道中国功夫只是健身操和吓唬人的把戏，在西方搏击面前不堪一击。”西蒙笑着说道。

“中国人隐忍含蓄，或许唐龙不一定是怕你……”

西蒙打断记者的话：“不，在他没有回应我之前，说这些没有意义。如果唐龙不敢和我打，约上金天亚也可以，我会以一对二，摧毁唐龙和他的教练金天亚。”

西蒙说完，让他的弟弟约翰拿来了一条横幅，他接过横幅，用长臂将横幅展开，凌厉的眼神睥睨着记者的镜头，横幅红底黄字，写着：唐龙金天亚，敢二对一和我打吗？

很快西蒙拉着横幅的照片在国内疯传，成了热点新闻事件，在中国武术界掀起了轩然大波。无论是武术爱好者还是职业拳手，他们的心都被这张照片刺痛了，拳迷们一面谴责西蒙极端狂妄，目中无人，一面讽刺金天亚、唐龙是胆小鬼，不敢应战，不敢对此事做出回应。

之前在拳馆里，唐龙听师兄弟们聊过一段拳坛往事：在金天亚和黄达毅成为中国搏击80公斤级领军人物前，80公斤级的领军人物是“冷面罗汉”上官元彬。上官元彬究竟有多强？他作为国家散打队的队员，曾经连续四年获得中国武术散打锦标赛80公斤级冠军，并获得过两届世界散打锦标赛冠军。

他离开国家散打队，转战自由搏击比赛后，也取得了巨大的成功，在国内80公斤级别上，以摧枯拉朽之势奠定了王者地位，几乎没有遇到过真正的对手。然而就在这时，巅峰时期的上官元彬遇到了开始崛起的“美丽恶魔”西蒙。

2016年，两人在美国拉斯维加斯展开了一场中外王者之战，最终，上官元彬勉强挺过了第一回合，第二回合三十六秒时，上官元彬被西蒙那狂风暴雨般的进攻逼到擂角，几乎失去了还手之力。西蒙一个势大力沉的左直拳和右摆拳撞开了上官元彬的抱架，双手箍紧他的脖颈，如钢似铁的右膝迅猛地撞向上官元彬的左肋。上官元彬应声而倒，蜷曲在地上半天无法起身，最后被担架抬进了医院。经医院检查，上官元彬的肋骨被撞断两根，肝也撞破了，病情非常危急。医院当晚紧急进行手术，所幸手术成功，上官元彬挺过了死亡的威胁，休养了两年。

那一战，让西蒙在中国名声大震，很多中国拳迷一夜之间认识了这个狂暴的美国拳手。伤愈复出的上官元彬仿佛失了魂，再也无法找回昔日的雄风，不断败北。加上黄达毅和金天亚等新生力量的崛起，复出三年后，上官元彬宣布退役，永远离开了他喜欢的擂台。他去泰国旅游的时候，爱上了泰国的风土人情和安逸闲散的慢生活节奏，于是在泰国开了一家拳馆，从此拳迷再也没有在中国见过他。

现在看来，金天亚和黄达毅的低调隐忍也不无原因。金钱和荣誉固然很重要，但没人愿意冒着断送职业生涯甚至生命的危险去和人间恶魔对抗。当“铁血旋风”李达对阵“美丽恶魔”西蒙的消息出来后，没有人去谈论李达能否获得胜利，人们谈论更多的是李达第几回合第几分钟被KO，能否安全地走下擂台。

3月31日上午八点半，金天亚带着张教练、刘教练准备出发去深圳湾海岸城，出席中午十一点的称重仪式。届时，所有拳手都将称出体重，每个拳手的体重在所打级别的体重基础上，最多允许上浮0.5公斤。如超过0.5公斤，将会受到扣分和扣奖金的严厉惩罚，很多拳手因为体重超标被罚，最终输掉了比赛。降重是一件痛苦的事情，好在金天亚通过艰辛的运动脱水，控制饮食，体重已经达到了比赛规定的标准。

金天亚穿着白色衬衣、牛仔裤、白色球鞋，因为在脱水降体重，从昨晚到现在，他滴水未沾，吃得很少，脸色有些憔悴。

他的妻子很少出现在俱乐部，但是今天也来了。她挽着高高的发髻，穿着黑色吊带长裙、人字拖。她将一个鼓鼓的挎包递给金天亚，和金天亚相拥告别，金天亚轻拍了拍她的背。一行人正准备走出俱乐部的时候，张教练突然说："将唐龙也叫上吧，让他多见识一下场面！"

金天亚看了看张教练，点点头说："好，叫上他！"

"唐龙，一起去，快去换衣服。"张教练朝正在和其他拳手一起练习腿法的唐龙喊道。

听到张教练的喊声，唐龙打赤脚冲进了更衣室，随便抹了抹身上的汗水，穿上干爽的T恤、沙滩裤和一双蓝色球鞋，抓着手机跟了过来。金天亚的黑色保时捷卡宴在路边非常显眼，金天亚钻进副驾驶座，唐龙和刘教练坐在后排。

一上车，金天亚就躺在座位上闭目养神，张教练默默地开着车，唐龙和刘教练小声聊了几句后，塞上耳塞，捧着手机听起了音乐。

唐龙听着音乐，眼睛却紧紧地盯着金天亚的脑袋。和金天亚长时间待在一个这么狭小的空间，他不能不去想正道山、吴悠湖，不能不去想林嘉丽，不能不去想那个罪恶的傍晚。那个夜晚是他人生痛苦的根源。

他想扑上去，用手臂绞住金天亚的脖子，想用裸绞来绞杀金天亚，但他知道不能这样做，就算这样做也于事无补，只会搞砸一切。抛开法律责任不谈，他也不可能在两个搏击教练的眼皮底下杀掉一个著名拳王。

脑海中的镜头一切，唐龙想起了他在拳馆的经历。如果没有来到鹏强搏击俱乐部，如果没有金天亚和张教练的引领，他不知道现在的生活会有多糟糕，他将像小学、初中、高中那样，继续生活在别人的嘲笑、谩骂、殴打之中。他跟随着时光的脚步，带着仇恨，带着悲愤，带着自卑，同时也带着希望，从一个学校来到另外一个新学校。这个新学校曾让他希望破灭，但是鹏强搏击俱乐部拯救了他，让他获得了新生。

几十分钟后，车子来到嘉琪酒店的停车场，这个五星酒店在举行称重仪式的海岸城和打比赛的深圳湾体育馆中间，去这两个地方，只需要步行十五分钟。

下车后，张教练将金天亚的挎包递给唐龙，唐龙接过来挂在肩上。他们跟在金天亚的身后，大步走向酒店，酒店门口的服务生后面，有几个戴着工作证、穿着印有“英雄传奇”字样的T恤的工作人员。看到他们一行走了过来，其中一个工作人员迎了上来——他显然认识金天亚，工作人员向金天亚打了招呼，将他们带到前台，开了一个套间。

金天亚拿到房卡后，来到房间休息了一会儿。十点的时候，金天亚带着他们来到了海岸城。海岸城门口竖立着一块很大的赛事宣传广告牌，所有参赛选手的半身照都在上面，排在最前面的是西蒙和李达，接着是金天亚和黄达毅，有一些人正在广告牌下拍照。

他们走进海岸城，来到中庭，中庭里面坐满了媒体记者和拳手们的教练组成员，周围黑压压地围着拳迷和购物的人们。最前排摆着一溜桌子，参赛拳手们都坐在那儿，只差金天亚一个了。中庭正前方搭建着一个大舞台，舞台后面竖立着一块黑色背景板，背景板上印着“‘英雄传奇’世界搏击大赛——深圳站”的红色大字，下面布满了赞助公司的徽标和名字。中庭左边的墙上，高挂着一块大型LED电子显示屏，上面滚动播放着赛事宣传片。

金天亚的到来，在围观的人群中引起了一阵骚动，一群拳迷马上围过来找他合影和签名，金天亚微笑着满足了他们的要求。围观的人越来越多，赛事相关负责人赶紧派出几个保安分开人群，开出了一条路，金天亚这才脱身来到前面的嘉宾席。金天亚先走到坐在嘉宾席中间的“英雄传奇”世界搏击大赛赛事运营总监罗总的面前，和他握手，打了个招呼，再坐到自己的座位上。

唐龙和张教练、刘教练在保安的指引下，在后排找了几个位置入座。十一点，称重仪式准时开始了，主持人作了简单的开场白后，四个穿着英雄传奇品牌的运动胸罩和短裤的长腿举牌女郎捧着金腰带走上舞台，将金腰带放在舞台两边的铺着红绸的桌子上展示，她们贴着背景板站成一排，微笑地望着台下的人们。

罗总上台演讲了五分钟，宣布称重仪式正式开始。两个赛事工作人员走上舞台，一个手里搬着一台电子体重秤，一个手里拿着笔和文件夹。工作人员将秤放在舞台中央，主持人开始念拳手的名字，先从小级别的拳手开始，每个级别对战的一组选手先后从左侧登上舞台，脱下衣服，仅穿着内裤站到秤上，称出体重。与此同时，电子屏上播放着称重拳手的个人宣传片，大都是一些训练和比赛的精彩集锦。

主持人根据称出的数据大声报出拳手的体重，秤旁边的工作人员迅速将拳手的体重数据收录在文件上。每组拳手称出体重后，来到舞台中间，进行短时间的对视，对视完，与本次赛事的负责人罗总握过手后走下舞台，再穿上衣服，回到自己的座位上。这个过程进行得很快，马上就轮到80公斤级的拳手了。

“有请来自深圳拳新搏击俱乐部的拳手——‘死亡巫师’——黄达毅！”主持人喊道。

黄达毅从前排中间的座位上站起来，快步走到舞台左侧，他的教练紧跟在他身后。他脱下T恤、鞋子、袜子和黑色休闲裤，走上电子秤。他垂着双手，低下头看了看体重数据，露出一丝微笑。

主持人大声喊道：“80.02公斤。”

黄达毅举起粗壮的双臂，像健美冠军那般展示着肌肉和力量。待黄达毅走下秤来到舞台右侧后，主持人念到了金天亚的名字。

金天亚带着刘教练缓缓走上舞台，脱下裤子、鞋袜，站到秤上。主持人念出了金天亚的体重数据，刚好80公斤。金天亚走下电子秤，走到黄达毅面前，举起拳头摆着格斗式与黄达毅对视。

对视的时候，黄达毅嘴唇嚅动，喋喋不休地对金天亚说着什么，金天亚微笑着望着黄达毅的眼睛，时不时回他两句。唐龙看了看张教练，张教练平静地看着他的两个弟子，脸上不起一丝波澜。对视完，两人先后和罗总握了握手，走下了舞台。

“铁血旋风”李达称完体重后，最后一个称体重的是闪耀全场的世界拳王——“美丽恶魔”西蒙，跟着西蒙上台的是一个中年人。唐龙发现，当张教练看到这个中年人转过脸面对着台下观众时，眼睛盯得紧紧的，嘴唇激动地抽动着，不由自主地攥紧了拳头。

称重仪式很快就结束了。拳手们快速离开活动现场，奔向餐厅，为了降重，很多拳手没少挨饿，现在终于可以放开肚皮吃了。

唐龙跟着大家来到一家港式茶餐厅，金天亚将菜单递给张教练，张教练点了白切鸡、清蒸鳜鱼、酱香牛仔骨、羊肉火锅、清炒菜心、韭菜炒蛋、鸽子汤。四个人风卷残云，很快就将菜吃得只剩光盘。称完体重后，如果补养得当，在赛前可以恢复到降重前的体重。两个拳手比赛时，谁的体重大，谁的力量就占据优势。

第二天下午，唐龙跟着金天亚、张教练、刘教练一起来到嘉琪酒店休整。六点三十分，金天亚带着大家一起去吃晚餐，用过晚餐后，他们来到酒店旁边的深圳湾体育馆。体育馆里灯火通明，放着英文舞曲，看台上坐着很多人，只剩三分之一的空位。体育馆中间已经搭起了一个白色擂台，围着擂台，摆满了白色的沙发椅，这是比赛的VIP座，VIP座周围用铁马围了起来，使之与看台隔开，很多保安把守在铁马周围。十几个工作人员在罗总的指挥下，正在调试灯光音响，主持人、裁判和举牌女郎也已经提前来到了比赛现场。

唐龙、金天亚、张教练、刘教练他们来到休息区，休息区的大厅上坐着很多参赛拳手和拳手的教练组成员，更衣室里很多人进进出出。唐龙看到西蒙、约翰还有昨天上台帮西蒙拿衣服的中年人坐在一张长木凳上。西蒙穿着印有西蒙所在的拳馆名字的黑色T恤和英雄传奇的搏击短裤，头上戴着一个红色无线耳机。约翰一下子就认出了唐龙，约翰指着他，对哥哥西蒙说着什么，西蒙取下耳机，用一双阴毒而散发着血腥气息的眼睛看着唐龙。

当他们快要从西蒙身边走过的时候，西蒙霍地站了起来，拦在他们面前。西蒙的弟弟约翰以及他身边的中年人也跟着站了起来。西蒙瞟了一眼唐龙，望着金天亚，约翰用阴沉的目光瞟了唐龙身后的白素梅一眼，然后紧紧地盯着唐龙，那个中年人则面无表情地看着张教练。中年人鼻子扁平，肤色有些暗沉，他用泰语对张教练说了句“萨瓦迪卡”，张教练微微一笑，也回了句“萨瓦迪卡”，然后他们将目光移向金天亚和西蒙。

“嗨，金先生，很高兴见到你。”西蒙用英语向金天亚打了个招呼。

休息区其他参赛拳手和教练都在望着他们。

金天亚转脸看向唐龙。

唐龙告诉金天亚，他在向你问好。

“你好，西蒙先生，很高兴在中国见到你。”金天亚说。

约翰将金天亚的话翻译给了西蒙。

“我也是。他是你的学生吗？”西蒙指了指唐龙。

唐龙怔了怔，将这句话翻译给金天亚。金天亚看了唐龙一眼，点了点头。

“都说金先生是中国最强大的拳手之一，相信你的学生也很厉害。我曾经希望跟你在擂台上打一场，但你一直拒绝和我较量，现在我改变了想法，我要跟你的学生唐龙——”西蒙微微转头，望着唐龙，缓慢地说道，“打一场真正的比赛，如果他不敢跟我打，你们两个可以一起上擂台跟我打。”

唐龙看着西蒙的眼睛，那狭长的蓝眼睛射出来的目光，像激光一样灼烧着他的眼睛。这双眼睛让他想起了眼镜蛇，眼镜蛇在狩猎前，眼睛总是这样冷酷无情、杀气弥漫。

“他说他要跟我打比赛。”唐龙告诉金天亚。

“不理他，我们走吧！”金天亚对张教练说。

张教练点点头。

“比赛快开始了，再见。”唐龙对西蒙说。

“祝你们好运。”西蒙冷冷一笑。

金天亚带着大家来到更衣室。更衣室有些潮湿，贴墙放着衣柜，衣柜前面放着一排木凳，里面空荡荡的，只有黄达毅盘腿坐在凳子上，闭目打坐。剃光了头的他，穿着白色中式亚麻衬衫、灰色运动裤和黑色袜子，看上去像僧人入定一般。金天亚找到一个空衣柜，将包塞了进去。

金天亚来到大厅，和认识的拳手寒暄几句后，找到赛事负责人，要来了一张运动员证，三张教练证。他将教练证分发给张教练、刘教练、唐龙，和大家一起坐在椅子上聊天。唐龙坐在张教练身边，沉默不语，他既搭不上话，也没有心情闲聊。

“看西蒙一番话，把你吓的。”张教练转过头，拍了拍唐龙的肩膀。

“放松点儿，要上台打比赛的是我，别紧张。”金天亚笑着看了看唐龙。

“我不怕他，他又不是真恶魔。还能吃了我？”

“那就好。”金天亚说，“阿龙，你去赛事方那里拿五瓶水过来吧！”

唐龙点点头，他穿过大厅，来到场馆里。看台上黑压压的，已经坐满了人。这次比赛，大多数人都是冲着西蒙、金天亚与黄达毅来的。唐龙来到擂台边，找到赛事相关负责人，说要五瓶水。对方看了看吊在他胸前的教练证，从擂台下的纸箱里拿了五瓶农夫山泉给他。

离比赛开始只有三十分钟了，很多拳手已经在大厅上开始打靶热身了。唐龙看到黄达毅正在大厅的西侧打靶，张笑天带着一批人守在他的身边。

金天亚来到更衣室，打开衣柜，拿出包，从里面翻出拳王油和搏击服。他去淋浴间换上搏击服，回来后坐在木凳上，张教练打开拳王油，帮他搓油按摩，放松身体。

比赛正式开始了，工作人员送来了一副红色拳击手套。刘教练坐在金天亚旁边，帮金天亚缠绷带，指关节上面缠得厚厚的，坚硬如铁。绷带缠好后，金天亚坐在椅子上闭目养神，十五分钟后，张教练已经拿着手靶在等着他了，金天亚开始打靶热身，嘭嘭嘭嘭的声音吸引了很多拳手和教练围观，有的拿着手机拍金天亚打靶的视频和照片。热身完后，金天亚拿起矿泉水，一口气喝掉了一半。

比赛进行得很快，也非常激烈。有的比赛，拳手在第一个回合就被KO了。万众瞩目的西蒙和李达的比赛安排在最后，金天亚和黄达毅的比赛排在倒数第二场。很快金天亚和黄达毅的大战就要开始了，金天亚带着他们三个人，站在通道口等待上场。

主持人拖长声音，高声喊道：“有请‘战神’——金——天——亚。”

金天亚带着张教练、刘教练、唐龙，慢慢地走向体育馆中间的擂台，大屏幕上播放着他的比赛集锦，体育馆上空响起了《笑傲江湖》的主题曲——《沧海一声笑》。

主持人拿着小卡片，向观众介绍金天亚。张教练沿着小梯子登上擂台，压下擂绳，身后的金天亚跨过擂绳，走进擂台，向擂台四方的裁判和观众抱拳行礼，底下响起了欢呼声和呐喊声。和张教练、刘教练并肩站在擂台下的唐龙，听着此起彼伏的欢呼声，五味杂陈。

随后，黄达毅也走上了擂台。裁判对他们讲完比赛规则，示意两人碰拳，在裁判的一声号令下，比赛正式开始。两人并不急于进攻，而是谨慎地用前点拳和低扫进行试探。

几个回合试探后，黄达毅率先对金天亚发动了进攻，他摇闪着身体，展开了立体式的攻击，后腿扫踢、前后重拳组合像犀利的长剑一样斩向金天亚，似乎让打防守反击的金天亚有些难以抵挡。紧张的气氛像炸弹碎片一样，从擂台向整个体育馆飞迸。观众们睁大眼睛，兴奋紧张地望着这两个不断在擂台上快速移动、用拳腿激烈碰撞的人影。

汗水很快从他们那肌肉膨胀的身体里渗了出来，在擂台上的灯光的照射下闪闪发亮，他们的身体如同镀上了一层黄金一样。体育馆里一片肃静，只能听到拳套打在对方拳套或肉体上发出的沉闷急促的嘭嘭声，脚胫骨撞击在身体上发出的危险的啪啪啪声和双方拳腿迅猛出击时嘴巴发出的蛇一般的呼吸声。张教练密切注视着金天亚和黄达毅移动的身影，不时帮金天亚喊着战术。

过了一会儿，体育馆里有一个男人大喊一声："金天亚，加油！"

于是，体育馆里很多观众都跟着他大喊起来："金天亚——加油——金天亚……"

观众虽然因黄达毅的凶猛进攻而为金天亚捏了一把汗，但是金天亚毕竟是金天亚，他的“战神”绰号不是平白无故得来的。他在黄达毅的拳脚组合的狂风暴雨中，依然从容不迫、进退自如，频频打出有效反击。在黄达毅一次狂飙突进的逼攻中，金天亚运用灵活的步法躲过对方的后手直拳，一记快如闪电的摆拳，擦着黄达毅的腮帮穿过去，让像野兽一般撕咬他的黄达毅谨慎了很多。

现场的观众又高呼起来，场边的解说员惊叫着：“哇哦！如果不是躲闪得快，金天亚这一记摆拳将正中黄达毅的腮帮，将他KO，就此终结比赛。”

第一回合很快就结束了，双方提着拳头，大汗淋漓地转身回到擂台边角，进行短暂的休整。张教练和刘教练钻进擂台，张教练蹲在金天亚面前，大声跟他讲黄达毅的进攻特点和第二回合的战术布置，刘教练帮金天亚按摩着肩膀和手臂。唐龙赶紧将放在擂台下的矿泉水拿起一瓶递给金天亚，金天亚接过来咕噜咕噜一口气喝了二分之一。

第二个回合，金天亚调整打法，以攻为守，远腿近拳，不断进逼，犀利的双拳几次刺进黄达毅的防守区域，给黄达毅造成了一定的伤害和心理威慑。在一次超近距离的对攻中，黄达毅试图箍颈膝撞，攻击金天亚的下巴。但金天亚没有保守地进行防卫，而是抓住时机，采取围魏救赵的策略，在黄达毅的膝顶到他的下巴之前，前后拳快速出击，攻击黄达毅的肋部，他的右勾拳结结实实地撞击在黄达毅的左肋。换作是其他人，可能已经被KO了，但黄达毅的抗击打能力很强，挺住了这危险的一击。他放在金天亚脖子上的手迅速移下来，试图夹住暴露出来的肋部，去防守金天亚的重拳。

但金天亚马上改变出拳路线，一记左摆拳击中黄达毅的颧骨。黄达毅的身体摇了摇，收紧手臂护住脸，快速向后退防。金天亚跨步向前，右腿像鞭子一样甩出去，大力抽打在黄达毅的左肋上。黄达毅的左肋刚才被金天亚重拳击中，这次相同的地方再中一腿，肝部所受到的创痛让他再也无法硬扛，不由自主地倒在地上。

裁判扑到黄达毅身边对他读秒，读到“4”的时候，黄达毅一动不动，他的教练在擂台下不断朝他喊着：“起来——起来啊……”

终于，裁判读到“6”的时候，黄达毅艰难地翻了个身，右手支撑着擂台地面，在裁判念出“9”的时候，摇摇晃晃地爬了起来，并向裁判举起双手，示意自己能继续打比赛。裁判盯着他的眼睛，观察了几秒，向双方挥了挥手，喊了声“Fight”，示意继续比赛。

黄达毅被金天亚击倒后强行读秒，将会扣掉一分，这对他来说非常不利，如果他不能超常发挥或者KO金天亚的话，以现在这样的状态，就算不被金天亚KO，也将因为分数低、点数少而输掉比赛。

金天亚那一记中扫腿对黄达毅造成了很大的伤害，黄达毅一时之间还没恢复过来。金天亚大步走向黄达毅，用连绵不断的拳腿膝组合猛烈冲击着黄达毅，金天亚想一举KO黄达毅。黄达毅缩着脖子，低着头，双手紧紧地抱住脑袋，防守非常严密，但还是被金天亚势大力沉的拳腿打穿了防守，身体不断摇晃，随时都会再次倒下。黄达毅的支持者难过地看着自己的偶像，沉默不语，他们知道，黄达毅已经没有机会了，黄达毅将吞下失败的苦果。金天亚的拳迷们在台下疯狂地欢呼着，庆祝着即将到来的胜利。

然而就在这时，金天亚突然降低了进攻的频率，拳腿动作慢了下来，他的步伐有些凌乱，身体的重心也不稳了，摇摇颤颤地，就像刚才被中扫腿重击读秒的不是黄达毅，而是金天亚自己。台下的张教练疯狂地呐喊催促金天亚进攻，但无济于事，金天亚退到围绳边，扶住绳子，就像一台突然得到“停止”指令的机器人一样停止了运转。

黄达毅刚才几乎被金天亚打蒙了，在教练的提示下，他也捕捉到了金天亚身上发生的变化，缓过神来的他，慢慢地走到金天亚面前，先用前手拳试探性地点了一下金天亚的前额。金天亚背靠着围绳，睁大失神的眼睛，痛苦不安地望着前方。面对黄达毅的攻击，他没有防守，也忘记了进攻，这几乎等于放弃了比赛。

“进攻，快进攻，打死他，你在等什么？”黄达毅的教练用粗大的手掌疯狂地拍打着擂台，声嘶力竭地对黄达毅吼叫。

黄达毅意识到这不是金天亚设下的战略陷阱，于是调动全身力气，攻向金天亚。黄达毅一记摆拳打中了金天亚的腮帮，紧接着，一记迅猛刚劲的右直拳像自动步枪的撞针一样撞击在金天亚的下巴上。金天亚脑袋向后一仰，已经快失去意识了，整个身子随着围绳荡了起来，如果不是他用手死死抓住围绳，已经被打倒在地。

“防守，防守，快防守啊……”张教练无可奈何地朝金天亚呼喊着。

和黄达毅的教练站在一起观战的张笑天，嘴角露出了一丝得意的笑容，眼睛眯得更细了。

黄达毅不再犹豫，他的拳头像雨点一样砸向金天亚，金天亚的头部瞬间成了靶心，整个人被打得东倒西歪，但是他仍然没有倒下。黄达毅上步逼近金天亚，用章鱼触手一样的手臂紧紧箍住金天亚的脖子，原地起跳，左腿勾起上顶，左膝盖骨重重地顶在金天亚的下巴上，当他松开金天亚的脖子时，金天亚扑倒在地上，不再动弹。

裁判赶紧跑过去看了看金天亚，然后双手交叉着挥了挥，示意比赛结束。在黄达毅拳迷的欢呼声中，黄达毅的场边教练将印着“拳新搏击俱乐部”大字的T恤递进擂台，黄达毅接过来，套在大汗淋漓的身上，冲到擂角，跳上擂台的第二根围绳，向欢呼的观众高高地举起了右拳。

唐龙呆呆地看着眼前的一幕，陷入茫然的思绪之中。直到张教练大声呼喊医护的时候，他才惊醒过来。他看到张教练、刘教练、裁判蹲在金天亚身边，两个穿着白大褂的医护人员冲上了擂台，用手指拨开金天亚的眼睛，看了看他的瞳孔。他看到医护人员在打120急救，还有人呼喊着保安，让保安赶紧把担架拿过来。

他赶紧冲上擂台，站在张教练身边，不安地看着昏迷不醒、嘴唇发白的金天亚。

很快保安将担架抬来了，张教练和刘教练将金天亚移出擂台，几个人合力将金天亚放进担架，抬起来走向更衣室。擂台上，裁判将黄达毅的手高高举起，黄达毅继续享受着属于胜利者的欢呼和膜拜。

十几分钟后，救护车来了，保安和医护人员一起抬着金天亚，将他放进救护车，张教练钻进救护车守护着金天亚。唐龙、刘教练一起打车跟着救护车来到了深圳大学总医院。当他们来到住院部重症监护区时，看到张教练阴沉着脸，在病房门口来回踱着步。

“张教练，总教练现在什么情况？”唐龙轻声问道。

“总教练昏迷不醒，正在病房里抢救。”

“医生怎么说？”

“医生还没从病房里出来。”

半个小时后，金天亚的妻子急匆匆地来了。她散披着有些凌乱的头发，眼睛泛红，眼神惊惶不定，手里拎着一个黑色皮包，另一只手紧紧地抓着手机。

她走到张教练面前，张教练轻声把情况一五一十地跟她说了一遍。一个医生从病房里走了出来，金天亚的妻子连忙走到医生面前，问金天亚的情况。医生告诉她，病人脑出血，目前昏迷不醒，还没有脱离生命危险。

唐龙和刘教练在病房门口守护了一会儿后，告别金天亚的妻子和张教练，离开了医院。唐龙回到深大，走在校园的林荫道中时，看到微信公众号上专注于世界格斗文化的自媒体“格斗迷”弹出了一条头条新闻——《格斗巨星遭受重创，世界拳王公开辱华》，他点开这条新闻，主要讲述了金天亚被黄达毅击败，昏迷不醒，在医院急救；“美丽恶魔”西蒙开场仅26秒即秒杀中国拳手——“铁血旋风”李达后，面对成千上万的中国拳迷，公然辱华，以肮脏的语言向深圳鹏强搏击俱乐部的中国拳手唐龙叫骂、挑战。

文章里有两个小视频，第一个视频是黄达毅和金天亚的比赛视频。他点开第二个小视频，这是西蒙和李达比赛的视频。比赛开始了，戴着蓝色拳套的西蒙和李达碰过拳后，没有试探，就大举进攻，西蒙的速度非常快，拳腿像劈下来的铁斧一样沉重犀利，李达在他那狂风暴雨一般的打击下，很快就被逼到了擂角，李达想努力突破围堵、冲出擂角，但是被西蒙那极具杀伤力的拳腿组合给封锁了。

比赛进行到第22秒的时候，西蒙趁李达防守不严，头部露出空当的机会，突起右脚，一个高鞭腿抽到李达头上。李达抱着头，摇摇晃晃，向后退却。西蒙瞅准李达的防守破绽，提起左膝，收到胸前，猛地一脚蹬向李达的胸口，李达像个木偶一样弹到擂绳上，再弹回来，倒在地上。实际上，第一腿重击李达的脑袋时，李达就已经迷糊了，失去了战斗力，但是西蒙的腿太快了，当他出第二腿的时候，裁判已经来不及阻拦，只能示意比赛结束。这场比赛就此定格在第一回合第26秒。

西蒙看了看李达，轻蔑地笑着摇了摇头，接过场边教练递过来的美国国旗，像披风一样系在身上，冲到电视台记者扛着的摄像机面前，弯下腰，张开大嘴，握着拳头面目狰狞地对着镜头疯狂吼叫。

场边的医护人员察看了李达的伤势后，赶紧和李达的教练一起将李达搬进担架，抬出了擂台。主持人走进擂台，大声念道："下面，宣布本场比赛的结果，经过几位裁判一致判定，蓝方以KO获胜。"

随即裁判举起了西蒙的手，西蒙捶打着自己的胸脯，再次怒吼。吼完以后，罗总将金腰带围在西蒙的腰上。西蒙和罗总握过手后，走到主持人身边，冷不丁地夺过他手里的话筒，朝他的场边教练看了看，西蒙的弟弟约翰从教练身后走出来，钻进擂台。约翰手里拿着一个长方形的盒子。

西蒙将话筒递给约翰，约翰举着话筒对准西蒙的嘴巴。西蒙用英语说："亲爱的中国朋友们，今天我是胜利者，但我并不开心。"

当他说完一句后，约翰就用中文翻译给在场的观众。

"我并不知道中国拳手这样的脆弱，就像一块玻璃一样，随时都会破碎。我太失望了。"

擂台底下静如死水。

"在我来中国打比赛之前，有人告诉我，金天亚是中国最强的拳手，你应该和他打一场。但他今天的表现太烂了，我庆幸没有和他打，他根本就不值得我去浪费时间。这就是你们的中国功夫？"西蒙边说边笑着摇头。底下发出了一片嘘声，有人开始用英文咒骂。

“金天亚有一个徒弟叫唐龙，他打伤了我的弟弟——约翰。”西蒙用蔑视的眼神扫了一眼向他抗议的全场观众，揽住约翰的肩膀说，“作为一个职业拳手，他去攻击一个不懂格斗的人，我觉得他是一个懦夫。

“唐龙，如果你想证明自己不是懦夫，自己是个真正的男人，如果你想证明中国功夫不是花架子，那么，我们来打一场，不要怕，我不会杀了你。我只想给我的弟弟报仇。”

说完后，西蒙接过约翰手中的话筒，将话筒搁在主持人手里，弯腰钻出擂台，对斥骂他的观众视若无睹，和他的弟弟约翰、教练穿过场馆，大摇大摆地走进更衣室。视频在这里戛然而止。

没过多久，很多同学朋友将西蒙向他骂战的小视频转发给了他。白素梅也打来了电话。

“我看了比赛直播，黄达毅赢了！”白素梅有些激动地说。

“是的。”唐龙说。

“金天亚怎么样？”

“他昏迷不醒，有些糟糕。”

“希望他快点儿醒来，平平安安。”

“但愿如此。”唐龙说。

他想起了黄达毅对金天亚狂轰滥炸的情景，悲从中来。那时，他看到的不再是一个搏击巨星，而是一个被强者肆意蹂躏的弱者——柔弱，可怜，悲催，无能为力，就像他童年时期曾经在吴悠湖畔被他们蹂躏一样。

“西蒙又向你发出了挑战。”

“嗯。”唐龙点点头，看着地面。

“赛后，很多人在朋友圈里传，李达伤得很重，有生命危险。”

“这是每个拳手都需要面对的风险。”

“所以……”

“所以什么？”唐龙问白素梅。

“所以无论怎么样，你都不要去和西蒙打，他太恐怖了，我不想你受伤。”

“别担心，我知道如何面对这件事情。”

唐龙挂断电话后，满脑子都是西蒙那侮辱性的语言在回荡。他的脑袋快炸了，想不去回想西蒙的声音，不去解读西蒙的语言，但是他做不到，西蒙的语言、声音、表情、动作就像无数把割肉尖刀一样插进他的心脏。

他终于下定了决心。他不再犹豫、不再担忧，也不再恐惧，打开手机的摄像机，对准自己的脸录了起来。

他用英文说道：“嗨，西蒙，你想为你的弟弟约翰报仇，尽管冲我来就好了，闭上你的嘴，请不要侮辱我的祖国，侮辱中国人，侮辱中国武术。满嘴脏话只会让人觉得你没有教养，并不会帮你赢得更多的尊重。就像美国不可能永远屹立在世界的顶峰一样，擂台上的胜利者也不可能永远都是你，我接受你的挑战，我会让你明白，什么才是真正的中国武术。”

录完这段视频后，唐龙发在了照片墙上。随后，他还录了一条内容相同的中文视频，发在微博上。

第二天早上，媒体发布了一个不幸的消息，搏击名将“铁血旋风”李达在昨晚的比赛中遭受对手重击昏迷，送到医院抢救，最终因心脏挫伤而骤停，抢救无效，不幸死亡。

同样是这一天，当他登录照片墙时，发现他回应西蒙的视频的点击率已经破了五十万。有很多人在视频下留言，有的嘲讽他，有的辱骂他，也有支持他的。

西蒙很快就转发了这个视频，并配上了几句话：哇哦，事情就这样成了，感谢上帝！希望这个中国人多买点儿保险，我会摧毁他。

唐龙发在微博上的视频，点击率突破了三百万，新增粉丝二十万。西蒙在擂台上26秒打死李达的事情在中国引起了极大的震动，大家都很关注这件事情，想知道唐龙如何在擂台上应对残暴的西蒙。

赛后第三天，金天亚终于醒了过来。这天晚上，拳馆所有的教练员和职业拳手都来医院看望金天亚。当唐龙正随众人一起走进重症监护室时，坐在病房门口长凳上的张教练叫住了他，这几天，张教练和金天亚的妻子一直守护在病房。

张教练示意他坐下来。

"总教练现在怎么样？"唐龙问道。

"情况很不妙。"张教练回道，"脑袋……挨了太多拳，颅骨破裂，大脑出血，非常严重的伤。"

"唉……"唐龙叹道，"黄达毅虽然技术没有总教练全面，但是重拳的杀伤力并不弱。"

"他不仅仅是输给了黄达毅……他还输给了命运。"

唐龙两掌叉在一起，放在腿上，望着重症监护室，沉默不语。

"听说你已经接受了西蒙的挑战？"

"是的。"唐龙看着张教练。

"现在，整个中国武术界以及武术界外很多不喜欢搏击的人，都在关注你和西蒙的比赛。"

唐龙点点头。

"这已经不仅仅是你个人的比赛，希望你不要让他们失望。"张教练望向空荡荡的走廊尽头，若有所思地说道，"你知道吗，在体育馆休息大厅里，当我看到西蒙的师傅肯育时，我仿佛穿越时空，回到了仑披尼拳场，那是我最向往的地方，是我最想征服的地方。那一刻，我仿佛看到自己正在和巅峰时期的肯育对决，拼个你死我活。"

唐龙望着张教练因为激动而泛红的脸庞，静静地听他讲述。

“但是，我很快就明白过来，我再也不可能以拳手的身份回到仑披尼拳场。我老了，肯育也老了，我们没有离开搏击圈，但不再是拳手，再也无法登上擂台打职业比赛。”

“你们就那样默不作声地对望？”

“是的，我懂泰语，但是我不想和他打招呼，他也不想和我讲话，我们就像当年打比赛之前对视一样凝望着对方的眼睛，也许我们在对方眼睛里看到的都是失败者——时间的失败者。他战胜了我，但却败给了时间，有谁能够战胜时间呢？娑婆世界[①]，人生是缺憾的，所以，唐龙……”张教练顿了顿，严肃地说，“趁年轻，放下所有顾虑，大胆做自己，不要去想成功还是失败。有时候，体验和过程比结果更重要，它们会让你在回顾人生时，不留太多遗憾。”

刘教练和拳手们从病房里出来后，张教练示意唐龙进去。

唐龙走进病房，金天亚的妻子将门轻轻关紧。她今天穿得非常朴素，一件粉色的T恤，一条白色亚麻长裤，穿着白色运动鞋，脸上不施妆容，眼睛有些浮肿，嘴唇干燥，起了白皮儿。

唐龙向她点头致意，蹑手蹑脚地来到金天亚的病床前，金天亚戴着呼吸机躺在床上一动不动，脸色暗沉，微闭眼睛，呼吸很长。他的手臂插着针管打点滴。

“唐龙，你来了。”金天亚的声音在呼吸机里回荡，听起来瓮声瓮气。

“是的，总教练，你好点儿了吗？”唐龙轻声问道。

“好多了，医生说我死不了。”金天亚取下呼吸机，他的嘴唇发乌，嘴角拖着涎丝。

---

① 指现实世界。

“好好休养身体，病好了之后又是一条好汉。”唐龙安慰他说道。

“医生说我可能再也无法打拳了。”

“先别想那么多，康复才是最重要的事情。”

“对于年轻拳手来说，不能打拳，终身遗憾啊！然而，这世界，没有什么是完美的。”金天亚举起手，朝他的妻子挥了挥。

他的妻子明白金天亚的意思，走出病房，关上了房门。

金天亚望着唐龙突然说道：“医生通过化验，在我的血液里找到了氯胺酮。”

“氯胺酮是什么？”唐龙不解地问道。

“一种毒品，又叫K粉。”

“我听说过K粉。”

“现在我知道，为什么当时在擂台上，我形势一片大好，突然之间视线模糊，全身乏力，不由自主地颤抖，身体不受控制了。”

唐龙望着金天亚浮肿的脸——金天亚是他的偶像，是他的教练，是他的标杆，但是这一切，在“英雄传奇”的擂台上像一座壮观的沙雕一样轰然倒塌。

“您的意思是？”

“我是个自律的人，从来不沾毒品，很明显，有人做了手脚。”

“做手脚？”唐龙目瞪口呆。

“我老婆准备报警，但我阻止了她。”

“如果有人做手脚，为什么不报警呢？”

“缘来缘去，凡事皆空，何必如此执着？不再执着，也就放下了一切，心更安稳。”

“是，是这样的道理。”

“这次死里逃生，一个人躺在病床上，我有了更多的时间安静地思考人生，有了一些之前从不曾有过的感悟。”金天亚话锋一转，“听说你来自湖北咸宁？”

“是。”唐龙点点头。

“我去过你的家乡，那时年少，也很无知。我和同伴一共三人去咸宁市桂花镇的一座山上玩，山上的一个湖吸引了我们，湖水清澈凉快，周围的风景特别美，我们在那里游泳，在草地上奔跑，玩得非常开心。黄昏的时候，我们从湖里爬上来，爬到山顶的小庙祈福上香。”

唐龙沉默不语，凝视着金天亚。而金天亚不再看着他，把目光投向了对面的墙壁上，墙壁上空无一物，一片苍白。

“后来，我们下山准备回家，我家的司机在山下村庄里等着我们。当我们再次路过那个湖时，遇到了一个男孩和女孩，还有几只羊在吃草。唉！”金天亚长长地叹了口气，“我该说些什么呢，我们伤害了两颗幼小的心灵——那时的场景我一生都无法忘记，至今都在为之忏悔。我昏迷的这几天，一直梦见那个男孩和女孩在追杀我，追杀我的伙伴。我们如惊弓之鸟，无比恐慌，四散逃跑。”

“毕竟只是梦而已！”唐龙看了看金天亚失神的眼睛。

“梦和现实纠缠不清——听说你接受了西蒙的约战？”

“是的，西蒙不断挑衅，终究要去面对。”

“唐龙，西蒙是世界顶级拳王，要想摸清西蒙的打法，必须先要了解泰拳，我建议你去西蒙的成名地——泰国训练。”

“泰国？”唐龙怔怔地道。

“对，泰国。我不知道什么时候可以康复，无法给予你帮助，而在泰国，很多大名鼎鼎的泰拳王都开拳馆，你的选择很多。”

“我会认真考虑你的建议的。”

金天亚还要说什么，敲门声响起了，金天亚的妻子带着一个端着托盘的护士走了进来。

唐龙走出病房，向张教练道别，回到了深大。他给白素梅打了个电话，但是无人接听，发微信视频，也没人接。

金天亚今天描述的场景像被按了重复键的电影镜头一样，一遍遍地在他面前回放，他的旧伤又被撕开。他恨金天亚吗？恨金天亚让他失去了林嘉丽从而让他的记忆只能永远停留在她九岁的样子上吗？恨金天亚让他失去了美好的童年吗？恨金天亚让他伤痕累累吗？在他走进金天亚的病房以前，答案是明确的；当他从病房出来以后，答案变成了疑问。他的答案迷失了，就像林嘉丽迷失在他的生活中一样。

正当他在校园踯躅独行的时候，伊莲娜给他发来了微信视频。伊莲娜披着微卷的金发，化着精致的妆容，眼影画得恰到好处。她正在一家西餐厅里等她的晚餐。

“嗨，唐龙，你好吗？”

“我很好，伊莲娜，你怎么样？”

“我也好，我看了你发在照片墙上的视频，你接受了西蒙的挑战。”

“是的。”

“我为你感到骄傲，你是一个真正的勇士。因为很多外国人告诉我，西蒙是这个世界上最厉害的拳王，很多人不敢和他打，但是你敢。”

“我不是勇士，我只是一个平凡的中国人，但这场比赛我会全力以赴。”

“加油，唐龙，你会赢的。”

“谢谢你，伊莲娜。”

这场比赛牵动了太多人的神经，很多人都在盯着唐龙。唐龙知道人们关注他打这场比赛，不是认为他会赢，而是因为他对西蒙的辱华骂战行为做出了回应，没有做缩头乌龟。他更知道很多人都不看好他，微博和国外社交媒体的留言大都是歧视、调侃和嘲讽，甚至充斥着恶毒的谩骂。无论伊莲娜是真的看好他能赢西蒙，还是仅仅为了鼓励他，当她说出那番话的时候，他已经像阳光下的冰激凌一样，感动得快融化了。

哪怕全世界的人都不看好他，都认为他会是一个失败者，至少有这么一个女孩在无条件地支持他，让他感到自己没那么孤独，没那么卑微和不堪——这已经够了！

“不要这么客气，我一直都在关注你，可你只关注你的女朋友，根本不在乎我。这不公平。”伊莲娜挑挑眉毛，调皮地朝他笑了笑，露出八颗洁白的牙齿。

“好吧，这是我的错，你最近有和她在一起吗？”唐龙问。

“谁？白素梅？”

“是的。”

“最近很少，怎么啦？”

“没事，她最近也许很忙。”

“你无聊吗？”伊莲娜问。

“还好。”

服务员将伊莲娜的晚餐端了过来，一份牛排、蔬菜沙拉、小面包和一杯牛奶。

“我要吃晚餐了，你等会儿要来找我玩吗？”

“等会儿你在哪儿？”

“我约了朋友在深圳湾散步。”

“好，深圳湾见。”

晚上九点左右，唐龙来到深圳湾，按照约定的地点找到了伊莲娜和她的朋友文娜、白居易，她们背对大海，笑容满面地在玩自拍。

夜晚的深圳湾，游人很多，海风扑在脸上，异常凉快。深圳湾大桥像长蛇一样横渡，两岸高楼将彩色的灯光投在海面上，缤纷撩人。唐龙和伊莲娜边走边聊，后面的文娜和白居易在用俄语小声说笑着。

唐龙掏出手机，给白素梅打了个电话，依旧无人接听，又发了个微信视频，但白素梅还是没接。唐龙将手机放进口袋里，猛一转头，看到伊莲娜正微笑地盯着他，他只得朝伊莲娜耸了耸肩。一路上，心不在焉的唐龙很少说话，伊莲娜则绘声绘色地给唐龙说起了她的故乡——俄罗斯莫斯科。

当伊莲娜说到瓦西里大教堂的时候，电话响了，唐龙犹豫了几秒，还是接了。

“爸……”唐龙停下脚步，对着手机那头说道。

“你要跟世界排名第一的美国拳王打比赛？”

“你都知道了？”

“废话，新闻都炸锅了，你这不是找死吗？”

“你也看到了，我已经决定了。”

“你给我赶紧删掉那条应战的狗屁视频！”

“是我打比赛，这事与你无关。”

“你是我的儿子。”

“对，我是你的儿子，不是你养的一条狗，不需要任何事都听你的。”唐龙有些怒了。

“哼哼！”唐强冷笑道，“你这兔崽子真有种，以后有什么事都不要再来找我了。”

“找你？找你有用吗？你会为我做什么？在你眼里，只有钱。钱比任何人都重要！”

“我赚钱是为了谁？这些钱我死了能带到坟墓里去吗？还不是留给你这个死家伙！”

“谁知道呢！”

“好，你想死，那就死在擂台上好了，我已经给过你忠告。”唐强说完，挂掉了电话。

唐龙气得扬起手想摔掉手机，但被伊莲娜捉住了手腕，她用另一只手接过唐龙的手机，放进唐龙的裤袋里，拉着唐龙的手掌继续前行。

“跟家人有矛盾，也不能跟手机过不去啊，摔了还得再买。”伊莲娜荡起唐龙的手臂说，“你和你的家人，用中国话来说，就是互相伤害。”

“我已经习惯了。”

“我爸爸也很爱我，当我慢慢长大，他会给我很大的自由。”

“中国父母的控制欲比较强。”

“也许这是爱的另一种表现呢。我的朋友文娜，从生下来就没见过自己的父母，她在孤儿院里长大，她告诉我，非常渴望父母的爱，但是她永远得不到。所以，我们是幸运的，要珍惜我们的家庭和亲人。”

唐龙正要回她话时，看到一男一女两个人坐在路边的凳子上，背对着他们，吹着海风。他不知道那个男的是谁，但是那个女生的声音和背影——分明是白素梅。唐龙停下脚步，松开伊莲娜的手，木然呆立。

“怎么啦？”伊莲娜问。

唐龙用手指了指前方。

“白素梅？”伊莲娜有些吃惊，小声说道，“你要去打个招呼吗？”

唐龙默默地望着他们俩。白素梅戴着一顶棒球帽，扎着马尾辫，穿着一件白色连衣裙。从她的声音听上去，她很开心。唐龙深吸几口带着海腥味的空气，向前走了几步，直到能看清他们的侧脸才停下来。是的，千真万确，确实是白素梅，而她旁边的男人，居然是刚刚击败金天亚的黄达毅。

“所以，这就是你很少看到她的原因？”伊莲娜转过脸，凝视着唐龙问道。

唐龙没有回应伊莲娜，实际上，他已经听不清伊莲娜在说什么了。他脑子里都是白素梅和黄达毅的对话，那声音在喧嚣的车声、人语、涛声中模糊不清，却灌满了他的耳朵。他知道需要做点什么，但是不知道该如何做。他握紧拳头盯着黄达毅，但是想了几秒，又将拳头松开了。

他拉起伊莲娜，快步向前，在距离黄达毅和白素梅两人约五百米的地方找到一张凳子，坐了下来，隔着伊莲娜望过去，白素梅和黄达毅的身影在路灯下若隐若现。

“你想干什么，唐龙？坐在这里监视他们？”伊莲娜拍拍唐龙的肩膀说道，“你再不说话，我就走了。”

“我不知道，伊莲娜，我现在心很乱。”唐龙对伊莲娜说道。

他的声音在打战，每一根神经都焦虑不安。如果白素梅和其他陌生男人坐在一起聊天，他可能会好过些，但为什么偏偏是黄达毅？

“冷静点儿，唐龙。”伊莲娜安慰他，“有时候，我们看到的不一定是真实的。”

“如果眼睛都会欺骗我们，我们还有什么可以相信？”

“白素梅曾经和我谈起过你，她的眼睛里充满了自豪和快乐，我感觉她是真正爱你的。”

“那是曾经——这个世界变化太快了。”

这时，黄达毅和白素梅站了起来，沿着台阶走上人行道，向出口走去。唐龙赶紧站了起来。

“你去哪儿？”伊莲娜问道。

唐龙沉默不语。

“我跟你一起去。”

“你陪你的朋友吧。”

“不，我怕你惹麻烦。”伊莲娜关切地说，“我让我的朋友们先回去。”唐龙望着伊莲娜，她的眼睛瞪得大大的，一脸严肃。唐龙不再说什么，他走上人行道，在几百米的距离外，跟着白素梅和黄达毅。黄达毅带着白素梅钻进路边的一辆蓝色玛莎拉蒂SUV，奔驰而去。唐龙拉着伊莲娜，赶紧叫了路边的一辆出租车，叫司机跟着蓝色玛莎拉蒂。

几十分钟后，玛莎拉蒂来到香格里拉酒店门口，减速进入车库。很快出租车也跟着来到香格里拉酒店门口。

“我们要下车去酒店大厅吗？”伊莲娜问道。

唐龙摇摇头。几分钟后，透过车窗和酒店的立地玻璃墙，他看到黄达毅牵着白素梅的手走到酒店大厅前台，办理入住手续。白素梅从随身小挎包里拿出身份证，递给酒店前台服务员。服务员很快帮他们办好了入住手续，黄达毅拿着房卡，和白素梅并肩走进了电梯。电梯上升的时候，唐龙心如刀绞。

唐龙告诉司机去深圳大学，转过头望着伊莲娜，伊莲娜也在望着他，唐龙想起了上次伊莲娜在星巴克向他索吻的情景，她那年轻的面容、性感的红唇，让那时的他充满了渴望。如果不是因为白素梅，他肯定会啜饮伊莲娜的红唇。现在，他终于不需要顾及白素梅的感受了，不会因为和任何女人约会而心怀愧疚，包括伊莲娜。

他一把抱住伊莲娜的脖子和脑袋，带着深沉的爱和恨狠狠地吻了下去。伊莲娜有些惊愕，她并没有准备好，但也没有拒绝，她或许是犹疑的，或许犹疑中还夹杂着欢欣。他们纠缠在一起，难舍难分。

不知道过了多久，唐龙松开伊莲娜，望着车窗外的高楼大厦和喧嚣车流说："我想我要离开深圳了。"

"去哪里？"

"泰国。"

"泰国？"伊莲娜惊讶地看着唐龙。

唐龙抚摸了一下她的头发道："是的。"

"你要跟西蒙打比赛了，不训练，跑去泰国旅行吗？"

"西蒙从小在泰国学习泰拳，成为世界拳王。我要和西蒙对抗，必须要了解真正的泰拳。"

"你和你的俱乐部说了吗？"

"俱乐部支持我。"

"哦，上帝啊！你是认真的吗？"

"当然，我已经决定好了。你要和我一起去泰国吗？"

"我得看一下日期，这个邀请来得太突然了。"伊莲娜笑着耸了耸肩膀。

唐龙轻捉她的下巴，在她脸颊上亲了一口。

将伊莲娜送回深大留学生楼后，唐龙给方飞云打了个电话，让他帮忙找一下东方洲的电话。半小时后，方飞云把电话号码发给他了。他拨通东方洲的电话，东方洲有些意外，唐龙问东方洲在哪里，告诉东方洲，他想见见他。东方洲在乔木阁旁边的咖啡厅，知道唐龙在留学生楼旁后，让唐龙等他。

唐龙在楼门口等了十分钟，看到东方洲慢悠悠地走了过来。两人见面了，气氛有点儿尴尬，一起顺着深大东路向杜鹃山的方向走。

"你找我有什么事？"东方洲小心翼翼地问唐龙，他的声音散发着紧张的气息。

唐龙看了看四周，一个外国女生踩着平衡车从后面快速奔来，从他们身边掠过，在前面的路口向左一拐，没入树影之中。

“我要找张笑天，麻烦你带我去见他。”

“现在？”

“对，现在。”

“太急了点儿吧？”

“我有事，咱就别废话了。”

东方洲犹疑了一下，掏出手机，走到不远处，低声打起电话。

过了一会儿，东方洲走了过来，对唐龙说：“天哥同意见你，跟我走吧！”

东方洲叫了一辆快车，一路上，两个人沉默不语，谁也不搭理谁。天籁夜总会的广告牌烧穿了夜空，闪烁着妖艳的光芒。东方洲和唐龙下车后，穿过金碧辉煌的大厅，坐上电梯，来到了六楼。服务生带着他们走向贵宾房，在606号房前停下了脚步，里面的人正咆哮一般地唱着一首老掉牙的歌。东方洲推开门，向里面的人点了点头，然后走进去，将门拉在一边，让唐龙进来。

唐龙走进去，包围这间大包房的歌声骤然消失，音响里只剩了伴奏乐在流动。这间包房很大，装修得十分豪华，茶几上摆着果盘、小吃、啤酒、香烟、饮料和彩色吸管，烟味很浓，长长的沙发上，坐着十几个人。除了张笑天和之前在暗夜酒吧张笑天的办公室看到的那几个人外，黄达毅也在。黄达毅左边坐着张笑天，右边紧挨着白素梅。

唐龙定定地望着穿着黑色斜肩连衣裙、披着长发的白素梅，他没想到在这里能遇到白素梅，各种情感交织在一起，意识紊乱，让他几乎忘记了来这里的目的。

白素梅冷冷地看了他一眼，把目光落在茶几上，仿佛不认识他一样，她拿起一瓶饮料，低头喝了一口。

“拳王挑战者来了？欢迎，欢迎，热烈欢迎！”张笑天眯着眼睛拍了一下手掌，然后指了指音箱说道，“怎么这么吵，把这鸟音乐给老子关掉。”

东方洲马上跑过去关掉了音乐。黄达毅指了指沙发边上的一个空位，让东方洲坐了下来。

“小兄弟，要加油哦！我们会为这场比赛下注的。不过……”张笑天摊摊手笑道，“你放心好了，没人会买你，你不要有压力，尽管上擂台去丢中国人的脸就行了。”

除了黄达毅和白素梅，周围的人都笑了起来。唐龙愤怒地看着他们，他要记住这一张张面孔。

“说吧，你来这里有什么事？”黄达毅问。

“我和张先生之间曾经有个协议，我帮你赢得比赛，张先生就免除她的债务。”唐龙指了指白素梅说道。

当唐龙说完后，白素梅的脸变得通红，她狠狠地瞪了他一眼。

“你帮我赢得比赛？是你帮我赢的？我怎么不知道？”黄达毅转过头望着张笑天说道，“你知道这哥们儿在说什么吗？”

张笑天摇摇头：“我也不知道，也许他在胡说八道！我从不帮人免除债务，没人会跟钱过不去，我不是慈善家。”

“你自己的承诺，这么快就忘了吗？你从一开始就在忽悠我，对不对？”唐龙质问张笑天。

“我的承诺？帮达毅赢得比赛？你是说达毅打不过金天亚，需要你帮吗？好，说一说你是怎么帮的？”张笑天用手指着唐龙说道。

唐龙欲言又止，默默地看着张笑天和黄达毅。白素梅紧张不安地望着唐龙，脸色煞白。

“怎么帮的？说！”张笑天将一个玻璃杯“啪”地摔在地上。

“你自己心里比谁都清楚。”唐龙说。

“我不清楚，你是说你在金天亚的水里下了药？”张笑天说完，环顾左右，露出一脸惊愕的神情，然后看着唐龙说，“你想进去享受免费食宿吗？如果想进去，我可以帮你打110。”

“她是我的女朋友，我今天要带她回家，她的父母非常想念她。”唐龙望向白素梅道。

“请便。”黄达毅端起一杯啤酒一饮而尽。

唐龙走到白素梅面前，伸出手来牵她的手。哪知刚一碰到白素梅的手腕，白素梅马上抖开了他的手掌，猛地站起来，一耳光抽在他的脸上。

“滚，滚远点儿，滚到你的俄罗斯女友身边去，我不认识你。”白素梅怒视着唐龙。

“不，素梅，你……”话还没说完，声音还在喉咙里震动，目光还粘在白素梅的脸上，人却已经飞了出去。

黄达毅突起一个正蹬，注意力全部放在白素梅身上的唐龙被踹到了对面的墙上，然后反弹开来，跌坐在地上。他的背脊骨撞在墙壁上，像断了一样疼。他用手撑着地面，试图快速爬起来，身体却不听大脑的使唤。

这时，他的头部传来“嘭”的一声响，他眼前一黑，大脑受到强烈的撞击，一股冰凉的液体打湿了他的头发、T恤，流到地上嗞嗞作响。有人把啤酒瓶砸在了唐龙头上。

唐龙趴在地上扭过头，看到白素梅拿着一截锐利的酒瓶，微张嘴唇，愤怒地看着他。他的脑袋嗡嗡响，绝望从中弥散。有两个人走过来，弯腰捉住他的手臂，将他从地上架了起来，他有反抗的力量，却已失去了反抗的动力。

“让你滚，为什么还在这里恶心所有人？滚出去！”白素梅用碎瓶指着唐龙说道。

唐龙静静望着白素梅苍白的脸，啤酒、鲜血从他的脸上淌过。那两个人将唐龙架出房间，丢在走廊上。一个人转身走进了房间，另一个人一直在微笑地看着他，是东方洲。

等唐龙慢慢站起来后，东方洲走到他的面前，凑到他的耳畔说道：“白素梅已经不是你的女人了，她现在属于‘死亡巫师’。”

“你很开心是吗？”

“我得不到的东西，你也别想得到，我有什么难过的？”

“你这卑鄙小人。”

“当我介绍她去天哥那里借钱的时候，我就预见到了今天的场景。其实五万块钱，也就够我去夜店嗨一次，我完全可以借给她，但我就是想看她掉进泥潭不停挣扎的惨样，你不是很厉害吗？去把她拉起来啊！”

唐龙推开东方洲，慢慢地朝电梯走去，门后又传来了歌声。唐龙的头还在往外冒血，他终于来到电梯旁，按亮按钮，电梯马上滑了下来。唐龙用手扶着墙，他看到对面的唐龙头发湿漉漉的，双眼通红，满脸鲜血，鲜血将他白色的T恤、白色七分裤、蓝白相间的球鞋染红了，他像一个吸血鬼一样可怕。电梯门开了，将他一下子撕成两半，他走进电梯，关上电梯门，电梯吱吱尖叫着向下坠落。

第十二章
亢龙有悔

飞机在泰国曼谷上空盘旋，底下是曼谷机场。唐龙望着这个全新的国度，望着若隐若现的建筑群、海洋、绿地、树丛，想象着即将开始的新生活，并没有多么兴奋和欢欣。他的思绪穿越云层、天空、阳光，飞到了中国深圳。

离开深圳前，他向学校请了病假，提前结束了这学期的学业。他没有回家去看自己的爸爸妈妈，他知道，如果让他们知道自己去泰国，他们会拼命阻拦的。除了方飞云，他没跟班上的任何同学告别。

他去医院，探望了一下白素梅久卧病床的爸爸。他买了一大袋水果，放在白素梅爸爸病床旁的床头柜上。看到他来，白素梅的爸爸妈妈都很开心，看得出，他们非常喜欢他。

白素梅的爸爸越发消瘦了，形同枯槁，身上弥散着一种被死神征召的气息。她的妈妈看上去也非常憔悴，两鬓夹杂着很多白发。

从两位老人口中得知，白素梅已经二十多天没来看过他们了。以前，只要一有空，白素梅就会跑到医院来陪伴她爸爸。

他们给白素梅打电话，要么无人接听，要么就是说最近快期末考试了，复习功课加上打工很忙，没时间来医院——说不上几句话就挂掉了电话。这些反常现象让他们非常担心，他们不知道女儿出了什么事。

“阿龙，你们俩是不是闹什么矛盾了？”白素梅的妈妈问。

“呃……没有……没有矛盾，我们俩很好。”唐龙怔了怔说。

“这孩子从小娇生惯养，有啥做错了，请你包容一下她。”白素梅的妈妈说。

白素梅的爸爸紧紧盯着唐龙，眼睛里满是紧张不安，看着让唐龙心里一酸。

“伯父伯母，请放心，素梅很好，我们一直都很好。”

“嗯，那就好。她是个倔强的孩子，最近可能很忙很累。阿龙，我不知道还能活多久，这孩子，就拜托你了。”白素梅的爸爸用黯然的眼神看着他说道。

“伯父，您请放心，我一定会照顾好她的。”唐龙连连点头。

唐龙甚至有些慌不择路地离开了医院，他实在不敢去触碰白素梅父母的眼神，不想让他们从他的眼神里看出什么端倪。那遗言式的嘱咐，是他无法承受之重。

去泰国前，他还约了张教练在潮汕牛肉火锅店吃了一顿火锅，他们点了六瓶啤酒，每人三瓶。火锅里的水汽蒸腾而上，散发着肉香。唐龙给张教练倒上一杯啤酒，再给自己满上，两人各喝了三杯。喝完第三杯后，张教练放下杯子，问唐龙去泰国后是如何计划的。

唐龙告诉张教练，打算到了泰国，去世界著名的泰拳王西提猜的拳馆训练。

“你联系上西提猜了吗？”张教练说着，从锅里夹上一片牛肉，放进嘴里咀嚼起来。

“没有，我打算到了泰国再去找这家拳馆。”

“西提猜虽然很厉害，是泰拳天王，但他跟你不是同一个级别。”

“这应该没什么关系吧？”唐龙说。

“不，关系可大了。”

“是吗？”

“当然。西提猜去和主打80公斤级比赛的西蒙对抗，可能撑不过一个回合，这就是体重和力量的优势。在泰国拳坛，70公斤级以下王者云集，反而80公斤级以上，顶级高手并不算多。但是你的对手西蒙是全世界80公斤级的统治者，时间紧迫，你最好是寻找同级别的高手作为假想敌去训练对抗，这样才能更好地适应西蒙的打击，并与他抗衡。”

“我就知道西蒙、西提猜、播求、雅桑克莱、潇杀狂、杀玉狼、善猜等泰拳王。”

“这几个，除了西蒙打80公斤级比赛，其他几个人都主打70公斤级以下的比赛。”

“那我该去哪儿？”

张教练放下筷子说：“你听说过‘冷面罗汉’上官元彬吗？”

“我知道他的故事，在总教练没有成名之前，他是国内80公斤级最有名气和实力的拳王。”唐龙说道。

“没错，然而一场比赛让他跌落到低谷——西蒙在赛场上摧毁了他，直接导致他重伤退役，远离了搏击比赛擂台。”

“上官元彬都退役了，而西蒙居然一直处于职业巅峰，确实有些不可思议。”

“是的，上官元彬是散打转自由搏击选手，这些年在泰国开拳馆，对于中国武术散打、自由搏击、泰拳都有很深的造诣，加上他实力超群，各种格斗技术融会贯通，有跟西蒙比赛过的经验。如果你去泰国跟他训练，是非常正确的选择。”

“好，我会到他的拳馆去看看。”

“上官元彬在国内训练时，他的教练出自北京散打队，和我是同门师兄弟，我经常去他们拳馆玩，很早就认识了他。你去泰国跟上官元彬训练，我给他发个微信，我的名字在他那儿好用。”

唐龙点点头。

“不管你身在何处，我都会一如既往地支持你。我不知道你的父亲为什么给你取名为‘龙’，龙生活在遥远的天汉银河之中，龙是雷电之神，更是战神，勇武健美，自强不息，战无不胜。无论你到哪里，都要记住，我们是龙的传人、英雄的后裔。”

离开中国时，唐龙没有带太多的东西，只带了课本、几套衣服、拳套和张教练送他的《道德经》，他是极简主义者，不喜欢负重而行。离开中国的前一个晚上，他和伊莲娜、方飞云、文娜、白居易在酒吧喝得酩酊大醉，连谁买单都不记得了。

第二天一大早，闹钟将他唤醒的时候，他发现自己赤身裸体地躺在酒店房间里。身旁是谁？是伊莲娜。伊莲娜侧身躺着，披着一头金发，一只手抱着他的腰，另一只手放在枕头底下，看样子睡得正香，空调被不知道被谁踢到了床下。他赶紧从枕头下摸出手机，将闹钟关掉。

伊莲娜静美的脸庞，金黄的卷发，红唇……几乎占据了他全部的视觉和意识空间，此时此刻，她就是他的全部，拥有她，好像拥有了一切。唐龙已经不愿再去想昨晚发生了什么，只想让时间停止，永远沉醉于现在的欢愉之中。

他将她脸上的金发撩开，她的金色睫毛颤了颤，但她并没有睁开眼睛，似乎还在沉睡，他能闻到她鼻子里的酒气。他渴了，轻轻地捉住伊莲娜抱住他腰的那只手的腕部，将她的手挪开，缓缓转过身，背对着伊莲娜，准备下床去喝水。但是伊莲娜的手马上箍住了他的腰，她的身体紧紧地贴了上来。

唐龙一动不动地躺了十几秒，他的心怦怦直跳。他再次转过身，面对着伊莲娜，面对一个赤诚善良的灵魂，伸过长臂，紧紧地搂住伊莲娜的腰，使他们的躯体紧紧地黏合在一起，合二为一。伊莲娜轻轻呻吟了两声，睁开眼睛，微笑地看着他。

从她那双绿色大眼睛里，他看到了自己赤裸的羞惭。他不敢再看她的眼睛，赶紧将目光转移到她的鼻子和嘴唇上。

“我要喝水。”伊莲娜含情脉脉地看着他，摸了一下他的脸颊说。

“好，我去拿！”唐龙用右掌拍了拍她的腰。

他跳下床，去拿桌子上放的矿泉水，他感受到她的目光一直在触摸着他的身体，他有点儿后悔没有穿上内裤就起床了。他拿了两瓶矿泉水，转过身，伊莲娜保持着刚才的姿势，调皮地笑着，紧紧地盯着羞怯的他。

他有点儿慌了，硬着头皮大步走到床前，将一瓶矿泉水递给她。待他重新躺在床上后，伊莲娜拧开瓶盖，喝了一口水，然后将瓶口递到他的嘴边。

“我这里有。”唐龙告诉伊莲娜。

但是伊莲娜依然举着瓶子，于是唐龙张开嘴巴，伊莲娜将矿泉水一点点倒进唐龙的嘴巴。之后伊莲娜将瓶子放在一边的床头柜上，用手将唐龙的身体掰回来，使唐龙侧躺面对着她。

“我只知道我在酒吧喝醉了，后面的事，我一点儿都不记得了。”唐龙伸手勾住她修长的脖子。

“我记得就好了。”伊莲娜弯着眼睛扑哧一笑，她的手抚摸着他，“你喝醉后的样子和你在擂台上的样子有很大不同。”

唐龙用手捉住那只蛇般滑行到他胸肌的手说道：“你是喜欢现在的我，还是喜欢擂台上的我？”

“都喜欢，我喜欢你的身体，你的灵魂，你的一切的一切。”

当她说这话时，她脸上的表情既欢欣又认真。

唐龙没再说什么，用一只手抱住她的后脑，用嘴唇使劲吮吸着她的嘴唇。

他突然想起了白素梅。有一次，当他翻过身来，将白素梅扶在他的身上时，白素梅却伏在他的胸膛上，不知所措。

伊莲娜从他的眼睛里敏锐地捕捉到了他在追思往昔，俯下身亲了一下他的嘴唇，捉住他的手腕，更快地扭动着身体。

飞机平稳地降落在曼谷机场，唐龙跟着人流缓缓走进机场大厅，办好了落地签，然后买了张去普吉国际机场的机票。一小时后，他再次登上了飞机。飞机到达普吉国际机场后，他来到候机室外面的路边，叫了一辆粉红色的出租车。

司机是个六十多岁的瘦小老头，问唐龙是不是中国人。唐龙点了点头告诉他，是的。

“你想——去——哪儿？”泰国司机用生硬的中文说道。

“泰拳街。”唐龙说。

“查龙——泰拳街？”

“是的。”唐龙说。

出租车钻进车流，路两边绿树成林，下午的阳光明晃晃地照下来，车内开着空调也觉得很热。车子驶进查龙海滩附近后，人多了起来，亚洲人和欧美人交杂在一起，很多人趿拉着人字拖，在树荫下懒洋洋地漫步。低矮的楼房蛰伏在街道两边，夜来香树、椰子树、菩提树、小叶榕等树丛掩映着花花绿绿的商店招牌，树下停放着很多半新半旧的小摩托。

“快到了。”司机转过头看了一下睡意蒙胧的唐龙说，“去——哪家——馆？”

“炎黄泰拳馆。”

“洋纺——泰拳馆？”

“不，炎——黄——泰拳馆。”唐龙纠正道。

“好，明白。”

车子拐进一条狭长的简陋的商业街，街口右边竖着很多泰拳馆的招牌，最大最显眼的是知名的老虎泰拳馆的招牌。唐龙知道这里就是泰拳街了，让他感到失望的是，路口招牌堆里居然没有找到炎黄泰拳馆的招牌。

车子缓慢向前，仔细看过去，街两边所有的拳馆都是露天的。所谓的拳馆，也只不过是在竖起的铁架子上面加了个顶棚，在地上铺上一层垫子，放着一些训练的器械工具而已，就连面积稍大的老虎泰拳馆也是如此。不过各个拳馆里面训练的人却很多，至少一半都是欧美面孔。

除了拳馆外，泰拳街还有很多训练馆、健康餐厅、运动用品店、文身店、药店、摩托车租赁店、服装店，小小的服装店里挂着很多花花绿绿的泳衣和沙滩裤。车子开到泰拳街的街尾停了下来。

“到了，这里——就是。”司机指了指车对面的一家拳馆说。

唐龙看了看这家拳馆。拳馆的门上面挂着一块黑色底板，底板上有一排用吸塑工艺做出来的红色英文字母——YAN HUANG MUAY THAI，拳馆里面，低矮的水泥地基墙下摆着拳套、手靶、脚靶等训练工具，地基墙上插着很多铁柱，铁柱上伸出来的铁架子上悬挂着一个个破旧的沙袋，在空地中央有一座红色的擂台，更衣室的门口摆着几条斑驳的木长凳、几个鞋架和一台饮水机。里面有三百多平方米，跟老虎泰拳馆比，这里小得可怜。

“多少钱？”唐龙沮丧地问司机。

“一千两百。”

唐龙付了车费，从车尾箱拿下行李，慢慢地向炎黄泰拳馆走去。拳馆里训练的人不多，总共只有三十多人，大部分都是亚裔。唐龙拎着大背包站在门口，以为会有人过来跟他打招呼，但是站了五六分钟，也没有人理睬他。他走进拳馆，观看训练。其间，一个穿着黑色训练服的光头大个子看了他一眼，又马上和他的搭档一起，为其他人做缠抱膝加摔的示范去了。

光头大个子做完示范后，学员们两人一组，开始对练。光头缓步向他走过来。

“请问找谁？”光头大个子用英语问唐龙。

“我找上官教练。”唐龙说。

“我就是。”

“是吗？”唐龙吃了一惊。

“你是唐龙？”上官教练用中文问道。

“是的，我是唐龙。”

“欢迎，张师叔和我说过了。”

上官教练将更衣室指给他，让他去换衣服，热过身后体验今天的课程。唐龙换好训练服，在拳馆的一角跳了半个小时的绳后，上官教练安排一个皮肤黧黑、体形和唐龙相差无几的人，和唐龙对练。唐龙走过去，对方憨厚地冲他笑了笑。唐龙先进攻，然后交换攻守，唐龙走过去箍住他的脖子，缠抱住他，抬起膝，用膝的内侧夹撞他的两肋，两人相互顶了四下后，唐龙等对方顶他的腰肋时，紧夹住对方的左臂，侧身上步，用右脚别住他的右脚，右手箍住他的脖子使劲一带，将他摔在地上。

上官教练看到后，走了过来，右手箍住刚才被唐龙摔在地上的学员的脖子，左手牢牢地抓住他的肩膀，然后扭头望着唐龙说道：“看我怎么摔的。”

说完，上官教练让学员用膝顶他，学员抬膝顶了一下上官教练的肋部，上官教练抓准时机，用粗壮的左臂夹住对方的手臂，另一只手勾起他的腿弯往上一抬，右腿轻扫对方的支撑腿，对方扑通一下摔倒在地。

演示完后，上官教练走过来，严肃地对唐龙说：“尽管你刚才摔倒了他，但是摔法和我今天教的摔法不一致。记住，这里是炎黄拳馆，在这里要根据教练的要求来训练，不管你来自哪个国家，不管你之前获得什么荣誉。”

唐龙点点头，心里却不怎么舒服。这是再简单不过的一种摔法，自己是一个职业拳手，虽然说名气不大，但是好歹在中国也赢得了一些比赛，而且即将和世界拳王西蒙对决，上官教练却把他当菜鸟来看待。他开始怀疑自己来错了地方，他不知道张教练为什么竭力推荐他来这个拳馆训练。

训练结束后，唐龙坐在木凳上，望着一下子变得空荡荡的拳馆，心也空落落的。

“怎么样，小伙子，累吗？”上官教练走到唐龙面前问道。

“我是一个职业拳手，这些训练量对我来说不算什么。”

上官教练点点头说：“我带你去宿舍吧！”

唐龙背起包，跟着上官教练走出拳馆，来到泰拳街，从街尾拐出来，走到一栋四层的低矮楼房前。楼下有个小卖部和水果摊，小卖部的老板是个肥胖的中年人，卖水果的是个六十多岁的老人，脸晒得黝黑，坐在一把破旧的遮阳伞下面。楼对面有一排排泰式木屋别墅酒店。别墅里绿树丛生，蓝色的游泳池倒映着蓝天白云，能看到一些年轻的情侣在树下漫步，在泳池游泳。上官教练默默地带着唐龙走上顶层，穿过散发着霉烂味的走廊，来到一间房子前，拍了拍油漆斑驳的门。

“谁啊？”里面传来一个声音。

“我。”上官教练应道。

门马上打开了，一个赤裸着上身、穿着沙滩裤的小伙笑着站在门边。他一身小麦色的皮肤，左耳上打着耳钉，右臂上有一个刺符文身，身材微胖。

“播提，今天下午怎么没去训练？”

“身体不舒服。”

"生命在于运动，多锻炼就好了。"上官教练转向唐龙，拍了拍他的肩膀，对播提说，"他叫唐龙，今天刚从中国过来，以后他就是你的室友了。"

"你好！"唐龙向播提伸过手掌。

播提看了看唐龙宽大的手掌，轻轻握了握。

"嗨，我认识你。"播提吃惊地望着唐龙。

"倍感荣幸。"唐龙无奈地说。

"你的名字在You Tube视频网站、照片墙上很火，我看过你和西蒙之间相互叫阵的视频，你们之间的事情在泰国引起了很大的轰动……"

"好了，先让人家进去吧！"上官教练沉声说道。

播提笑了笑，转身带着唐龙和上官教练走进宿舍。宿舍里放着两张铁架子床，两张书桌，一个旧衣柜。房间看上去乱糟糟的，铁架子床的上铺放着杂七杂八的生活用品，播提床头的墙边，贴着一张赤露上身、穿着搏击裤站在擂台上的克罗地亚"战警"科米尔的大幅海报。他的书桌上放着台式电脑显示屏、台灯和一本*Prestige*杂志，桌子下放着一双拖鞋和两大瓶矿泉水。房间里除了霉味，还弥漫着蚊香的气味。

"你睡这张床好了。"播提指了指一张空床，帮他打开衣柜。

唐龙将背包塞进衣柜，播提不知道从哪儿找出两瓶百事可乐，一瓶递给上官教练，一瓶给唐龙。上官教练咕咚地喝了口可乐，嘱咐播提多带唐龙出去转转，熟悉一下周围环境，就离开了。

两人在房间里坐了一会儿后，播提应唐龙的要求，带唐龙去超市购买生活用品。

他们来到泰拳街，播提买了几个槟榔，递给唐龙一个，唐龙摇摇头。泰拳街的拳馆、健身运动中心大都已经结束了下午的训练，街头和街两边的餐厅、咖啡厅里骤然多了很多人。播提带着唐龙来到一家摩托车租赁店，租了两辆小踏板摩托车，穿过喧闹的泰拳街，来到芭东海滩。海滩上人潮汹涌，夕阳在大海里滚动，海水如血，游泳的人群随着海浪翻涌着，好不快活。

“你们的比赛还没开始启动，泰国已经有很多人准备下注了。”

“那是他们的事情，他们大概都不会买我。”唐龙望着海面上飞舞的海鸥说道。

“哈哈，你太小看自己了吧。”

“没有人比赌徒更现实、更投机。”

“说实话——我也不会买你，哈哈。”播提大笑了起来。

“你有选择的自由。”

“感谢你的理解。”

“你的中文非常好。”

“大家都这么说。”

“你是华人？”唐龙问道。

“是的，当年我爷爷带着奶奶历尽艰辛，偷渡到泰国。爷爷从小就告诉我，我们虽然在泰国谋生存，但我们的根在中国，身体里永远都是中国魂。”

他们来到椰树丛下的一家烧烤摊，播提点了一些烧烤、四瓶啤酒，又去附近的水果摊买来几个莲雾和一小串香蕉。

烤得香香的大龙虾、生蚝、扇贝、牛肉、鱿鱼一盘盘地端过来了。他们边聊边看着海景和穿着比基尼的美女，四瓶啤酒喝完了，播提又叫了四瓶，喝完啤酒后，烧烤和水果也吃得差不多了。夜幕降临，他们离开了芭东海滩，骑着踏板车，穿过喧闹的夜市摊和大型购物中心，来到热闹非凡的芭东酒吧街。

他们将车子停在街口，顺着街道走了进去。芭东酒吧街是泰国非常闻名的狂欢乐园，远远望去，就像一条狂躁不安的斑斓巨蟒，光明与黑暗缠绕在一起，霓虹灯与广告灯相互辉映，散发出的光芒交织出一个巨大的纸醉金迷的橙黄色罩子，紧紧地罩住了这条街，罩子里满是酒精的气味、舞曲的声音、魅惑的色彩、深沉的欲望、疯狂的人群、孤独的灵魂……在酒吧虹彩的映照下，这条街的每个夜晚，都上演着许多醉生梦死的故事，每个人的脸上都闪烁着光怪陆离的兴奋光芒。

酒吧前、秀场口、路灯下、街角处，站着很多穿着暴露的泰国女孩，这些女孩年轻性感、时尚热情，呈现出不同国家的风情和多元文化的景象。当唐龙和播提从她们身边经过时，她们微笑着向他们打招呼，在浓重眼影的掩映下，媚眼如丝，满是挑逗。

每当欧美男人紧盯着她们走过来时，她们立即就迎了上去，用蹩脚的英文和他们兴奋地攀谈，旁若无人地讨价还价。酒吧上面的透明橱窗里，穿着三点式内衣的白人女孩正在用奔放的热舞，诱惑着穿行在街道上的游人的目光。

有时候，也能看到一群穿得清凉妖冶、披着披风的男孩，举着牌子招揽来往的行人，牌子上写着打折啤酒的信息和价格。播提轻车熟路地带着唐龙走进一家酒吧里，这个酒吧有三层，里面散发着浓烈的哥特风，黑白红三色骷髅头四处可见，墙角边站着举着镰刀的无头死神。酒吧里的舞台上，几个狂放的女孩正在表演钢管舞。酒吧里坐满了人，来自世界各地的人聚集在这里，享受着普吉岛暗夜的狂欢。

播提带着唐龙好不容易找到了一个座位。播提点了两杯鸡尾酒，眼睛骨碌碌地向四周瞄来瞄去。他贴近唐龙，告诉他这个酒吧里有不少人妖和变性人。唐龙茫然四顾，完全分辨不出来。很明显，播提是这里的熟客，很多女孩隔着老远和他打招呼。他向一个小麦色皮肤的丰满女孩勾了勾手指，那个女孩扭着走了过来，坐在播提的身边，播提为她点了一杯鸡尾酒，两个人喝着酒，调起了情。

“嗨，你看中了哪个，请她过来喝酒就是啊！”播提提醒唐龙道。

播提看唐龙依然在默默地喝着鸡尾酒，茫然地望着门外的大街时，索性向一个长得娇小的女孩招了招手，那个女孩撇下同伴，笑吟吟地走了过来。播提用泰语向她交代了几句，她直接坐在了唐龙的身边。

播提也帮她点了一杯鸡尾酒，就在播提点酒的间隙，唐龙看到播提旁边的女孩在不断抚摸播提的大腿。

“放开点儿啊，你要入乡随俗啦！”酒吧里音乐很闹，播提提着嗓子对唐龙喊。

播提帮唐龙叫来的这个女孩披着一头黑发，齐刘海下，眉毛画得很好看，穿着白色吊带连身裙，裙子像旗袍一样从左边斜着开到大腿根，露出一双长腿。她用英文问唐龙会不会说泰语，唐龙摇了摇头。她的英文非常流利标准。在她身上没有看到风尘女孩的轻佻和豪放，她是含蓄的，含蓄中带着些许冷傲。

播提和身边的女孩用叽叽喳喳的泰语聊得非常开心，他的脸都笑得变形了，那个女孩时不时地吐出打着一个银色钉子的舌头，像猩红的蛇信一样向播提传递着信号。而唐龙却不知道和身边的女孩如何搭讪，倒是她找了一些话题来聊天，她对中国比较感兴趣，问他来自哪个城市。他告诉她，他来自深圳，一个快节奏的繁华都市。她问他是做什么的，准备在泰国待多久，住在哪里。他全都如实相告。

“其实，我也会说中文。”她告诉唐龙。

“是吗？”

“是的，我的中文很不错。”她用中文回答他，“而且我去过深圳。”

她的中文发音比伊莲娜还要标准，但是只说了一句中文，就切换成了英文，并且再也没有对他说过一句中文。

播提和女孩聊了一会儿天后，给这两个女孩交了出台费，然后揽着女孩的腰径直去了二楼的包间。

临走的时候，他向唐龙撂下一句话："你敢挑战世界上最厉害的拳手，一个娘们儿怕什么？后面的费用自己付。"

唐龙迷糊了。身边的女孩看着他们离去的身影，微微一笑，用期待的眼神望着唐龙。

播提一走，只剩下他独自面对这个女孩了，他更加不安了，甚至还不知道对方叫什么名字。白素梅和伊莲娜的身影不断在他面前闪现，他想快速逃离这个酒吧，但是身边的女孩仿佛有一种磁性，紧紧地吸附着他。

正在他进退维谷的时候，一个矮矮的戴着玉佛、穿着花衬衫的男人带着一帮人闯了进来。酒吧里面的服务生不仅没有阻拦，反而恭敬地向领头的戴着玉佛的男人双手合十问好。服务生将他领到一张桌子前坐下后，他带来的人噔噔地冲上了二楼。

这个女孩看到后，大惊失色，赶紧对唐龙说："快叫你的朋友离开，他爸爸来了。"

"他的爸爸？"唐龙指了指戴着玉佛的男人。

"是的。"女孩说道。

唐龙愣了愣，告诉她："我没有他电话，也不知道他在二楼还是三楼。要不，你打你同事的电话吧！"

不等女孩回应唐龙，播提就被那帮人架了下来，带到了播提爸爸的身前。播提不安地望着他爸爸。

播提的爸爸招了一下手，一个穿着黑色无袖T恤、左臂纹满了莲花的大汉，将播提的头按了下来，播提的爸爸甩手一巴掌扇在播提的脸上，用中文怒斥："混账！"

"爸……"播提哀声说道。

“你还知道我是你爸？还没玩疯是吧？那你继续玩好了。”

“我好久没来泡吧了！”

“那你记得有多久没去看你老婆了吗？”

“才一个多月嘛！”

“才一个多月？嫌时间不够长是吧！赶紧给我滚回家。”播提爸爸指了指酒吧门口说。

播提爸爸带来的人马上把播提架出了酒吧。播提走出酒吧门口的一刹那，回头看了唐龙一眼，马上又被跟在他身后的爸爸踹了一脚。

“他爸爸好像很有钱，来过我们酒吧好几次，每次都带着一大帮人，出手非常阔绰。”女孩凑近唐龙的耳边说。

“播提呢？”

“他也舍得花钱，毕竟有一个有钱的老爸。播提看上去很好色，实际上人很好。”

唐龙意识到播提和她关系不错，问她说：“不好意思，请问你叫什么名字？”

“Gigi，你呢？”

“唐龙！”唐龙用中文告诉她。

“很好的一个名字。”

“谢谢，我得回去了，明天还得忙。”

“有空过来玩。”

唐龙在吧台买完单后，看到一道激光笔的红色光束打在Gigi的乳沟上。唐龙怔怔地站在吧台前望着Gigi，Gigi略带羞涩地看了唐龙一眼，然后凝望着舞台，一个人高马大、赤裸着上身、随着音乐摇摆的黑人跳下舞台，大步朝她走了过来。

黑人走到Gigi面前，一把箍着Gigi的腰，另一只手箍着她的大腿，猛然将她抱了起来，她张开嘴巴，貌似尖叫了一声，旋即笑了起来。她用手勾住黑人的脖子，她的长发和裙子垂了下来，露出雪白的长腿，酒吧里爆发出一阵欢呼声。黑人抱着Gigi很快走出了酒吧，他们的背影消失在门外彩色的光影之中。唐龙走出酒吧，拖着长长的身影走到酒吧街的街口，找到自己的踏板摩托车，找了一家购物中心，买了被子、凉席、蚊香、牙刷、纸巾等生活用品，用绳子绑在车后面，骑着车驶向泰拳街。

在路上，Gigi的样子总是在他的眼前浮现，恍惚之间，差点儿和一个骑踏板车的西方美女迎面撞上，他赶忙停下车，正要道歉时，对方骂了一句，然后一个加速，抛下了他。他苦笑着摇了摇头，再要启动摩托车的时候，伊莲娜给他发来了微信视频。

“你好吗，亲爱的？”伊莲娜问道。

“我很好，你呢？”唐龙问道。

他看到伊莲娜的眼睛红红的，眼泪把下眼睑的眼影冲下来了。

“伊莲娜，你怎么啦？”

“我没什么，就是很想你，想到很长一段时间见不到你，我就难过。”

“没事，放假了来泰国吧，我在这里等你。”

“好的，我就是这样想的。”伊莲娜用手抹掉眼泪，笑道。伊莲娜的出现，让他适时从Gigi的世界里抽离了出来。播提不在宿舍里，第二天也没来训练，唐龙不禁有点儿担忧。好在五天后，播提回到了拳馆。而唐龙经过几天的调整，也早已适应了拳馆的训练节奏。

这儿和鹏强搏击俱乐部在训练时间的安排上，基本上是一样的：早上跑万米，锻炼体能，然后训练一个半小时，下午训练一个半小时，晚上休息，每周三次力量训练，周日休息一天。

训练的内容主要以泰拳的内围缠抱、肘、膝、摔等技术为主，在上官教练的安排下，每次训练完后，都会有一个叫乃过的泰国本土教练帮唐龙进行抗击打训练，比如，用拳轻击唐龙的两腮，击打他的腹部，用腿扫踢他的肋下部位。

一开始，这些抗击打训练让唐龙很难受，乃过是泰国的退役拳王，实力很强，有几次唐龙差点儿被KO。好在时间一久，这些不断遭受击打部位的肌肉越来越坚硬了，抗击打能力慢慢增强。

内围技术有显著提升后，开始强化拳腿组合、躲闪防守的训练，这里训练的强度比鹏强搏击俱乐部要大很多，也使得唐龙各方面的技术不断进步。每周，他都会跟上官教练或者乃过教练打三次反应和一次激烈的实战对抗。

很明显，上官教练和他实战对抗时，会收着让一下他，但是乃过并不优待唐龙，实战时几乎是全力以赴，唐龙经常被乃过打得鼻青脸肿。有几次，在一边观战的上官教练实在有些担心，怕唐龙被打坏了，不得不赶紧叫停了他们之间的对决。

或许对唐龙来说，这不是什么坏事，他刚来炎黄拳馆时的傲慢和对拳馆的不满，被乃过打得烟消云散，越来越喜欢炎黄拳馆并尊重拳馆的教练，训练时也更加努力了。

有一次，在他被乃过教练揍得鼻血直流，跑到洗手间去清洗脸上的血污时，他从镜子里看到了上官教练。

“你怎么样？”上官教练面无表情地问。

“我没啥，小事情！”唐龙说。他低下头，双手捧着水清洗着鼻子。

“乃过教练没有退役时，是泰国有名的拳王，他严格认真，对待所有人都一样。只有跟强者对决，你才能不断提升。”

“嗯，我明白。”

血与水在他的鼻子下连成线，一直往下掉。

“过几天，我会去曼谷找西蒙，跟他的团队敲定比赛的日期，你希望在几月份比赛？”

唐龙略一沉思，答道：“10月吧！”

“时间有点儿紧凑。”

“是的。”

“不多留点儿时间训练吗？”

“我还要回深圳上学。”

“你想好了吗？”

“没错。”唐龙回过头，坚定地看着上官教练。

播提被他爸爸带走再回到拳馆后，跟唐龙说的第一句话是：“那晚帮你叫的那个中国妹子怎么样，正吗？”

“中国妹子？”唐龙吃惊地看着播提。

“对，她是中国台湾人。这有什么奇怪吗？”

“她的中文说得很好，看起来所受的教育很高，但是我从没想到她是中国人。”

“你不知道的多了去了，她是美国哥伦比亚新闻学院的研究生。”

“一个名校研究生，怎么会沦落到这样的境地？”

“他的美国男朋友是个赌鬼，带着她来到泰国旅行后，赌钱赌拳，输光了身上的钱，于是跟万佛会借了高利贷，万佛会贪婪凶残，惹上他们基本上没有什么好结果。Gigi的男朋友欠债无力偿还，被讨债的人砍了两根手指，被逼无奈，于是逼Gigi签订了卖身契，将Gigi卖给了万佛会抵债，他自己则逃回了美国。从此，Gigi便沦落风尘了！”

“你知道的还挺多。”唐龙望着播提那双细眯的眼睛说道。

“那当然，我是普吉岛本地人嘛。”播提得意地笑了，“你想她的话，改天再带你去找她。”

“因为你提起她，所以就聊了聊她，没其他的意思。”

“别装了。”

“你把我对泰国的美好印象都破坏了。”

“习惯就好了，这是泰国现实的一部分。”

“上次回家后没再挨揍吧？”

“没有。我半个月没回家，我儿子急了，在家里不断哭闹，我爸妈和保姆都搞不定，我爸很生气，于是跑来把我叫回去了。”

“寻人的排场够大的，孩子妈妈呢？”

播提将眼珠从右边转到眼眶中间定住，看了唐龙一眼，再飞快地将眼珠转到左边说道：“她走了，我们再也没有见过。”

那天，上官教练去泰国曼谷西蒙的拳馆，跟西蒙的团队谈唐龙与西蒙的比赛。西蒙在全世界有着超高的人气和巨大的流量，为唐龙和西蒙提供比赛平台的赛事方有很多，比如泰国非常著名的“泰王杯”世界泰拳联盟赛、仑披尼泰拳赛、迦南隆泰拳赛等，除此之外，“万佛会”泰拳职业联赛的负责人也在大力撮合双方去他们的平台打比赛。

西蒙团队希望在“万佛会”泰国职业泰拳联赛这个平台上打这场比赛，上官教练的理想选择是“泰王杯”世界泰拳联盟赛，但是在西蒙团队的强硬坚持下，上官教练妥协了。“万佛会”职业泰拳联赛是泰国知名的泰拳赛事，赛事诞生至今已有五十多年的历史了，西蒙是上一届“万佛会”泰拳职业联赛轻重量级的冠军，这场比赛将是西蒙的冠军卫冕赛。按照比赛规则，冠军卫冕赛将打五个回合，每个回合三分钟。

上官教练和他们谈得并不愉快，上官教练希望在10月28日举行比赛，以便留更多的时间给唐龙训练。但是西蒙拒绝了，西蒙希望在10月1日比赛。10月1日是中国国庆节，对于中国人来说，这是一个普天同庆的神圣的纪念日。上官教练有些愤怒，当即拒绝了。

但是西蒙团队对于在中国国庆节比赛的态度异常坚决，西蒙是铁了心想要在中国国庆节的时候击败唐龙、羞辱唐龙。他们已经算准了唐龙的心理和处境——唐龙不可能不打这场比赛。首先是唐龙已经在网络上应战西蒙了，不会出尔反尔；其次是西蒙的言论，在世界华人中激起了滔天愤怒，人们空前关注这场比赛。无论输赢，人们都希望看到唐龙挺身应战，这已经不是唐龙一个人的比赛，更像是世界华人的比赛。如果唐龙只是因为比赛日期的原因退赛，他会被人们用唾沫淹没。然而在这个特殊的日子和西蒙打比赛，唐龙无形中会增加更多的压力。

除此之外，他们强烈要求以泰拳规则进行比赛，不以唐龙熟悉的自由搏击比赛规则比赛。泰拳和自由搏击的比赛规则的区别，主要在于对肘膝使用规定的不同，其他基本上差别不大。自由搏击的比赛，不允许使用肘，可以用膝，但是不能使用连膝；而泰拳则没有这样的限制，可以自由使用肘膝。对于泰拳手来说，膝坚如铁，肘过如刀，杀伤性极强，很多泰拳手在擂台上丧命，就是被对手的钢肘铁膝活活打死的。

上官教练不能擅自做主，离开办公室，走到拳馆外面跟唐龙打电话讲明了这个情况。

“行，就10月1日打，泰拳规则。”电话那端的唐龙平静地说。

“你想好了吗？”上官教练说道。

“如他们所愿吧！教练，我不能放弃这场比赛。”

比赛日期敲定好后，大家一起跟赛事负责人谈起了比赛出场费，赛事方给西蒙的是三千万泰铢，唐龙是一百万泰铢；另外，赢者将获得三千万泰铢奖金。9月在曼谷希尔顿酒店举行新闻发布会。

7月15日，深圳大学放暑假了，当天晚上，伊莲娜就将飞到普吉岛机场。播提向他的爸爸借车载唐龙去接伊莲娜，但是他爸爸没有借车给他，而是派出自己的司机阿刚开着宝马X6跟他们一起去普吉岛机场接伊莲娜。唐龙从阿刚左臂纹满的莲花上，认出他就是上次跟着播提爸爸去酒吧逮播提时，将播提的头按下来的那个大汉。

到达机场后，唐龙和播提来到航站楼接机口，阿刚守在车子里。半个小时后，机场的广播播报伊莲娜所坐班次的飞机到达。不一会儿，穿着黑色背心、天蓝色牛仔裤、阿迪达斯小白鞋的伊莲娜拉着一个拉杆箱，从通道里走了过来，老远就笑着向唐龙挥手。

走出接机口后，伊莲娜丢下拉杆箱，小跑着张开双手扑向唐龙，唐龙紧紧地搂住她的腰，旋转着身体，转了两圈才停下来。

唐龙在她的唇上吻了一下，放下伊莲娜。

“你好，我叫播提。”播提睁大眼睛看着面前的伊莲娜，伸出手掌。

“这是我的朋友。”唐龙告诉伊莲娜。

“我叫伊莲娜。”伊莲娜握了握播提的手掌。

“你来自——美国？”

“不，不，我是俄罗斯人。”

“很高兴见到你。”

“我也是，很高兴。”

伊莲娜看到唐龙握住了自己的拉杆箱，马上从唐龙的手里要了过来。三人离开接机口，走出候机大厅，来到航站楼下的停车场找到阿刚，开车返回。在伊莲娜来之前，唐龙搬到了三楼的单人大宿舍，这个宿舍一室一厅，带厨房和卫生间。房间里基本的家具齐全，环境比较舒适。唐龙将伊莲娜的箱子放回宿舍，再带伊莲娜来到芭东海滩吃海鲜。吃完海鲜，喝完了一箱啤酒后，播提和阿刚起身告别离开。

唐龙牵着伊莲娜的手，在海滩上随心漫步。夜晚的海滩，椰影下，沙滩上，海水中，亲昵的情侣随处可见。月亮从天空中跌下来，铺在海浪上，成了一堆金黄色的碎片，白云在海面横渡，涛声连绵起伏，像在倾诉恋情。他注视着身边的伊莲娜——她美丽、健壮、性感、活泼，当她陪伴在自己身边时，他能深切地感受到，这是他人生最美妙的时刻。

“亲爱的。”伊莲娜喊道。

“嗯！”

“只有两个多月，你就要和西蒙打比赛了，你训练得怎么样？”伊莲娜侧过脸来，在他的脸颊上亲了一口。

“还行。”唐龙说道，用手挽住伊莲娜的腰。

“亲爱的，我非常担心你。”

“不用担心，这只是很多比赛中的一场而已。”

“我身边很多外籍朋友都知道我的男朋友要和西蒙打比赛，这场比赛在全世界关注度很高。”

“很显然，他们并不是我的支持者。”

“他们认为你会输掉比赛。”

唐龙沉默不语。

“无论比赛结果如何，我会永远支持你，你就是我心中最好的拳手。”伊莲娜用手抚摸着唐龙的脸颊说道。

唐龙双手紧紧地搂住伊莲娜的腰，脸贴着她的脸，心对着她的心，下巴搁在她厚实的肩膀上。他想这样一直拥抱着她，直到世界末日。

从确定比赛日期并通过新闻媒体对外公布后，唐龙和西蒙这场备受关注的比赛就立即冲上了热搜，高居热搜榜第二名，在外网也成为各国网友津津乐道的话题。当然国外和国内一样，百分之九十九的网友都认为唐龙必输无疑。各种嘲讽挖苦的言论铺天盖地，像蝗虫一样包围着唐龙，啃咬着他。

几乎无人看好一个不知名的中国拳手，能够打赢世界排名第一的统治级美国拳王，很多中国网友抨击他在国庆节这天和西蒙比赛，输给美国人，是为了羞辱祖国，羞辱欢庆节日的十四亿中国人。

唐龙又一次遭受全世界网络舆论的灼烧，比之前更加猛烈，他远没有做好心理准备，在这些攻击的浪潮之中迷失了，产生了巨大的痛苦，处于连续失眠之中。而这显然影响了他训练的状态。

在一次下午的训练过程中，上官教练大发雷霆，怒斥他是怎么回事，为什么不能集中注意力，如果这样下去，这比赛还不如不打，直接打包回中国好了。上官教练发过脾气后，破例给唐龙放了半天假。而唐龙一个人坐在宿舍里，发了半天呆。

现在，伊莲娜来到他的身边，给他带来了欢乐、信心、希望和爱，就像将一股水流注入他干涸的心田，润泽着他，慰藉着他。他依然无法忘记白素梅，会竭力不去回想他和白素梅在一起的时光。是的，少了和她的连接，抑或说当她不再属于他时——她对于他，已经不再那么重要了。

离开芭东沙滩后，两人没有去芭东酒吧街，而是直接回了宿舍。刚关上房门，还来不及冲凉，两人就紧紧贴在一起。后来，他们心满意足，冲过凉后，带着愉悦和笑意，在天快亮时抱在一起沉沉睡去。

第二天，唐龙一觉醒来，发现已经十点半了，身边的伊莲娜睡得正香，闹钟响了多次，两人都没有听到。他赶紧翻身起床穿衣，用手抹了一把脸，拿了一杯牛奶和一块面包就奔向炎黄拳馆。

拳馆里，拳手们正在上官教练和乃过教练的指导下捉对打靶，拳馆里喊声和拳脚撞击在靶子上噼里啪啦的声音混在一起，响成一片。唐龙赶紧走进更衣室换训练服，然后在拳馆的一角跳绳热身。热过身后，唐龙转头一看，伊莲娜不知何时来到拳馆，正坐在木凳上目不转睛地看他训练。她今天穿着白色吊带背心、牛仔热裤和蓝色的人字拖。唐龙朝她点点头，伊莲娜笑着向他抛来一个飞吻。

"唐龙，过来。"上官教练的声音从擂台那边传来。

上官教练正站在擂台上盯着他。唐龙知道上官教练要和他打实战了，他缠上绷带，戴上拳套，走向擂台。伊莲娜也跟着来到擂台边，掏出手机，拍摄视频。

双方碰过拳后，唐龙率先展开了进攻，用刺拳试探着上官教练，上官教练用灵活的脚步巧妙地躲开了唐龙的刺拳攻击。唐龙小心地向前进逼，右脚一个低扫踢，"嘭"地扫在上官教练的大腿上。

"好棒，加油！"伊莲娜举着手机，在擂台下欢呼道。

唐龙斜眼扫了一下伊莲娜，立刻被上官教练逮住机会。上官教练一个直拳打在唐龙的人中上，唐龙脑袋嗡嗡直响，如果上官教练不收力，这一拳肯定就KO他了。

上官教练抡起双拳重重地击打了两下，他垂着头，目光自下往上盯着唐龙的眼睛喝道："保持专注，任何时候，在擂台上都不能分心，否则你就会被KO，记住了吗？"

唐龙点点头，用双拳紧紧护住脑袋，双方对攻了几轮，"铛铛铛"，铃声响了，第一个回合结束。伊莲娜将擂台上的坐垫从擂台外推到擂台内，唐龙坐下来，汗如雨下。伊莲娜将自己喝了一半的矿泉水递给唐龙，唐龙一口气喝干了。

"不错啊，你小子待遇真好，在拳馆训练也有专人服务。"上官教练打趣唐龙道。

"这是我的女朋友，伊莲娜。"唐龙说道，向伊莲娜介绍了一下上官教练。

"欢迎来到炎黄拳馆。"

"谢谢教练，这里很不错。"伊莲娜说。

一分钟后铃声响起，休息时间结束，大家又开始了打靶训练，唐龙和上官教练开始第二个回合的较量。

上官教练用拳腿组合开路，然后切进来，箍住唐龙的脖子，开始在内围发起进攻，用膝顶唐龙的两肋。上官教练只用了百分之五十的力量，但是唐龙仍能感受到膝盖撞在内脏上带来的钝痛。他赶紧从上往下将双手插进上官教练的手臂里面，将手腕扣在上官教练的臂弯里，针锋相对地用双膝轮流撞击上官教练的两肋。

两个人拼了几回合膝，上官教练将唐龙推开，拉开距离，然后一个侧翻，头朝下双脚朝上，整个身体向唐龙抡过去，双脚以头为中心点，画出一个一百八十度的半圆，右脚脚跟重重地砸中唐龙的头顶，整个动作快如闪电。唐龙根本来不及反应和躲闪，四脚朝天瘫倒在地上，失去了意识。

上官教练赶紧脱下拳套跑过来，伊莲娜也慌忙钻进擂台，握住他的手，想要抱起他的头，但是被上官教练制止住了。上官教练用手捏住他的腮帮，检查他的舌头，没有发现滑舌堵塞气管，遂用手指掐他的人中，另一只手揉搓着唐龙胸前的肌肉。过了好一会儿，唐龙才苏醒过来，脑袋依然嗡嗡直响。

伊莲娜将唐龙扶了起来，靠着擂角的背垫坐了下来。上官教练从冰柜里拿了两瓶矿泉水递给伊莲娜。伊莲娜打开瓶盖，想要喂唐龙喝水，唐龙则直接拿过水瓶往自己嘴里灌了两大口。

“你还好吧？”伊莲娜用手拂去他眼睛上的汗水。

“没事，我只是被KO了而已。”

“一定很疼吧？”

“有点儿晕乎，你录视频了吗？”

“录了。”伊莲娜点点头，掏出手机。

“我看看视频。”

“教练刚才用的是什么招？”伊莲娜打开手机，找出视频。

“那叫舍身踢。”

“你会吗？”

“我不会，这招很奇特，在擂台上很少看到。”

“你的教练出手都这么重吗？”

“不，我今天迟到，跟他实战的时候又分心了，他想给我点儿警示，我明白他的意思。”

正说着，纠正完其他学员动作的上官教练走了过来，他关切地看着唐龙：“我帮你拉伸一下吧！”

唐龙摇摇头道：“我还想休息一会儿。教练，舍身踢这样的杀招可不能捂着啊！”

“你想学，我演示给你看还不行吗？”上官教练道。

“那最好了。”唐龙对着上官教练笑起来。

上官教练上了擂台，来到擂台中间，他身上的训练服已经被汗水湿透了，两条赤裸的手臂，就像涂上了油一样闪着亮光。

“舍身踢来源于中国传统武术，很多传统武术门派都会有这个动作，俗称‘腾空外摆莲’。使用舍身踢时，将快速旋转带来的力量和身体本身的重量结合在一只脚上，像斧头一样抡出去劈向对手，它会产生很大的爆发冲击力，一旦击中头脸，将重创对手。在身体翻滚下落时，要用一只手撑住地面缓冲，避免身体摔伤。它既是战术招式，也是战略招式：作为战术招式，它动作很大，考验使用者的技术、速度、力量、信心以及对距离的把控，如果第一次没有击中对手，后面对手识破了这种招式，戒心更大，更加不容易命中，所以使用这种招式时，一定要把握时机，争取一击即中，结束战斗；作为战略招式，舍身踢在翻滚腾空后，身体会落在地上，按照自由搏击或者泰拳规则，不能对倒地者进行攻击，没有后顾之忧。”

随后，上官教练在擂台上演示了三次，唐龙按照上官教练的指导，练习了二十多分钟。他从小就会空翻，练习自由搏击以来，身体的柔韧性和协调性都很好，很快就掌握了舍身踢的基本动作，只是速度和力量还掌握得不太好。但在上官教练看起来，他悟性很高，学得还不错。

训练结束后，唐龙冲过凉，带着伊莲娜在泰拳街的餐厅吃了一顿泰国料理，他们点了冬阴功、清迈面、椰汁嫩鸡汤、咖喱鱼卷。伊莲娜很喜欢泰国美食，特别喜欢冬阴功，两人将这些食物吃得精光，伊莲娜抢着去买了单。吃完后，他们回到宿舍，打开空调，然后唐龙用粗壮的手臂抱着伊莲娜回到卧室休息。

还没睡着，唐龙的电话就响起来了，是上官教练打来的。上官教练让他去拳馆，有事找他。唐龙在伊莲娜的脸上亲了一下，帮她盖好空调被，来到拳馆。他看到拳馆的木凳上坐着七八个陌生人，其中有人带着麦克风、摄影机、相机。上官教练正站着和他们聊天。

上官教练告诉唐龙，泰国媒体今天过来采访他，泰国传媒界影响力最大的泰国电视台也来了。上官教练用泰语向记者们简单介绍了一下唐龙后，那些记者都站了起来，向唐龙打招呼。其中有一个叫莉莎的女记者用比较标准的中文向他问好，让唐龙有些意外。

“你的中文很不错。”唐龙不由夸赞道。

“谢谢，我曾经在中国人民大学留学，我喜欢中国。”那个女记者说道，“我是泰国电视台记者，对于你和西蒙先生的比赛，泰国很多人都很关注，今天想采访一下你。”

“好的，没问题。”唐龙笑道。

莉莎让唐龙坐在木凳上，她坐在唐龙旁边，将麦克风对住唐龙的脸，与她同来的摄影师已经在一旁架好了摄影机，其他人也从包里掏出麦克风或者拿出相机对准唐龙。这是唐龙第一次接受这么多媒体的采访，而且还是在国外，有点儿紧张。

“唐先生，我们开始吧。”莉莎说道。

“好的。”

"你觉得泰国怎么样？"

"让人很快乐的一个国家，我喜欢泰国。"

"你马上要和世界上最厉害的拳手决斗了。在泰拳街，炎黄拳馆并不是一个很出名的拳馆，你为什么选择它而不是其他更好的拳馆，比如老虎泰拳馆？"

"出名的拳馆不一定是好拳馆，好的拳馆不一定很出名，对我来说，炎黄拳馆就是最好的拳馆。"唐龙说道。

唐龙看了看上官教练，上官教练向他点点头。

"你为什么这样说？"

"因为这里有最好的教练。"

"据我所知，上官教练以前在中国训练和比赛，退役后来到泰国学习泰拳，然后开了这家拳馆。"

"是的。"

"你觉得这是不是说明了泰拳比中国功夫更厉害？"

"我觉得不是。"唐龙正色回道。

"那你的教练为什么来泰国学习泰拳？"

"中国有句话叫作'精益求精，融会贯通'，意思就是不断学习，让自己变得更好、更全面，上官教练来泰国练习泰拳也是这个原因。在没有来泰国之前，上官教练就打败过很多泰拳手，证明了自己的实力。来泰国之后，他既会中国功夫，也精通泰拳，放眼泰国，有几个泰拳手会中国功夫呢？"

"可是他输给了西蒙。"

"没有永远的胜者，只有永远的勇士。"

"那你又为什么来泰国学拳？"

"我来泰国学拳，是因为西蒙是一个超级泰拳王，我们要打一场泰拳比赛，所以，我要更好地了解泰拳。知己知彼，百战百胜。"

"你刚才说西蒙是超级泰拳王，你觉得能战胜他吗？"

“他获得了很多世界性的荣誉，成就很高，这是我称他为超级泰拳王的原因。能不能战胜西蒙，比赛打完后你自然会知道答案。”

“唐先生，我采访过很多拳手，所有的拳手在赛前都会认为自己可以战胜对手，不管结果如何，我觉得这体现了拳手的一种自信。很可惜，我在你身上没有看到这一点。”

“有很多认为自己会赢的拳手，最终输掉了比赛，所以自信不是用嘴说出来的，而是用拳头和实力打出来的。”唐龙扬了扬拳头。

“好吧，我不想欺骗你。根据我们电视台的调查，在泰国，除了华人，没有人看好你会赢这场比赛。你同意我的观点吗？”

“我知道很多人不看好我，这是他们的自由。如果我是拳迷，可能也不会支持唐龙。但这不会成为我打这场比赛的压力。”唐龙竖起食指，在脸前摇了摇。

“你竖手指的动作让我想起了李小龙，他是我的偶像。”

“我也很喜欢他。”

“中国人不是‘病夫’。西蒙的弟弟非常清楚这一点，全世界的人更加明白。我会让他知道什么是真正的中国功夫。”唐龙紧盯着镜头说道。

“好的，我的问题完了，谢谢你接受采访，祝你好运。”

唐龙双手合十，行了一个泰礼。

其他记者用泰语问了几个简单的问题，莉莎充当了临时翻译，唐龙逐一作答。之后，记者告别唐龙和上官教练，离开了拳馆。

下午的训练结束后，播提请唐龙和伊莲娜一起去芭东酒吧街吃晚餐。三个人踏着人字拖，骑着两辆踏板车直奔芭东酒吧街。坐在后座的伊莲娜紧紧搂住唐龙的腰，非常兴奋。当他们到达芭东酒吧街时，天刚刚黑，还没到芭东酒吧街最热闹的时候，但人也不少，熙熙攘攘，街两边的霓虹灯吮吸着黑夜的养分。酒吧里劲歌热舞，觥筹交错，人们沉醉在温柔乡里。

在芭东酒吧街，亚洲人和欧洲人的情侣组合并不少见，大部分为欧男亚女组合。唐龙牵着伊莲娜的手向前漫步时，引来了很多目光在伊莲娜身上四处游移。伊莲娜能感受到有些目光既没礼貌，又不怀好意，就像丛林里捕猎野兽的目光，她无奈地笑着朝唐龙摇摇头，唐龙示意她不要理会他们。

“我们去吃意大利菜怎么样？”播提问道。

“娜娜，你觉得呢？”唐龙问伊莲娜。

“可以。”伊莲娜说道，“你叫我什么，娜娜？”

“是的，你喜欢这个名字吗？”

“非常非常喜欢，这个名字很好听。”伊莲娜露出一口整齐洁白的牙齿，笑吟吟地说道。

“喜欢就好，以后，在这个世界上，只有一个人可以叫你娜娜，那个人——就是我。”

伊莲娜停住脚步，抱住唐龙的脖子，在他的脸上深深一吻。

来到意大利餐厅，播提拿起菜单，他知道唐龙饭量大，于是点了三份意面、一份意饼、米兰凉菜、肉肠、海鲜盘、米兰炸牛排，外加一瓶葡萄酒。五十分钟后，三个人将桌上的意餐吃得一干二净，葡萄酒也喝完了。

三个人从意大利餐厅出来后，伊莲娜提议去酒吧坐一坐，播提兴致勃勃地带着两人又来到酒吧，他们在立地玻璃墙下找了一张桌子坐下来。透过玻璃望出去，街道上的人流更加密集了。

唐龙拿过酒水单，点了三杯鸡尾酒。这时，伊莲娜拍了拍他的肩膀，指了指舞台。舞台上面有几个舞女在跳钢管舞，包括上次认识的中国女孩Gigi。他进酒吧的时候就注意到Gigi了。

“对，她们的钢管舞不错。”唐龙说道，低下头扫描着酒水单，想点几份小菜。

“不是。”伊莲娜拍了拍唐龙说道。

“什么不是？”唐龙翻了一下酒水问道。

“那是白素梅吗？”

唐龙霍地抬起头，顺伊莲娜所指，望向一个跳钢管舞的女孩——她披着长发，眼神迷离，红唇烈焰，穿着黑色蕾丝吊带情趣内衣，叉开大腿，在钢管上旋转着身体，性感撩人。无论灯光如何昏蒙闪烁，她的身体如何快速旋转，她的长发如何四处翻飞，他依然能凭着往昔的记忆确认她就是白素梅。

她发现他了吗？也许发现了，也许没发现，这对于她来说，真的很重要吗？

那具在钢管上舞动展示的胴体曾经属于他，只属于他。他熟悉她身体的每一个部位，那上面刻满了他的印记。而现在，她自由了，她从他的拥有中解封了，她也许属于她自己，但再也不属于他了，她属于泰国普吉岛，属于芭东酒吧街，属于这个该死的酒吧，属于这个把罪恶隐藏在绚烂色彩下的暗夜。

钢管舞跳完后，跳舞的女孩都走下了舞台。

舞台下面坐着六个老外，当白素梅走到他们这桌的时候，有个穿着黑色背心、两条手臂纹得花花绿绿的光头老外掏出一沓厚厚的泰铢，伸出长臂勾住了白素梅的腰，将白素梅揽到他的大腿上，将那沓泰铢塞进白素梅的内裤里，一桌的人手舞足蹈，哈哈大笑着起哄。白素梅赶紧挣脱，站了起来。

看到这一幕，唐龙一下子站了起来，伊莲娜一把拉住唐龙的手。

“你要干什么？”伊莲娜抬头望着他，“这里是泰国，这是她自己的事情，与你无关。”

唐龙看了看播提，他恨播提带他和伊莲娜来到这个酒吧。如果不来这里，也许他永远都不会遇到白素梅，并看到这一幕。播提不解地望着唐龙，不知道他为什么怒气冲天。

“那个中国女孩怎么啦？”播提问唐龙。

这个时候，老外蹲在白素梅的脚下，抱着白素梅的双腿，开始舔白素梅的大腿，白素梅扶着光头老外的肩膀，笑得花枝招展。唐龙再也无法忍受，一把甩开伊莲娜的手，大步走向白素梅。

除了那个仍旧在低头亲吻白素梅的光头老外，与他同桌的所有人都看到了唐龙走了过来。白素梅也注意到了唐龙和他后面的伊莲娜，脸上的笑容凝固了。

唐龙走到光头身后，拍了拍他的肩膀，光头扭头看了看唐龙，唐龙勾了勾手掌，示意他站起来。

“你要干什么？”白素梅怒视着唐龙。

光头老外恼火地站起来，他比唐龙更高更壮，留着一脸的大胡子，手臂上的文身一直延伸到他粗壮的脖子。粗壮的脖子意味着抗击打能力更强。

但是，当唐龙一勾拳打过去时，当唐龙坚硬的指掌关节带着脆响重重撞击在他脆弱的下巴上时，他还是无法支撑，“嘭”地仰倒在地。几乎与此同时，身后的伊莲娜大喊一声“不”，但无论如何，已经拉不住唐龙的拳头了。脸色苍白的白素梅双手抱在胸口前，赶紧退到一边。

光头老外的同伴没有料到，一个亚洲人，敢于在这么多欧洲人面前攻击他们的朋友。等他们反应过来时，光头老外已经躺在地上一动不动了。他们都站了起来，有人操起了酒瓶，有人举起了凳子，还有两个人赤手空拳，这五个人一下子把唐龙和伊莲娜围了起来。

唐龙抬眼看了看播提，他居然依旧安静地坐在椅子上喝着鸡尾酒，无动于衷地看着唐龙和伊莲娜被五个杀气腾腾的老外围困在中间。

酒吧里一片哗然，离他们近的客人们，赶紧站起来向后退去。

“别怕，有我在。”唐龙盯着对方，对身边的伊莲娜说道。

“杀了这个亚洲人。”一个拿酒瓶的老外用英文大喊道。

他一边喊，一边挥着酒瓶向唐龙扑过来。

眼看酒瓶就要敲在自己头上了，唐龙没有躲避，而是以迅雷不及掩耳之势一个正蹬，蹬在他的胸口上，他的身体像弓起的大龙虾一样被抛了出去，撞到一张桌子上，然后倒在了地上，半天起不来。桌子上的酒杯酒瓶四处乱飞，嘭嘭碎了一地。

一击即倒，又快又狠，精准如手术刀，一切都在电光石火之间。剩下的四个老外一看这架势，有点㞞了。他们知道这次碰上个硬茬儿。

唐龙没有给他们足够的时间去研究如何围攻他和伊莲娜，而是看准了那个提着椅子的老外，高高抬起右脚，一个劈挂腿，脚后跟像大铁锤一样砸在他的头顶。老外还来不及挥出椅子，就应声而倒，摊开手脚，抽搐起来。

唐龙向剩下的三个老外招了招手，示意他们放马过来。他们面面相觑，谁也不敢先上前。既然他们不动手，唐龙也就不客气了，想起他们刚才一起大声起哄嘲笑白素梅的场景，于是咬着牙齿，跳步上前，迎面一个左直拳，将其中一个老外打倒，接着一个右摆拳，砸在旁边一个老外的腮帮上，不待老外倒地，又用两手将最后一个的手臂捉牢，转身弓腰，一个背摔，将他狠狠地摔倒在地上。

唐龙回头看了白素梅一眼，白素梅和Gigi站在一起，满面惊惶地看着他。酒吧里几乎所有人都在注视着他。唐龙拉着伊莲娜，快步走出酒吧，来到街上，但一下子就停住了。大约有三十个人堵在街道两头，又将他和伊莲娜围了起来。

这些人都是泰国人，穿着黑衣，留着短发，目露凶光，手里握着锋利的匕首，像凶残嗜血的狼群一样默默地向唐龙和伊莲娜逼近，围成一个圆圈。

唐龙明显感觉到，这几十个人训练有素，每一个人都比刚才的老外更加危险。

街道上的行人以这个包围圈为中心点，迅速散了开来，在一边驻足看热闹。很多人掏出手机拍摄视频，但马上被人制止了。

唐龙握紧伊莲娜的手，汗水从额头和鼻尖滑了下来，他第一次感到了死亡的恐惧，这种恐惧深入骨髓。如果伊莲娜不在身旁，白素梅不在酒吧里，他肯定不会如此紧张。

播提呢，警察呢？为什么他们像蒸发了一样？这伙人敢于在这么多人面前用匕首进攻他和伊莲娜吗？他知道，纵然是拳王泰森，面对这么多人、这么多致命的凶器，打起来也毫无胜算。他紧紧攥着伊莲娜的手腕，做好了冲开一个口子，带着伊莲娜赶紧逃离的计划。他知道不能倒下去，如果倒下去，伊莲娜难逃厄运，而白素梅也许将陷入万劫不复的境地。

举着匕首的泰国人越逼越近，正准备进攻的时候，有人用泰语大喝一声。唐龙循声看去，一个穿着黑背心的男人不知道从哪里走了过来。唐龙感到有些面熟，再一细看，黑背心男正是上次开播提爸爸的宝马车，载着他和播提去机场接伊莲娜的阿刚。

阿刚从那几十个包围唐龙的泰国人的缝隙中昂首走进了包围圈，和唐龙并肩站在一起。此时，播提也不知道从哪里冒了出来，他端着刚才喝的那杯鸡尾酒，吹着口哨慢悠悠地走到伊莲娜身边。二对多，变成了四对多。四个赤手空拳的人有胜算吗？

看到阿刚和播提走了进来，那伙泰国人并没有发动进攻，而是在一旁等待着什么。

阿刚继续用泰语向他们喊话。这时，一个留着莫西干头，穿着红色T恤、酒红色印花运动短裤，踩着人字拖的高个子青年走进包围圈，来到他们四个对面。

莫西干头显然是这些人的头儿，他用泰语向阿刚说着什么。

“他们在说什么？”唐龙侧过头，轻声问播提。

播提端着鸡尾酒，轻呷了一口，说道：“对方一开始说你破坏了酒吧，殴打了客人，他们要你接受惩罚。”

“阿刚怎么说？”唐龙问。

“阿刚说你是他的朋友，必须现在跟他走。这件事以后再说。”播提说道，“对方说不行，如果这样做，无法跟头儿交代。阿刚说他就是来带我们离开的，如果谁有胆量阻拦，一定会让阻拦的人付出代价。”

“我们要报警吗？”伊莲娜小声问道。

“不，别报警，警察不是万能的，有时候根本不顶用。”播提说道。

这时，一个酒吧外墙上挂着的电子大屏幕上放起了关于泰拳的体育节目。

“你看，你上电视了。”播提嬉皮笑脸地说道。

电视中播放的正是唐龙在炎黄拳馆接受采访的一幕，屏幕右边用中泰双语写着：中国拳手——唐龙。屏幕下面滚动着泰文译语。

那些包围唐龙的泰国人，发现了他们要攻击的人就是电视上的中国拳手唐龙。周围围观的人群也发现了近期的热点新闻人物唐龙，发出了一阵阵欢呼声。

“我们走。”阿刚说道。

播提端着酒杯，冲莫西干头笑着挥挥手，带头转身离开。包围他们的人自动让出一条道路。唐龙拉着伊莲娜的手，跟在播提身后，阿刚殿后。

唐龙的手掌心都是汗水，后背也被汗水湿透了。他回头看了看，那个莫西干头正用阴沉的目光紧盯着他，目光像匕首一般瘆人。

播提笔直向前走着，带着大家走出芭东酒吧街，来到一辆车前，正是他爸爸的宝马X6。阿刚开着车，载着他们来到热闹的芭东海滩。

他们走到海边一艘巨大的游艇前，游艇旁笔直站着六个寸头大汉。播提没有跟他们打招呼，径直走上游艇。晚上风很大，游艇在风浪之中晃荡着，游艇里灯火辉煌，别致华丽，酒吧、餐厅、厨房、长廊、客房，应有尽有。长廊隔不了几步，就站着一个人。

甲板上有一个泳池，几个人正在里面游泳，有一个人披着白色浴巾，坐在泳池边上抽雪茄。唐龙认出了他，播提的爸爸。

“爸。”播提老远就喊道。

“嗯，回来了！”

“是的。”播提说道。

“您好，伯父。”唐龙走近播提爸爸说道。

“你就是唐龙？”

“是的。”

“以后叫我达叔就好了。”

“好的。”

“这个姑娘是你女朋友？”达叔看了看伊莲娜问道。

“是的。”

“达叔，你好，我是伊莲娜，俄罗斯人。”伊莲娜向达叔介绍自己道。

“一个勇武，一个漂亮，真搭。对了，今天打尽兴了吗？”达叔略带戏谑地问唐龙。

“都是迫不得已，深陷险境，多谢达叔相救。”

“要谢就谢你的师兄播提吧，是他及时向我汇报了当时的情况，我才派阿刚过去的。”

“不用谢，唐龙在拳馆经常指导我练拳，这是我应该帮的。”

“所以，你应该向唐龙学习，勤学苦练。”达叔看了看播提说道。

“是的，爸。”

“唐龙，知道我为什么让人救你出来吗？当然不是因为你跟我儿子交情好。”

“为什么？”

“为了你的比赛。我和这几位华人老板，”达叔向泳池里游泳的那些人挥了挥手，然后说道，“每个人都买了你两千六百万泰铢。”

“谢谢达叔你们的支持。”

“不用这么客气，我是华人，我们血脉相连，我当然支持你。不要有压力，我们买你不一定非要有回报，无论输赢，把中国人的精神打出来，你就不会白来泰国打这场比赛了。”

“我会的。”

“记住，你不是独自在异国他乡战斗，后面有泰国华人和白莲团支持你。”

在回宿舍的路上，唐龙问播提，白莲团是什么组织？

“阿刚，要不，你告诉他？”播提没有回答唐龙的问题，而是抛给了开车的阿刚。

“一个地下华人社团。”

唐龙瞬间就明白了。所谓的地下社团，就是帮派组织，怪不得阿刚和播提敢冲进几十个人的包围圈来救他，而那些亡命之徒显然认出了阿刚是白莲团的人，他们对白莲团有所顾忌，所以阿刚和播提才能顺利地将他和伊莲娜带出包围圈。

回到宿舍，冲过凉后，唐龙搂着伊莲娜，想着晚上发生的事情，久久无法入睡。伊莲娜受到惊吓，有些疲软，已经入梦了。

他不知道白素梅此时此刻是不是还在那个酒吧。她怎么跑到泰国普吉岛来了呢？是黄达毅将她带到普吉岛来的？那些被他打伤的老外现在怎么样了？伤得重不重？明天他会被警察带走审查吗？一连串的疑问在他脑海里萦绕。他终于还是似睡非睡地闭上了双眼。

第二天早上，唐龙在伊莲娜的亲吻中醒来，他的脸颊湿漉漉的。化着淡妆、扎着马尾辫的伊莲娜抚摸了一下他的头发说道："起来吃早餐了，以后你每天回来吃饭吧，我来做饭，这样对身体更健康。"

唐龙睁大眼睛看着伊莲娜干净美丽的脸庞，以为伊莲娜在开玩笑。当一骨碌从床上爬起来，走到客厅时，他果然在茶几上看到了两份煎蛋、四根烤肠、两碗牛肉汤、一盘凉拌黄瓜、两份全麦面包、一盘苹果块。

"哇，有你真好。"唐龙一把将伊莲娜抱起来，转了一圈。

唐龙洗漱后，和伊莲娜一起坐在茶几旁，细细品尝着早餐。之后唐龙来到拳馆练拳。一整天，唐龙都在惴惴不安地等待着泰国警察来拳馆，但是直到下午的训练结束，警察也没有出现，那几个老外也没有跑到拳馆来闹事，索赔药费。一起训练的拳手和上官教练似乎也不知道唐龙惹出的事端，仿佛昨晚芭东酒吧街什么事情也没发生过。

唐龙诧异地问播提这是怎么回事，播提一笑，告诉唐龙，安心训练就好了，别为小事分心。唐龙找播提要来了Gigi的微信，Gigi很快就添加了他。他约Gigi在芭东酒吧街的一家咖啡厅见面。

吃过伊莲娜做的晚餐，趁着伊莲娜在和俄罗斯的爸爸妈妈视频聊天，唐龙骑着踏板车，独自一人赶到芭东酒吧街。酒吧街像昨晚一样，依旧散发着糜烂的水蜜桃般的香甜气息。这次，伊莲娜不在他的身旁，少了很多色眯眯目光的注视。但他总感到有一些目光在捕捉着他移动的身体，这些目光强烈、锐利、阴郁、冰冷，就像恶狼的眼睛，让他不安。这些目光可能来自芭东酒吧街的任何一个角落、任何一个人。

唐龙并不惧怕，大步向前，在约定的咖啡厅找到了Gigi。Gigi戴着一副墨镜，穿着红色连衣裙，美艳动人。唐龙招了招手，一个服务生走了过来。

“一杯拿铁。”唐龙用英文告诉他。

“约我有什么事？”Gigi望着他。

他看不到她的眼神，但是透过黑色镜片，能感受到她的眼睛里弥散着恐惧和不安。

“你跟白素梅熟吗？”

“不算太熟，她只是跟我住一个宿舍。”

“她人呢？”唐龙问道。

“我不知道。”

“你跟她在一个酒吧工作，怎么不知道？”

“你在审问犯人吗？”

“不，我很关心她，她是我的前女友。”

“她昨晚被几个中国男人带走了。”Gigi看了看四周，压低声音说道。

“带去哪里了？”唐龙急切地问道。

“他们来去匆匆，我也不知道他们去了哪里。”Gigi摇摇头，“也许是曼谷，也许是清迈。”

“你知道那些中国男人的名字吗？”

“不知道。”

“你见过他们吗？”

“在酒吧里见过一次，当时他们是六个人。四个中国人，两个泰国人。那两个泰国人之前来过我们酒吧，所以我记得，听别人说他们是万佛会的，四个中国人是第一次见。”

“四个中国人长什么样？”

“忘记了，不过有一个很胖，有一个身材高大，非常强壮。”

唐龙通过百度搜出黄达毅的照片，将手机凑到Gigi眼前，问她有没有看到这个人。

Gigi点了点头，说道：“那个身材高大的就是他。”

虽然唐龙基本上猜到了白素梅是被黄达毅和张笑天他们带来的，但是当Gigi确认的时候，他还是禁不住愤怒了。

“她是什么时候来这里的？”唐龙问道。

“两个星期之前。”

“万佛会是什么组织？”

Gigi将身子前倾，嘴唇凑到唐龙的脸前，就像恋人亲吻一样暧昧，她轻声告诉唐龙：“泰国最大的两个地下社团，一个是泰国当地人的万佛会，另一个是华人移民的白莲团，昨晚救你离开的不就是白莲团的人吗？”

唐龙猛然想起他和西蒙要打的比赛就是以万佛会冠名的，内心不禁添了几分隐忧。

“据我所知，白素梅……”Gigi想说什么，又不安地停了下来。

“没事，你说就好了，白素梅怎么啦？”

“她吸毒，还欠了带她来泰国的中国人很多高利贷，有时候凌晨四五点，我会听到她躲在被窝里哭泣。万佛会和泰国政府的黑暗势力勾结，用高利贷、毒品、暴力来控制被贩卖到泰国来的女子，她们的护照被扣，卖身赚来的钱被盘剥，根本没有机会逃出泰国，没有机会回家。很多人最后就这样莫名其妙地死在了泰国，甚至连尸体都找不到。”Gigi无奈地低语。

“贩卖到泰国的女孩很多吗？”

“是的，泰国是世界人口贩卖的中转站，很多东欧和亚洲的女孩被卖到泰国，或者通过泰国，高价辗转卖到欧洲和中东。”

“这是一个天堂与地狱并存的国家。”唐龙叹道。

“其实世界大同。好了，我说得太多了，要去工作了。”Gigi站了起来。

唐龙目送她离开咖啡厅，没入门外的人流之中，陷入长久的沉思之中。

第十三章
蛟龙得水

唐龙回到泰拳街的宿舍，打开宿舍门，里面空空如也，伊莲娜不在。他给伊莲娜发信息，伊莲娜告诉唐龙，她和播提在泰拳街的木屋烧烤店吃夜宵。泰拳街只有一家木屋烧烤店，就在炎黄拳馆斜对面。

唐龙走进烧烤店，伊莲娜已经帮他倒了一杯啤酒，在他的盘子上堆了一些海鲜，他举起酒杯，和播提、伊莲娜碰了下杯，一饮而尽。

“那边什么情况？”伊莲娜问道。

“白素梅被带走了，我没见到她。”

“带去哪里了？”伊莲娜放下筷子，担忧地望着唐龙。

“不知道。”唐龙摇摇头说，“播提，你可以帮我查找她的下落吗？”

“你昨晚在酒吧为之大打出手的那个中国女孩？”播提问。

“是的。”

“酒吧里很多出台的女孩子，都有社团在幕后控制，特别是从国外被带来的女孩子，更是如此，她们往往很难控制自己的命运，只能随波逐流。”播提边说边拿起手机发短信。

“虽然我有些嫉妒你和她的过去，可白素梅是一个很好的人，希望她平平安安的。”伊莲娜凝望着唐龙说。

唐龙对伊莲娜说道：“不管怎么样，我都希望可以带她平安回中国。我来泰国的时候，她爸爸病重躺在医院，她妈妈日夜在床前照顾她爸爸，我答应过她爸爸，要好好照顾她。我很担心她，也担心她的父母。”

“我让人追查白素梅了，只要她在泰国，就会知道她的消息，别担心。”播提放下手机说道。

“有一件事，也许你可以告诉我答案。‘万佛会’泰拳职业联赛是万佛会冠名的泰拳赛事，万佛会的势力涉入深吗？”

播提告诉唐龙：“涉入很深，但你也没得选，因为其他泰拳赛事，万佛会也有涉足，就算声名远扬的仑披尼泰拳赛，虽然有军方监管，但是泰拳圈内的人都知道，军方一直在暗中收受万佛会的贿赂，双方通过操控拳赛，源源不断地在泰拳博彩市场中牟取巨额利润。”

“白莲团也涉足吗？”

“白莲团经营地产和其他产业，但不涉足黄赌毒，这是底线。”

十五分钟后，播提的手机振动了，他拿起手机看了看，说道：“根据可靠消息，白素梅在曼谷信天翁酒吧上班，还被掌控在中国人手里。你打算怎么做？”

“我得好好想一想。”

“别冲动就行，将白素梅带到泰国来的那几个中国人身后是万佛会，有他们的行事规则，这套规则有时候比法律更权威，你得谨慎点儿。”

“好。现在最重要的事情，是集中精力训练，打好这场比赛。”

“对，我爸爸他们在你身上押了很多钱呢，相信万佛会在西蒙身上押了更多的钱，这场比赛被炒得火热，是最近几年泰国最引人关注的一场比赛，无数人将会为西蒙下注。”

唐龙端起酒杯，再次敬了播提、伊莲娜一杯。晚上的泰拳街比较安静，街上行人寥落，与芭东酒吧街形成了强烈的反差。

9月初，在泰国曼谷希尔顿酒店举办了“万佛会”泰拳职业联赛的新闻发布会，汹涌而至的媒体将酒店大堂塞满了，有泰国本土媒体，也有美国、欧洲和中国的媒体，所有媒体都在寻找本次冠军赛的主角之一唐龙。但唐龙没有参加新闻发布会，他留在拳馆里训练，并谢绝一切媒体的采访。他需要保持专注，排除外界干扰，减少曝光度。上官教练代替他参会，并代他签订了比赛协议。

在上官教练和泰国教练乃过的指导下，唐龙几个月来在不断进步，他本身是个刻苦聪颖的人，下的功夫又多，所以在泰拳技巧、身体硬度、重击力量、体能储备等方面越来越好。跟两位教练密集进行实战训练，让他的经验变得更为丰富。和西蒙打的比赛是冠军赛，需要打五个回合。唐龙之前打的比赛都是三个回合，为了帮唐龙适应五个回合的比赛，进行体能储备，上官教练、乃过教练每次和唐龙实战都要打十个回合。尽管一场比赛打下来，唐龙累得够呛，但是都坚持了下来。

有时候，当唐龙搂着伊莲娜时，会想起白素梅。当想到她此时此刻或许正躲在阴暗的角落里吸毒，或者正在强颜欢笑，向游客出卖肉体时，他就悲从中来，不知道自己该怎么做，为她做些什么，他似乎什么也做不了，那种无能为力的感觉让人绝望。

他曾小心翼翼地保护着她，将她视若珍宝，曾以为他们永远会在一起，而现在，他终于明白自己是多么单纯无知。如果当初，他帮白素梅凑到了那急需为阿杰治病的五万元钱，也许今天，他们不会分开，白素梅也不会沦落至此。该死的，该死的五万块钱，把一个善良美丽的女孩给毁掉了。

9月30日上午十点，将在之前举行新闻发布会的希尔顿酒店举行赛前的称重仪式。第二天是10月1日中国国庆节，唐龙和西蒙将在这盛大节日的晚上展开对决。

28日下午，唐龙就和伊莲娜、上官教练、乃过教练、播提来到曼谷，住在泰国皇家田广场旁边的皇家酒店里。站在皇家酒店的窗前，能清楚地看到皇家田广场、大皇宫、玉佛寺等知名的建筑物。

椭圆形的皇家田广场很大，广场上绿草如茵，周边环绕着一圈经过精心修剪的树木，中间已经搭好了擂台，擂台后面竖着高大的架子和巨大的电子屏幕。很多工人在擂台四周忙碌着。广场旁边的大皇宫，在阳光下金光璀璨，异常壮美。玉佛寺里青烟缭绕，有很多人抱着鲜花去礼佛，寺庙的金顶上，栖息着一群白鸽，佛塔的尖顶，直刺蓝空。一阵钟声从玉佛寺传来，叩击着祥和的黄昏。

唐龙打的是80公斤级的比赛，28号称出的体重是82公斤，超出了2公斤，他穿着降体服，在酒店的健身房跑步机上疯狂地跑步排汗脱水，但是降体重效果不佳。于是去桑拿房汗蒸脱水，在闷热的桑拿房里，身体依然排汗不多。上官教练告诉唐龙不要担心，这是大脑在保护身体，避免排汗过多伤害身体。上官教练和乃过教练想了一个办法，找来冰块，敷在唐龙的脖子和额头上散热，成功地骗过大脑，排出了很多汗。连续两天桑拿房敷冰排汗，再加上节食节水，在29日晚上，他终于成功将体重降到了80公斤。

训练结束后的时间里，唐龙没有去皇家田广场游逛，而是和伊莲娜一起待在酒店里睡觉休养，或者静心看书。他的包里一直都装着一本书，就是张教练送给他的《道德经》，他最喜欢里面的一段文字：

人之生也柔弱，
其死也坚强。
草木之生也柔脆，
其死也枯槁。
故坚强者死之徒，
柔弱者生之徒。
……

举行称重仪式的当天，唐龙和播提以及两个教练在九点半来到希尔顿酒店大堂。酒店大堂中间摆着几排桌椅，每张桌子上都摆着一小盆红色莲花。桌前搭着一个铺着红色地毯的大舞台，舞台后面竖立着巨大的黑底白字的背景板，上面印着一行大大的泰文，翻译成中文是：“万佛会”泰拳职业联赛。背景板上印满了国际知名品牌的商标。

酒店里除了媒体工作人员、拳手和拳手的教练团队，到处都是来泰国旅行的中国人，挤得水泄不通。这场比赛，几个月前就在中国广受关注，而中国是泰国的最大游客来源地，在国庆节小长假的前几天，泰国就迎来了中国游客旅游的小高潮，国庆节当天，中国游客量将达到顶峰。其中有很多人是特意来观看这场比赛的，也有人是旅行的同时，顺带来曼谷看这场比赛，还有人是冲着赌拳来的。

放眼望去，酒店大厅里的中国人，很多都手拿小国旗，或者将小国旗插在包上、贴在脸上。看到这么多鲜艳的国旗在泰国闪耀时，唐龙不禁心潮澎湃，感动不已。

媒体记者们发现唐龙后，马上将相机、摄影机对准了他的脸。

其他拳手都已经到了，他们穿着休闲装，坐在第一排的座位上，一身黑衣的西蒙和穿着蓝色西装、白色衬衫的万佛会副会长、赛事负责人桑雅尼坐在最中间的位置上，他们时不时地凑近一起，窃窃私语。桑雅尼的左边空着一个座位，那是为唐龙准备的位子。

在赛事工作人员的指引下，唐龙向自己的座位走去，西蒙抬起头，与他的眼睛对视了两秒，把头扭到一边，不再看他。桑雅尼站起来，和唐龙握手，用英语寒暄了两句，请他坐下。

主持人宣布称重仪式正式开始，赛事负责人上台致辞，然后按照比赛顺序和级别的高低来称重。最先去称重的是57公斤级的选手，最后才是80公斤级的唐龙和西蒙。当念到唐龙的名字时，唐龙从右侧登上擂台，脱下衣服，交给守候在一边的上官教练，只穿着一条四角裤走上电子秤，举起双手，平静地秀着自己的满身肌肉。

舞台底下传来一阵阵中国人的掌声和欢呼声，坐在后面座位上的伊莲娜向他竖着大拇指。

主持人仔细看了看电子秤，分别用泰文和英文大声念着：“80.15公斤。”

按照体重在80公斤的基础上允许上浮0.5公斤的比赛规则，唐龙的体重合规，没有超标。唐龙走到舞台左侧，上官教练将裤子递给唐龙，唐龙背对观众，迅速穿上。

此时，西蒙已经站在电子秤上，约翰站在一边拿着他的衣服。他的体重是80.4公斤，安全过关。西蒙穿上裤子后，按照规定，唐龙来到舞台中间，和西蒙对视，他们都赤裸着上身，两人之间只隔着一拳的距离。桑雅尼站在他们中间，密切注视着他们的一举一动。

这是唐龙第一次这么近地面对西蒙，他甚至能闻到西蒙身上散发出的狐臭味。西蒙用凶神恶煞般的目光扎着唐龙的眼睛，似乎恨不得将唐龙大卸八块；唐龙平和地注视着他的眼睛，无所畏惧，不卑不亢。

也许是唐龙柔和的目光助长了西蒙的气焰，他开始喷唐龙了。

“吃饱点儿，明天我会打爆你的狗头，让你知道什么叫泰拳。”西蒙用英语说道。

唐龙沉默不语。

“我是这个级别的世界之王，而你——什么也不是，你知道吗？”

西蒙的声音很大，底下的中国人听得一清二楚，他们非常愤怒，发出了阵阵嘘声，有人朝唐龙大喊：“骂回去，骂回去……”

桑雅尼并没有阻止西蒙喷脏话，他脸上露出了几丝微笑。唐龙平静地看着西蒙，脸上没有一丝波动，一言不发，似乎毫不在意，又似乎不知所措，就像一尊目光呆滞的大石佛一样站在西蒙的面前。舞台下的镜头捕捉着这一幕。

西蒙将拳头伸过来，贴着唐龙的嘴唇，嘲笑道：“你是个哑巴吗？你的舌头出故障了吗？你不说话，我也会打爆你的狗头，我要让你的狗血喷满你的脸，就像一个烂番茄一样，我要你像上次跟我打的那个中国人一样，从擂台被抬进棺材。”

唐龙默不作声，除了胸脯在微微起伏外，几乎一动不动。

西蒙还要继续说什么，唐龙不再沉默，伸出右手推向西蒙。西蒙早有准备，后退一步，用左手拨开唐龙的手掌，再用右手勾住唐龙的脖子，右脚上前，别住唐龙的右脚，左手抓住唐龙的手臂，唐龙知道西蒙想摔倒他，他本可以迅速摆脱西蒙两只手对他手臂和颈部的控制，但他犹豫了一下。就在他犹豫之间，西蒙腰部向左用力一带，一下将他摔了个四脚朝天。舞台下面一片哗然。

眼看两人就要大打出手了，上官教练和西蒙的弟弟约翰从舞台两侧冲了过来，桑雅尼赶忙将西蒙抱住，上官教练将唐龙从地上拉了起来。这时，西蒙团队的一个人将西蒙的金腰带递了过来，西蒙将金腰带搭在右肩膀上，用左手食指指着金腰带，满面微笑。唐龙则摆出格斗式，望着擂台下无比失望的中国人。媒体拍好照片后，两个人走下了擂台。

称重仪式结束后，他们迅速返回酒店吃午餐。唐龙能明显感到，除了上官教练，其他人对唐龙的软弱表现多少有些不满意。除了被辱骂毫无回应外，最重要的是比赛还没打，就在那么多人面前被西蒙摔在地上，这很伤士气和信心。

“你为什么不回骂他？”伊莲娜愤怒地问唐龙。

“我们争夺的是冠军，不是暴君，我没必要和他比谁骂人更厉害。”唐龙淡淡地说道。

“我很生气，恨不得冲上去给他几个耳光，太过分了！”

“还好你没冲上去。”

“我才不怕那个满嘴脏话的山姆大叔。”

“估计原来想买你的人，又有很多改变了主意，将赌注下在了西蒙身上。”播提开玩笑道。

“别人如何抉择，我并不在意。反正不管怎么样，你都不会买我。”唐龙笑了。

“没事，今天的冲突说明不了什么，把明天的比赛打好就行，面对西蒙这样的对手，赛前示弱或许比示强更好。”上官教练说道。

晚上吃过晚饭后，唐龙和西蒙上午在称重仪式上发生冲突的新闻和视频，已经在国内广为传播，“唐龙赛前被打”的话题冲上了热搜榜第一名。唐龙又一次遭到国内网友的冷嘲热讽，说丢人现眼的有，说自不量力的也有，说明天必输的更是大有人在……唐龙对网友的这些评论，已经见多不怪，产生了免疫力，倒是伊莲娜看到这些新闻为唐龙愤愤不平。

晚上，一直在密切关注唐龙的张教练给他打了一个微信电话，安慰他、鼓励他。鹏强搏击俱乐部的一些师兄弟、方飞云、Gigi

都给他发来了微信，就连一直对他不理不睬的唐强和金玉花，也与他来了个视频通话。

视频里，唐强和金玉花的头挤在一起，眼睛睁得大大的，望着唐龙。看到唐龙的那一瞬间，金玉花的眼泪在泛红的眼睛里打转。

“孩子，你在泰国训练累吗？”金玉花抹了一下眼睛问道。

“还好，我已经习惯了。”

“好几个月没看到你，你瘦了。”

“最近减了一点儿体重。”

“今天被西蒙摔在地上，没受伤吧？我看了那个视频，很揪心。”

“我没事，别担心。”

“打败那个西蒙，儿子。”唐强在一边吼道。

“好，我会全力以赴。”唐龙笑着点点头。

这时，伊莲娜凑了过来，唐强一看到伊莲娜的脸，眼睛马上亮了起来。

“这是你的新女朋友吗？”唐强急切地问道。

“是的。”

“好小子，谈了个洋妞啊！”

“你好，伯父，我叫伊莲娜。”伊莲娜笑着向唐强和金玉花招手。

“你好，伊莲娜。”金玉花兴奋地说。

“唐龙很好，我一直陪着他，你们放心吧！”

“好的，伊莲娜，谢谢，谢谢你啊！”金玉花道。

“阿龙，你要根据实际情况来打，不要一味蛮干，一定要保护好自己。我和你妈以前不支持你打拳，但是当我知道，连我的老板和总经理都非常关注这场比赛后，我们明白了以前不支持你打拳，可能是错了。明天晚上，我们会守在电视机前准时看直播，为你加油。”

和父母的视频通话结束后，唐龙想起了白素梅。她曾经是多么关注他打的每一场比赛啊！只要时间允许，每次他打比赛，她都会到现场为他呐喊加油。有时候一场比赛打完，他筋疲力尽，白素梅则喊得嗓子嘶哑，不得不吃润喉片去养喉咙。

现在，他和白素梅都在泰国，都在曼谷，播提告诉过他，从皇家田广场到她上班的信天翁酒吧，只需要十五分钟的车程，他却感觉和白素梅像隔着一亿光年那么遥远。他知道，只要他跟伊莲娜说，他要去找白素梅，伊莲娜绝对会支持他的决定。但是去信天翁酒吧找到白素梅又能怎么样呢？他必须要面对实力强大的万佛会。播提告诉过他，这里是泰国，中国那一套在这里行不通，除非他有三千万泰铢的赎金，由白莲团出面协调，也许能将白素梅赎回来。没有足够的赎金，根本不可能带白素梅离开泰国。

三千万泰铢——就是去抢劫也很难凑齐这笔钱。但是只要他赢了比赛，比赛的奖金已经足够他去赎回白素梅了。

对于这场比赛，泰国所有博彩公司都给出了夺冠赔率，泰国带有军方背景的博彩巨头——幸运者博彩公司给出的赔率是：西蒙五十赔一，唐龙一赔六百。两个人赔率的悬殊之大，让人震惊，泰国其他博彩公司以及欧美博彩公司开出的赔率和幸运者博彩公司差不多。尽管博彩公司给了西蒙地狱般的低赔率，但是无数拳迷、赌徒和投机者们依然在西蒙身上重金下注，都想分一杯这场残酷比赛带来的血羹。

10月1日上午，唐龙看完国庆70周年阅兵式后，和大家一起吃了顿丰盛的中餐，他的体重回升到了82公斤。下午他去健身房做了一下力量训练，回到酒店后，搂着伊莲娜一直睡到下午五点半才起床。晚上八点打比赛，还有两个半小时，他拉开窗帘，看到皇家田广场灯光璀璨，以擂台为中心点，围了一圈又一圈的人，荷枪实弹的泰国警察，成群结队在广场上巡逻，如临大敌。

吃过晚饭后，六点三十分了。唐龙背着包，和伊莲娜一起坐电梯来到大堂，上官教练、乃过教练、播提已经等候多时了。他们脖子上挂着赛事方发的证件，一起走向皇家田广场。一眼望过去，唐龙的巨幅照片在擂台上的电子显示屏上跳动着，广场上都是黑压压的脑袋，想靠近擂台都很困难。来的观众有泰国本地人、泰国华人、西方人，还有很多手持小国旗的中国人。

乃过教练侧着身子，用厚实的肩膀顶开人群，带头开路。唐龙低着头，跟在乃过教练后面。

很多人认出了唐龙，中国人和泰国华人向他挥舞着国旗欢呼着，而一些泰国人和西方人用泰语或者英语大声嘲弄着他，时不时地发出一阵哄笑。

擂台旁边，赛事工作人员、警察和保安守着通向更衣室的路，不让与比赛无关的人员进入。他们查看了唐龙一行人的证件，拿出随身携带的资料核对了一番后，一个工作人员将唐龙带到红方拳手的更衣室。说是更衣室，其实不过是用铁皮临时搭起来的铁棚子，里面没有空调，非常闷热，汗酸味、狐臭味、凡士林味融合在一起，四处弥漫。

更衣室里有亚洲拳手，也有欧美拳手。最先打的是57公斤级的比赛，那个量级的拳手正在教练的指导下噼里啪啦地打靶，其他拳手有的坐在木凳上聊天，有的在做拉伸运动。唐龙进去的时候，大家看了他几眼，都认出他是今天的主角之一唐龙。

播提找赛事工作人员拿了几瓶矿泉水，唐龙接过矿泉水，在木凳上找了个坐的地方，从包里拿出《道德经》，平静地看了起来。上官教练、乃过教练、播提像守护者一样围在他的身边。

时间一分一秒地过去，第一场比赛即将开始。更衣室外传来快节奏的舞曲，伴随着音乐，57公斤级的拳手和他们的教练出了更衣室，走向擂台，随之而来的欢呼声从四面八方涌向更衣室，差点儿把更衣室掀翻了。

仅仅六分钟后，那个出战的拳手就被他的教练和赛事工作人员抬回了更衣室，他被对手KO了。他的教练手忙脚乱地从包里找出几件干净衣服垫在地上，将他平放在上面。他脸色苍白，微闭双目，呼吸有些急促，鼻血透过塞在鼻孔上的棉花，向外冒着。

时间过得很快，伴随着一阵又一阵的欢呼声，还有三场比赛就到唐龙上场了。唐龙戴着工作人员送过来的红色拳套，在上官教练的指导下，已经完成了打靶热身。

终于，随着《泰拳出战歌》的响起，西蒙先上场了。主持人用泰语介绍着西蒙，广场上传来山呼海啸一般的呐喊声。介绍完西蒙后，主持人用中文念出了唐龙的名字，周延的《万里长城》歌曲响彻全场，皇家田广场响起了中国人和泰国华人的欢呼声。

唐龙在上官教练、乃过教练、赛事工作人员的陪护下，分开人群，向擂台走去。播提带着伊莲娜径直来到前排的VIP座位，和他爸爸坐在一起。擂台上的巨大电子屏幕上，定格着唐龙和西蒙的大幅半身像，半身像的下面，是拳手所在国家的国旗。

上官教练双手举着一面五星红旗走在最前面，乃过教练用手臂为唐龙压下擂绳，唐龙轻轻一跃，跳进擂台。当他用目光审视擂台下的人群时，看到的大都是一些嘲弄的表情、不屑的眼神。

唐龙知道，即使他们中的一些人给他献上了掌声和欢呼声，也不代表他们认为他将击败西蒙，赢得这场比赛。是的，几乎没有人看好他。与其说人们是来看他和西蒙比赛，不如说人们是来看他如何被西蒙暴揍一顿而惨败的，或者确切地说，很多人来到这里，就是来看一只白头雕如何屠杀一只兔子，然后心满意足地去数自己下注所赢下的沾满失败者鲜血的钱。

擂台下响起了唢呐和手鼓等泰国传统乐器的声音。戴着蓝色拳套、蓝色头箍，穿着蓝色泰拳裤的西蒙跪倒在地，面对站在擂绳外的教练开始行拜师礼。

唐龙缓步走到擂台中间，在西蒙行泰拳拜师礼的间隙，平静地躬身向观众行抱拳礼。观众几乎都没有怎么注意唐龙，大家都在看西蒙，即使这个拜师礼神神道道，有些耗费时间，但人们依然看得入迷。唐龙行完礼后，回到属于他的擂角，上官教练帮他按摩身体，放松肌肉。

西蒙的拜师礼并没有立刻结束的意思。他时而双膝跪地磕头，时而单膝跪地甩动手臂，时而提膝点头，时而用拳套摩擦着大腿，然后以一种奇怪的步法，从一个擂角慢慢悠悠地转到另一个擂角，又挪到唐龙所在的这个擂角前，举起拳头贴近唐龙的脸，用犀利的眼神盯着唐龙。唐龙知道这是一种心理试探，西蒙想从气势上给他一个下马威。

面对西蒙的试探、挑衅，唐龙没有表现出丝毫紧张、厌烦和愤怒，不为所动，平静如水。西蒙转过身，像唱戏一样慢腾腾地晃到自己教练面前，继续手舞足蹈，这样足足持续了五六分钟，也许更久——终于结束了他的拜师礼。

“第一个回合，他可能不会过多试探，会快速进攻，顶住他，抓住机会防守反击。”上官教练在唐龙耳边说道。

唐龙点头。

身材高大、表情严肃的裁判示意他们过来，于是唐龙和西蒙来到擂台中间，站在裁判两边。裁判检查了一下他们的拳套，用英文跟他们说了一遍比赛规则，然后大声说着：“裁判，计时员，准备好了吗？”接着高举右掌，像刀一样迅猛地砍下来，大声喊道：“Fight！”比赛正式开始。

果如上官教练预料的，西蒙一上来就像轰炸机一样，用拳腿组合从中远距离，向唐龙发起了凶猛的进攻，他想速战速决，将唐龙打得粉身碎骨。他的肌肉非常发达，拳腿很重，速度极快，蕴含着极强的爆发力，这样的拳腿落在一般拳手的脆弱部位，随便一记，能叫对方立刻倒地休克。

但他面对的是唐龙，一个经过不断锤炼的拳手，一个坚强冷静的拳手，一个从幼年的苦难中成长起来的有着极强取胜欲的拳手。是的，西蒙是世界自由搏击80公斤级最强的拳王，但即便如此，唐龙也绝不会轻易认输，他会和西蒙拼到最后一刻，去争取他所想要的结果。

这是一场残酷的泰拳冠军卫冕赛，也是一场在中美泰之间备受关注的比赛。西蒙代表着美国力量和泰拳最高荣誉，从表面上来看，西蒙是为弟弟而战，其实西蒙或许更多是为金钱而战，为自己而战，甚至谈不上是为荣誉而战。如果是为了荣誉而战，西蒙应该选个更强大的对手打冠军卫冕赛，而不是挑选唐龙这样实力很弱、没有名气的对手，这样的对手胜之不武，输之毁誉。至于唐龙，背负着亲人朋友的期望，背负着中国武林的期望，背负着中国拳迷的期望，背负着被西蒙辱骂为“东亚娘炮”的中国人的期望——他不仅仅是为自己而战，不仅仅是为白素梅而战。

一回合比赛时长三分钟，时间已经过了一半，唐龙还生龙活虎奇迹般地站在擂台上，与西蒙进行对峙。他并没有在西蒙的狂轰滥炸下被KO，只是在这一分多钟里，他几乎都在后退躲避，防守挨打。他用钢铁一般的肌肉去硬扛西蒙一波又一波的拳腿肘膝组合的进攻。他的抗击打能力超出了所有人的想象——包括西蒙。擂台下为西蒙下注的人，都希望唐龙快点儿被西蒙KO，甚至还有很多人用英语或者泰语大喊：打死他，打死他……

唐龙在闪躲防守、被动挨打的同时，也有几次抓住了时机，进行了坚决的反击。与西蒙那暴风疾雨般的进攻比起来，他的反击不痛不痒，对西蒙的杀伤性几乎可以忽略不计。上官教练站在擂台外，不动声色，一个战术也没喊，默默地关注着两个人的一举一动。

第一个回合结束了，西蒙的支持者有些意外，他们没有得到想要的结果，但是深信西蒙在下一个回合必将KO唐龙，这只是时间问题而已。来到现场为唐龙助威的中国人和泰国华人很失望，尽管他们有心理预期，知道唐龙无法赢得这场比赛，但当唐龙成为人肉沙包，被西蒙狂虐追打时，他们不仅仅是失望，更为自己的同胞感到难过。

“你挡住了他的进攻，干得非常漂亮，唐龙！下一个回合，他可能会减少中远距离的进攻，主打内围，这是泰拳杀伤力最强的范围，你要重点注意他的肘和膝。”上官教练打开一瓶矿泉水，递给唐龙。

乃过教练大力揉搓着唐龙的肩膀、手臂和大腿的肌肉，唐龙的左大腿涌来一阵阵钝痛，不过不碍什么大事，左腿依旧非常灵活，之前的抗击打训练在这时候起到了很大的作用。

“加油，唐龙。”VIP席上传来了伊莲娜的喊声。

广场里很多泰国人都懂简单的中文，伊莲娜的喊声，立刻引来了一阵阵嘘声和骂声。唐龙回过头，望着伊莲娜，微笑着点了点头。播提向唐龙竖起了大拇指，达叔正在和身边的朋友聊天，看到唐龙望向他时，举起手掌，朝唐龙鼓起了掌。

第二个回合开始了，西蒙的攻势不减，就像一个机器人一样连绵不断地击打着唐龙。唐龙依旧以防守为主，他在灵活躲闪退让、适时寻找反击机会的同时，一旦落入西蒙的内围攻击圈，马上抱起双臂，低垂脑袋，用小臂和手掌保护着脑袋的太阳穴、脸颊、下巴，双臂肘紧贴肋部，保护着肝脏。这些部位非常脆弱，一旦被西蒙击中，很容易被KO。抵挡住西蒙第一波内围攻击后，唐龙再采取游击战快进快出的方式，快速退出西蒙的攻击圈。

西蒙充满杀气的进攻很快将唐龙逼到了擂角，西蒙摇臂进入内围，手臂像巨蟒一样缠住唐龙的脖子，抬膝顶向唐龙的左肋，唐龙赶紧用双臂夹紧肋部护肝，脸颊却露了出来，西蒙右手一个摆拳砸进他的脸颊，唐龙感觉自己的脑袋“嗡”的一声，像足球一样快要飞出去了，眼前的一切事物在摇晃。

“KO他，KO他……”擂台四周的人群大喊着。

比赛进入了一个小高潮，西蒙的支持者的情绪被完全调动了起来。

西蒙一看重击奏效，立刻转腰，挥动双肘重击唐龙的脸颊，第一肘被唐龙的手掌成功挡住了，第二肘砸开唐龙的防守，像刀子一样砍在唐龙的颧骨上。唐龙被击倒在地，扑在擂台上，蠕动着，一时难以起身，颧骨处开了一个大口，鲜血汩汩直流。

西蒙的支持者陷入了狂欢之中。

裁判将西蒙推开，蹲下仔细观察唐龙的伤口和眼神，对他读秒，十秒之内，如果唐龙站不起来，比赛将以西蒙获胜而结束。

“起来，唐龙，快点儿起来……”上官教练急切地喊道。

伊莲娜一只手捂着嘴巴，泪珠从眼角滚了下来。中国人和泰国华人也陷入了可怕的静默之中，是的，这本就是一场没有悬念的比赛，失败早就注定，比赛经过只是走走过场而已，只是为了刺激赌徒们的每个细胞，让他们愉悦、兴奋、颤抖。

“1，2，3……”裁判读秒的声音洪亮而无情。

当裁判数到“5”时，唐龙双掌撑地，艰难地弓起身子，低着头跪在地上。裁判继续读秒，在读到“9”的时候，唐龙一只手扶着擂绳，摇摇晃晃地站了起来。台上的上官教练暂时松了一口气，但他知道，唐龙经过重创，已经产生了眩晕，此时立刻和西蒙对抗，也许西蒙只消再补一拳或一腿，唐龙就会再次被击倒，于是他立刻向裁判申请给唐龙进行伤口止血。裁判同意了，医护走到台上，拿出消毒液和棉签给唐龙清洗伤口，再抹上一种泰国的止血药膏，又贴了两个创可贴。

治疗伤口的过程只持续了两三分钟，但这为唐龙带来非常大的帮助。结束治疗的那一刻，虽然他的脑袋依旧嗡嗡作响，但思维恢复清晰了，不再像刚遭受重击时那样混乱。

医护下去后，比赛紧接着开始。西蒙的战术很简单，继续切进内围进攻唐龙的脸部，特别是他刚受伤的颧骨处。而唐龙则坚决贯彻游击战术，使用正蹬和侧踹控制距离，灵活移动躲避西蒙的重击，时不时地进行反击。当西蒙轻易化解他的蹬踹和反击，切进内围准备进行肘膝攻击时，唐龙会提前一步跳膝或者顶膝进攻，然后采取搂抱战术。

这样的战术有效地避开了西蒙的肘膝进攻，但因为搂抱过多，消极比赛，被裁判警告过后，在读秒扣掉一分的基础上，又扣了一分。这样的战术也让台下嘘声漫天，然而唐龙又怎么会在意这些嘘声呢？两次扣分后，唐龙想以点数获胜的概率大幅度下降，其实就算不扣分，凭借有效击打点数，唐龙也是处于绝对劣势，必将输掉比赛。所以扣不扣分，已经不重要了。

第二个回合结束了，唐龙垂着头走向擂角，坐在垫子上直喘气，汗像融化的冰激凌一样从他身上流下来。这场比赛远比他赛前想象的要艰难，他知道胜利很渺茫，他很难过，难过的不是一旦输掉比赛后人们对他的讥讽斥骂，毕竟这些他每天都在经历和承受，已经有了免疫力——他难过的是，他曾以为有机会拯救白素梅，然而西蒙用钢铁一样的拳腿打碎了他那不切实际的幻想。

他又要把事情搞砸了，又要承受失去林嘉丽一般的痛苦了！他知道，多年以后，就像想起曾有机会拯救林嘉丽一样，他也会想起曾有机会拯救白素梅，机会就在面前，他却总是差之毫厘，无论如何都抓不住。这是他的宿命吗？他真的是一无是处的废柴吗？

上官教练察觉到了他情绪上的变化，安慰唐龙说："西蒙是成名已久的世界拳王，泰国是他的主场，从一开始，依靠点数，你就不可能打败西蒙，唯一能打败他的方式，就是KO他。前面的表现无论怎么样，都没关系，你还有时间，还有机会赢得比赛，没有谁是不可战胜的，加油，唐龙！"

唐龙默默地看着上官教练的眼睛，想从上官教练的眼睛里找到自己，想看看自己的眼睛是否依然平静如水。之前，水总能映出自己的影子，他清楚知道自己是谁，但现在水浑浊了，暗流汹涌，影子被搅得支离破碎。他找不到自己了。

这水像童年时代的吴悠湖一样，把他带入一片幽深的混沌之中，让他迷失了自己。

"你在干什么？不要发愣，保持专注。"上官教练在他耳边大吼道。

上官教练拿起一瓶水，哗地浇在唐龙头上，水刺激着他的神经，让他从往事中回过神来。

"坚持下去，注意防守，然后找准机会重击他，没有人不可战胜，我们会以你为荣的。"上官教练紧盯着唐龙的眼睛说道。

唐龙点了点头。他站起身来，走向擂台中间，他的目光扫过坐在VIP座席上的达叔、播提和伊莲娜，扫向偌大广场上的观众，扫向人群里若隐若现的五星红旗，然后越过人们的头顶，飞向那雄鸡形状的疆域，那个古老的国度。此时此刻，他知道那里无数人正凝望着他，他的目光穿越时空，与他们在空中对视。他们的目光汇聚成一股强大的力量支持着他、鼓舞着他，让他重振精神，走向士气高昂的西蒙。

第三个回合开始了，西蒙疯狂输出进攻之后，体能居然没有下降的迹象。西蒙认为唐龙第二回合被他重击打倒，第三个回合必然支撑不了多久，于是火力全开，继续像之前一样对唐龙猛烈轰炸。他看唐龙对头部保护严密，就重点攻击唐龙的大腿、胸口和腰肋。西蒙用刺拳和低扫开路，又将唐龙逼到了擂角，西蒙飞起一膝顶向唐龙的脸部，唐龙赶忙抱紧双臂，蜷缩着脑袋。已经切进去的西蒙，左右拳连续挥起来，重重地砸向唐龙的两边腰肋。唐龙马上岔气了，他弯着腰，背靠着擂绳，肝部就像被撕裂了一样疼痛，几乎无法直起腰来。他强忍着，没有倒向台面。

擂台上的弱者得不到尊重和怜悯，西蒙想一鼓作气，KO唐龙，他抬起右膝，像一发炮弹一样撞向唐龙的下巴，唐龙下巴往下一压，膝盖顶在唐龙的嘴唇上。唐龙又被击倒了，这次受到的攻击更重，他躺在地上一动不动，眼睛冒着金星，大脑天旋地转，就像一台搅拌机在他的大脑里搅拌一样。他的嘴唇破裂了，一个门牙被撞断，浓稠的鲜血从噘开的嘴唇涌出，流到擂台上。

“唐龙……”伊莲娜大声尖叫着。

伊莲娜的尖叫声很快被广场上的欢呼声吞没了，擂台下的观众像嗅到血腥味的鲨鱼一样疯狂起来。西蒙举起双臂，得意地望着观众，庆祝起来，但当他转过身时，发现唐龙在裁判的读秒下，居然又慢慢爬起，摇摇晃晃地站住了。

医护拿来纸巾，擦去他嘴上、胸膛上、大腿上的鲜血，给他消毒止血。工作人员拿来抹布，擦过擂台后，不再拖延，马上开始比赛。

西蒙继续逼过来，一个右直拳击打在唐龙的额头上，唐龙的额头立刻变形了，肿起一个大包。西蒙紧接着一肘击打在他颧骨原来的伤口上，一下不够，马上又是一肘，将他原来的伤口撕扯得更大了。唐龙再次直挺挺地倒在地上。

裁判又开始对唐龙读秒了，这是扣掉的第四分。唐龙几乎失去了知觉，那两肘像铁凿子一样，几乎快将他的骨头凿断了，他的眼前一片黑暗。在黑暗之中，他看到一丝儿朦胧的光，那光引导着他来到影影绰绰的湖畔，湖畔有个女孩在哭着、喊着，撕心裂肺。他记起来了，那是林嘉丽的哭声，他怎能忘记这悲惨的声音？当他试图循着哭声寻找林嘉丽时，哭声却骤然消失，他居然在湖畔看到了一个白衣飘飘的瘦长的背影，依稀可以辨出是白素梅，她的头发迎风飞舞，身体却一动不动。他急切地走向她、靠近她，却发现她一步一步走向湖畔，惊得他猛地一个激灵，他听到裁判已经读到了“6”这个数字，他记起了正在和西蒙进行比赛，慌忙用力睁开已经浮肿的眼睛，使出一切力量挣扎着爬了起来，背靠围绳，向西蒙摆起了格斗式。

第三个回合还有19秒，按照赛事规则，如果一个回合之内被击倒三次，被击倒方就将被判输。从场面去看，唐龙很难挺过这个回合了，他脚步虚浮不稳，完全是依靠意志站在西蒙对面，脸被打得变形了，额头上的大包让他看起来像个外星人，一只眼睛肿得像桃子，眼角破裂了，颧骨和嘴唇伤口上的创可贴掉落了，伤口爆开，鲜血往下滴。

“唐龙。”上官教练在他身后喊他。

唐龙转过头，睁大一只眼睛，望向上官教练。上官教练抓着一条白毛巾，难过地朝他摇了摇头，示意他不要再打了——上官教练想向擂台扔白毛巾终止比赛，以此来保护唐龙。唐龙明白上官教练的意思，他朝上官教练摇摇头，举起右拳晃了一下，示意不要终止比赛，他能打，要继续战斗下去。

他踩着血污，走近西蒙，裁判大喊一声，示意比赛继续。裁判喊声刚落，唐龙就吃了西蒙一前一后两个直拳，他的脑袋就像一个悬挂着的拳击球一样被打得向后弹了出去，连连后退，围绳揽住了他的身体，使他避免倒在地上。西蒙扑上来，勒住他的脖子，连续用膝盖撞击他的腹部。

唐龙痛得想捂住腹部蹲下来，但他只能紧紧地箍住西蒙的腰，将身体贴在他的身上。裁判走过来，分开他们时，第三回合刚好结束。

看到唐龙脚步踉跄，上官教练冲进擂台，抱起唐龙，将他放在坐垫上，上官教练给唐龙喂了几口水，乃过教练拿出消毒液，给唐龙的伤口消毒止血，帮他擦去血污。唐龙又累又疼，一只眼睛模模糊糊，只能眯起一只眼睛望着前方。他看到很多人兴致勃勃地拿起手机对着他拍了起来，知道他们要把他最惨最丑的样子拍下来，上传到网络，作为谈资和笑料。

“放弃吧，唐龙，不要打了，没必要拿命去拼。”

“不，我要打。”唐龙将手摊开在围绳上说，“我们不能向美国人认输。”

“你不要命了吗？这只是一场比赛，值得吗？”上官教练盯着唐龙的眼睛大喊道，“这到底是为了什么？”

“因为我是中国人——龙的传人！”唐龙望着上官教练，缓缓说道。

上官教练叹着气，将目光投向广场上望了望，再盯住唐龙：“好，我尊重你的选择。”

唐龙虽然遭受很多重击，但西蒙因为强追猛打，疯狂输出，体能消耗比唐龙更大。唐龙还有一个优势，那就是他比西蒙更年轻，年轻的身体让他遭受多次重击后依然屹立不倒，并且恢复得更快。一分钟的休息时间，虽然非常短暂，却也让他的身体得到了很好的休整，他的脑袋还在嗡嗡作响，但是思维和意识都恢复过来，不再是混沌不清。

他看到坐在对面擂角的西蒙张开嘴巴，喘着粗气。

西蒙快速KO唐龙取胜的战略已经流产了，比赛被唐龙拖进了第四个回合，考验拳手的体能和意志的时刻真正到来了。

唐龙慢慢地走向西蒙，看上去就像一个蹒跚的老人，只需轻轻碰一下，就会倒在地上。这个回合，唐龙依然没有主动进攻，他一开始就抱起双臂，护住头部，摆出了防守的架势。对于这种一边倒的比赛，观众们虽然不觉得精彩，但是人性里的恶，让他们乐于见到人类用最原始的方式来决出强弱，乐于见到强者践踏弱者的身体，乐于嗅到血的腥味，就像古罗马角斗场里的观众们，乐于见到斯巴达克斯勇士与猛兽互相残杀一样。

西蒙见唐龙加强了头部的保护，开始攻击他的下半身，他甩起右腿，一个低扫腿扫在了唐龙的大腿上，唐龙没有躲闪，硬吃了这一腿后，立刻也以低扫腿快速反击。接着，西蒙一个高扫腿削向唐龙的脑袋，被唐龙向后仰头躲过。西蒙向前上步，前直拳加后摆拳，先后攻向唐龙的下巴和脸颊，唐龙用拳头护住脸。

哪知西蒙的后摆拳的拳头只是在唐龙的拳头前虚晃一下，然后右拳迅速变向，勾向唐龙的腰肋。这一拳，来势凶猛，但是相比第一回合拳头的力量，已经减弱了很多。而唐龙经过三个回合的对战，早已摸清了西蒙的套路，他提前预判了这记爆肝拳，手肘将肋部夹得很紧。他顺着西蒙的力道侧翻在地上，并且打了个翻滚。

西蒙又举起双臂，踱着圈儿展示着力量，向观众吼叫起来，然后举起右掌做了一个割喉的手势，他夸张的庆祝方式点燃了整个广场。

唐龙伏在地上，闭着眼睛，皱着眉头，舒展身体，听着裁判在他耳边读秒，他要利用这十秒钟养精蓄锐。当裁判念到“8”的时候，唐龙又站了起来，像之前被击倒一样，慢腾腾地走向擂台中心，看上去已经不堪一击了。

唐龙眯着一只眼睛望着眼前的西蒙，西蒙用涨红的恶魔般的眼睛盯着唐龙，仿佛只等裁判一声令下，就扑上来将唐龙撕成碎片。站在两人中间的裁判后退几步，大喊一声“Fight”。话音刚落，西蒙怒吼一声，摆起双拳，向前上步，欲一鼓作气KO唐龙。唐龙以退为进，快速后退两步，拉开距离，然后快步上前，一个空翻，上下颠倒，整个身体抛向西蒙，全身的力量像水一样汇聚到右脚，右脚脚掌像一把斧头一样高高抡起，脚后跟重重地砸在西蒙的头顶。身体旋转的力量和右腿固有的巨大力量结合在一起，西蒙一下子被这股巨大的力量砸倒在擂台上，四脚朝天，一动不动。唐龙自己也摔倒在地上。

这个动作快如闪电，一气呵成，行云流水，这正是上官教练教给唐龙的舍身踢。全场观众看呆了，很多人张大嘴巴，一些女生捂住嘴，他们几乎不知道发生了什么事儿，更不相信西蒙被唐龙用奇怪的招式打倒在地上。

这个动作在瞬间就完成了，然而对于关注这场比赛的人来说，这一瞬间仿佛被拉长成了几分钟、几个镜头，当唐龙上步腾空而起的时候，他的父母在望着他，张教练在望着他，他的师弟阿杰在望着他，他的同学室友在望着他，他的桂花镇的乡邻在望着他，达叔、播提、伊莲娜在望着他，上官教练在望着他，中国人在望着他，美国人和泰国人也在望着他——全世界都在望着他；当他高高抡起右脚的时候，人们张开嘴巴，所有目光越过不同的时空，越过不同的国界，越过电视、电脑和手机屏幕，汇聚到这方小小的擂台上，汇聚到他的右脚上。

当他的右脚脚后跟砸在西蒙的头顶时，人们的嘴巴张得更大，眼睛瞪得圆圆的，他们听不到任何声音，看不到任何事物——除了那惊世骇俗的飘逸动作。

当西蒙被唐龙的脚后跟砸翻在擂台上，几乎失去知觉时，擂台上终于第一次响起了献给唐龙的欢呼声，中国人和泰国华人陷入癫狂之中，那是一种压抑太久后如黄河奔涌的情感宣泄，那是一种重新找回民族自豪感的欣慰与狂喜。

唐龙爬起来后，没有像西蒙一样忘我地去庆祝和示威，而是遵照裁判的指示后退，退到围绳边，背靠围绳，双手摊在围绳上放松身体，不想浪费一丝儿力气。他平静地注视着在地下蠕动的西蒙，知道后面还有战斗，西蒙不会这样轻松让他获得胜利。西蒙不甘心，美国人不甘心，泰国人不甘心，广场上的大部分观众也不甘心，万佛会的人更不会甘心。他不是在与西蒙战斗，而是与他身后的庞大群体战斗。

裁判单腿跪在西蒙身边，并没有立刻对他读秒，而是装模作样地察看西蒙的眼睛，摸了摸被唐龙的脚后跟打肿的头顶，用泰语跟他交流了几句，才开始读秒，这看上去是对拳手的关心，实际上是拖延读秒和比赛时间，给西蒙更多休整恢复的时间。

开始读秒了，裁判读得非常慢，将数字之间的距离拉得老长，每报一个数字，几乎要花1.7秒。这些小把戏，唐龙看得一清二楚，他没有抗议，也并不愤怒，依然一动不动地靠着围绳，用一只眼睛紧紧盯着西蒙。

在裁判的暗中帮助下，西蒙还是起来了。唐龙走到西蒙对面，用一只眼睛盯着西蒙的眼睛，此时西蒙的眼睛里，已经看不到那种不可一世的傲慢气焰和那恶魔一般的杀气，所剩的只有犹疑和惊惶。

所有人都已经明白，唐龙之前看上去那么软弱差劲，不堪一击，至少有一部分是在演戏，他在养精蓄锐、保存实力，以不断示弱诱骗西蒙进攻，消耗西蒙的体力，并使得西蒙逐渐放松警惕，为刚才的惊天动天的一踢制造时机。比赛胜利的天平已经偏向了唐龙，皇家田广场上，除了中国人和泰国华人在为唐龙欢呼加油，其他观众一片死寂，不祥的预感和悲观的情绪在西蒙的支持者中间弥漫。

“中国龙，加油！中国龙，加油！”场上响起了中国游客和泰国华人整齐划一、震撼全场的呐喊声。

裁判示意比赛继续。唐龙挥起拳头，对着西蒙的头部发起了进攻，西蒙并没有从唐龙的舍身踢中恢复过来，唐龙只用了一个左直拳就轻易地撞开了他的防守，与此同时，右手一记重重的上勾拳直接勾在西蒙的下巴上。西蒙的头被唐龙勾得仰了起来，就像一个木偶般失去重心，仰面摔在擂台上。西蒙摊开四肢，努力睁着眼睛，然后艰难地翻过身，双手撑住擂台试图爬起来，但是试了两次，均失败了。

裁判跑过去蹲在西蒙身边，一只手抓住西蒙的手臂，另一只手掌贴住西蒙的后腰，扶了他一把。上官教练咆哮着向裁判抗议，但是裁判不为所动，看都不看上官教练。唐龙依然一动不动地靠在围绳上休整，面无表情地盯着像醉汉般摇摇晃晃站起来的西蒙。

裁判对西蒙读完秒后，唐龙走向西蒙，裁判示意比赛继续。唐龙几个组合拳打过去，西蒙双手紧紧地抱着脑袋，刚才的舍身踢和上勾拳对他的伤害太大了，他已经失去了还手之力。唐龙很快就将西蒙打进了擂角，正想用全身剩下的所有力量去终结比赛时，第四回合结束的锣声突然响起。唐龙回到了自己的擂角。

上官教练兴奋地捧着唐龙的脸，对唐龙大叫：“好小子，唐龙，你就快成功了，但是记住，千万不能麻痹放松。还是那句话，如果你不能把他KO，没有裁判会判你赢，千万不要让裁判去裁决比赛的结果，必须KO他，KO他，你就是世界之王，你就是我们的荣耀。”

就在上官教练和唐龙说话的时候，有一个人将一部苹果手机伸到了唐龙脚下。手机屏幕上有两个人，一个男人，一个女人：女人脸上有着明显的淤青，衣衫不整，双手被反绑，赤着双脚——是白素梅；男人一看就是泰国人，皮肤黧黑，鼻子扁平，矮小壮实。他们站在没有护栏的天台边，能看到对面数层高的楼房。

“唐龙，如果你敢赢这场比赛，我就把她丢下去，让她不得好死。”那个男人在视频里用蹩脚的中文喊道。

唐龙一把抓起手机吼道：“不，不，不要伤害她。”

显然白素梅也听到了唐龙的声音，连连摇头，朝着唐龙大喊道：“不要放弃比赛，唐龙，不要放弃。”

“臭婊子！干她！”视频之外，有人用纯正的中文说道。

那声音缓慢深沉，冷酷无情，唐龙就是化成灰，也听得出来是张笑天的声音。

那个泰国男人听后，用泰语朝白素梅骂了一句脏话，使劲一巴掌，“噼啪”一声扇在白素梅的脸上。

白素梅摸了一下脸，向命令泰国人打她的那个人所站的地方狠狠地瞪了一眼，凄厉地叫道：“我就是死，也会回来找你们。”

然后朝手机这头的唐龙笑了一笑，她雪白的牙齿上沾染着红色的血。笑完后，她扑上去，用肩膀撞向泰国男人，泰国男人灵活地一闪，白素梅一头栽向楼下。

唐龙哽咽着，喉咙里几乎发不出声音了：“不，不……”

他的声音被淹没在擂台上空喧嚣的泰国音乐之中。

泰国男人惊呼一声，视频剧烈地晃了几下，关闭了。唐龙霍地站起来，就要冲出擂台。

“你干什么？”上官教练挡在了他的面前。

“我要去救她。”

“你去根本无济于事，你去哪里找她，怎么找她？我去找播提，让他去处理这件事情，你专心打好比赛，不能功亏一篑啊！”

“我不管，我一定要找到她。”

这时，裁判在召唤唐龙，示意他过去。西蒙已经走到擂台中心了。但唐龙看了一下裁判又把头扭了过去。

"现场那么多人支持你，中国那么多人都在看着你，你只为她一个人战斗吗？做人不能太自私。"上官教练怒吼道，"你去打比赛，我现在就去找播提。"

上官教练说完，跳下擂台，走向VIP座。

唐龙不再说什么，他提着拳头大步走向西蒙，他的眼睛不再平静如水，而是怒火燃烧，在裁判示意比赛开始后，他的拳头像密集的炮弹一样将西蒙的脑袋包围了，威名赫赫的世界拳王被他打得双手抱头，摇摇欲坠，狼狈不堪。西蒙不断后退，唐龙跟着前进，一直将西蒙逼到擂角，他箍住西蒙的脖颈，连续两膝，狠狠地顶在西蒙的左肋上，然后推开西蒙，西蒙的肝被暴击，痛得弓起了腰，防守的手臂赶紧往下压，下巴勾得更低。

他的教练在一边用泰语叽里呱啦大声喊叫着，唐龙听不懂喊什么，但他明白，西蒙的教练在让西蒙赶紧冲出他的包围圈，不要被困在擂角。

西蒙刚跑出擂角，还未站稳，如影随形的唐龙就截在了西蒙的前面，唐龙的右手重拳凝聚全身的力气，精准地穿过西蒙拳套的隙缝，像手术刀一样笔直刺中西蒙的人中。西蒙的脑袋带动身体，踉跄后退，差点儿仰倒在地上，他的眼神迷离，人几乎已经处于昏厥的边缘了，手臂也掉了下来，失去了防守。唐龙不等裁判跑过来推开他对西蒙读秒，右脚向前跑上一步，左脚快速向前跟上，猛地蹬地，左腿向后甩出去，右腿折叠起来，将膝盖提到最高点，借助奔跑和左腿蹬地的推力，整个人像跃出海平面的鲨鱼一样向着西蒙冲去，像火箭炮撞针般的膝盖猛烈地撞击在西蒙的下巴上。他清楚地听到"嘎嘣"一声响，这记飞膝击碎了西蒙的下颌骨，西蒙的脑袋向后猛然一抖，牙套从张开的嘴巴里飞了出来，西蒙像一棵被砍断的大树一样轰然倒地，直接休克了。中国人和泰国华人陷入疯狂的欢呼声中。裁判跑过来，单膝跪地，看了看西蒙，然后站起来，缓缓举起双手，无奈地交叉着挥了挥，示意比赛结束。

中国人和泰国华人彻底点燃了拳击场，欢呼声像巨浪一样激荡着全场。唐龙跑到乃过教练旁边，从他手里接过五星红旗，披在身上，跳上擂绳，冲擂台下的人群怒吼。

他胜利了，终于实现了自己的梦想，终于获得了重生。他看到伊莲娜大笑着朝他挥手，看到播提在笑，达叔在笑，广场上很多人都在温柔的夜色下笑。这一刻，他等待了太久，这一刻的美妙，让他觉得所有的等待、所有的付出、所有的痛苦，都是值得的。这一刻的美妙转瞬即逝，随之而来的痛苦却无穷无尽，他没有朝着电视镜头笑，他泪流满面。

西蒙被医护人员用担架抬走了，裁判举起唐龙的手腕，宣布唐龙KO获胜，赛事负责人桑雅尼阴沉着脸走上台，从司仪小姐的盘子里抄起金腰带，替唐龙扣在腰间。媒体记者的相机和摄影机对着他拍个不停。伊莲娜、上官教练、乃过教练冲上擂台，与唐龙一起庆祝，达叔和他的朋友们站起来，不断为唐龙鼓掌。

唐龙的支持者们举起手机，对准他拍了起来。西蒙的支持者，还有那些单纯为了赌拳而来的赌徒们，一部分郁郁离开，一部分坐在座位上，久久望着唐龙，不愿意相信眼前的事实。

伊莲娜走到唐龙面前，唐龙将金腰带递给身边的上官教练，和伊莲娜紧紧地抱在一起。过了一会儿，上官教练和乃过教练带着唐龙、伊莲娜走下擂台，来到更衣室休息并处理脸上的伤口，更衣室里很空，很多拳手和他们的教练都回去了。一会儿，播提进来了。

“情况怎么样？”唐龙问播提。

“她现在躺在曼谷医院急诊科302房，昏迷不醒。”播提说道。

唐龙不再说什么，他换上干爽的衣服，大步往外走。

"你去哪儿？"伊莲娜喊道。

"我去医院看望她。"

"我也去。"伊莲娜跟了上去。

唐龙和伊莲娜走出皇家田广场，在路边叫了一辆出租车，来到曼谷医院，他们径直来到三楼的急诊科，找到302房。头上缠着厚厚绷带的白素梅穿着白色的病服，躺在病床上输液。她双眼紧闭，脸色苍白，脸上凝结着厚厚的血壳，手脚多处缠着绷带。

一个女护士走进来，看到满脸是伤的唐龙和伊莲娜，挥手让他们出来。

护士对他说了几句泰语，唐龙用英语告诉她，他不懂泰语。

"你是哪个病房的病人？"女护士用英语问唐龙。

"不，我不是病人，我是来看望这个女孩的，我们是她的朋友。"唐龙用英语回答她。

"你们应该知道，她伤得非常重，还没有度过危险期。"

"她伤在哪里？"

"头颅、左小腿、两只手臂，粉碎性骨折。头颅的伤，非常危险，瘀血堵塞在她的大脑中，随时都可能要了她的命，需要做手术，医生正在研究方案。"

"谢谢你们。"

"你们是她的朋友，那正好替她付一下医药费！"

唐龙没有带钱，伊莲娜跟护士小姐去交费。伊莲娜走后，唐龙坐在白素梅的身边，默默地凝视着白素梅。仿佛有心灵感应一般，白素梅苏醒了过来，她望着唐龙，看了五六秒。

"你来了。"她用微弱的声音说道。

"是的，别担心，你很快就会好起来的。"

白素梅缓缓转动了一下眼珠，呆滞的目光望了一下房门处，又把目光移过来，看着唐龙，一个字一个字带着叹息说道："我可能再也回不去了……”

“别胡思乱想，医生说，做个小手术就好了。”

“有个礼物送给你，在我的脖子上。”

唐龙轻轻站起来，伸出双手，用手指拨开她的衣领，看到她脖子上有一条黑色的细绳子，他捏住绳子，轻轻提起来，发现一个吊坠——一个普通的泰银龙形吊坠。唐龙全身被电击般一震，他解了几次，都没解开绳子，他的手止不住地颤抖。终于绳子被解了下来，他捏住吊坠，仔细凝视着它——没错，它就是童年时代，林嘉丽生日时，他送给林嘉丽的礼物。一瞬间，他什么都明白了。

“你为什么不告诉我，为什么？为什么？”唐龙眼泪奔涌而出，滴在吊坠上，拿吊坠的手上。“你就是林嘉丽，你就是她！”

“让时光把过去埋葬吧。”

“离开大屋雷村后，你一定没少受苦吧？”唐龙心疼地望着她的脸庞。

“爸妈带我来到了东莞，十二岁那年，爸爸……从工厂下班后……骑着电动车，带着……我和妈妈……结果……被车撞飞了，我左腿骨折，脸部毁容，爸爸妈妈……昏迷不醒……做了很多手术，花光了积蓄，最后……最后还是离我而去……深圳的爸爸妈妈……收养了我，帮我整了容，可是……”一滴眼泪滚下白素梅的眼角，“前天，妈妈发微信语音告诉我，我的爸爸……还是去世了……”

唐龙正要说什么，这时几个护士走了进来。她们让唐龙让开，要将白素梅推到手术室做手术。

“如果……我死在泰国……请将我的骨灰……带回中国……分成两份，一份埋在大凉山南山村小学，”她停下来，深吸了一口气，“那棵水杉树的树下……一份撒在吴悠湖，不要告诉……我的妈妈……什么。”

“不，你会好起来的，我会在医院里一直等你、陪伴你。”唐龙摇着头喃喃道。

护士推着病床走出病房，唐龙紧紧跟在病床边。

“唐龙……唐龙……”白素梅用最大的声音喊道。

“我在。”唐龙低头下，将耳朵侧向她的脸庞聆听。

“多年以前，在你送我项链的那天……”白素梅喘了两口粗气，顿了顿，有些艰难地说道，“我就爱上了你，现在……依然爱你……”

病床被快速推进手术室，唐龙被挡在门外，久久地望着门上自己模糊的身影，直到身后响起熟悉的脚步声，他才惊醒过来，转头看到了伊莲娜、播提、上官教练、乃过教练站在不远处。

播提走过来，看看周围无人，小声对唐龙说道：“我们的人已经锁定了凶手，几个中国人和泰国人在万佛会的指使下干的，我爸说，随时可以把他们丢进海里喂鲨鱼。”

唐龙沉思了一下，说道：“谢谢你，播提，等白素梅康复后再说吧！”

播提点点头，从裤袋里掏出一个厚厚的信封递给唐龙，说道：“拿着备用，不够就跟我说，等你的比赛奖金到手，再还我。我今晚可真的输惨了。”

说完，播提拍了拍唐龙的肩膀。

一个星期天的上午，一辆满身都是污泥的中巴车像鸭子一样左摇右摆，行驶在大凉山南山村村外的乡道上，扬起一屁股的灰尘。车里人不多，只有五六个村民，唐龙戴着黑色棒球帽，一个人坐在最后一排，他的帽檐压得低低的，腿上托着一个黑色的大旅行包。

车子在南山村村口停了下来。唐龙犹疑地走下中巴车后，转身望着司机。

“从这条岔路走进去，就是南山村。错不了，放心吧，小伙子。”司机用粗糙的大手朝那条岔路挥了挥说道。

车子从唐龙面前开走，唐龙抱着包，缓步前行。蓝天白云下，青山、绿树、嫩草、田垄、鲜花，散发着清新的气息，小鸟和河流在哀唱，在路边吃草的羊群看到陌生人走了过来，抬起头，用不安的目光注视着他。他走到一只母羊跟前，停下脚步，蹲下来，正要伸出一只手去抚摸羊头，羊咩叫一声，竟拔腿跑了。

路的前面开始出现散落的黑瓦房，当唐龙从房前走过时，村民们好奇地望着表情有些古怪的他，特别是他脸上的伤痕吸引了村民们的目光。他并不停留，也不用目光去回应他们，只是不断前行。

终于他来到了南山村村中心区，眼前是一所破破落落的学校，学校大门的门顶上写着“南山小学”四个大字。学校大门是开着的，里面空空荡荡，几只土鸡在歪斜的篮球架下散步。一男一女两个七八岁的小孩，蹲在水杉树浓郁的荫凉下，笑嘻嘻地玩着玻璃珠。

小孩们看到唐龙走了过来，望了他一眼，又低下头去玩玻璃珠。唐龙将包小心地放在树下，站在他们身边看了看这棵水杉树，又看了看两个小孩，说道：“你们知道阿杰住哪里吗？他爷爷在家吗？”

“知道。”男孩子头也不抬地说。

唐龙以为自己粗犷的声音会吓到他们，但是他们一点儿也不受影响，也并不惧怕他脸上的伤疤和乌黑的眼圈。

“你可以指给我吗？”唐龙用手撑着膝盖，俯身问小男孩。

小男孩不说话，但是放下了手里的玻璃珠，跑到学校门口，指着离学校不过一百米远的一栋两层的贴着白色瓷砖的平顶房说：

“那就是他们的新房。”

唐龙觉得很奇怪，因为白素梅跟他说过，阿杰和爷爷住在一间黄土筑成的老房子里，难道是白素梅记错了？

他很快就来到那栋楼房旁。在一楼宽敞的客厅里，阿杰爷爷叼着一根烟，正和三个中年人打麻将。

看到唐龙出现在门口后，阿杰爷爷浑身一抖，连忙下桌了。

“深圳的朋友来了，今天不打了，不打了。”阿杰爷爷笑着说道。

其他三个人也都散了，离开了阿杰爷爷的家。

“坐，帅哥，赶紧进来坐吧！”阿杰爷爷招呼道。

阿杰爷爷从裤兜里摸出一包红金龙，抽出一根递给唐龙，唐龙摆摆手，说不抽烟。阿杰爷爷走到茶几边找了个玻璃杯给唐龙倒开水。

“不用了，我不渴。”唐龙说道，“阿杰在家吗？”

“他和同学去县城玩了，下午回来。”

“素梅姑娘呢，她怎么没来？阿杰看了你在泰国的比赛，特别特别崇拜你，他以后也想成为世界拳王。”

“她死了。”唐龙沉声说道。

“什么？谁死了？”

“白素梅死了。”唐龙紧紧盯着阿杰爷爷的眼睛。

那充满杀气的眼神让这个老人不寒而栗，他枯瘦的手抖了起来。

“真的吗？为什么会这样？”阿杰爷爷结结巴巴地问。

“为什么，你还问为什么？”唐龙大吼道，一把揪住阿杰爷爷的衣领，想将这个老人举起来，摔在地上，但是他忍住了，“阿杰的病，并没有花二十七万元，你从中抠出十几万建了这座新房，对不对？而她，就是为了这些钱，惨死在泰国。”

这时，很多村民闻声而来，挤在阿杰爷爷家门口，满怀戒心地望着唐龙。

阿杰爷爷看了本村人一眼，颤颤抖抖地说道：“家里老土房塌了，没有地方住，刚好老房改建的政策来了，可以补贴一万六，所以……所以……就张罗了这套房，我……我真的……对不起你们。”

唐龙放下阿杰爷爷的衣领，一声不吭，转身走出这栋崭新的楼房，来到南山小学。那两个玩玻璃珠的小孩已经不见了，唐龙从包里拿出骨灰盒和一把折叠的绿色工兵铲，在树下铲了一个大坑，将盒子里的骨灰一把一把地捧出一些来，小心翼翼地放进坑里。

这时，阿杰的爷爷拄着拐杖摇摇晃晃地走了过来，一下子跪在地上，尖着嗓子、低着头大哭了起来，很多人又围到了学校门口。

唐龙不理睬阿杰爷爷，用土将坑填平后，收拾好骨灰盒和工兵铲，抱起包，头也不回地离开了南山村。

桂花镇，大屋雷村，正道山，吴悠湖，唐龙沐浴着霞光，在喧腾的虫声中，久久地坐在湖畔的草地上，凝望着幽静的深湖。它的绿色眼睛，现在变成了红色，就像一湖血浆，夕阳在湖里滚动着，就像一把弯刀切割着一具鲜活的肉体。他沉思着，回忆着，默默呼喊着，这是九岁那年从吴悠湖逃离后，他第一次重返这儿。

山顶的寺庙里传来了一阵钟声，唐龙脱下鞋子、白色T恤和黑色长裤，脱下内裤，摘下脖子上的龙项链，赤条条地端着骨灰盒。他正要向湖里走去时，手机响了起来，他看了看，是伊莲娜打来的，这是她今天打来的第十个电话，前九个他都没有接，这个依然没有接，但也没有挂断。他一步步走进吴悠湖，湖水慢慢吞没他的身体，像无数只手要将他拉进死亡的国度，又像在轻揉他受伤的身体，赋予他新的力量。他的背影很快就消失在湖水里，湖面漂浮着骨灰盒，手机的铃声就这样孤寂地撞击着黄昏：

晚霞中的红蜻蜓，

请你告诉我，

童年时代遇见你，

那是哪一天？

……

小馬过河

图书在版编目（CIP）数据

搏击启示录 / 郑金堂著. -- 北京 : 华龄出版社，2023.6

ISBN 978-7-5169-2545-4

Ⅰ. ①搏… Ⅱ. ①郑… Ⅲ. ①长篇小说－中国－当代 Ⅳ. ①I247.5

中国国家版本馆CIP数据核字(2023)第101936号

责任编辑	梁玉刚	责任印制	李未圻
策划监制	小马BOOK	内文制作	任　意
书　　名	搏击启示录	作　　者	郑金堂
出　　版 发　　行	华龄出版社 HUALING PRESS		
地　　址	北京市东城区安定门外大街甲57号	邮　　编	100011
发　　行	（010）58122255	传　　真	（010）84049572
承　　印	定州启航印刷有限公司		
版　　次	2023年7月第1版	印　　次	2023年7月第1次印刷
规　　格	800mm × 1230mm	开　　本	1/32
印　　张	11	字　　数	267千字
书　　号	ISBN 978-7-5169-2545-4		
定　　价	58.00元		